LES ANNÉES DE PIERRE

DU MÊME AUTEUR

L'Auvergne des douze, Les Trois Arches, 1993
Contes et Recettes des pays d'Auvergne et d'Aveyron, avec Francis Panek, L'Archipel, 1996
Nima le lumineux, bande dessinée, avec Sylvaine Guillon et Gilles Grimon, Rogram, 1996
D'un hiver à l'autre, roman (prix Lucien Gachon), L'Archipel, 1997
Aux vents d'Auvergne, nouvelles, ouvrage collectif, éditions du Miroir, 1998
Les Brûlures de l'été, roman, L'Archipel, 2000

Jean-Pierre Leclerc

LES ANNÉES DE PIERRE

Roman

Production Jeannine Balland
Romans Terres de France

PRESSES DE LA CITÉ

ISBN 2-258-05652-7

A Christian M.

Vous êtes amoureux. Loué jusqu'au mois d'août.
Vous êtes amoureux. – Vos sonnets La font rire.
Tous vos amis s'en vont, vous êtes mauvais goût.
– Puis l'adorée, un soir, a daigné vous écrire... !

RIMBAUD, « Roman », *Poésies*

Première partie

1908-1909

L'Enfance

1

La maison des Chambrette avait ceci de particulier qu'elle servait de point de ralliement à toute personne entrant et sortant du côté de Lempret. En bordure de la rue principale – fendant le bourg par moitié –, un lavoir trônait à l'ombre d'un châtaignier, pièce maîtresse en avant de la cour. De sorte, les gens se retrouvaient « devant chez Chambrette ». Les hommes, surtout : en face, le père Largilier tenait son estaminet ouvert dès le matin, jusqu'au soir.

Mario Lazari ralentit son cheval, l'approcha du lavoir pour qu'il se désaltère, et l'attacha à l'anneau scellé au muret du bassin. Le petit homme s'éloigna de son pas de boiteux. Il n'avait que la route à traverser pour pousser la porte du café.

Champagnac-les-Mines, cet hiver 1908, rivalisait de tristesse avec les bourgades alentour : L'Hôpital-Hydes, Lempret, Prodelles, Bois-de-Lampre, elles aussi détrempées par les pluies. Le Cantal dans sa totalité grinçait sous les roux, les ocres, les safrans et les pourpres d'automne. Les toitures – entuilées, ardoisées –, lavées des poussières grasses de charbon, étincelaient, semblables à des jeux de miroirs en pleine lumière. Certaines, les plus pentues, reflétaient le balancement flegmatique des cimes déchues des grands arbres. Le bourg dépouillé de ses rares attraits se froissait lentement à l'approche de la saison froide. Dans le périmètre de la mine, les têtes de chevalements disparaissaient des journées entières derrière un rideau de grisaille. Les crassiers prenaient alors des allures de petits puys naturels, que l'on aurait pu nommer et répertorier dans les atlas de géographie.

Octobre répandait un coulis glacial de sa fabrication partout où le vent pouvait se faufiler ; chaque volume nappé de froidure automnale paraissait figé à jamais.

Mario Lazari commanda un verre de vin chaud.

Monsieur Echart, le maître d'école, ne l'avait pas envoyé dire à Francette Gandon :

— Qu'attendez-vous pour mettre votre gamin au travail ? Ils ne sont pas si nombreux par chez nous à se vanter d'avoir été reçus au Certificat d'études ! Mais, maintenant, que voulez-vous en faire ?... Un député ? Je ne peux tout de même pas le garder indéfiniment ! En classe, il n'a guère de goût à apprendre ce qu'il sait déjà, alors il baye aux corneilles, amuse la galerie, et passe le plus clair de ses journées à recopier des punitions. Il perd son temps désormais. Je vous assure qu'il est suffisamment savant pour faire un bon ouvrier.

— Mais Théodore n'a que onze ans, c'est un peu jeune pour travailler ! Et puis, il aime étudier, avait timidement rétorqué Francette.

Monsieur Echart avait eu un haussement d'épaules, l'air de dire : « Que voulez-vous ! », avant d'ajouter :

— Vous n'aurez jamais l'argent pour l'envoyer étudier !

Francette était restée sans réponse, mesurant bien toute la vérité de cette réflexion. Echart avait dit encore, achevant de la convaincre :

— D'autres ont travaillé avant lui et n'étaient pas plus âgés, ils ne s'en portent pas plus mal aujourd'hui.

Le soir, à l'heure du dîner, devant son monde attablé, Francette rapporta les propos du maître d'école. Jean, le père, se contenta de regarder son plus jeune fils et conclut, le bol de soupe terminé :

— Demain, j'en toucherai deux mots à monsieur l'ingénieur, ce serait étonnant qu'il n'ait rien pour toi !

— Je vais descendre au fond ? s'inquiéta l'intéressé.

— Je ne crois pas, Avette n'y envoie pas les enfants trop jeunes.

— Tu es sûr ? Regarde Louis !

— Louis avait quinze ans passés lorsqu'il est descendu. Ne t'en fais pas, la mère, il est tranquille une bonne année, au moins. Après, il fera comme son frère, il rejoindra mon équipe. Ça nous fera un bon galibot.

— Un quoi ? Qu'est-ce que je serai ?

— Un galibot ! Un apprenti, pelleteur-rouleur, un manœuvre, quoi, dans le jargon des mineurs. Tout le monde, à la mine, commence par être galibot.

— Tu verras, en bas, ça pue, il fait chaud, on respire mal, c'est plein de flotte et il fait tout noir, dit Louis, avide de taquiner son jeune frère. Parfois, il arrive qu'on croise des fantômes de mineurs ensevelis à cause du grisou. Un conseil, si tu les vois, vaut mieux jouer rip, sinon...

— Tais-toi, Louis ! Ne le décourage pas à l'avance.

Francette avait durci le ton. S'étant rapprochée de Théodore, elle caressa ses cheveux, ses joues, si tendres encore. « Mon petit garçon... songea-t-elle. J'aurais tant voulu le garder un peu plus... Mais les mères ne décident pas souvent. Les maîtres d'école, les pères, les ingénieurs, jusqu'aux curés, tous ceux-là décident avant. » Et Francette le savait, la décision prise était irrévocable. Rien ne viendrait la remettre en question. Pas même ses larmes imperceptibles, le tremblement de sa main sur la nuque de son dernier enfant. Non plus les grands yeux de Théodore – deux marrons dorés – qui fixaient ceux de la mère et semblaient la supplier d'intervenir. Mais Francette ne pouvait qu'être aveugle.

Ce ne furent pas les démons habituels qui agitèrent le sommeil de Théodore cette nuit-là. De ludiques diablotins aux attitudes d'enfants espiègles, qui se plaisaient à le taquiner à propos de devoirs ou de leçons oubliés et lui susurraient à l'oreille qu'il aurait une fois de plus à subir le courroux du maître d'école. (Dès la première heure, celui-ci plantait l'élève Gandon au coin, sous le préau, pour la durée de la matinée.) Cette nuit-là, d'autres les remplacèrent dans son inconscient : noirs, immenses, avec quelque chose de spectral dans l'allure. Toutefois, il ne les jugea pas dangereux, bien qu'ils ne cessassent d'émietter un rire saccadé et moqueur entre deux paroles de bienvenue aux enfers. Se présentant comme les maîtres du monde, ils prétendirent imposer à loisir leur toute-puissance et faire régner la terreur sur quiconque répugnait à exaucer leurs quatre volontés.

Théodore ne cria pas. Troublé, il sursauta, suffoqua, reprit lentement ses esprits, son souffle. Se repérer lui demanda quelques secondes. Par bonheur, Louis dormait à ses côtés, tourné contre le mur. Au-delà d'une séparation de fortune dressée par leur père (Yvette, l'aînée des enfants Gandon, préservait ainsi son intimité, à l'écart de ses frères), lui parvint la respiration régulière de sa sœur. Les ventaux striaient le plancher d'ombres parallèles, et au loin le bruit lancinant du mécanisme de la pendule à balancier indiquait que la maison dormait paisiblement.

Théodore retrouva peu à peu son calme, mais la crainte de voir resurgir l'escouade de diables noirs lui recommanda de ne pas se rendormir. Un effort de chaque seconde, qui l'amena au bout d'une nuit interminable, durant laquelle il comprit qu'il ne retournerait pas de sitôt au lavoir des Chambrette éclabousser Francette et les autres laveuses et n'aurait plus guère le loisir de s'asseoir sur la grosse pierre surplombant le déversoir pour écouter l'eau tinter sur le lit de gravier.

Théodore vit les commères armées d'un battoir asséner une série de gifles précises aux grands draps de toile, fesser joyeusement les fonds des culottes rapiécées des hommes, comme si elles avaient eu des comptes à régler avec les occupants de celles-ci, assista aux arrivées et aux départs de ces femmes poussant des brouettées de linge, et les entendit encore rire, se moquer, se chamailler.

Il s'attendait à abandonner les pistes de son enfance – ses fugues polissonnes – qui le conduisaient à travers prés jusqu'aux bois sur la route de Veyrières, où il coupait un bâton de noisetier, pour rejoindre Marie – fille de peine des Colignon –, prisonnière des plateaux où elle gardait les vaches durant les beaux jours. Marie, âgée de sept ans seulement, dont le seul ami, hormis Palou, le chien, était Théodore.

Chaque soir, après l'école, il abandonnait sa sacoche d'écolier et s'en allait gravir les pentes retrouver la petite sur les herbages. Elle le guettait à l'ombre des arbres ou, par temps pluvieux, sous un large parapluie, confondue avec le gris du ciel, revêtue d'une limousine à capuche, debout appuyée sur son bâton, Palou assis à la pointe de ses sabots. Théodore sut aussi qu'il ne jouerait plus à se cacher dans les ruelles, les chemins creux jalonnés d'arbres à fruits et les impasses jouxtant l'église, poursuivi par les autres enfants, et que les occasions de disputer des parties de quilles sur la place se feraient rares.

Un événement, qu'il pressentait inéluctable, se rapprochait et il en saisissait la véritable signification. Témoin impuissant, il assistait au vol de son enfance.

Il se souvint alors de la mine, telle qu'elle lui était apparue un matin qu'il accompagnait son père et son frère. L'agitation d'hommes et de femmes dans le jour naissant, auxquels se mêlaient des garçons et des filles à peine plus âgés que lui. Ils circulaient entre les crassiers, les bâtiments de brique, les hangars métalliques et les pieds espacés des chevalements. Ouvrières coiffées d'un foulard épinglé aux oreilles, noué sur la nuque, enveloppées dans des jupes tombant aux chevilles et des tabliers maculés. Ouvriers attifés de vestes et de pantalons disparates et élimés, pataugeant en sabots sur un sol poisseux et noir.

Théodore cette nuit-là imagina aisément l'entrée des fosses, dernier pas avant les portes des ténèbres, les vestiaires (la salle des pendus), où la sueur outrancière de chacun – âcre jus du labeur –, flottait dès les retrouvailles matinales, mais également la longue descente de la cage dans laquelle s'entassaient les hommes, dont la plupart ne dépasseraient pas la soixantaine. Des hommes embarqués pour une balade verticale, sacrifiés aux entrailles de la terre. Lui vint alors l'image des galeries plongées dans une noireté absolue, parfois tombeau des malchanceux. Par ouï-dire, Théodore connaissait les difficultés de l'exploitation de ces boyaux étroits, mais ne pouvait en mesurer les dangers.

Il entendit son père se lever. La pendule sonnait la demie de cinq heures. Le pas de Jean fit craquer le plancher, quelques secondes encore et il viendrait secouer Louis. Théodore glissa sous les couvertures, qu'on le croie toujours endormi. Un indéfinissable mélange de bonheur et de tristesse l'avait envahi. A l'incertitude, s'ajoutait l'impossibilité moins à admettre qu'à comprendre ce qui lui arrivait. Certes, ne plus aller à l'école le soulageait ; d'un autre côté, la mine l'effrayait. Mais surtout, Théodore, du haut de ses onze ans, sentait l'insouciance l'abandonner.

Quelque chose en lui de douloureux lâchait, au profit d'improbables sensations, et son destin semblait irrémédiablement soudé à celui de son père, dont les traits, imprégnés de lassitude, se creusaient prématurément.

N'étaient l'amitié entre mineurs, la fraternité, la solidarité légendaires – piliers de la corporation –, qui le séduisaient, il eût volontiers quitté le giron minier et appris un métier dans un monde inconnu qui ne lui aurait coûté qu'une appréhension passagère.

Jean parut dans l'encadrement de la porte et appela. Louis, encore alourdi de sommeil, glissa péniblement au bas du lit. Théodore entendit nettement son frère souffler sa fatigue. Traduction d'un quotidien incontournable. Peut-être, alors qu'il se pliait aux affres des obligations, Louis avait-il, deux ans plus tôt, rêvé autre chose que l'univers fataliste d'un monde sans lumière. Théodore se recroquevilla ; le gros édredon de plumes lui tenait chaud. Ce matin, il pouvait espérer se rendormir.

A sept heures et demie, Francette vint se pencher sur le lit et passer une main dans sa tignasse.

— Allez, mon bonhomme, debout ! chuchota-t-elle.

Elle alla ouvrir les volets. Un ciel de plomb menaçait de s'effondrer dans la matinée. Des femmes passèrent sous la fenêtre, qu'elle salua.

Dans la cuisine, d'où montait une bonne odeur de café, Yvette terminait sa toilette. Elle aussi se rendait à la mine. Employée au tri, la jeune fille accomplissait chaque jour ce travail sur le carreau de Hydes, qu'il pleuve, neige ou vente, entourée de femmes aux cheveux protégés d'une coiffe courant sur leurs épaules, recouverte d'un chapeau de paille l'été. Des femmes peu bavardes, affairées à remplir des paniers de schistes triés du charbon, qu'elles allaient ensuite déverser dans des cases. Elles étaient payées, chaque quinzaine, au nombre de cases pleines.

Yvette, vingt ans, fiancée, ne tarderait plus maintenant à quitter la maison. Francette, émue de voir son aînée bientôt mariée, redoublait d'attentions à son égard. A la dérobée, la mère regardait aller et venir sa première-née, comme pour imprimer ses faits et gestes dans sa mémoire.

Dès les beaux jours revenus, sa présence dans la maison ne serait plus que souvenir. Pour l'heure,

Marius, le futur, était toujours soldat à Epinal, Francette s'empressait de profiter de sa « grande » autant qu'elle le pouvait. Le mariage étant prévu en juin, Yvette lui appartenait neuf mois encore. Tout comme Jean et Louis, tout comme son père, Marius, quand il n'était pas soldat, piquait la veine à l'avancement, par trois cents mètres de fond.

Manifestement, Théodore traînait les pieds ce matin. Sa mauvaise nuit, cette journée d'école à venir, surtout, qu'il envisageait sans la moindre grâce, en étaient cause. Monsieur Echart ne manquerait pas de l'appeler une fois de plus à se planter sur l'estrade et lui ordonnerait de réciter la leçon de la veille. Les deux premières strophes du *Cor*, d'Alfred de Vigny, qu'il n'avait pas apprises. Théodore s'en doutait, le vieil homme lui tomberait sur le poil, devant les autres élèves, le saisirait par les cheveux, à hauteur des tempes, l'endroit le plus sensible, et l'enverrait finir la matinée le nez contre le mur du préau.

— Je ne te sens pas trop vaillant, ce matin ! remarqua Francette, le sachant plus mort que vif à l'idée de se rendre en classe. Tu ne réponds pas ? C'est donc si dur que ça ?

— Dis maman, bientôt je ne vais plus aller à l'école ?

— Malheureusement... J'aurais tant voulu que tu te rendes en ville étudier et que tu ne mettes pas les pieds au fond de la mine... Mais, soupira-t-elle, pour ça il faut de l'argent... Me voilà avec un souci de plus sur les bras. J'en ai pourtant bien assez avec ton père et ton frère.

— Quand est-ce que j'irai moi, à la mine ?

— Demain, peut-être.

— Alors, pas la peine que j'aille à l'école aujourd'hui !

— Par exemple ! écoutez-le, celui-là !

— Mais, si c'est mon dernier jour !

Francette se ravisa. « Son dernier jour d'enfance, songea-t-elle. Mon Dieu, ce petit, il est à peine tombé de mon ventre et le voilà sur le point de travailler comme un homme, sans que j'aie pu l'empêcher de grandir. Quand je pense à ce qui l'attend... Qu'il le prenne, son jour de vacances. »

— Ma foi, si tu veux rester là aujourd'hui...

Théodore se leva et se jeta au cou de Francette. Voici que sa mère l'aimait, puisqu'elle lui faisait don de ce jour de liberté : cadeau inestimable.

— Et où iras-tu traîner ?

2

Il se rendit à l'orée des bois, où Marie gardait une quinzaine de vaches. De la saucisse, du fromage, du pain et des pommes de terre à cuire, fourrés dans un sac par sa mère, feraient son repas de midi. Francette ne souhaitait pas qu'il rentre à l'heure de déjeuner. « Ne viens pas manger, lui avait-elle dit, je cacherai ta sacoche et nous ne parlerons de rien à ton père, des fois qu'il ne serait pas content.

— Monsieur Echart ne va pas rouspéter ?

— J'irai le voir, ce vieux hibou, il ne sera guère fâché de ton absence, va. »

Théodore s'enfonça dans le bois, dégota un bâton sous le lichen détrempé, et parvint sur les herbages. Un petit vent tournant le fouetta au visage dès la lisière franchie. Au loin les vaches paissaient dispersées. Selon son habitude, Marie se tenait en retrait, à proximité de quelques arbres rassemblés en boqueteau. Palou, le premier, aperçut Théodore et s'élança à sa rencontre.

L'enfant et le chien se firent fête, bientôt rejoints par la petite bergère.

— Tu n'es pas à l'école aujourd'hui ? demanda-t-elle.

— L'école est finie pour moi, demain, je serai mineur.

— Tu es content d'aller à la mine ?

— Eh bien... c'est-à-dire que je ne pourrai plus m'amuser comme avant. Forcément, je serai grand.

— Tu ne viendras plus me voir ?

— Si, mais le dimanche seulement.

— Ce sera long !

— Et encore, l'après-midi, parce que le matin ma mère m'oblige à aller à la messe.

— J'aimerais, moi, aller à la messe. Les dames y sont bien habillées, et on met de jolis rubans dans les cheveux des petites filles.

— Peut-être, mais on s'enquiquine drôlement. On ne comprend rien à ce que raconte le curé, et il faut tantôt se tenir debout, tantôt à genoux. En plus, on n'a pas le droit de manger des tartines et de boire du café au lait avant d'aller communier. Paraît que c'est un péché. Mon père, il n'aime pas les curés, alors, pendant la messe, il va au bistrot.

— Pourquoi il aime pas les curés, ton père ?

— Il dit que ce sont des marchands de simagrées.

— Qu'est-ce que c'est des simagrées ?

— Des manières.

— Tu as déjà mangé une hostie ?

— Pardi ! Mais il est interdit de la croquer, il faut l'avaler toute ronde. Tu parles d'une vacherie ! Ça se colle sans arrêt au palais, tu es obligé de mettre les doigts pour la décoller, mais voilà, si tu te fais prendre avec les doigts dans la bouche, c'est l'engueulade assurée. L'année prochaine, en mai, je ferai ma communion solennelle et après je n'y mettrai plus les pieds.

— Qu'est-ce que c'est « solennelle » ?

— Euh... je crois que c'est quelque chose de très sérieux, parce que ce jour-là on mange beaucoup et toute la famille te donne des petites pièces pour ta tire-lire. Et puis, Louis jouera de l'accordéon.

— Tu en as de la chance.

— Tu sais, si je pouvais t'inviter... Après tout, je demanderai à ma mère, peut-être que tu pourras venir ! Une de plus à table ne changera pas grand-chose.

— Tu crois qu'elle voudra ?

— Sûrement, elle est gentille, et mon père aussi.

A midi, Théodore entra dans le bois et ramena un fagot de branches mortes. Quelques pierres disposées en rond et le feu prit malgré une humidité tangible.

— Nous avons deux patates à la braise chacun, triompha-t-il, tu m'en diras des nouvelles.

Ils partagèrent également les saucisses, le fromage et le pain. Palou eut droit à une bouchée de chaque. Marie fit aussi des parts de son maigre repas : deux tranches de pain noir tartinées au saindoux et une pomme.

Théodore repartit plusieurs fois chercher du bois et, jusqu'au départ de Marie, entretint le feu, au-dessus duquel il était bon de rire, les mains léchées par les flammes.

— J'aimerais bien que ce soit tout le temps comme aujourd'hui, déclara la petite fille. Ne rien faire que manger, se chauffer et rester tous les deux.

— Tu veux dire comme les rois fainéants ?

— Qui ?

— Autrefois, il y a longtemps...

— L'année dernière ?

— Non, tu es bête, ça remonte à vingt ans, au moins. Peut-être même... à trente. A l'époque des rois fainéants, quoi !

— Pourquoi on les appelait « rois fainéants » ?

— Parce qu'ils étaient tout le temps couchés.

— Ils restaient toujours dans leur lit ?

— Oui, toujours.

— Alors ils ne se lavaient jamais ?

— Jamais !

— Ils devaient sentir drôlement mauvais !

— Tu penses, des pieds, surtout.

— Eh bien, s'ils avaient eu affaire à la Colignon, ils n'auraient pas fait la grasse matinée tous les jours !

— Tu veux rire, ta Colignon, ils auraient eu vite fait de la couper en deux.

— Tu crois ?

— Je te le dis, avec une épée grande comme ça. Tchac !

— Alors, dommage qu'ils soient morts les rois fainéants.

— Mais ils ne sont pas tous morts, il y en a encore beaucoup, même à Champagnac, à Hydes !

L'après-midi livré au froid se poursuivit autour du feu. Marie, que rien ni personne ne distrayait autant que Théodore, se plaisait en sa compagnie. Elle aimait beaucoup ce garçon de quatre ans son aîné, avec ses petits yeux pétillant de malice, sa façon de rire discrètement, ses jambes maigres sortant de ses culottes courtes trop larges et ses cheveux sans cesse ébouriffés. Marie riait et se plaisait à répéter : « On dirait que tu es mon grand frère ! »

Il lui était si agréable d'accéder aux rêves les plus osés

et de se sentir aimée, protégée. Mais ce soir, comme après chacune de ses visites, Théodore rentrerait chez lui, retrouverait les siens et en soirée s'attablerait entre père et mère.

Elle, bientôt, mènerait les vaches au bout des communaux, emprunterait le chemin bas et parviendrait dans la cour fermée où son maître, flanqué d'Edmond, le grand valet, commencerait la traite. Emilienne Colignon paraîtrait alors sur le seuil de la maison et houspillerait sa servante, histoire de lancer une méchanceté, afin de ne pas être en reste de Damien, son époux. Ensuite, le soir venu... Mais Marie chassa loin d'elle l'idée de se retrouver face aux Colignon et de devoir s'endormir dans une complète solitude. De nouveau, elle se tourna vers ce grand garçon, qui près d'elle souriait et, à son insu, lui montrait les bons côtés de l'enfance.

— Lis-moi encore une histoire, demanda-t-elle.

— Eh, on avait dit trois !

— La dernière, je te promets.

— Bon, une courte. Celle des sept Auvergnats.

— Oui, celle-là.

De temps en temps, Théodore amenait avec lui un livre de Contes et Légendes, récupéré dans le grenier d'une vieille femme obligée d'abandonner sa maison pour se rendre à l'hospice. Quand les hommes s'étaient présentés quelques mois plus tard pour enlever les meubles de la pauvre femme alors défunte, il avait eu la permission d'aller fouiller sous les combles et de choisir un objet à son goût. Il en était redescendu avec deux livres, dont celui des contes.

Plusieurs gravures intercalées dans le volume représentaient les villes du Puy-en-Velay, de Clermont et de Châteldon. D'autres montraient des bergères coiffées d'un large chapeau de paille enrubanné, une quenouille à la main, arpentant les flancs des volcans derrière des vaches ou des moutons. Au fil des pages, la chaîne des Dômes en éruption crachait lave et fumées à gros bouillons sous le nez d'explorateurs détalant à toutes jambes. Marie se régalait des histoires que lui lisait Théodore, et regrettait de ne pas fréquenter l'école. Cette bâtisse, mystérieuse à ses yeux, où les enfants apprenaient les rudiments de la lecture, de l'écriture et du calcul. Chaque illustration faisait de sa part l'objet d'une attention particulière. Découvrant les gravures, Marie avait l'impression qu'elle pourrait désormais marcher dans ces villes et emprunter les chemins des montagnes reproduites, sans crainte de se perdre. Son imaginaire de petite fille seule travaillait à l'instruire sur un monde qu'elle ne doutait pas connaître un jour.

— *Il était une fois*... Marie, tu m'écoutes ?

— Oui, oui, vas-y, commence.

— *Il était une fois*...

— Une jolie princesse avec des beaux cheveux d'or...

— Ce n'est pas une histoire de princesse, et puis ne me coupe pas sans arrêt, sinon j'arrête de lire !

— Je ne dirai plus rien, promis.

— Bon.

Il était une fois sept frères auvergnats partis en promenade. Après être passés près d'un puits ils eurent l'idée saugrenue de s'arrêter pous se compter par crainte que l'un d'eux ne soit tombé dedans.

S'étant comptés chacun leur tour, ils se trouvèrent six, car celui qui comptait à chaque fois s'oubliait. Alors vite ils allèrent se pencher au-dessus du puits, où chacun apercevant son propre visage se refléter dans l'eau crut voir celui qui manquait.

Ils décidèrent tout de suite de faire la chaîne.

Le plus fort s'accrocha à la barre, un second à ses pieds, tous les sept ainsi de suite.

Mais bientôt, le malheureux qui tenait la barre ne put plus résister au poids des autres. Il cria :

« Escapi... *(J'échappe...)*

Celui qui était au fond cria :

« Crâcho la maî ! *(Crache-toi dans les mains !)*

Ce que fit celui d'en haut.

Et ils furent tous noyés.

Moi qui me tenais pas bien loin, j'ai détalé à toutes jambes de peur d'être entraîné à leur suite. L'herbe était haute ; j'ai marché sur la patte d'un rat qui fit : « Cui... Cui... » et « son » conte fut fini[1].

— Ces sept-là étaient bien bêtes tout de même ! Je préfère de beaucoup les histoires de princesses.

— Tu sais, ce n'est qu'un conte vieux comme le monde, inventé pour faire rire. Les princesses, ce sera pour une autre fois.

La fin du jour fut là. Vite, bien trop vite, au goût des enfants. Quatre heures, déjà la lumière déclinait. Marie ne tarda pas à abandonner sa bonne humeur, comme chaque fois qu'il s'agissait de retrouver les Colignon. Elle savait que ses maîtres attendaient son retour de pied ferme et qu'ils n'hésiteraient pas à la punir sévèrement si d'aventure elle s'attardait. Une merveilleuse journée s'achevait.

Maintenant le temps pressait.

Les silhouettes graciles des arbres défeuillés se confondraient sous peu avec l'ombre montante et ne

1. *Contes et Légendes d'Auvergne*, éd. France-Loisirs.

feraient bientôt plus qu'un avec le ciel et la terre. Le rappel à l'ordre vint d'une cloche lointaine ; elle cogna quatre fois à deux reprises. Marie lança Palou derrière les vaches. Celles-ci ne se firent pas prier pour se regrouper et gagner le chemin.

— Je voudrais que tu penses à moi ce soir, avant de t'endormir, dit Marie d'une petite voix.

— Entendu. Tiens, j'ai une idée, je te lirai une histoire.

— Oh oui.

— Tu n'auras qu'à fermer les yeux et tu l'entendras.

— Laquelle ?

— Je ne sais pas encore. Mais une pas trop longue, sinon j'aurai sommeil avant la fin. Maintenant, tourne-toi, je vais éteindre le feu

— Comment vas-tu faire ?

— Avec mon robinet, pardi !

Marie partit d'un grand éclat de rire. Quand ils furent sur le point de se séparer, elle demanda :

— Tu reviendras me voir ?

— Compte sur moi.

Les deux enfants s'embrassèrent et s'éloignèrent, se faisant de grands signes tous les dix pas. Parvenu à l'orée du bois, Théodore se retourna une dernière fois. Les vaches disparaissaient une à une entre deux haies de sureaux. Marie allait devant, Palou fermait la marche. Il imagina la fillette trotter dans l'herbe détrempée, ses grands yeux clairs en amande fixer le chemin – qu'elle n'aille pas fendre ses sabots contre la caillasse –, ramenant sans cesse ses boucles de cheveux châtains sous son bonnet. Théodore avait bien en tête la frimousse ronde de son amie et il devinait qu'elle marchait en se mordillant les lèvres, la peur au ventre, dans l'angoisse d'affronter ses maîtres.

Aussi se promit-il de revenir au plus vite.

Jean bêcha son carré de terre jusqu'à quatre heures. Puis il mit le feu sous un tas de fanes de pommes de terre et ratissa les feuilles des fruitiers. Au printemps, il répandrait le compost avant d'ensemencer. La porte de la cabane verrouillée, il prit le temps de rouler une cigarette et se mit en route pour le retour. Comme tous ceux qui ne possédaient pas de jardin, Jean louait un lopin de terre en dehors du bourg. Quelques minutes suffisaient pour s'y rendre à pied. Ils se retrouvaient nombreux à jardiner les après-midi. Ce travail mené à bien, tous faisaient un petit crochet chez Largilier, façon de mettre un terme à une journée commencée dès cinq heures du matin. Une collection impressionnante de bêches, de piochons, de râteaux s'alignait contre le mur du café. A l'intérieur, les hommes se tenaient accoudés au comptoir, dans une position identique à celle des outils. Le degré d'inclinaison de certains dépendait en substance de leur résistance au mauvais vin que servait Antoine Largilier.

— Je me demande si on ne meurt pas plus vite en buvant ton vin qu'en descendant tous les jours respirer la poussière de charbon !

— Vu le prix que tu le payes, tu voudrais pas du supérieur, des fois !

Plusieurs d'entre eux, la tête un peu trop bouillante, n'hésitaient pas à se plonger jusqu'aux oreilles dans le lavoir des Chambrette afin de présenter meilleure figure le moment venu de mettre les pieds sous la table.

— L'empoison de Largilier ne nous a pas tués, l'eau glacée ne nous tordra pas le cou non plus.

Antoine Largilier, mineur de fond comme la plupart des hommes résidant sur le site de Champagnac, avait été contraint – pour raison de santé – de se reconvertir. Atteint de la « maladie du mineur » (le terme « silicose » était inconnu, alors), avec une incapacité de travail estimée au-delà de trente pour cent, Antoine, la mort dans l'âme, avait cessé son activité de mineur dans les jours qui avaient suivi ce diagnostic. Propriétaire d'une baraque idéalement placée, Largilier n'avait pas hésité à la transformer en un estaminet et, depuis trois ans, survivait derrière son comptoir, traînant un visage ravagé, résultat d'un savant dosage de vingt-deux années de mine et de quantité de verres de vin descendus.

— Ça me brûle ! se plaignait-il les jours où le brouillard venait buter sur les toits. Ça me brûle tellement que, si je pouvais, je m'arracherais les poumons à pleines mains. Je peux à peine respirer.

— Déjà qu'il crache noir comme de la suie, l'hiver n'arrangera rien. Gare aux coups de froid, renchérit Louise, sa femme.

— Ma vousin, lé Françva Lavignasse, déblatéra à son tour Mario Lazari, loui oussi la saloupérie d'asthme lé travail.

— Ouais, mais Lavignasse, reprit Morel, autre mineur régulièrement victime d'un coup de pied de comptoir, demain matin, il sera dans la cage, parce que piquer la veine rapporte plus que de faire le fonctionnaire sur le carreau.

— Il est vrai, François crache salement depuis un moment. Je le sais, on est ensemble au puits de Chambelève.

— Eh oui, mes cadets, tôt ou tard, la mine aura notre peau. Faut pas se faire d'illusions.

— Dans ce cas, remets une tournée, Toine, je préfère passer l'arme à gauche sachant que j'ai abusé de ta vinasse.

Jean ne s'attarda pas. Il paya la tournée, réajusta sa casquette et salua tout le monde. Il lui déplaisait de devoir ressasser les dangers inhérents à la vie de mineur. Raisonnement simpliste, empreint de superstition, basé sur la peur de provoquer des catastrophes par le simple fait de les évoquer. Il le savait, un jour ou l'autre, il irait certainement grossir les rangs pantelants des hommes bons au rancart. Comment en serait-il autrement ? Peu de mineurs en réchappaient, à moins qu'un coup de grisou, un éboulement, leur épargne de longues souffrances. Jean comparait sa vie à une loterie. N'étant pas maître du tirage, il se montrait fataliste ; suffisamment pour croire en ses chances. « La cause est entendue, la mine me nourrit, pensa-t-il, elle aura ma peau, mais le plus tard et le plus doucement possible. »

En ce qui concernait Louis, et Théodore surtout, l'apprentissage de ce métier ressemblait bel et bien à un véritable gâchis. « On ne met pas des enfants au monde sachant qu'ils finiront la gueule ouverte, les poumons en dentelle, ou bien ensevelis vivants », se reprochait-il. Tous ces hommes vieillis avant l'âge qu'il avait vus mourir ratatinés dans l'oreiller, asphyxiés, épuisés, sifflant des bribes de phrases inaudibles, passant à petit feu et jetant à la ronde des regards de détresse... « Voilà, se disait-il encore, ce que j'aurais dû éviter à mes fils ! »

Il avait également en mémoire les titres des journaux relatant le « drame de Courrières », encore présent dans tous les esprits, survenu deux ans plus tôt, le 10 mars 1906. La plus grande catastrophe minière jamais enregistrée en France à ce jour. « 1 199 mineurs meurent suite à une explosion de grisou dans la veine Cécile de la fosse n° 3 qui ravage des kilomètres de galerie dans les puits n° 2, n° 3 et nos 4-11, où travaillaient 1 425 ouvriers. »

Le quotidien *Le Réveil du Nord* n'hésitait pas à dénoncer les responsabilités et la rapacité des « Vautours de Courrières ». Quatre jours plus tard éclatait la grève dans la compagnie de Courrières et de Dourges, rapidement étendue à l'ensemble du bassin.

Elle devait durer près de deux mois.

« Bon Dieu... mille bonshommes d'un coup ! se répétait Jean. Ça pourrait se produire ici tout pareillement, avec mes deux gamins dedans... »

Avette, l'ingénieur, le lui avait clairement signifié :

— Il descend. C'est à prendre ou à laisser. Si vous êtes d'accord, qu'il se présente samedi à la visite médicale et lundi matin à la fosse, j'ai besoin de bras.

Maintenant il rentrait. Affronter Francette ne l'enchantait guère. Jean l'avait tenue au courant avant de partir pour le jardin :

— J'ai vu Avette, Théodore commence lundi, lui avait-il asséné.

— Qu'est-ce qu'il va faire ?

— Il descend.

Francette – les bras lui en étaient tombés –, blême, écrasée par le poids de la nouvelle, avait cherché une chaise et s'était laissée aller.

— Tu disais que monsieur Avette n'envoyait pas les enfants au fond !... Tu disais que les lois...

— Je disais, je disais... Je le croyais. Mais ce n'est pas

moi qui décide. L'ingénieur a besoin de bras. Nous sommes cinq en bas et trois sur le carreau ; apparemment, ça ne suffit pas pour extraire cent mille tonnes par an. « C'est à prendre ou à laisser », m'a dit Avette. On peut toujours dire non. Mais que fera-t-il ? Le travail ne court pas les rues, Echart n'en veut plus à l'école... Je suis passé chez Tramon, il a engagé un apprenti menuisier et n'en veut point un deuxième. Il peut toujours commencer à la mine, ça ne veut pas dire qu'il y finira ses jours.

— Ah bah ! C'est ce que tu disais quand je t'ai connu, et regarde, il y a vingt ans que tu plonges tous les jours. Certes, tu es encore debout, mais c'est un vrai miracle.

Jean s'était détourné, Louis entrait pour la toilette, faisant les frais de la mauvaise humeur de sa mère.

— Tâche moyen dorénavant de prendre ta douche à la mine, avait-elle rouspété, tu m'éviteras tout ce remue-ménage de bassine et de flotte. Tu entends ?

La nuit était là. Jean s'en revenait accablé, se sachant dans l'obligation d'évoquer devant chacun l'embauche de Théodore à la mine. Le vent, tombé en fin de journée, peinait maintenant à soulever les feuilles mortes. Peu à peu le froid avait pris sa place. Dans les logements des mineurs – des maisons basses et longues, aux allures de casernes – les familles s'entassaient autour de la grande table. Au loin, la mine assoupie – quelques quinquets dispersés faisaient danser l'ombre des crassiers – chuintait et grinçait en sourdine, activée par des équipes réduites.

Ce soir, l'air empestait la poussière de houille.

3

La soupe servie, Yvette la première interpella son père.

— As-tu parlé à monsieur Avette, pour Théodore ?

Jean fit oui de la tête, mais ne dit mot. Comme toujours avant de parler, il vida son bol et le repoussa devant lui.

— Théodore commence lundi, dit-il enfin, passant un doigt sous sa moustache.

Mais chacun devina une réponse incomplète et perçut une gêne dans la voix du père. Qui ajouta sur un ton identique :

— Il descend... en demi-journée, comme tous les moins de douze ans.

Silence.

— Mais il est trop jeune pour aller au fond, ce n'est pas légal ! murmura Louis, le nez dans sa soupe.

— Malheureusement... votre père ne décide pas, intervint Francette.

Théodore fixa son père. Son regard ne contenait

aucun reproche ; simplement deux larmes roulèrent sur ses joues. « Il descend. » « Il descend. » Les mots claquaient au vent de sa petite enfance, non comme une trahison imputée à Jean, mais à une évidence liée à la condition des petites gens, dont il ne doutait pas d'être membre. Théodore le savait, la vie le lui avait déjà enseigné : les pauvres subissent plus qu'ils ne choisissent.

Il balbutia :

— Je ne veux pas mourir.

Jean sursauta.

Francette déposa en hâte une poêlée de pommes de terre sur la table et, soulevant son fils de sa chaise, l'installa sur ses genoux.

— Mon tout-petit, ne t'inquiète pas, souffla-t-elle à son oreille, il ne t'arrivera rien. Je te le promets. Rien, tu entends ! Ta maman te le dit. Et puis, la mine, hein, à la première occasion, tu la laisseras tomber.

Confiant, Théodore laissa aller sa tête contre l'épaule de sa mère. Une irrésistible envie de s'abandonner au sommeil l'envahit peu à peu jusqu'à souhaiter fermer les yeux et dans la douce chaleur maternelle s'endormir, indéfiniment bercé.

— Servez-vous, commanda Francette. Et toi, mon tout-petit, tu mangeras aussi !

— J'ai pas faim.

— Force-toi un peu, va.

— Demain, Théodore n'ira pas à l'école, déclara Jean. Francette, tu iras prévenir le père Echart que tout ça est fini pour lui.

La mère et le fils échangèrent un regard complice. « Deux jours de vacances, plus le dimanche, sont toujours bons à prendre... », se disaient-ils.

— J'irai voir Marie.

— Tu l'aimes bien cette petite, n'est-ce pas ? Je vous préparerai de bonnes choses à manger.

— Veinard, ajouta Louis, voilà que déjà tu « fais dimanche », avant même de commencer !

Jean se taisait, il regardait son fils calé dans les bras de sa mère. Petit oiseau au nid. Sous peu il devrait prendre son envol, alors qu'il savait à peine battre des ailes. « Il est si frêle, pensait-il, ses poignets sont si fins, ses doigts si fragiles. » Il contemplait aussi son visage qu'il imaginait être celui des anges ; sur lequel, depuis ce soir, des pommettes hautes et saillantes atténuaient les traits de l'enfance inachevée.

A sa gauche, Louis mangeait. Celui-ci avait grandi et forci ces temps derniers. Son regard, toujours un peu humide, semblable au sien, qu'appuyaient deux sourcils froncés en permanence, fixait l'assiette sans ciller. Ses cheveux noirs, naturellement plaqués, filaient sur la nuque et rebiquaient par-dessus le col de la chemise. Son nez droit – qu'il tenait du grand-père Gandon – dominait une bouche fine. Un filet de duvet en noircissait la lèvre supérieure. « Je n'en avais guère plus à son âge », se dit Jean. Ses épaules s'étaient étoffées, ses mains avaient épaissi, maintenant il tenait sans peine la cadence. Louis était devenu un véritable mineur, avec de l'expérience.

Puis ses yeux se portèrent de nouveau sur Théodore. Quelques pommes de terre qu'il mâchonnait sans envie arrondissaient ses joues. « Profite, petit, profite de ces jours d'enfance qu'il te reste, parce que, après ta première descente, rien ne sera plus comme avant. »

A l'autre bout de la table, sa « grande », comme d'habitude, s'était servie la dernière, laissant les parents et ses frères piocher dans le plat avant elle. Suppléante de la mère, ses vingt ans s'affichaient pleinement sur son beau visage d'albâtre, rond et rieur, encadré de boucles fines aux couleurs des moissons. De Francette, Yvette avait reçu en héritage les lèvres ourlées, le nez légèrement épaté, les yeux noisette, la poitrine forte, la vaillance et la douceur. Yvette qui bientôt serait femme.

Le temps était passé si vite. Ses trois enfants lui avaient filé entre les doigts en poussant à son insu à l'ombre des soleils d'été, à l'abri des vents et des neiges d'hiver, dans le courant de la vie, au point de le vieillir assez pour qu'il se sente aujourd'hui le cœur douloureux. Francette, elle, tenait bon. Du moins en donnait-elle l'impression. Un mari, deux fils, un futur gendre mineurs de fond, des fins de mois laborieuses suffisaient à son inquiétude et n'importe qui à sa place eût épuisé sa réserve de bonne humeur. Mais, mère avant tout, Francette ne s'autorisait pas à flancher.

La vie se poursuivait, ce soir comme hier. Demain, sans doute semblable à aujourd'hui, passerait à son tour. Locataire du temps, Jean ne souhaitait pas autre chose que de l'étirer le plus possible en compagnie des siens.

Dans la nuit, une pluie fine s'était mise à tomber. Silencieuse, pénétrante. Et, au matin, elle confondait ciel et terre en une mélasse grise. Aux gelées d'automne Champagnac opposait d'interminables fumées que le vent dispersait aussitôt. Dans la froidure, Marie, minuscule pousse égarée, se tenait à son poste. Souvent, l'onglée l'obligeait à tenir ses doigts sous ses aisselles, son bout de nez rougi à l'abri derrière une écharpe. Revêtue d'une limousine trop grande, elle maintenait ouvert au-dessus de sa tête le parapluie que possède toute personne en garde des vaches, des chèvres ou des moutons. Plantée au milieu des prés ou assise en retrait d'une haie, Marie ressemblait à un champignon affublé d'un chapeau disproportionné par rapport à son pied. Il en serait ainsi jusqu'aux premières neiges rendant les herbages impraticables. L'avantage qu'elle tirait de ces longues journées passées en plein air – et qu'importent les basses températures – était que durant ce temps elle n'avait pas à craindre la mauvaise humeur de ses maîtres.

Née un 17 novembre 1901 à Salon-la-Tour, en Limousin, Marie, quatrième d'une famille de six enfants, placée dès l'âge de sept ans chez les Colignon, fermiers des environs de Bois-de-Lampre, devait sa mise à l'écart du giron familial au seul fait de la misère. Las de tirer le diable par la queue, les Saulieux s'étaient finalement résolus à se séparer de deux des leurs dans le seul but qu'ils mangent chaque jour à satiété.

La chose était assez banale en ce début de siècle pour qu'on ne s'en offusque pas davantage. Une bouche de moins à nourrir, voire deux ou trois chez les plus nombreux, restait, au-delà de l'acte autoritaire, le moyen le plus efficace de résister dans la pauvreté. Les dégâts que causait la séparation dans le cœur des enfants et des parents n'étant alors qu'une lointaine évocation, la fracture s'opérait entre douleur et réalisme. Nécessité faisant loi, chacun s'efforçait d'y trouver son compte.

Asservie désormais, plongée dans la plus grande solitude – elle ne connaissait de nuit sans détresse où les pleurs ne l'accompagnent quand, étendue sur sa couche, elle cherchait un improbable sommeil –, Marie tentait de s'acquitter de son mieux des tâches qui lui incombaient. Mais elle était encore à un âge où on ne peut prétendre à la perfection dans le travail, aussi la Colignon y mettait-elle son nez et rabrouait, giflait et injuriait sa « fille » de ferme, sans ménagements.

Marie devait se souvenir toute sa vie de ce jour, alors que lui était réservée au dîner la soupe des chiens, où elle avait été battue et traitée de voleuse pour s'être emparée, sur la table qu'elle débarrassait, d'un bout de pain blanc, réservé aux maîtres.

Dans de telles conditions, quel bonheur pouvait-elle espérer ? Elle bénissait la compagnie de Palou – il ne la quittait ni jour ni nuit. Présent, il adoucissait ses peines les plus lourdes. Parfois, quelques mots agréables du grand valet, solide bonhomme hirsute au regard tendre, la réconfortaient. Il arrivait qu'il bâcle à sa place une corvée au-dessus de ses forces, comme de transporter les seaux de petit-lait et de les basculer dans les auges des porcs. Mais, surtout, l'extraordinaire amitié de Théodore lui redonnait courage. Elle imaginait le garçon attentif à son sort. Bientôt, les vaches à l'étable, il faudrait ne plus songer à se retrouver sur les herbages. Elle savait aussi ne pas pouvoir compter s'échapper pour le retrouver et, ensemble, tapis au creux d'une haie, rire en grelottant, emmitouflés dans une couverture.

Devrait-elle attendre de longs mois, les prés reverdis, que ses maîtres l'envoient de nouveau garder les bêtes ? Alors Théodore, lassé, se souviendrait-il toujours de la petite fille ?

Dans son entourage immédiat, hormis Edmond, elle ne devait guère compter sur l'autre femme de la maison, Irène, paysanne d'une trentaine d'années, dont une succession de malheurs avaient affecté le caractère. Sa longue tête toujours couverte d'un fichu noué sur le cou, ses bras dodus, ses doigts rougis par les eaux glacées, ses petits yeux enfoncés dans deux cavités profondes l'impressionnaient.

Irène ne parlait pour ainsi dire pas. Elle vaquait à son ouvrage dans le plus grand silence, sans songer à se ménager. Au four et au moulin du lever au coucher, elle ne s'en trouvait pas mieux considérée. Partout sur son passage, cette fille laissait derrière elle l'impression d'avoir enterré toute illusion concernant sa vie de femme.

A son âge, l'heure du mariage ayant sonné depuis longtemps, elle ne s'indignait plus de la grossièreté des deux plus jeunes fils Colignon. Lorsqu'ils s'avisaient de lui gifler les fesses, ou de la bousculer dans le foin, Irène se contentait d'envoyer paître les blagueurs, en grognant et gesticulant comme si elle eût chassé une nuée de mouches.

Marie reconnut la frêle sihouette de son ami se hâter vers elle. Son étonnement passé, elle abandonna la souche qui lui servait de siège et inclina de côté le parapluie sans lequel elle eût été trempée pareille à une pattemouille. Déjà Palou s'élançait à la rencontre de ce qu'il croyait être un intrus sur son territoire. Théodore, un imperméable sur le dos, avançait, bravant le mauvais temps, le visage en partie dissimulé sous un large capuchon. De plus, l'humidité de l'air annihilait toutes ses perceptions olfactives et, dans son idée, Palou chargeait un inconnu.

— Palou ! Palou ! cria Théodore, devinant le chien dans l'impossibilité de le reconnaître.

Le capuchon promptement rabattu sur la nuque, il fit

quelques pas visage découvert. Le visiteur identifié, le molosse interrompit sa course. Assis, il gémit d'aise, certain que son rôle s'arrêtait là.

Marie sautillait de joie dans l'herbe détrempée. Abreuvé de questions, Théodore satisfit sa curiosité. Ainsi apprit-elle qu'il travaillerait au fond de la mine dès lundi, à la première heure. Perspective, crut-elle comprendre, qui ne l'enchantait guère.

— Pourquoi ne choisis-tu pas un autre métier, si celui-là ne te plaît pas ?

— Tu parles bien, toi, tu crois peut-être que j'ai l'embarras du choix ! On me dit la mine, je vais à la mine. Moi, j'aurais bien voulu aller dans une autre école, mais nous ne sommes déjà pas si riches à la maison.

Ils restèrent silencieux, assis côte à côte sur la souche. Au-dessus de leurs têtes les gouttes rebondissaient sur le parapluie. Le bruit mat de ces perles froides sur la toile semblait égrener les dernières minutes d'un temps désormais révolu. Théodore sautait de plain-pied dans ce qu'il appelait « la vie des grands », et ne savait s'il devait en tirer une quelconque vanité ou, dès à présent, comptabiliser ses regrets. L'hiver s'installait, lui succéderaient le printemps et l'été mais les après-midi délicieux se feraient rares. Le dos protégé d'une couverture, ils se tinrent pressés épaule contre épaule, laissant le silence envahir le reste de place, parce que, à ce moment, rien n'était plus beau que d'écouter la nature se refermer. Ils assistèrent au long défilé des heures, sans joie particulière, seulement satisfaits de plonger leurs mains dans les flammes du feu, d'appliquer leurs pieds sur les pierres chaudes du foyer. Autour, la pluie poursuivait son ouvrage, transformant les pacages en une lande mystérieusement évanouie sous le brouillard.

Parfois Palou décidait d'une inspection auprès des vaches, qu'il remontait dans un rayon proche de la gardienne. Toutes, affublées d'une cloche, sonnaient différemment ; sans les voir, Marie les identifiait une à une.

Confus, Théodore expliqua avoir laissé le livre de contes au pied de son lit. Marie haussa les épaules ; l'oubli n'avait pas d'importance. « Sans doute, pensa-t-elle, n'a-t-il pas eu la force hier soir de me lire une histoire avant de s'endormir ! »

— Si j'ai le temps, l'été prochain je te construirai une cabane pour t'abriter les jours de pluie, lâcha Théodore sans conviction.

Comme la veille, midi sonnant, ils partagèrent leurs victuailles. Palou, glissé entre les deux enfants, ne se fit pas prier à déjeuner. Encore une fois les patates sous la braise furent un régal. Il était bon par ce froid de se brûler les doigts et la langue.

Isolés dans ce monde de nacre, Marie et Théodore se plaisaient à imaginer en secret l'un de l'autre une existence où rien ni personne ne venait troubler les rêves des enfants. Libres, les contraintes écartées, ils ne quittaient pas les parents et ne descendaient pas au fond d'une mine à seule fin de n'être plus une bouche de trop. Par-delà un ciel de cendres, il y avait cet autre monde où le flot continu de la vie déroulait des scènes allégoriques, au centre desquelles des enfants dressaient l'inventaire du bonheur.

Il plut sans discontinuer. Collés à la souche, dans l'impossibilité de se dégourdir les jambes, ils se regardaient, se souriaient. Et si les mots ne prenaient pas forme sur leurs lèvres, le sens de leurs pensées n'en passait pas moins par les yeux de chacun. L'amitié, née entre eux il y avait peu, résistait aujourd'hui à l'épreuve du silence. Dans cette attitude se reflétait une infaillible complicité.

— Demain, promis, j'amènerai mon livre et je te lirai quatre contes, dit Théodore, le sourire retrouvé.

Il fallut se quitter. Ainsi qu'elle le faisait chaque fois, Marie prit la tête du troupeau. Palou ferma la marche. A hauteur de l'enclos, elle se retourna et cria :

— J'avais fait un vœu ce matin : s'il pleuvait toute la journée, il ne t'arriverait rien à la mine, jamais !

— Je ne te savais pas sorcière !

4

Le dimanche fut en tout point semblable au samedi : pluvieux. A ceci près qu'en fin de matinée se dessina au zénith une brève éclaircie. Une trouée dans le ciel, béante, lumineuse. Une heure, à peine, d'une étonnante clarté ; mais le froid, toujours. Le bonnet enfoncé aux oreilles, les bas roulés au-dessus des genoux, deux chandails enfilés l'un sur l'autre, une cape de bure accrochée aux épaules – la limousine recouvrant le tout –, Marie disparaissait sous des épaisseurs de laine s'imbibant peu à peu d'humidité. « Prends garde, petite, lui avait lancé Edmond ce matin, abrite-toi de l'eau, sinon tu vas pousser comme la mauvaise herbe ! »

Elle reprit sa place de la veille, sur la souche.

De l'autre côté du bois, onze coups partis du clocher appelaient les fidèles à la grand-messe. Et Marie de se figurer Théodore sous les voûtes de pierre, engoncé dans ses habits du dimanche, bâiller d'ennui debout ou à genoux. Et d'envier les petites filles de son âge, près de leur mère, un ruban dans les cheveux, chaussées de cuir, revêtues d'un manteau de drap chaud, élégamment galonné de velours aux manches et au col. « Un jour, moi aussi, j'aurai des rubans, des souliers et un manteau, songea-t-elle. A la messe on me regardera parce que je serai belle. » Un jour... Marie en rêvait. Mais, aujourd'hui encore, alors que les cloches sonnaient à toute volée, ses pieds se recroquevillaient dans une paire de sabots garnis de paille.

Elle déplia un mouchoir – cadeau de sa mère le jour de son départ. L'étoffe amidonnée portait un M majuscule brodé au point de devant, minutieux travail de Florette Saulieux. Marie appliqua le carré immaculé sur ses lèvres. Un parfum de bois de cerisier, de linge propre, mêlé des senteurs de buis, émanait de la petite pièce de lin. Elle se souvint alors de l'armoire que possédait sa mère – son unique bien –, où le mouchoir avait longtemps été détenu. Un meuble brun, avec deux portes pleines et sculptées, et des rayonnages inaccessibles aux enfants.

Marie se tassa un peu plus sous le parapluie.

Ses rêves envolés, la pluie de retour, elle céda au chagrin. Trop de solitude lui pesait à la longue. Sa mère, son père, l'intimité familiale, la chaleur fraternelle, ce tout indivisible venait à lui manquer. Les caresses de Florette, les bons yeux de Camille, les chamailleries entre frères et sœurs occupaient le plus clair de ses pensées. Et ces trombes d'eau déversées sur sa tête ne l'aidaient en rien à reprendre espoir. Moins encore la trop grande différence entre l'inimitié des Colignon et la tendresse des Saulieux.

Il avait promis : « Nous viendrons te voir avant l'hiver... » Ces quelques mots de son père résonnaient en elle comme un indéfectible serment. Le temps mauvais n'indiquait-il pas la proximité de la saison froide ? Et, dans ce cas, qu'attendaient-ils pour venir ? Fallait-il la présence de la neige pour parler enfin d'hiver ?

Marie doutait. Non de l'amour de Florette et de Camille, mais de leur possibilité de se déplacer. L'Hôpital-Hydes, où se trouvait la gare la plus proche, demeurait difficile d'accès depuis Salon-la-Tour. L'aller et retour dans la journée s'avérait impossible. Ne possédant pas d'attelage, les Saulieux ne pouvaient envisager de faire la route à pied. Et puis, auraient-ils de l'argent à mettre dans un voyage en chemin de fer, s'ajoutant aux dépenses de l'hôtellerie ? Evidemment non. Le périple alors paraissait bien improbable. Marie savait que son père – cantonnier – et sa mère – lavandière – trimaient tous deux pour une somme ridicule. La preuve, ne s'étaient-ils pas résolus à placer deux de leurs enfants afin de nourrir le reste de la famille ? D'un autre côté, cela signifiait-il qu'elle était abandonnée et que pour des questions d'argent jamais elle ne devait espérer revoir ses parents ?

La veille, Théodore, auquel elle s'était confiée, avait tenté de dissiper ses doutes. Selon lui, si son père avait promis de venir, alors elle ne devait pas s'inquiéter, tôt ou tard, il viendrait. Et il avait ajouté, tout en craquant une allumette sous les brindilles placées entre les pierres : « Ne t'en fais pas, tous les parents ne sont pas des menteurs. »

Ils avaient dû patienter avant que ne s'affolent les premières flammes de l'amoncellement de bûches détrempées. Les fibres du bois, humides, se dilataient sous l'effet de la chaleur. Envahis par une fumée jaunâtre, ils avaient refermé un instant le parapluie, les yeux et la gorge irrités, et attendu encore pour appliquer leurs pieds gelés sur les pierres du foyer.

En fin d'après-midi, des nuages noirs s'étaient substitués aux moutonnements du matin. La nature acceptait de purger sa peine de plusieurs mois de silence.

Puis, très vite, était venue l'heure de rentrer. De se dire au revoir, simplement. Inutile de s'appesantir, tout avait été dit, avec des mots, d'ailleurs, auxquels on croyait plus ou moins – ignorant leur sens profond –, mais dont, faute de mieux, on se contentait. Un dernier signe et le parapluie avait disparu à l'angle de la haie. Comme les jours précédents, Théodore s'était contenté de suivre le dandinement du petit champignon noir, le balancement des grosses bêtes, la course énergique du chien exécutant son travail de rassembleur. Et quand le brouillard eut tout escamoté à ses yeux, après un dernier coup d'œil au feu mourant sous la pluie, il avait repris le chemin de Champagnac ; d'autres jeux l'attendaient, dont les règles inconnues l'effrayaient.

Francette regardait sa tablée – « son petit monde » – penchée au-dessus des assiettes. Suspendue au bout de sa chaîne, la lampe à pétrole diffusait un halo vacillant dans lequel les visages de ses fils, côte à côte, présentaient un seul profil. Le nez de chacun piquait tour à tour l'ombre et la lumière. Sur les traits de l'un, la pusillanimité des êtres sans révolte : lancé aux trousses de ses aînés, Louis faisait sien ce quotidien et n'affichait d'autre ambition que de décompter les jours et les semaines.

Impuissante, Francette assistait à cette lente évolution, attristée de voir son garçon se perdre peu à peu parmi les adultes, rêvant du service militaire, qui l'amènerait, disait-il, « à voir du pays ». Chez l'autre, encore empreint de candeur, s'égaraient des réponses incertaines aux questions qu'il ne manquait pas de se poser. Elle savait, ce soir, comme pour Louis deux ans plus tôt, que son rôle de maman prenait fin. Théodore désormais aux mains des hommes, Francette ne serait plus qu'une mère corvéable, dévouée au service de trois ouvriers.

Assise à l'écart de tous sur un petit escabeau, Marie mangeait sa soupe, une espèce de mixture rehaussée de rondelles de rave baignant en surface. Une tranche de pain noir émiettée par-dessus épaississait le breuvage sans en améliorer le goût. Irène, appuyée à la maie aux côtés d'Emilienne Colignon, approvisionnait la table depuis le foyer où tiédissaient les plats. Les hommes, Colignon père et fils, Edmond, lampaient une soupe trempée de pain blanc et de fromage. La pièce plongée dans une semi-obscurité valsait à la lueur d'une bougie de suif, soutenue par la clarté de l'âtre.

Les rares fois où Colignon ouvrait la bouche sans avoir l'intention d'y fourrer sa cuiller, c'était pour proférer des critiques relatives aux travaux accomplis durant l'après-midi. Par bonheur, Marie, réfugiée dans l'ombre, échappait à son souvenir.

Le grand valet, le plus souvent montré du doigt, faisait à tort les frais du caractère irascible du maître. Connaissant les tendances du bonhomme, il ne pipait mot. « Chante, vieux pouacre... ça te passera avant que ça me reprenne », songeait-il, préférant réserver sa rancune et plaquer le fermier à la première occasion. La peur de ne jamais reparaître au jour l'empêchait de solliciter une embauche à la mine.

La soirée s'acheva comme toutes les autres. Sitôt la dernière bouchée avalée, le dernier verre éclusé, tandis que le maître de maison se calait sur un des cantous de la cheminée, Edmond regagna la fenière où se tenait sa chambre. Marie desservit, s'attaqua à la vaisselle, au balayage. Irène se contenta de ranger. Emilienne, l'œil en coin, surveilla, houspilla et à la fin, agacée, lança :

— Allez vous coucher, propres à rien, et ne tardez point à vous lever matin !

Les servantes se retirèrent sans un mot pour retrouver leurs couches à proximité des étables. Où, malgré le froid et les odeurs incommodantes du cheptel, Marie, hors de vue de ses maîtres, allongée sur un matelas de feuilles sèches, en compagnie de Palou, pouvait espérer la paix.

Ce soir-là, elle eut la certitude, le moment venu de fermer les yeux, que là-bas, derrière les murs du bourg, un garçon tergiverserait longtemps avant de se laisser aller au sommeil.

5

La pendule indiqua la demie de quatre heures. Louis, Jean, Théodore, la musette en bandoulière, dévalèrent l'escalier. Francette se posta à la fenêtre, écarta le rideau ; deux larmes roulaient sur ses joues. Les silhouettes du père et de ses deux fils s'allongèrent dans l'alignement du chemin de terre battue. Elle leur fit un signe, qu'ils ne virent pas. Troublé, le plus jeune des Gandon ne songea pas à se retourner, comme il le faisait chaque matin en partant à l'école.

Sous une lune voilée, le bourg haussait ses murs et ses toits dans une nuit sans vent. Théodore imagina les pierres prises par le gel soutenir le ciel bas. Plus loin, à sa droite, il vit le lavoir des Chambrette pâle et glacé, le châtaignier se morfondre bras ouverts. Tout, alentour, tel qu'il le découvrait ce matin pour la première fois, semblait mourir d'ennui. Seul l'estaminet de Largilier – dans l'établissement brillait un chaleil blafard – donnait à cette heure, un peu de vie dans le quartier.

Des hommes, par deux, trois ou quatre, remontaient

la rue. Ce n'était que raclement de semelles de bois sur le sol gelé. Pour certains, le petit verre du matin s'imposait. D'autres survenaient, formaient une colonne. Les Gandon s'y mêlèrent. Jean fit les présentations. Théodore serra des mains épaisses, calleuses. Des visages figés défilèrent. On salua l'arrivée du nouveau.

— Adieu, galibot !

— Il descend ?

— Il y va.

— Ça s'arrose !

— Selon la coutume, oui. A la sortie, tu paieras chopine aux amis.

— Mais je n'ai pas d'argent !

— Ne t'en fais pas, Largilier te fera crédit.

— Une fois endetté, tu seras un vrai mineur !

Les hommes eurent un petit rire.

A l'approche de la mine, Théodore vit se dresser la carcasse du chevalement du puits Madeleine, la masse sombre du crassier, les pyramides de houille, la longiligne cheminée décapitée par la brume et le bâtiment des chaudières. En arrière, recouvert d'une chape de brouillard, le « petit lac », ancienne carrière d'argile ayant servi à fabriquer les briques des murs des bâtiments, maintenant réserve d'eau en cas d'incendie. Le « découvert », gisement à ciel ouvert, cratère infundibuliforme, proche de l'abandon, demeurait invisible à la faveur de la nuit. Suspendues à leurs câbles, les bennes du téléphérique chargées d'acheminer par-dessus la montagne les produits d'extraction de Champagnac jusqu'à L'Hôpital-Hydes se balançaient dans l'attente des rotations.

Les pieds portaient sur un sol moelleux, résultat d'une longue accumulation de poussière de charbon mêlée à une terre spongieuse. Des arbres d'essences différentes débités, dont la mine était grande consommatrice, dressaient leur pointe, semblables à une multitude de doigts montrant le ciel. Une agitation fébrile régnait sur le carreau : peu de monde, mais des brûlots dispersés, qui donnaient une impression d'obsolescence de l'installation, comparée aux grandes industries minières du Nord, aperçues sur les gravures des almanachs.

Théodore n'eut guère le temps de se demander si cela était réalité ou pur effet de son imagination ; il eût aimé s'arrêter, accaparer l'univers insolite avec lequel désormais il devrait composer. Bousculé, pressé dans les pas de son père, il prit la direction des vestiaires.

Une vaste pièce, haute, refoulant une moiteur malodorante, aux murs desquamés, s'ouvrit devant lui, ne contenant que des bancs de bois et, en provenance du plafond, un écheveau invraisemblable de fils verticaux de chanvre ou de simples chaînes à petits maillons.

— Te voilà chez les « pendus », le taquina Louis.

Jean lui montra comment se saisir de l'un des fils et le dérouler sur sa poulie. Déshabillé, il suspendit ses affaires aux quadruples crochets qui le terminait, entassa le reste dans un panier grillagé prévu en supplément, et remonta le tout vers les hauteurs. Gestes que reprit Théodore.

— Fais comme moi, enfile tes vieilles nippes. Après tu essayeras ces sabots.

— J'ai pas droit à un casque ?

— Non, il n'est pas obligatoire pour les moins de dix-huit ans ; de plus, tu n'es pas à l'abattage. En attendant, couvre ta tête avec cette calotte de toile, un « béguin », comme ils disent dans le Nord.

Un énorme brouhaha emplissait l'espace, Jean criait

afin d'être entendu. Les hommes s'interpellaient. Façon de tromper l'insidieuse crainte, dont tous étaient saisis à l'approche de la descente. Harnachés, casqués, ils tiraient sur les fils avec solennité comme s'ils hissaient un étendard.

Equipé, Théodore sentit peu à peu le courage l'abandonner.

Sans la présence de son père, de son frère, des visages d'apparence tranquille de quelques voisins, il se serait enfui. Il mourait d'envie d'aller retrouver Marie et, pourquoi pas, de devenir lui aussi gardien de vaches, du matin au soir au cul du troupeau, pour, l'esprit libre, contempler les perspectives gibbeuses et ne ployer que sous la charge des saisons. Mieux encore, rentrer chez lui, informer Francette de son prochain départ pour Clermont, et apprendre les mathématiques dans une grande école. Agénor Baudon ne l'avait-il pas fait avant lui ? Certes, mais Agénor, fils du notaire Baudon, comptait sur l'argent de son père. Conscient de la situation, Théodore regretta de ne pouvoir jouir de telles conditions.

Sa pensée vagabonda alors jusqu'à la classe de monsieur Echart. La vieille école – où revêtir le tablier en satinette noire était obligatoire –, sa toiture d'ardoise, sa cour poussiéreuse transformée en bourbier les jours de pluie, ses quatre marronniers lui manquaient plus qu'il ne se l'était imaginé. Lui revinrent en mémoire les odeurs entêtantes de bois, de cire et de craie, les ambiances feutrées de l'étude, la vision du poêle planté au milieu des pupitres, à proximité duquel il y a peu il s'appliquait à former ses lettres en composition d'écriture. Il revit aussi la grande carte du monde – sur laquelle il avait beaucoup voyagé –, accrochée à droite du tableau. Les cinq continents répartis sur deux cercles immenses, entrelacés et rehaussés des couleurs dominantes, propices aux rêves les plus doux, vert, jaune, bleu, rouge pastel.

— C'est toi le nouveau « porte-peine » ?

Une voix rauque le ramena à la réalité. Un grand et gros homme, regard vitreux, moustachu, casqué, le pic enfilé dans le ceinturon, se tenait devant lui.

— Tu es bien le fils Gandon ? reprit-il.

Théodore avala sa salive et de la tête indiqua à l'inconnu que c'était bien lui. L'homme ajouta :

— Je suis le surveillant du puits Madeleine, où tu descends. Tu travailleras dans l'équipe de Raymond Vergne. Tiens-toi tranquille et fais ce qu'on te dit. Voilà ton numéro, le 216. Arrange-toi pour ne pas le perdre, sinon tu seras à l'amende.

Le surveillant laissa choir dans la main de Théodore une rondelle plate de laiton, sur laquelle étaient gravés les trois chiffres. Et s'éloigna en jouant des coudes entre les ouvriers.

Louis vint se placer près de son frère.

— Evite-le, lui glissa-t-il à l'oreille, c'est pas le genre de type arrangeant, surtout s'il a chahuté un peu trop la bouteille. Il s'appelle Aimé Ladheuil, une véritable peau de vache, il peut pas blairer les Polonais. Ici, on le surnomme le Mal-aimé. Allez, ne te laisse pas abattre, suis papa, moi je descends avec la deuxième équipe. On se verra à la portion [1].

Théodore rejoignit son père. Celui-ci se coiffait d'un casque, sorte de melon en cuir bouilli aux bords parfaitement circulaires et plats.

---

1. La pause casse-croûte.

— A présent, tu es une vraie petite gueule noire. Prends ta musette et reste près de moi.

Les hommes dégringolèrent quelques marches pour déboucher dans le hall sombre de la lampisterie, véritable antre, aurait-on dit. Les voix, les pas surtout y sonnaient, semblables à des semelles dures sous la nef d'une église. Au guichet un préposé remit à chacun, contre la rondelle numérotée, une lampe à benzine munie d'une large anse terminée par un crochet, qu'immédiatement ils suspendirent à leur ceinture, ou à leur col de chemise. Théodore, en possession de la sienne, en fit autant.

— Ne t'en sépare jamais, elle doit aller partout où va ton ombre, lui dit le lampiste.

Ils quittèrent les lieux et s'acheminèrent en direction d'un hangar en tôles voûtées. Le seuil de la fosse. Deux rails au sol entravaient la marche. Trois cents mètres plus bas, les galeries couraient. Dont une, un travers-banc de un kilomètre, partait de Champagnac, transperçait horizontalement les dressants houillers et rejoignait au grand jour le « port sec » de L'Hôpital-Hydes. De ce côté de la mine étaient installés l'embranchement ferroviaire, les quais d'embarquement, les installations du tri, le lavoir, ses trémies, et la briqueterie.

Jean se rapprocha de son fils. Un bras passé sur ses épaules, il caressa la nuque fragile. « Je suis là, fils », entendit l'enfant.

— J'ai peur, balbutia-t-il.

— Je sais. Nous autres aussi. Pourtant, nous avons l'habitude. Mais la peur revient tous les jours, à la même heure. Elle se fiche là, dans le ventre, et des années plus tard elle y niche encore. Faut apprendre à vivre avec.

Théodore eut un maigre sourire.

— Une fois en bas, reprit Jean, dis-toi que tout ira bien. Aie confiance. Tu es jeune, tu as le temps de changer d'aiguillage.

Puis les hommes, abatteurs pour la plupart, passèrent devant un râtelier où étaient entreposés différents outils : barres à mines, rivelaines, masses, pics à une ou deux têtes, droites ou courbes.

— Tes outils à toi, mon galibot, pour l'instant, ce sont tes yeux et tes mains. Ceux-là, au moins, ne pèsent pas au bout des bras.

Une trentaine d'hommes sur la plate-forme de départ attendaient d'être encagés. Le silence s'était fait. Des femmes viendraient un peu plus tard mouliner, c'est-à-dire récupérer les berlines chargées de houille à la remonte et les rouler jusqu'aux culbuteurs. Théodore songea à Yvette. Elle avait occupé ce poste, mais depuis plusieurs mois sa place sur le carreau de Hydes la tenait éloignée de ce genre de manipulations. Il fut heureux de savoir sa sœur écartée des dangers de la mine.

Surgie des profondeurs, la cage s'immobilisa, affleurant le sol. Bringuebalante, affreusement métallique. Les hommes s'y engouffrèrent, répartis sur deux niveaux. Les uns contre les autres. Les portes claquèrent. En fait, des tiers de portes. Là où l'une d'elle manquait, une simple chaîne, un tube creux, la remplaçait. Le machiniste actionna le levier de départ. Deux coups pour descendre, trois pour monter, un pour s'arrêter, tirés sur un câble relié à une cloche sonnant dans la salle du treuil. Les mécaniciens de l'accrochage se montraient vigilants à la manœuvre.

Le « trait » emporta la trentaine d'hommes vers l'abîme à dix mètres-seconde. Une heure peut-être serait nécessaire à la totalité du poste – il y avait cent cinquante hommes au puits Madeleine – pour atteindre le fond et s'éparpiller.

Théodore ferma les yeux, pris par une sensation d'écrasement. Il lui sembla à cet instant du départ qu'un énorme trou creusait son estomac. Ses oreilles se mirent à siffler, sa tête, sous l'afflux de sang, bourdonnait comme une mécanique. Ses jambes, plus molles que de la flanelle, allaient se dérober et le tasser aux pieds de tous. Cédant au vertige, prêt à hurler sa frayeur, une main sur son ventre, l'autre agrippée au bras de son père, il sentit toute force l'abandonner. Tout se bousculait, se brouillait. Le branle de la cage filant sur ses rails destinés à la guider dans sa chute aveugle arrachait un bruit assourdissant. Théodore songea qu'elle ferraillait sans doute anormalement, que bientôt décrochée à force de vibrations elle chuterait pour s'écraser trois cents mètres plus bas et deviendrait le cercueil de tous.

Jean se dégagea lentement de l'emprise de son fils, prit sa main et l'enferma dans la sienne. Puis, comme si les hommes les plus proches s'étaient concertés et accordés, chacun posa une main sur ses épaules. Pour eux, conscients de la transition brutale et traumatisante que subissait l'enfant, il s'agissait de l'accompagner au cours de ce passage, comparable à une initiation, avec la plus grande confiance. Il y avait dans ce geste, lié à des sentiments profonds, une volonté de communiquer à Théodore la certitude que jamais il ne serait seul et que désormais, partout où il irait au pays sans lumière, il pourrait compter sur ses « frères ».

La paroi défila, sombre, vertigineuse.

Entouré, Théodore se sentait renaître tandis que peu à peu grandissait en lui la volonté de résister à toutes ses peurs. Levant les yeux, il vit son père sourire et comprit que tout se passait bien.

La cage atteignit le fond du puits et s'immobilisa dans le noir total. D'un bond, le groupe s'extirpa de la structure métallique.

— Surtout, si ta lampe s'éteint, ne la rallume pas n'importe où, à cause des gaz, lui dit son père.

Une à une – à droite, à gauche – des flammèches pointèrent la tête. Immédiatement un halo jaunâtre, diffusé depuis les verres grillagés des lampes, éclaira les environs. Dans une demi-obscurité Théodore découvrit un hall d'où partaient plusieurs couloirs, fermés par des portes constituées de plaques de métal rivetées. Plus loin, d'autres portes semblables créaient un sas, destiné à maintenir la direction des courants de ventilation.

Des galeries sans fin semblaient se perdre dans le ventre de la terre. La grande salle, haute de plafond, étayée de rails, à première vue avait un air de chantier inachevé. Les ombres de toute chose en mouvement s'allongeaient et dansaient sur les étais verticaux. Au sol, jonché de scories de houille, de cailloux et de craie broyée (au cas où la poudre de charbon viendrait à s'enflammer), flottait une poussière grasse. Dans la faible lumière, quelques flaques d'eau croupie étalaient leurs miroirs dépolis. Et des déchets de matériaux hétéroclites, abandonnés – mêlés à une forte odeur de terre pourrie –, faisaient penser à la formation d'un cloaque. « Voilà, j'y suis, pensa-t-il, des millions de mètres cubes de terre me recouvrent... »

Un claquement brutal le fit sursauter. L'ascenseur repartait pour sa longue course inverse. Plus aucun lien ne le rattachait désormais à la surface.

— Tu n'imaginais pas le fond ressembler à ça ! lâcha un compagnon dans son dos.

Le rythme s'accéléra. Théodore pénétra dans l'une des galeries aux basques de son père.

— Marche régulièrement, lui conseilla-t-il, apprends à respirer, regarde où tu mets les pieds. Les tuyaux que tu vois fixés au-dessus de ta tête sont ceux de la ventilation. Si elle s'arrête, on crève.

— Ça pue. Il fait chaud. J'ai envie de vomir, dit-il, soudain pris de nausée.

— Ne te gêne pas, soulage-toi. Odeur, chaleur, faut le temps de s'habituer.

Théodore se précipita dans un coin.

Plus tard, le sous-surveillant Raymond Vergne vint le débusquer. Il indiqua au garçon une cache où déposer sa musette et lui fit signe de le rejoindre.

— Tu vas donner la main à Jeanjean. Vous remplirez les bennes et vous roulerez dans le travers-banc.

Théodore le suivit d'un pas mal assuré. Sa gorge gardait un goût âpre et tenace. L'acidité de sa salive lui tordait douloureusement les lèvres, et il avait la désagréable impression qu'une poignée de sable fin filtrait entre ses dents.

Ils filèrent droit devant eux. Près d'un train de wagonnets vides, un mineur attendait, appuyé à un manche de pelle.

— Lui, c'est Jeanjean, il te dira ce que tu dois faire, dit Raymond Vergne en serrant la main du compagnon.

— La relève sort directement du berceau, de nos jours ! marmonna Jeanjean.

— C'est pas nos affaires. Le gamin va travailler avec toi. Petit, le moment venu, tu remplaceras les lampes de chacun dans la galerie.

— Quand ?

— Je te le dirai, répondit vivement Jeanjean.

Le sous-surveillant s'éloigna. Le mineur cracha dans ses mains et souleva sa première pelletée.

— Si c'est trop dur de cette façon, alors prends ce que tu peux avec tes mains, dit-il encore à Théodore, qui ne savait par quel bout commencer.

— Et les chevaux, j'aurai le droit de m'occuper des chevaux ?

— Tu verras avec Guillaume, le palefrenier. Mais t'en fais pas, ici le boulot ne manque pas.

Jeanjean et Théodore, arc-boutés, ébranlèrent le wagonnet qu'ils firent rouler jusqu'à un aiguillage où deux bennes stationnaient accrochées l'une à l'autre. Un cheval attelé à la première d'entre elles se morfondait en attendant de tirer le tout vers la cage. Sur sa robe claire flottait une couche de suie, de la bouche à la croupe. Théodore s'approcha. Il se devait de flatter l'animal qu'il prit aussitôt en pitié.

— Il s'appelle Titou. Un bon bougre, lui dit Jeanjean.

— Titou, Titou, susurra Théodore à l'oreille du cheval.

Il laissa traîner sa main sur l'encolure, puis sur les côtes saillantes. Le cheval peu habitué aux caresses tourna la tête et tendit le col.

— Regardez, il me sent ! s'écria Théodore, heureux de voir Titou lui porter de l'intérêt.

— Il te sent parce qu'il ne te connaît pas encore. Maintenant il n'oubliera jamais plus ton odeur.

— Et il me reconnaîtra au premier coup d'œil.

Le mineur prit son temps, contourna les wagonnets et caressa à son tour le dos du cheval. Puis il dit avec le plus de douceur possible :

— Autant que tu le saches, après des années passées dans le noir... notre Titou n'y voit plus grand-chose. Il aura bientôt ses dix ans de fond et pourra prendre une retraite bien gagnée.

Théodore se figea. Lentement, il sentit les larmes crever sous ses paupières. Une violente douleur s'était déclarée au plus tendre de son cœur, le plongeant dans une espèce d'hébétude silencieuse.

Jeanjean comprit aussitôt la détresse de l'enfant. Une main posée sur son épaule, il dit à mi-voix :

— Viens, petit, on va en mettre un coup. Le travail a ça de bon, il permet de ne plus penser.

— Où sont mon père et mon frère ? osa-t-il demander.

Le mineur pointa un doigt impatient en direction d'une galerie de laquelle parvenaient les bruits sourds des pics contre la paroi.

— Je voudrais les voir.

— Allons, sois raisonnable. A la mine, personne ne fait selon son bon vouloir.

Il ajouta, durcissant légèrement la voix :

— Maintenant, il faut y aller. Tu sais, Titou n'est pas malheureux, enfin... Ce que je veux dire... c'est que tout le monde aime bien les chevaux ici, et Guillaume les traite convenablement.

Mais il n'obtint aucune réponse ni remarque. Comme un automate brisé, Théodore fit quelques pas devant lui et, sans savoir ce qu'il devait faire, saisit un bloc à bras-le-corps et le bascula dans une berline vide.

Plus tard, alors qu'ils travaillaient épaule contre épaule, Jeanjean ajouta :

— Il est un peu tôt pour t'en rendre compte, mais tu

verras, mineur est un beau métier qui demande beaucoup de discipline. Seulement, faut s'y faire.

Durant des heures, pataugeant dans une boue poisseuse, Théodore fit ce que l'on attendait de lui : pelleter, pousser, courir pour l'un ou l'autre, changer les lampes, remplir les bidons d'eau claire pour les mineurs esseulés sur le front de taille. Un long parcours à travers la mine, jonché d'embûches. Il allait et venait, tassé par de cuisantes douleurs aux bras, au cou, aux épaules, passant par des galeries aux plafonds sans étais et des boyaux où des dizaines de rats filaient entre les jambes.

L'interminable journée prit fin. Raymond Vergne cogna sur les conduites filant le long des galeries. Le signal se répercuta. Instantanément, le travail cessa. Lorsque les bruits des pics, des masses, des roulements se turent, Théodore se redressa. Parvenu au-delà des coupe-vent d'acier, il porta ses mains à ses reins endoloris. Ses bras, ses épaules étaient broyés, la sueur coulait à flots sur son dos, son torse, et traçait sur sa poitrine des lézardes blanches. Sous la toile du pantalon, son entrejambe le démangeait atrocement. Un doigt de sa main droite saignait, sa gorge le brûlait. Brisé, à grand-peine il reprit son souffle.

Des silhouettes venues du fond des galeries se plantèrent dans son voisinage : piqueurs, boiseurs, boutefeux, convoyeurs, galibots, compagnons. Muets, figés. Parmi eux, derrière un masque de poussière, son père, son frère – qu'il eut du mal à reconnaître – lui souriaient.

La longue procession d'ombres se dirigea vers la cage. Quelques mots passaient par-dessus les têtes, mais ne semblaient s'adresser à personne. Les mineurs s'entassèrent sur les deux étages, dans le plus grand silence, comme à la descente. Au moment de prendre sa place, Théodore aperçut Titou dans son box. Il regretta de n'avoir pas pris le temps de le saluer.

La cage les emporta vers le jour.

Il fallut rendre sa lampe, se doucher, s'habiller. Au sortir de la salle des pendus, bien que le ciel fût bas et la lumière rasante, Théodore ferma les yeux, un instant ébloui. Jean remarqua son doigt abîmé.

— Te voilà avec la marque de la mine ! lui dit-il en souriant. Tu as mal ?

Théodore resta silencieux. Ils poursuivirent la remontée sur Champagnac, dont on apercevait la pointe du clocher derrière les arbres dégarnis. La grisaille recouvrait le paysage. La poussière que portait le vent pénétrait les habitations, se déposait sur les meubles, sur les plantes, et imprégnait les âmes. Sans doute était-ce aussi à cause de cela que l'on avait l'esprit de la mine chevillé au corps.

— Je n'ai pas seulement mal au doigt, j'ai mal partout, dit enfin Théodore, et j'en ai déjà marre. Je ne serai jamais mineur. Et puis, je croyais qu'il avait été dit que je ne ferais que des demi-journées !

— Ne te décourage pas, après un premier jour tu ne peux pas...

— Qu'est-ce que les autres jours auront de différent ?... Et les chevaux ! Tu as vu, les chevaux ?

— Quoi, les chevaux ?

— Dans années dans ce trou... Aveugles... Et tout le monde s'en fiche !

Planté au milieu de la route, Théodore faisait face à son père. Jean aspira profondément et, après un temps, entraîna son fils à reprendre sa marche.

Non, petit, ce n'est pas ce que tu crois. Toi, tu vois les choses avec tes yeux d'enfant, seulement... la vie n'est pas comme dans les livres d'images. T'es-tu une fois demandé pourquoi les chevaux existaient ? Regarde : le patron se sert de l'ouvrier, l'ouvrier de l'apprenti et l'apprenti des chevaux. C'est une chaîne, chacun a sa place.

— Et les chevaux, de qui se servent-ils ?... De personne. Ils sont les derniers maillons de la chaîne et les couillons de l'histoire !

— Eh, galibot !

On l'appelait. Jean n'en fut pas fâché, ne sachant pas très bien comment s'opposer à la révolte soudaine de ce sacré gamin. Blaise Jacquelin – que tous surnommaient Tête Molle depuis qu'un bloc détaché d'une voûte lui avait fendu le crâne –, accompagné de Louis, fondait sur eux en courant.

— Vous marchez vite pour ne pas payer chopine !

— Toi, répondit Jean, dès qu'il s'agit de boire à l'œil, la mémoire te revient.

— Ah, mais pardon, la tradition...

— Eh alors ! où crois-tu que nous allions ?

— Chez Largilier !

— Je te le fais pas dire. Les Gandon ne se défilent jamais. Et, aujourd'hui, c'est le plus jeune d'entre eux qui régale.

Jean pénétra le premier dans l'estaminet. La salle encore vide à cette heure sentait fortement la soupe. Mario Lazari, déjà accoudé au comptoir, buvait et fumait en compagnie d'Antoine Largilier. Le jovial Italien salua l'entrée des hommes les bras tendus au-dessus de son petit ventre rond. Les mineurs lui rendirent la politesse.

— Adieu Rital...

— Adieu Antoine, comment va ?

— Bah, les termites sont dans la caisse, c'est foutu...

Des compagnons rentrèrent, le mégot au coin des lèvres, la casquette repoussée sur le haut du crâne. Jean serra des mains. Tourné vers Théodore, il le présenta comme le nouveau membre de la grande famille des mineurs. L'enfant salua des hommes aux rides soulignées par des restants de poussière de charbon. Sous ce maquillage indélébile se lisaient des visages exsangues, désertés par les couleurs de la vie.

— Lui, reprit son père, il descend au puits de Chambelève. Comme il a la fâcheuse habitude d'enfiler veste et pantalon à l'envers, on le nomme Dagobert.

— Oh, seulement quand le vin m'embrouille un peu les idées.

— Le grand, là, c'est Lech, le Polonais. Ah ! celui-ci, tu le reconnais ! Jeanjean, dit « Jean-foutre », parce que depuis son accident...

— Je me fous de tout, coupa l'intéressé.

— Vous ferez équipe quelque temps, c'est un brave, écoute-le, il connaît son affaire, ajouta Raymond Vergne.

— Et sobre comme un chameau, avec ça ! cria quelqu'un dans l'assemblée.

Tous éclatèrent de rire.

Raymond Vergne dit encore, haussant le ton :

— Je vous préviens, demain nous aurons le Mal-aimé sur le dos. Il n'a pu descendre aujourd'hui : retenu par monsieur Avette.

— Il se serait fait remonter les bretelles, paraît-il, précisa le Polonais. Manque de sécurité dans certaines galeries, boisage insuffisant.

— Il risque gros.

— S'il ne biberonnait pas tant ! Pour un surveillant, ça la fout mal.

— Peut-être, mais il a des raisons de boire, de bonnes raisons ! Il n'est plus le même depuis la mort de son gamin, voilà ! dit Jean-foutre d'un ton sec, mettant un point final au chapitre « Aimé Ladheuil ».

La conversation se poursuivit. Largilier consigna sur un petit calepin noir qu'il portait en permanence sur lui la dette que devrait régler Théodore en fin de semaine. Puis, la faim, la fatigue, eurent raison des bavardages. On prit congé.

Francette servit ses hommes. Impatiente d'apprendre comment s'était déroulé ce premier jour, elle harcela Théodore de questions. Il répondit évasivement, par oui, par non. Attitude inhabituelle chez lui, que Francette mit sur le compte de l'épuisement. Jean qui savait le mal plus profond vola au secours de son fils.

— D'après Vergne, dit-il, il ne manque ni de qualités ni de courage.

— Je ne serai pas mineur longtemps, déclara Théodore, l'œil sombre.

— Tu ne t'y plais donc pas ? demanda sa mère.

Théodore fit non de la tête et marmonna :

— Dès que je le pourrai, je prendrai un nouveau travail.

Francette et Jean se regardèrent. Certes, ils n'étaient pas mécontents de voir leur fils échafauder un projet de vie différent du leur, mais Jean le savait pour l'avoir vécu, suite à la première journée passée au fond à suer sang et eau, conscient des dangers, la réaction était la même pour tous. Ce n'était qu'après, qu'insidieusement, la mine, ensorceleuse, vous prenait, vous accaparait au point de ne plus pouvoir s'en séparer.

Théodore refusa de prendre un peu de repos, comme Louis et Jean. Il s'habilla et sortit. Dans sa tête ne cessait de passer l'image d'un cheval aveugle. Accidenté, couché sur le flanc, il attendait d'improbables secours. Il ruait, hennissait de douleur, de frayeur. Un sang épais coulait de ses oreilles. Ses longues dents jaunes mordaient le vide. Ses yeux exorbités fixaient sans le voir le cahot de l'explosion ; des décombres la mort s'avançait. On l'abattait sur place. Enfin sa dépouille était tirée jusqu'à la cage.

Il chassa cette triste vision et songea à se rendre auprès de Marie. Mais se ravisa bien vite. Quatre heures venaient de sonner, la petite bergère ne devait plus se trouver sur les pacages.

L'idée d'une balade à travers bois, sans but, lui déplut. Finalement, ses pas le conduisirent à la sortie du pays. Sur la route de Mauriac. Malgré le froid, en haut d'un chemin, il s'assit sur une pierre. Le paysage filait à ses pieds, anguleux et menaçant, pour remonter en pente douce et disparaître au sommet d'une butte qu'occupait un boqueteau d'arbres squelettiques. Là, sous un ciel austère, il songea à l'été. A cette merveilleuse saison chaude, qui dessine des sourires sur les visages des hommes et des femmes, fait rire les enfants, réjouit les cœurs. A l'heure où la nature tardait à s'endormir, quand le chant des grillons s'écoutait au frais, assis sur les marches des maisons, quand l'odeur des seringas faisaient oublier la puanteur des poussières grises. Et encore à Titou – aux chevaux des mines – qui jamais peut-être ne connaîtraient les piqûres de la pluie, le feu du soleil sur le dos, et n'auraient le loisir de courir, de s'ébrouer en toute liberté.

La nuit s'annonçait lorsqu'il sortit de ses pensées et se leva. A moins de un kilomètre, le bourg scintillait déjà de quelques lampes ici et là, comme autant d'étoiles pâles égarées en périphérie de la planète. Les volets se fermaient un à un.

La porte claquée, il vit Yvette aller et venir dans la cuisine, le visage rouge, revêtue de son tablier de trieuse, lire une lettre de Marius. Celui-ci n'avait pu obtenir la permission espérée, et la jeune fille se désolait de ce contretemps.

— Tu te rends compte, disait-elle à sa mère, elle est remise au mois prochain, tout ça à cause de leurs manœuvres !

Théodore se fondit dans l'intimité familiale. Francette, penchée au-dessus de son fourneau, tentait de rassurer sa fille, mais Yvette ne pouvait se faire à l'injustice dont était victime son Marius, et ne montrait aucune curiosité à l'égard de son jeune frère, mineur depuis aujourd'hui.

A l'écart des femmes, sur un coin de table, Louis et Jean jouaient aux cartes. Ils plaisantaient à propos des plis qu'ils gagnaient à tour de rôle. Tout à l'heure, avant de passer à table, au moment d'aligner les couverts, Jean tirerait les persiennes, Louis descendrait à la réserve de charbon que la compagnie offrait aux mineurs et en remonterait deux seaux pleins.

Théodore, désœuvré, se cala à l'angle de la fenêtre. Inondant la rue, la nuit déferlait.

6

Marie eut froid cet après-midi. De solitude, de tristesse. Sa seule distraction fut de suivre la ronde d'un épervier dans un ciel de cendre. Le rapace tournoya longtemps en poussant son cri victorieux, avant de plonger vers le sol et de disparaître derrière un alignement de hêtres.

Sur le chemin du retour, Palou se plaça à ses côtés, en tête du troupeau. La petite fille posa alors sa main sur l'encolure du chien, fouilla les poils drus et laissa ses doigts dans la chaleur animale.

La traite achevée, Marie rentra des bûches. Deux par deux. Puis tira de l'eau du puits, détrempa le pain et le son pour la volaille et jeta le grain aux poules entourées de leurs poussins, surveillée par un coq juché en sentinelle, gonflant son jabot et détirant ses ailes. Edmond l'avait ensuite aidée à nourrir les porcs et, en cachette de Colignon, l'étable contournée, par une fenêtre basse, elle avait admiré deux veaux de trois jours. Marie s'était enthousiasmée lorsque les nouveau-nés, campés sur leurs jambes branlantes, avaient pris d'assaut le pis de leur mère et tété insatiablement.

Marie saisissait le plaisir si petit soit-il, au vol, se l'appropriait et en tirait toute sa force.

Lorsque la Colignon lui ordonna de mettre de l'eau à bouillir, Marie pensait au lendemain qui verrait peut-être Théodore surgir sur les pacages.

Soudain, des hurlements emplirent la maison. L'enfant et la femme se regardèrent. L'une comme l'autre reconnurent la voix d'Irène et pensèrent à un accident. Emilienne Colignon lâcha son travail et se rua dans la cour.

— Ne bouge pas de là, toi ! dit-elle à Marie en claquant la porte.

Les cris provenaient de la grange. Elle s'y dirigea à grandes enjambées.

Irène étouffait sous de gros sanglots, agenouillée au milieu du foin, le visage dans ses mains. Son corsage déchiré s'ouvrait sur ses seins nus. Sa jupe de gros drap, boudinée à la taille, découvrait ses cuisses blanches. Tremblante, elle ramena le tout. Derrière elle, dans l'ombre, Damien Colignon terminait d'enrouler sa ceinture de flanelle. A la vue de sa femme, ses mains retombèrent. Honteusement. Emilienne fit un pas en avant, son visage affichait une affreuse grimace de souffrance, d'humiliation puis, lentement, portant une main à sa poitrine, l'autre à sa bouche, comme si elle eût voulu ronger son poing, elle expulsa un long cri de bête.

Irène s'était traînée sur la paille et, recroquevillée, suffoquant, ne formait plus qu'un amas de chair. Damien fit un geste vers sa femme, voulut ouvrir la bouche, s'expliquer. Mais elle le rejeta d'un geste.

Colignon s'arrêta net, d'énervement abattit son poing sur une poutre de soutènement.

— C'est toi, garce, qui as tout manigancé, jusqu'à ce qu'il te le fasse, hein ! hurla Emilienne.

— Non... gémit Irène en ramenant son corsage.

— Oh que si ! C'est ta façon de me remercier de t'avoir prise à notre service ! Mon fils aîné ne te suffit plus, il te faut le patron ! Tu t'imagines peut-être qu'il va me renvoyer !

Emilienne éclata de rire. D'un rire nerveux et tragique.

— Pauvre rien du tout, cria-t-elle encore, relève-toi, prends tes quatre guenilles et fous le camp !

— Milienne...

— Toi, vieux porc...

— Ferme-la, maintenant, tonna Damien. En voilà assez de tes coups de gueule. J'ai planté Irène, et alors...

— Et alors !

— Eh bien oui, je l'ai fait !

Silence.

Puis, Damien Colignon reprit calmement d'un ton plein de morgue :

— Et je vais te dire pourquoi... Parce qu'elle est fraîche et que tu es fanée. Parce qu'elle est ronde et que tu es plate, sèche, laide : de méchanceté, d'avarice, de jalousie. Parce qu'elle est jeune et que tu es vieille. Et aussi parce que la vie, ici, est sans aucun plaisir. Pour toutes ces raisons, je l'ai fait. Et je ne regrette rien. Tu entends, rien ! Plutôt la prison ou l'enfer que les regrets.

Damien Colignon repoussa Emilienne et sortit les mâchoires serrées par la colère. Parvenu au milieu de la cour, il se retourna et ajouta en direction de la grange :

— Personne ne fera son baluchon. Ni ce soir ni demain !

Il tourna les talons et s'engouffra dans la maison. Ses fils et Edmond, rassemblés devant l'étable, restèrent de marbre lorsqu'il ouvrit la porte d'un coup de pied et qu'elle alla cogner contre le mur. A l'intérieur, Marie, apeurée, recula devant l'arrivée fracassante de son maître. Son cœur avait bondi ; ses jambes tremblaient.

— Allez, gamine, sers-moi la soupe ! cria-t-il les yeux hors de la tête, et tant pis pour ceux qui ne sont pas là !

Marie déposa la soupière sur un coin de table, Damien y plongea la louche. Les Colignon, suivis d'Edmond, arrivèrent les uns derrière les autres, sans un mot. Chacun gagna sa place et remplit son assiette. Emilienne entra bien plus tard, le visage ravagé. Elle s'assit lourdement en bout de table, repoussa sa jeune servante qui s'apprêtait à la servir et demeura l'œil égaré sur le décor de la pièce.

On ne revit Irène que le lendemain. Six heures sonnaient. Selon son habitude, elle alluma l'âtre et le fourneau. La vie reprenait, silencieuse et rythmée. Du moins, essayait-on de le croire. Le vent avait soufflé fort cette nuit, mais insuffisamment pour balayer la vilaine histoire que chacun gardait bien présente en mémoire.

La neige ne tomberait pas encore aujourd'hui. Les vaches à l'attache se démenaient, impatientes de sortir. Marie se prépara pendant qu'Edmond libérait les bêtes.

Elle rejoignit la cour harnachée de ses épaisseurs de laine, bardée de sa musette, d'un bidon d'eau et de son parapluie. S'étant saisie d'un bâton, elle s'apprêtait à partir lorsque Colignon sortit et marcha sur elle.

— Ecoute-moi, toi, lui dit-il, en pointant un doigt menaçant sous son nez, si jamais tu parles à qui que ce soit de ce que tu sais, je te jure que personne ne te retrouvera vivante. Tu m'as bien compris !

Marie, terrorisée, acquiesça d'un signe de tête et balbutia : « Oui, monsieur. »

Les communaux disparaissaient sous le brouillard. La vaste prairie résonnerait toute la journée du tintement des sonnailles.

La matinée fila, ennuyeuse et froide. En début d'après-midi, son maigre repas terminé, Marie décida d'un petit tour le long des haies, Palou dans ses pas, quand elle entendit sonner des sabots sur les cailloux du chemin. Quelqu'un passait en contrebas. Marie se faufila entre les arbustes de la haie et reconnut Irène. La pauvre fille traçait la route, son baluchon lancé par-dessus son épaule. Derrière elle, Guy, l'aîné des fils Colignon, s'apprêtait à la rejoindre.

— Irène, attends un peu ! criait-il.

Quand il fut à sa hauteur, il se plaça devant elle et, la saisissant aux épaules, la força à s'arrêter.

— Attends un peu, bon sang ! Je sais que tu n'es pour rien dans cette histoire, lui dit-il les yeux baissés.

Le malheureux se dandinait sur ses jambes courtes. Sa face ronde reflétait cet air désolé des jeunes gens timides contraints d'afficher leurs sentiments. Il ajouta :

— Pourquoi ne pas l'avoir envoyé promener, comme tu le fais avec mes frères !

Irène marmonna d'une voix étranglée :

— Je n'ai pas eu le temps, il s'est jeté sur moi, il m'a poussée... Et puis, je n'ai pas osé.

— Tu n'oseras toujours pas, s'il recommence ?

— Non... C'est pour ça que je m'en vais.

— Où iras-tu ?

Irène eut un geste vague.

— Je finirai bien par trouver à me louer dans une ferme. Les grandes familles cherchent toujours après une bonne. C'est dommage...

— Pourquoi ?

— Parce que, avec toi... j'aimais bien.

— Alors, reste, je te promets que jamais plus mon père... (Guy ramena ses deux poings devant son visage.) Je vais lui parler à ce salaud.

Puis il s'avança pour s'emparer de la main de la jeune femme.

— Viens, lui dit-il à l'oreille. Trouver une place à pareille époque de l'année n'est pas aussi simple. Et je serais contrarié de te savoir seule, lâchée dans la nature.

Tous deux rebroussèrent chemin, pressés l'un contre l'autre. Irène, la tête appuyée à l'épaule de Guy, sanglotait doucement.

Marie fut joyeuse cet après-midi-là. Dans sa tête d'enfant, elle imagina Irène, la servante, enfin heureuse aux côtés de Guy, fils de propriétaire, et en conclut que plus belle histoire ne pouvait exister dans les livres de contes. Extrapoler lui permit de rêver sur son propre sort. Elle entreprit un tour du troupeau en chantonnant. Les vaches cessèrent de brouter, relevèrent la tête sur son passage et se prêtèrent à ses caresses.

Le soir, les Colignon au complet, on dîna dans un silence total. Emilienne, appuyée à la maie, ne toucha à aucune nourriture. Irène cuisinait, Marie servait.

— As-tu l'intention de te taire encore longtemps ? demanda Colignon à sa femme.

— Aussi longtemps que cette fille restera sous mon toit.

— « Mon » toit ! ironisa-t-il.

Emilienne se projeta en avant, comme poussée par un ressort.

— Eh bien oui, « mon » toit ! vociféra-t-elle. Tu as oublié que mon père a réglé plus de la moitié du domaine, et qu'une fois mort sa part m'est revenue ! Aurais-tu oublié les herbages du pré bas ? De la grande colline ? Qui, selon toi, en est propriétaire ? Tu ne te souviens pas ? Dans ce cas, le notaire pourrait te rafraîchir la mémoire. Les contrats ne sont pas faits pour les chiens !

Touché, Colignon se tint le nez piqué dans son assiette. Irène s'était reculée, prête à fondre en larmes. Emilienne reprit plus vivement encore :

— Alors, tu n'ajoutes rien à ça ? Tu t'imaginais peut-être mener la belle vie à mes frais, en compagnie de ta souillon ! Foutre tout le monde dehors, et rester ici tranquillement à faire tes cochonneries ? Mais attends de voir, ça va te coûter cher, Damien Colignon !

Le silence se fit de nouveau. Cette fois Irène, réfugiée dans l'ombre de l'escalier, pleurait pour de bon.

— Tu as la rancune chevillée au corps, dit calmement Colignon. Si nos vieux n'avaient pas arrangé les choses à notre place, jamais je ne t'aurais mariée. Tout le monde me disait de me méfier, que tu étais la méchanceté même.

— Chante, beau merle, marié tu l'es, et avec moi qui tiens les cordons de la bourse. Te voilà pieds et poings liés.

— Méfie-toi, que mon poing n'aplatisse pas ton vilain museau !

— Tes menaces ne m'effrayent plus. Mais frappe-moi, et je saurai aussi te faire régler la note.

L'affrontement promettait de durer, aussi, un à un, tous quittèrent la table.

— Les rats sentent l'incendie, alors ils décampent ! grinça Emilienne.

Chacun sortit ou regagna sa chambre. Edmond s'éloigna derrière les bâtiments. Dans la nuit ne brilla bientôt plus que le brûlot de sa pipe. Guy s'arrangea pour entraîner Irène en haut du fenil où, sous une couverture, ils s'apprêtèrent à passer la nuit blottis l'un contre l'autre.

Marie, quant à elle, se réfugia à l'étable. Le calme y régnait, ainsi qu'une douce chaleur. Plus tard, à l'heure de s'endormir – Damien et Emilienne toujours enlisés dans les insultes –, Marie pria le ciel que la neige reste quelque temps encore suspendue aux nuages, et que dimanche ramène vite Théodore, sachant que ses misères chez les Colignon ne prendraient pas fin de sitôt.

7

Théodore longea les parois débouchant sur le front de taille. Plus il avançait, plus la résonance des pics en action se faisait distincte. Niveau 340, la galerie se rétrécissait à mi-chemin en un boyau montant, dans lequel courait un chantier d'étayage. Une odeur de terre pourrie l'avait envahi, qui l'obligea à retenir sa respiration quelques secondes. Le sol détrempé offrait l'avantage de pouvoir y planter le nez de ses sabots et d'éviter les glissades. Une moiteur suffocante rendait la progression difficile, et chaque geste déclenchait un ruissellement sur tout le corps.

En sa qualité de galibot le plus jeune, une de ses nombreuses tâches consistait à approvisionner régulièrement en eau les abatteurs isolés de la veine Caroline. A l'avancement, où se trouvait son père, le reflet des lampes posées en hauteur léchait les parois entaillées et en grossissait exagérément les blessures. A cet endroit le gisement se faufilait au cœur d'une couche rocheuse – les boutefeux dans l'impossibilité d'intervenir, la voûte jugée dangereuse, sujette aux éboulements –, les mineurs perdaient du temps à piquer avec précision. Les éclats volaient en gerbes. La houille livrée, mêlée à sa gangue de roche, restait à l'évacuer jusqu'aux berlines stationnées dans le travers-banc, l'accès au front de taille devant rester libre. Travail exténuant, exécuté par les manœuvres non spécialisés, dans le cas présent, Jeanjean et Théodore.

Théodore déposa les bidons d'eau en retrait des ouvriers et chercha son père. L'ayant repéré agenouillé dans le halo de sa lampe, il lui adressa un petit signe et repartit vers le pelletage.

Ses douleurs au dos, aux épaules, atténuées durant la nuit, étaient réapparues, plus vives que la veille dès les premiers efforts. Jean-foutre vit les grimaces fugitives tirailler le visage de son jeune compagnon.

— Ah ! le métier rentre ! se moqua-t-il amicalement.

Malgé une nuque lourde, Théodore, vexé d'apparaître diminué, repéra un bloc, s'en saisit, et l'enleva pardessus les ridelles.

La berline pleine, ils repartirent au fond du boyau remuer la grêle et la houille, qu'ils roulèrent jusqu'aux rails, et recommencèrent à charger sans possibilité de souffler.

— Ici, c'est le bagne ! déclara le boiteux. Que veux-tu, nous n'avons pas tiré le bon numéro, comme ces messieurs en chemise dans les bureaux. Mais nous, nous gagnons notre paradis. Et franchement, là ou ailleurs, je m'en fous !

Les hommes ahanaient, ponctuant leurs efforts d'expirations poussives, laissant penser qu'ils abandonnaient jour après jour des lambeaux de force. Théodore regardait, impressionné, à la faveur des lampes, les muscles de son compagnon jouer en surface de sa peau. Son torse, ses bras, son dos se gonflaient, huilés de sueur.

— Mais attends d'avoir une bonne crise de furoncles, ajouta Jeanjean. Des boutioles comme des marrons, nichées sous les bras et entre les jambes, qui te dévorent des jours et des nuits. Ce qui n'est rien finalement, à côté de la maladie des yeux ! Une belle saloperie, ma foi... Tes quinquets tournent dans tous les sens, tu es comme ivre mort. S'ensuivent des maux de tête, des sueurs froides, des palpitations ; tes forces t'abandonnent... Et puis cette autre, là, dont le nom m'échappe, qui te provoque des hémorragies et te vide de ton sang en moins de deux. Que des gentillesses, je te dis, offertes gracieusement.

— Les chevaux aussi sont malades des yeux ?

— Nan, pas les chevaux.

Théodore pensait à Titou, à ses pauvres yeux incapables de distinguer autre chose que le flou des ombres dans le vacillement des flammèches.

Une équipe de boiseurs étançonnait la voûte de la veine. Dans la partie la plus haute du plafond, sous peu des rails seraient posés ; on parlait même d'un tapis d'évacuation. L'importance du gisement semblait nécessiter une installation complète et durable. En début de deuxième heure, des petits coups répétés sur les tuyaux de ventilation annoncèrent à tout le poste la présence du surveillant sur les lieux d'extraction. Le pas lourd du Mal-aimé, butant sur les cailloux, retentit bientôt dans le travers-banc. Le gros homme arriva appuyé sur son pic, qu'il utilisait comme canne. Parvenu à hauteur des premières charpentes, il appliqua une main sur la paroi humide, examina le chantier et se rua sur les boiseurs.

— Des étais, des entretoises manquent, là, et là ! gueula-t-il soudain. Par contre, les fainéants ne manquent pas ! Je repasserai d'ici une heure, et on verra !

Il revint, disposé à ridiculiser les hommes du soutènement. Mais l'alcool descendu au goulot de son bouteillon avait atténué sa colère. Il se contenta alors de tambouriner sur les étais récemment posés, de caresser les aspérités de roche entre les bois, de replanter certaines flandres au bout desquelles se balançaient les lampes, et déclara de sa voix sourde :

— C'est mieux... beaucoup mieux.

Un dernier coup d'œil circulaire et Aimé Ladheuil repartit. Trébuchant, titubant.

Jean-foutre, appuyé au manche de sa pelle, le regarda s'éloigner. Secouant la tête, il marmonna entre ses dents :

— Autrefois, tu avais là le meilleur des hommes... Aujourd'hui, tel que tu le vois, ce type est rongé par le chagrin.

A l'heure de la portion, sachant Théodore heureux d'approcher les chevaux, le palefrenier lui suggéra de ramener Titou à l'accrochage. Théodore déambula à sa recherche tout en mâchonnant son casse-croûte, pour le découvrir attelé à une berline dans le noir complet. Une habitude qu'avait Guillaume, d'abandonner les chevaux là où ils se trouvaient au moment de la pause. Résigné, le cheval attendait tête basse le retour de son maître. Théodore s'avança et laissa aller sa main sur l'encolure. Surpris, Titou redressa brusquement la tête malgré le plafond bas, et tendit le col à la recherche d'une odeur familière.

— Tu me reconnais ? Aujourd'hui, j'ai du sucre dans mes poches. Tiens, tout est pour toi.

Titou croqua les quatre ou cinq morceaux que lui offrit Théodore, mais aussi l'une des deux tartines de son casse-croûte. L'enfant et l'animal, tête contre tête, se livrèrent en toute confiance aux jeux de l'amitié.

— Si je pouvais te faire évader, chuchota Théodore, je suis sûr que tes yeux petit à petit s'habitueraient à la lumière.

Puis il fallut remonter la galerie, s'engager dans le travers-banc, se positionner pour s'accrocher aux autres berlines et former le train en direction de L'Hôpital-Hydes où, rendu sur le carreau, le contenu des berlines serait trié.

C'est une fois la berline aux mains des rouleurs, le garçon et le cheval de retour dans le secteur d'extraction, que Titou s'arrêta sans en avoir reçu l'ordre. Théodore pensa tout d'abord à une habitude prise en compagnie de Guillaume – une pause à cet endroit, après l'effort. Mais sitôt à l'arrêt le cheval montra des signes de nervosité. Titou commença par marteler les rails, émit quelques hennissements sourds puis tenta un demi-tour, sans y parvenir, gêné par les berlines vides qu'il redescendait. Théodore le comprit : quelque chose d'anormal se passait.

Pendu au licol, il parvint à apaiser le cheval, du geste, de la voix. Titou cessa de piaffer, mais n'en poursuivit pas moins ses hochements désordonnés. Théodore tendit l'oreille ; au bout de la veine Caroline les cliquetis des pics sur la paroi lui parvenaient toujours, nets, lointains.

— Calme, Titou, calme. Là !... Là !...

Soudain, un roulement sourd les fit sursauter. Un branle cahoteux, duquel cinglaient des craquements sinistres d'étançons brisés. La résonance d'une déflagration venait de retentir. « Ce n'est pas dû à la poudre, songea Théodore tenaillé par la peur, les boutefeux ne viennent pas à Caroline. La... La galerie s'écroule ! A moins que le gaz... » Une cascade de secousses proches s'ensuivit, signifiant l'effondrement de la roche. Les trépidations du sol, immédiatement transmises aux corps, laissèrent croire un instant que la terre se déchirait sous les pieds. Les parois environnantes s'effritèrent par poignées. L'eau suinta et se mêla très vite à la terre ; une boue se forma. Des blocs de pierre roulèrent dans le noir, qu'ils ne virent pas. Titou, effrayé, reprit ses piétinements, se cabra. Heurtant la voûte, il retomba à demi étourdi, le chanfrein piqué d'un filet de sang malgré la protection de cuir du harnais.

Prisonnier de sa propre angoisse, cette fois Théodore eut du mal à raisonner l'animal. Il songea à son père, resté de l'autre côté. Et appela. Sans réponse, il demeura hébété, persuadé de l'écroulement général de la mine et de toucher bientôt au terme de sa jeune vie. Puis ce fut de nouveau le silence. Contracté jusqu'à la douleur, il vit un épais nuage de charbon et de terre, odorant la pourriture, courir à leur rencontre, danser sous leur nez et les envelopper. Théodore exhiba sa lampe. Le halo inefficace buta sur un mur de particules de poussières aveuglantes. N'ayant pas remarqué d'autres sources lumineuses, il déposa sa lampe à ses pieds et se protégea comme il put le nez et les yeux. Dans l'impossibilité de bouger, Théodore tenta de se raisonner, se répétant qu'une fois la poussière dissipée les secours ne tarderaient pas. Le cauchemar terminé, il pourrait alors se jeter dans les bras de son père. Il regretta de n'avoir pas accroché son bouteillon à sa ceinture, la salive lui manquait. Ses yeux le piquaient. Titou avait retrouvé un semblant de calme, il en conclut que tout danger était peut-être écarté.

Enfin il perçut le pas de course des hommes lancés dans le travers-banc. Les sauveteurs donnaient de la voix. Quelques secondes encore et le Mal-aimé fut derrière lui. Déjà la poussière se retirait partiellement, aspirée par un appel d'air fourni par l'ouverture des sas d'aération.

La grosse voix du surveillant tonna :

— Quelqu'un ? Répondez !... Quelqu'un ?...

— Là ! cria Théodore.

Le Mal-aimé mit un genou au sol et le prit par les épaules.

— Tu n'as rien ? questionna-t-il.

Théodore secoua la tête de gauche à droite et soudain éclata en sanglots dans les bras du gros homme.

— Titou s'est arrêté d'un coup, balbutia-t-il, la gorge étranglée par l'émotion, et... il y a eu un grand bruit...

Le surveillant lui fit comprendre qu'il était inutile de poursuivre. Il caressa la nuque de l'enfant. Lentement Théodore se sentit absorbé par l'étreinte de l'homme. Agenouillé, le mineur le pressa contre sa poitrine et Théodore l'entendit nettement murmurer à son oreille : « François... François... » Une faiblesse qu'Aimé Ladheuil – l'espace d'une seconde – n'avait pu dominer. Il se redressa, toisa le galibot, égara sa main dans ses cheveux et dit, tourné vers le cheval :

— Ce bougre-là t'a sauvé la vie. Dix pas de plus et vous étiez dessous. Regarde, les gravats ont roulé à un mètre de tes pieds. Mène-le à l'écurie, et toi, si tu veux remonter, vas-y, je te donne la permission.

Déjà Jeanjean, d'autres compagnons l'entouraient, réjouis de le retrouver sans une égratignure. Guillaume, volontaire pour le déblaiement, dételа Titou, lui fit effectuer un demi-tour et, le confiant à Théodore, lui recommanda de laver sa plaie.

— Donne-lui à boire ! cria-t-il en s'éloignant.

Trois heures furent nécessaires aux sauveteurs, pelletant et piochant à cadence soutenue, pour dégager le mur. L'ingénieur Avette, planté à la section, distribua les rôles au fur et à mesure qu'arrivèrent les hommes recrutés sur le carreau. Aimé Ladheuil organisa la manœuvre, disposant d'une chaîne humaine à laquelle s'était joint Louis. Raymond Vergne, Jeanjean attaquèrent les premiers. Les ouvriers évacuèrent la terre, la roche et le bois par le travers-banc, où d'autres chargeaient les berlines, ensuite roulées du côté de L'Hôpital-Hydes. Les boiseurs travaillèrent vite, consolidant les étais toujours debout, les réajustant là où le plafond menaçait encore de s'effondrer. Une partie plate de la voûte fut habillée de plaques de tôle.

Le front de taille évité de justesse, les mineurs emmurés eurent à lutter contre la soif. Une fois les réserves d'eau épuisées, ils s'abstinrent de parler et patientèrent lampes éteintes – par peur des gaz –, persuadés de la promptitude des secours.

Enfin un passage fut ouvert aux alentours de midi.

— Morel est touché, il a été enseveli et il a bouffé pas mal de terre. Il faut l'évacuer ! cria le premier rescapé apparu à l'échancrure de la butte. Puis il ajouta :

— Nous, ça ira, nous en sommes quittes pour une belle peur.

Le trou agrandi, un à un les mineurs émergèrent, hagards, ensuqués. Ils burent de longues rasades d'eau fraîche aux goulots des bouteillons immédiatement distribués. Un brancard emporta Morel, les deux jambes et une épaule fracturées. Avette l'accompagna sur quelques mètres, l'assurant qu'il n'avait aucune inquiétude à avoir concernant le règlement des soins. La caisse s'en chargerait, de même elle subviendrait aux besoins de sa famille le temps de son rétablissement.

De retour aux écuries, Théodore avait fait boire Titou et lavé sa liste ensanglantée, en attendant le passage du vétérinaire. Puis il était revenu sur ses pas se poster à l'entrée de la veine où, en retrait, certain de ne pas gêner les mouvements des sauveteurs, il avait assisté à la lente progression des travaux et guetté la sortie de son père. Durant trois heures il était resté là, à l'angle des couloirs aveugles, le cœur battant, abasourdi par le va-et-vient des hommes pressés d'en finir. Enfin il avait vu les emmurés – sorte de chenille humaine – ramper hors du trou, se redresser et s'inonder le visage d'eau. Il avait également vu Louis entourer les épaules du père. La gorge serrée, il s'était faufilé et à son tour jeté dans ses bras.

Mais maintenant, c'était bien fini, Jean, ses fils derrière lui, remontait le travers-banc en direction de la cage. Celle-ci glissa sur ses rails de bois. Qu'importe si le branle assourdissant troublait la joie des retrouvailles, Louis et Théodore triomphaient, leur père sain et sauf appuyé sur eux. L'un portait sa lampe, l'autre son pic, sa musette. Jean souriait, une fois encore il s'en sortait indemne, le sort l'avait épargné et la mort s'en retournait bredouille.

— Votre mère doit se faire un sacré souci ! dit-il, encore sous le coup de l'émotion.

Il savait la nouvelle de l'accident connue de tout le bourg ; à cette heure une foule se tenait devant le puits. Demain on pourrait lire un compte rendu dans le journal, faire des commentaires et tirer des conclusions.

Jean songeait à Francette. Immédiatement alertée, la malheureuse devait battre la semelle depuis le début près du chevalement, priant tous les saints du calendrier d'épargner toute forme humaine prisonnière au fond de ce trou. Douce Francette, le souffle coupé, qui pleurerait et tremblerait de tous ses membres en voyant les siens sortir de terre.

Théodore courut vers sa mère. Elle ouvrait les bras, le visage révulsé, le menton hoquetant. Il s'y engouffra.

— Maman, Titou m'a sauvé la vie !

Il fallut la réconforter, caresser ses joues, passer sur ses yeux le mouchoir déjà humide de ses larmes, et la soutenir pour s'extraire du monde pressé à l'entrée de la fosse.

L'alerte avait été chaude. Le sourire retrouvé, on n'oublierait pas de sitôt qu'un simple éboulement aurait pu, en quelques secondes, anéantir le bel équilibre de plusieurs familles. La menace demeurerait longtemps présente dans tous les esprits, avant qu'elle ne s'estompe et que la routine ne reprenne ses droits. Demain, Jean, Théodore, Louis redescendraient et, pour un peu d'argent – juste de quoi ne pas crever –, devraient surmonter une peur supplémentaire à l'appréhension permanente. Francette, elle, ne se faisait guère d'illusions, aujourd'hui la chance avait joué en leur faveur, ses craintes seraient à l'avenir qu'elle ne repasse pas.

On repartait, vers les casernes, vers la cité Pochat, en

groupe, par couple. Les Morel, la mère, les deux filles, le garçon, étaient à l'hôpital. Ils veilleraient tard dans les couloirs lugubres du grand bâtiment, jusqu'au moment où le chirurgien, attirant la mère à l'écart des enfants, confierait à la pauvre femme que son mari désormais hors de danger, il était inutile de veiller. De Champagnac à Bois-de-Lampre, de Chambelève à L'Hôpital-Hydes, ce soir, tous auraient une pensée pour cette malheureuse famille, songeant que les caprices du sort pourraient un jour les désigner en lieu et place des Morel.

Mario Lazari, du nombre des badauds, commentait amplement les risques d'un métier qu'il n'approchait jamais que de loin. Transporteur, il ne faisait qu'entrer et sortir de la mine. Comme tout le monde, il arborait une tête de deuil, et dans le même temps se réjouissait de voir les Gandon s'en tirer à bon compte.

Il vit Francette et Jean s'éloigner, Louis, Théodore suivre quelques pas derrière. Il les interpella et leur proposa de les prendre à bord de sa carriole pour ensuite boire un petit verre chez Largilier, histoire de se changer les idées.

— Dé toute façon, lé chouval né va jamais plous loin.

Le ton jovial de l'Italien eut raison des derniers chagrins, des derniers doutes. On embarqua.

Là-bas, dans la lumière déclinante, les maisons se morfondaient, grises, fumantes, ô combien rassurantes. Finalement, une journée ordinaire s'achevait. Le temps – ces heures parfaitement découpées que jamais plus on ne revivrait – peu à peu perdait en émotion. Demain, Morel manquerait à l'appel. Mais Morel – il avait, au dire de témoins, refusé l'eau que lui proposait un infirmier et réclamé une chopine de vin –, malgré la souffrance, s'accrochait à la vie. Il reviendrait un jour, bancal, appuyé sur une béquille, avec ses regrets dans les yeux, exhibant un certificat d'invalidité, preuve qu'il avait appartenu au monde d'en bas. Conscient de ses séquelles, Morel se pencherait alors sur sa vie – le plus souvent au-dessus du comptoir de Largilier – traînant un corps raccommodé, douloureux et brûlant, dont la durée d'utilisation dépendrait de la clémence du temps.

Chez Largilier, rescapés et sauveteurs se congratulaient. Des femmes, des enfants, exceptionnellement, accompagnaient les hommes. Toutes, tous donnaient de la voix. Mario, Lech, Jeanjean, Aimé Ladheuil – le boiteux l'avait convaincu de passer la porte de l'estaminet –, Raymond Vergne trinquaient au comptoir. La petite salle enfumée résonnait de coups de gueule. On ne s'entendait plus. Le danger écarté, on se redonnait du courage. Un parfum de cannelle mêlé aux odeurs de soupe planait par-dessus les mots. On se sentait bien. Le malheur rapprochait et obligeait chacun à regarder l'autre comme son propre reflet, sujet à un sort identique. Entre deux rires on buvait le vin chaud. Largilier et sa femme remplissaient les verres, un sourire fiché au coin des lèvres.

— J'en ai pris quatre sur la tête, et une fois j'ai bien failli y rester…

Le bistrotier évoquait les éboulements. Chacun y allait de son anecdote, de sa catastrophe, on remerciait le ciel d'être encore de ce monde. Chacun était un exemple de courage, un héros dont les mérites se diluaient aujourd'hui dans les « détails » de la petite histoire.

On regagna la rue, à nuit noire, ivres de joie. Francette, qu'un peu de vin grisait aussitôt, riait aux éclats. Ce soir elle avait vingt ans, la tête légère, un homme la tenait par la taille. Jean venait de la demander en mariage. Il la reconduisait, à la faveur de l'ombre il déposait quelques baisers sur ses joues, sur ses lèvres et ne savait combien elle rougissait de plaisir. Femme de mineur, elle avait eu une fille et deux fils, dont un devait sa vie à un cheval. A un cheval !... Francette riait. Francette sanglotait.

Théodore rentrait. Son père, sa mère, son frère le précédaient. De folles pensées – toujours les mêmes – lui traversaient l'esprit. Comme de partir. D'être quelqu'un, peu importe qui, peu importe où, mais quelqu'un d'autre, ailleurs.

Il s'arrêta. Près du lavoir, que la lumière de l'estaminet nimbait d'un maigre halo, les premiers flocons de neige virevoltaient, se posaient et disparaissaient, absorbés à la surface de l'eau glacée. Au-delà du bassin, les fenêtres des Chambrette dansaient, inégalement éclairées. Une paix de toute éternité semblait habiter la demeure. Chez Chambrette, où l'on vivait au rythme des saisons, personne n'était mineur.

8

Il était un peu plus de trois heures. La dernière bouchée avalée, Théodore enfila sa veste et sortit. Une mince couche de neige habillait les routes, les toits et les prés. Les reliefs poussiéreux disparus, l'ensemble blanchissait doucement. Le bourg somnolait, survolé par des nuées de plomb. Depuis des jours déjà, de longs chapelets de nuages gris et ventrus s'intercalaient entre ciel et terre. Quelques bruits étouffés rappelaient l'existence du maréchal-ferrant martelant des fers bouclé derrière ses hautes portes. Des voisins, peut-être des clients, l'entouraient ; il devait faire bon près de la forge. Au lendemain de ces premières chutes de neige, la grand-rue désertée ressemblait à un long toboggan où s'élançaient les courants d'air. Les mains au fond de ses poches, Théodore se dirigea vers l'église. Sans doute Malchère, Archambaud, Lagnon, plus intrépides, s'y tenaient-ils déjà, à l'abri derrière l'abside.

En fin d'après-midi la neige tomberait de plus belle – tout l'indiquait. Demain, aucune voie ne serait praticable. Tout le village fumait par-dessus les toits. Dans les arrière-cours, contre les baraques, des hommes s'affairaient à entasser le bois. Le linge ne se balançait plus sur les fils. Les enfants, privés de liberté, grimaçaient, le nez collé aux carreaux. Les personnages de l'été avaient été retirés du décor les uns après les autres. Un froid sec vieillissait hommes et bêtes, courbait les dos, paralysait puis brisait toute créature végétale. On allait, pressé, s'entasser près des fourneaux, ou passer des heures devant les cheminées. L'hiver annoncé était arrivé. Il ferait froid longtemps.

Evidemment, Théodore déplora la venue du mauvais temps. Inutile de songer courir les bois, se tapir sous une couverture et chauffer ses pieds aux flammes d'un petit foyer en compagnie de Marie. Avec cette neige, elle ne mettrait le nez dehors que pour des corvées strictement réservées au fonctionnement de la maison. Désormais, l'un et l'autre devraient ruser pour se voir.

Aucun garçon n'était présent derrière l'église. Le vent fouettait l'édifice et nul n'y aurait tenu. Rester eût été déraisonnable. Il se tenait sur le parvis, appuyé au portail, lorsqu'un attelage déboucha au carrefour. Ils étaient assez rares à braver les intempéries pour que celui-ci ne se fît pas remarquer. Théodore le suivit du regard. Le cocher s'efforçait de mener son cheval par les bas-côtés, là où la terre, encore meuble sous la neige, conservait sa souplesse. Il conduisit ainsi jusqu'à la porte de Marchat, le maréchal-ferrant. La carriole à l'arrêt, il sauta à terre et souleva une épaisseur de couvertures entassées à l'arrière. Théodore se réjouit aussitôt de voir Marie s'extirper de là-dessous. Son visage disparaissait en partie sous un bonnet noué au menton, et les vêtements de gros drap alourdissaient sa frêle silhouette.

L'homme la déposa et lui tendit un papier. Marie glissa l'anse d'un panier à la saignée de son bras, puis traversa la rue en direction de l'épicerie Chaumeil.

La boutique, épicerie-boulangerie-mercerie-papeterie-quincaillerie, recelait des trésors que les enfants prenaient plaisir à redécouvrir chaque fois qu'ils y entraient. Derrière l'une des deux vitrines étaient exposés des jouets en bois – un jeu de quilles, une paire de bœufs tirant un char, un tricycle – et d'autres en chiffon, en porcelaine, en tôle peinte.

Théodore appela :

— Marie !

Elle se retourna et courut à sa rencontre.

— Je pensais à toi, mais je n'espérais pas te rencontrer. Comme je suis contente, dit-elle en embrassant son ami.

— La Colignon te confie les courses ?

— Oui, pendant qu'Edmond fait ferrer le cheval.

— Oh alors, nous avons un bon moment devant nous ! Je t'accompagne.

Ils entrèrent dans la boutique. Une grosse femme traînant ses savates sur le plancher sortit de la cuisine attenante. Marie lui tendit sa liste puis, timidement, à la suite de Théodore, s'engagea entre les rayons. Des étoffes colorées s'empilaient les unes sur les autres, à proximité de rubans de différentes largeurs, roulés sur des plaques de cartons échancrées. Des cols et des plastrons en dentelle, épinglés sur un fond de velours, s'épanouissaient en corolles, protégés derrière une vitrine plate et biaisée. Des tabliers tramés, gris ou noirs, imprimés ou fleuris, pour femmes, pour fillettes, pendaient disséminés dans le magasin. Marie se dirigea vers les chaussures à talons : des bottines à lacets ou à boutons. Elles trônaient sur leurs boîtes, dont l'étiquette rouge et or vantait le nom d'un bottier parisien. Plus loin, une ribambelle de sabots de toutes les pointures s'entassaient par paires dans des casiers. D'éclatantes bassines, casseroles, plats, louches, écumoires et couvercles en cuivre, œuvres d'un dinandier établi à Mauriac, prenaient une place considérable, étalés au pied d'un comptoir.

Théodore s'intéressa aux crayons à pointe mine, aux plumes en acier, aux livres, en petit nombre, dorés sur tranche, aux titres en relief ou gravés en creux emboutis à l'or fin, aux cahiers. Il s'imagina en posséder un lot important, les compulser du matin au soir et devenir l'homme savant qu'il rêvait d'être.

D'étranges odeurs d'épices, mêlées aux parfums de la farine, des graines, des fruits, des légumes, des étoffes, du cuir et du bois stagnaient, embaumant la pièce. Elles forçaient à fermer les yeux, le temps de s'en enivrer. Marie et Théodore allaient et venaient émerveillés. L'endroit était calme, plongé dans la pénombre ; il faisait bon demeurer parmi ces joliesses.

Madame Chaumeil les rappela.

— Tes provisions sont prêtes, petite, tu diras à ta patronne que j'ai ajouté l'addition.

L'épicière offrit un bâtonnet sucré à chacun, en leur recommandant de ne pas le croquer.

— Ils sont de l'année dernière, vous vous casseriez les dents.

Marie, Théodore remercièrent et sortirent.

Marron, le cheval que menait Edmond, était en place à l'entrave sous le travail, sanglé entre les quatre poteaux. La grosse râpe entamait déjà la corne de l'un des sabots avant de l'animal, coincé entre les cuisses du maréchal-ferrant. De temps en temps, celui-ci suspendait son geste, passait la paume de sa main sur la partie égalisée, évaluait son ouvrage puis recommençait à râper.

Théodore entraîna Marie près de la forge, où il l'installa sur un billot de bois.

— Il ne nous manque plus que la couverture ! plaisanta-t-il.

— Moi qui comptais passer dimanche sur les communaux avec toi... Mais c'était sans penser à la neige ! se plaignit Marie.

— Nous nous débrouillerons autrement. Les Colignon sont-ils sur ton dos, ce jour-là ?

— Lui, non. L'après-midi, il se rend à Hydes, jouer aux cartes dans un bistrot. Parfois, il rentre tard. Mais elle, il serait étonnant qu'elle me laisse sans rien faire.

— Cherche bien, n'y a-t-il pas un coin où je pourrais me glisser, et où tu pourrais me rejoindre ?

— Oui, l'ancien pigeonnier, on se cacherait au premier étage. Mais il faudrait que tu arrives par le petit bois, pour ne pas être vu.

— J'y serai en début d'après-midi.

Comme d'habitude il s'ennuya à la messe, avant de patienter durant le déjeuner. Quand Francette lui permit enfin de sortir, il se leva d'un bond, chopa sa veste au passage, son bonnet et courut dans l'escalier.

Théodore atteignit l'orée du petit bois bien tard à son goût. Par endroits, la couche de neige – tombée dans la nuit de samedi à dimanche – était telle qu'il enfonçait jusqu'aux genoux. Il pestait contre les trous dissimulés sous la croûte blanche, et surtout regrettait de ne pas avoir les jambes plus longues. Le pigeonnier atteint, la porte poussée, il se faufila à l'intérieur. Là-haut, sous la charpente, le vent miaulait. L'endroit avait cet aspect sinistre qu'ont les lieux depuis longtemps abandonnés. Il sentait la fiente et la paille sèche. Une odeur âcre imprégnait les murs courbes, truffés de petites niches. Les tremplins d'où les oiseaux s'élançaient autrefois, maintenant obstrués de chiffons, plongeait ce grand hall circulaire dans une quasi-pénombre. Théodore avança prudemment, découvrit l'échelle donnant accès à la plate-forme et décida de s'y réfugier.

Les planches disjointes de l'étage permettaient une surveillance de l'entrée sans être vu. Ce que Théodore jugea bien commode.

Il s'installa et attendit.

Marie ne tarda pas. Elle arriva couverte d'une neige fraîche, trimballant une panière dans laquelle s'entassaient quelques effets.

— Ce sont des chemises à ravauder. Comme ça, si la Colignon rouspète, je dirais que je suis venue là pour travailler et elle criera moins fort, expliqua-t-elle en gravissant l'échelle.

— Personne ne t'a vue entrer ? demanda Théodore.

— Non, et on ne pourra pas suivre ma trace, il neige à nouveau beaucoup.

Une fois sur le plancher, sa panière abandonnée, Marie se précipita contre Théodore. Fougueuse, maladroite. Il la reçut de plein fouet. Eclatant de rire, il trébucha, fit trois pas en arrière, sous le choc lâcha son bonnet qu'il tenait à la main. Le petit cône de laine atterrit au rez-de-chaussée. Naturellement, Théodore ne fut pas fâché.

— Il n'ira pas plus bas, inutile de descendre, je le prendrai en partant.

Ils allèrent s'asseoir sur une caisse abandonnée, heureux d'être l'un avec l'autre. Bien entendu, ils revinrent sur l'éboulement survenu à la mine en début de semaine. Théodore évoqua l'intelligence de Titou, se désolant de ne pouvoir le faire évader. Puis il affirma une fois de plus, avec force, sa volonté de ne pas finir dans la peau d'un mineur de fond. Il en était là, lorsqu'il se tut, alerté par des grattements provenant du seuil. Le doigt levé, tourné vers Marie, il lui indiqua de ne plus bouger et d'écouter. On ouvrait la porte. Les vieilles planches grinçaient sur leurs gonds. Palou entra, silencieux. Rassurés, les enfants vinrent s'installer sur le devant du plancher, laissant leurs jambes battre dans le vide. Un dialogue s'instaura avec le chien. Palou, assis sur son derrière, inclinait la tête, réagissait aux paroles de Marie et de Théodore.

— Si, au lieu d'une échelle, il y avait eu un escalier, il serait déjà près de nous ! en conclut Théodore.

Soudain, le chien se dressa face à la porte. Avant tout le monde il avait perçu des bruits de pas rapides tassant la neige. Marie et Théodore comprirent à l'attitude du chien qu'ils devaient quitter leur perchoir pour promptement se fondre dans l'ombre du mur. Quelques secondes encore et la porte s'ouvrit sous la poussée brutale d'Emilienne Colignon. Par l'interstice de deux planches, Théodore entraperçut la fermière cligner des yeux, s'habituer au manque de lumière, fouiller l'obscurité.

« Mon bonnet, songea-t-il, elle va mettre la main dessus et comprendre que quelqu'un se cache dans le pigeonnier ! »

— Te voilà, toi ! Que fabriques-tu ici ? tonna Emilienne à l'adresse de Palou, pousse-toi, tu m'encombres, allons...

Le chien ne broncha pas. Il s'était déplacé à l'arrivée de sa maîtresse, pour aller se coucher deux pas plus loin. Maintenant il fixait cette femme, se moquant bien de ses injonctions.

— Tu me tiens tête ! Tu attends que je lève la main pour mordre !... Tu es bien comme les autres... Où est la gamine ? Tu le sais certainement, tu es toujours fourré avec...

Marie, le dos au mur, fermait les yeux, osant à peine respirer. Tremblante, elle se mordait les lèvres, s'accrochait au bras de Théodore. Lui-même n'en menait pas large. Heureusement, Emilienne ne s'attarda pas. Houspillant le chien, elle se retira en prenant soin de claquer la porte.

— On te dit très malin, savoir si tu le seras assez pour sortir de là ! ricana-t-elle en s'éloignant.

— Méchante femme ! murmura Marie.

— Nous avons de la chance, souffla Théodore, elle n'a pas vu mon bonnet.

— Heureusement, sinon qu'est-ce que j'aurais pris ! ajouta Marie, horrifiée.

Tous deux retournèrent au bord du plancher. En bas, Palou se tenait dans la position où l'avait trouvé Emilienne Colignon : étendu de tout son long sur la terre battue.

Théodore comprit aussitôt.

— Regarde, clama-t-il, c'est grâce à lui si ta patronne ne nous a pas découverts ! Palou s'est couché sur mon bonnet !...

Ils descendirent retrouver le chien.

Les mains plongées dans l'épaisse fourrure, ils le caressèrent, l'embrassèrent. Pris sous une telle avalanche de tendresse, Palou s'abandonna les quatre fers en l'air.

Théodore se redressa.

— Une chose est certaine, la Colignon te cherche !

— Oui, je vais rentrer. Je dirai que j'étais chez Edmond, les chemises dans la panière sont à lui. Elle n'osera pas le questionner.

— La semaine prochaine, il sera difficile de nous voir, expliqua Théodore, la fête de la Sainte-Barbe a lieu le 4 décembre et cette année il tombe un dimanche.

— Barbe ! Quel drôle de nom.

— C'est celui d'une jeune fille en fuite, engloutie par la terre. Elle est devenue la patronne des mineurs. Ce jour-là, tout le monde passe son plus bel habit, faut voir !...

— Oh ! s'il te plaît, emmène-moi.

Théodore considéra son amie.

— Eh bien, je verrai. Le hic, ce sera ta Colignon de malheur... je chercherai une astuce.

9

Une lettre de Camille Saulieux arriva le lendemain. En quelques lignes, le père de Marie annonçait sa venue le vendredi. Bien qu'elle n'adressât pas la parole à Damien, Emilienne lui remit le papier.

— Lis, puisque tu prétends être le maître ! dit-elle avec ironie.

Planté près de la fenêtre, il déchiffra à son tour, tant bien que mal, les petits caractères de Camille. Puis, la lettre repliée, il la déposa sur le buffet où des paperasses en souffrance s'entassaient déjà sous une bonbonnière en plâtre peint.

— Eh alors, répliqua-t-il, pourquoi n'en parles-tu pas à la gamine ?

— Je ne suis pas là pour faire les commissions des autres, nous avons une bonne pour ça !

Depuis l'« incident », les Colignon ne manquaient aucune occasion de s'agresser. Emilienne – elle semblait avoir abandonné l'idée de chasser Irène – retournait sa haine contre tous, y compris ses fils. Forte de son titre de propriétaire-majoritaire, elle pérorait, chaque jour plus cruelle. Irène, la première visée, fuyait ses maîtres. Instruite des tâches à accomplir, en bonne servante, elle enchaînait les unes aux autres, souvent secondée par Marie, que la Colignon prenait plaisir à lui coller dans les pattes. Emilienne se réservait seulement la préparation des repas ; ainsi contrôlait-elle les dépenses. Une fois le fricot sur le feu, la table dressée, elle prenait place aux côtés des hommes, à l'autre bout, face à Damien. Irène et Marie servaient, puis se retiraient pour manger à l'appui d'un meuble, le plus souvent la maie. Les dîners se déroulaient sans un mot. Damien ne tourmentait plus Edmond, il semblait s'accommoder de l'indifférence de chacun à son sujet. Guy ne faisait pas exception. Affecté par l'attitude récente de son père, plus que jamais résolu à se venger, il tenait sa langue dans l'attente du moment propice. Garçon pusillanime, il subissait depuis son plus jeune âge l'irascibilité d'un père, la noirceur d'âme d'une mère, qui, de tout temps, avaient endeuillé les relations familiales. Et sans doute, Guy en s'élevant contre le viol d'Irène, sentait-il aujourd'hui la possibilité de se dégager d'un diabolique enferrement.

Le repas du soir achevé, il s'en allait rejoindre la grande chambre qu'il partageait avec ses deux cadets. Là, il écoutait les bruits dans la maison, et savait quand sa mère renvoyait Irène. Alors, il se relevait, s'en allait la retrouver et ensemble ils rêvaient d'une autre vie.

Marie s'endormit rapidement. Comme si elle voulait gagner du temps sur le temps et que vendredi fût le lendemain. Dans l'après-midi, Damien Colignon lui avait annoncé la venue de son père en fin de semaine.

Dès lors, gagnée par l'impatience, elle n'avait cessé de regarder les jours décliner et décompter les nuits la séparant des retrouvailles.

Elle sut que le jour était enfin arrivé lorsqu'au milieu de la matinée du vendredi, Emilienne lui commanda de s'habiller proprement. Marie fit vite pour se débarbouiller, enfiler un tablier par-dessus sa robe de laine, ajuster sa pèlerine, coiffer son bonnet et se lancer sur le chemin. La neige s'étalait, épaisse – heureusement gelée –, d'un talus l'autre. Les communaux, puis les bois, contournés, elle vit les toits blancs de Champagnac. De grasses fumées caressaient tuiles et ardoises, avant de se confondre avec le ciel bas. Il ne fallut pas longtemps pour que la paille calfeutrant ses sabots et ses chaussettes ne fût trempée. N'ayant d'autre choix, Marie poursuivit courageusement sa route les pieds gelés. A hauteur du puits Madeleine, elle eut une pensée pour Théodore, qu'elle imagina trotter sous ses pieds dans les galeries, comme un petit rat en septembre sous l'éteule. Elle s'arrêta et frappa de la semelle. « Théodore !… tu m'entends ? » cria-t-elle. Puis elle se remit en route. Riante, heureuse.

Marie atteignit L'Hôpital-Hydes. La petite ville tressaillait dans le vent glacial. En gare, des machines stationnées sur les rails gelés crachaient des filets de vapeur échevelés, les cheminées de la briqueterie s'élançaient au-dessus du carreau de la mine, où s'activait une main-d'œuvre transie. Elle se dirigea vers le relais de poste, lieu du rendez-vous. Cette fois, le froid avait eu raison de sa bonne humeur et elle vit grandir les bâtiments avec soulagement.

Palefreniers et cochers, à l'entrée des écuries, s'entretenaient en fumant de longues pipes. Le temps indécis était le sujet de la discussion. Des nuées basses et noires, qu'ils observaient, menaçaient de crever. A la moindre chute de neige, les routes définitivement impraticables, il serait inutile de songer à voyager.

— Marie.

On l'appelait. Elle se retourna. De l'autre côté de la rue, Camille, campé sur le seuil de l'auberge, agitait la main. Comme toujours, un bon sourire barrait son visage. Ils se rejoignirent au milieu de la chaussée. Saisissant Marie à bras-le-corps, Camille la souleva et, dans une étreinte étouffante, dévora ses joues et son cou.

— Mon petit agneau ! Ma douce ! Mais tu es gelée, ma petite fille !

Il l'emporta à l'auberge. Installée sur les genoux de son père, débarrassée du bonnet, de la pèlerine, Marie retira ses chaussettes et chauffa ses pieds contre les grilles du poêle. Camille commanda un bol de lait chaud avec une cuillerée de miel, pour sa petite, puis tourné vers elle, il ajouta :

— Pas si petite que ça, d'ailleurs. Tu as mis du foin dans tes bottes, depuis que je ne t'ai vue !

Camille dut expliquer pourquoi il avait tant tardé à venir, omit de mentionner le manque d'argent nécessaire au voyage, véritable motif de son retard, mais insista sur les difficultés à se libérer trois jours de suite, indispensables pour atteindre L'Hôpital, prendre la dernière diligence le jour même et regagner Salon par le train du matin. Il donna des nouvelles de la famille, parla longuement de maman Florette, qui ne laissait pas filer un jour sans évoquer ses enfants placés chez des étrangers. Marie posa de nombreuses questions, curieuse de connaître les détails d'une vie qui désormais lui échappait. Camille répondait patiemment en promenant sa main sur les belles mèches bouclées de sa fille, caressait ses épaules, baisotait ses joues, massait ses pieds. Marie fermait les yeux. Appuyée contre la poitrine de son père, elle écoutait son cœur et ne doutait plus qu'il battît à un rythme identique pour chacun de ses fils et de ses filles.

Tout autour, des voix anonymes se perdaient aux quatre coins de la pièce. Dehors, le froid serrait la terre et il n'y avait pas de meilleur endroit pour se sentir bien.

L'auberge se remplissait. On s'attablait. Les chaises et les bancs furent bientôt occupés. Une grande partie de la clientèle déballa ses provisions, on commanda des chopines.

Ils restèrent près du poêle. Un large tabouret à trois pieds fit office de table. Camille le recouvrit d'une serviette sortie de sa musette de voyageur, y déposa une demi-boule de pain, un quartier de pâté, un bout de lard cuit, du fromage ainsi que quelques beignets poudrés de sucre.

— Ceux-là, maman les a faits spécialement pour toi. A propos, as-tu toujours froid aux pieds ?

— Non, mais touche, mes chaussettes sont encore mouillées.

— Crois-tu ? Regarde !

Camille fit apparaître de sa poche une paire de bas en grosse laine qu'il offrit à Marie.

— Ils sont pour moi ? s'exclama-t-elle.

— Pour toi, bien sûr. Et sais-tu qui les a tricotés ?

— Maman !

— Tout juste. C'est qu'elle pense beaucoup à toi... Allez, enfile-les.

Puis il coupa une tranche de pain qu'il disposa devant sa fille. Et toujours ce sourire qui lui fendait le visage par moitié. Cette face honnête, où étaient incrustées deux taches d'encre noire, tellement profondes que toute la misère du monde semblait pouvoir s'y noyer. Marie se retint de pleurer. Aujourd'hui encore le bonheur et le malheur faisaient route ensemble, sans que les appels du cœur puissent en arrêter le cours. Décembre lui amenait son père, décembre le lui enlevait. Marie ne pleura pas. La tristesse, pensa-t-elle, n'avait pas sa place entre les deux moments. D'ailleurs, elle ne se sentait plus abandonnée, maman Florette pensait à elle, la paire de bas en témoignait, Camille était là, il la couvait du regard, lui souriait, coupait son pain, enfermait ses mains dans les siennes, comme autrefois lorsque les Saulieux, au complet, partageaient ensemble les miettes que la vie leur laissait.

Elle vit son père, petit homme trapu – la casquette posée en arrière du crâne, vêtu d'une veste trop légère pour la saison, d'un pantalon arrêté au-dessus des chevilles nues –, bouger habilement ses doigts hachés d'engelures, entortillés dans de vagues pansements, et comprit tous les efforts que ses parents consentaient pour continuer à croire en l'existence d'une famille.

L'heure tournait.

Ils mangèrent, et plus tard trempèrent les beignets dans un peu de café. Marie croqua la pâte frite et sucrée avec la délicieuse sensation de reconnaître l'odeur de Florette. Le repas achevé, elle retrouva les genoux de son père.

— On ne peut guère se promener par ce froid, dit-il doucement, et puis... je ne serai pas long à repartir, maintenant. Eh oui, ce soir il me faut dormir en route, comme à l'aller. Tu sais, rien ne marche la nuit, ni diligence ni train. Alors je rentrerai tout à l'heure, par la dernière voiture à quitter le poste, celle de trois heures. Mon employeur, monsieur Tabart, m'a mis en garde : « Soyez présent samedi avant deux heures, Saulieux ! »

Puis Camille ajouta plus gaiement :

— Mais nous avons eu grand plaisir à nous voir, n'est-ce pas ? Je dirai à maman que j'ai trouvé sa petite toute belle, bien grandie et en bonne santé.

Marie sentit peu à peu la tristesse prendre le dessus. Camille, qui le comprit, se détourna un instant pour marmonner. « La seule vraie misère en ce monde est de ne pas pouvoir garder ses enfants près de soi. »

Il ne s'attarda pas le moment venu de s'en aller. L'envie de pleurer le tenaillait à son tour. A l'écurie, il bourra de foin sec les sabots de Marie et ils gagnèrent la rue, main dans la main. Le départ était imminent. Les croupes des six chevaux attelés à la lourde patache fumaient sous sangles et harnais. Ils s'apprêtaient, sans faiblir, à tirer l'inconfortable guimbarde jusqu'au prochain relais, où d'autres les remplaceraient au timon. Un homme de peine terminait de fixer une malle sur l'impériale. La scène revêtait quelque chose de comique. Ivre, il semblait frappé d'apraxie, tant ses gestes désordonnés démontraient son incapacité à effectuer ce travail. Finalement, les deux postillons s'installèrent sur le siège et, les jambes protégées par un tablier de cuir, invitèrent les voyageurs à monter dans la voiture.

— Ne tarde pas en route, ma petite chérie, dit Camille accroupi devant Marie, la nuit viendra vite, elle aura tôt fait de te cueillir.

— Je te promets, papa.

— A la bonne heure… Embrasse-moi encore.

Profitant de l'étreinte, il glissa à son oreille :

— A mon tour de te promettre que nous nous reverrons aux beaux jours. En attendant, sois courageuse. Adieu, ma fille.

L'attelage s'ébranla, difficilement d'abord, au sortir des ornières. Le cocher fouaillait ses chevaux. Arcboutés, ils emportèrent Camille le nez collé à la vitre de la portière. Marie répondit aux signes de son père, en agitant un pan de sa pèlerine, pour plus d'effet.

Maintenant, il fallait rentrer. Retrouver la « gueule » des Colignon, comme disait Edmond. Trois petites heures s'en étaient allées, si vite passées. Marie ne pourrait les oublier, aussi longtemps que sa mémoire en garderait la primeur. Et sans doute resteraient-elles comme un des souvenirs les plus marquants de son enfance.

Les poings serrés sur sa douleur, Marie pleura, sans un cri, sans un sanglot, courageusement. Elle ne vit plus bientôt que deux longs sillons creusant la neige, qui s'en allaient se perdre dans les profondeurs d'un jour déjà achevé. Lentement elle se détourna.

Devant Champagnac, la neige reprit sa valse lente de la veille. En ordre serré, les flocons larges comme des pièces de monnaie, lui blanchirent la tête et les épaules. Marie songea qu'elle arriverait tout à fait gelée. Elle devrait alors passer par l'étable pour y secouer sa pèlerine, décrotter ses sabots, et seulement après demanderait la permission de se réchauffer devant l'âtre quelques minutes. C'était au bout de la route, à moins d'une demi-heure de marche, que le domaine où elle vivait se tenait, à couvert d'une combe. Elle devait faire vite, avant que le vent ne transforme ces chutes de neige en tempête, que la nuit ne lance ses silhouettes inquiétantes.

10

Jour de la Sainte-Barbe.

Ils arrivèrent de Plates, de Saint-Charles, mêlés à ceux de Chambelève, de Madeleine, de Pochat, de Bois-de-Lampre, de Lempret. Conglomérat d'hommes, de femmes, d'enfants. Flot déboulant depuis les baraques des cités Barante, Saint-Paul, des casernes de Baron. Autrefois paysans, aujourd'hui mineurs, ouvriers – forçats –, alignés aux côtés des ingénieurs, ils gesticulaient, parlaient haut. Cette fête était la leur, ils entendaient bien le faire savoir, et pour cela se donnaient de grands airs.

Les estaminets faisaient salle comble dès l'ouverture. En ce début de matinée, les mots sont lourds, les âmes légères. A l'intérieur de l'église, encore enchâssée dans sa niche de pierre, sainte Barbe intercède pour le salut de tous auprès de son maître, sans lequel ce branle-bas n'aurait pas de sens.

Yvette, contrariée, tarda un peu avant de revêtir ses habits du dimanche. Son idée était de traîner et de ne rejoindre ses parents qu'à l'heure de la messe. Marius étant retenu en garnison, elle estimait indécent de participer aux réjouissances en son absence. Certes, elle assisterait à la cérémonie religieuse, formerait la procession, mais se tiendrait éloignée des jeux de l'après-midi – du bal, surtout.

Louis absent depuis le matin – il était chargé de nouer des rubans aux branches des arbres de la place –, Francette et Jean partis, Théodore retrouva la rue, libre d'aller et de venir selon son humeur. A l'heure de la messe, il lui serait facile alors de déjouer la surveillance de sa mère, de s'extraire de la mêlée et de se rendre à la Grand-Combe solliciter la permission d'emmener Marie pour la journée.

Près de la mairie, il aperçut Archambaud embusqué à l'angle du bâtiment. Son large béret enfoncé aux oreilles, le garçon, dissimulé à l'écart de la foule concentrée entre les marronniers, lançait des boules de neige à l'aveuglette. Une tête, une épaule éclaboussée et Archambaud se tordait de rire. Quelques-unes des victimes faisaient volte-face, ronchonnaient, menaçaient à la cantonade. Sachant Lagnon accaparé par la célébration de l'office prévue à dix heures, ils décidèrent de mettre la main sur Malchère. Qu'ils découvrirent baguenaudant, la mine triste, dans la périphérie d'un groupe de femmes. Sa mère – un œil sur lui – tenait le crachoir. De temps à autre, elle tendait un bras, ramenait vigoureusement son fils près d'elle et lui conseillait de se tenir tranquille. Du plus loin qu'ils purent, les deux compères alertèrent Malchère de leur présence, lui décochant toute une série de grimaces plus laides les unes que les autres.

Bien entendu, il ne demandait pas mieux que de les rejoindre, mais sa mère tenait à le garder à ses côtés, au moins jusqu'à la fin de la messe ; ce qu'il tentait de leur faire comprendre. Il en était là, Malchère, en plein discours gestuel, lorsqu'une baffe lui coupa net le sifflet.

— C'est fini, les pitreries ! cria-t-elle.

— Ouh ! ça doit faire mal, une beigne de la mère Malchère. Tu as vu ses doigts ? dit Théodore.

— Mon père prétend qu'un seul suffirait à constiper un éléphant, affirma Archambaud.

Ils éclatèrent de rire et abandonnèrent Malchère à son triste sort.

Puis Théodore expliqua à Archambaud qu'il devait s'absenter, qu'ils se reverraient plus tard. Il remonta des groupes, croisa des visages, tous disposés à l'amusement. Il sortit du bourg. Sur la route, sur les chemins, on se pressait. Mineur ou non, on se rendait à la fête.

Théodore aborda la combe, entaille trempée, reposant dans le silence de la dénudation. Plus que n'importe où, ici la neige piquée de gel isolait les habitants. Hommes et bêtes, terrés, étaient devenus, malgré eux, des insulaires submergés par un océan de vagues inertes, monstrueusement pâles. Aux alentours, nul indice de survivance. Jusqu'à la fumée, sans effet de manche. N'étaient les écoulements d'eau – ruissellements mutins d'une cascatelle fuyant sous la croûte blanche –, preuve d'une vie en attente du printemps, Théodore eût gardé la vision d'une nature happée dans le courant de la mort.

Il reconnut Edmond qui refermait la porte de la grange, la tête recouverte d'un bonnet plat en peau de lapin. Pour ne pas souiller ses bas de pantalon, le valet marchait les chevilles et les tibias emmaillotés dans des guêtres de toile. Un pardessus grossier, au col décousu, lui descendait au-dessous du genou, les manches trop courtes découvraient ses poignets. Edmond ne se souciait guère de ce manque d'élégance. Comme il était habile à placer ses pieds dans la poudreuse, ses sabots s'enfonçaient raisonnablement sans embarquer de neige.

Théodore le rencontra au débouché d'un bosquet de jeunes frênes amaigris ; hors de vue des Colignon, il exposa le but de sa présence. Edmond considéra le gamin un instant, esquissa un sourire et dit :

— C'est gentil de penser à elle. Tu as raison, rire lui fera le plus grand bien. Mais surtout, ne bouge pas, si la vieille te voyait, elle serait foutue de boucler la petite. Laisse-moi y aller, ce sont des gens qu'il faut savoir prendre.

Théodore fut soulagé de ce renfort inattendu et ne douta pas qu'Edmond réussisse là où il craignait d'échouer.

Le valet revint un quart d'heure plus tard, Marie perchée sur son dos, triomphante. Edmond porta son précieux fardeau jusqu'à l'entrée du bourg. A l'église, les patenôtres dominicales couraient sous les voûtes, relayées par les chants de la chorale. Marie déposée, Edmond recommanda aux enfants de se trouver à la même place à cinq heures.

— Quand le clocher sonnera autant de fois qu'il y a de doigts dans une main.

Il tourna les talons et ajouta, en faisant pirouetter ses bras :

— D'ici là, amusez-vous !

— Merci, monsieur Edmond ! lança Théodore.

Puis ils coururent vers l'église.

— Vite, si tu veux en voir un bout.

Dès l'entrée, ils durent se faufiler, des hommes qui n'avaient pas trouvé de place sur les bancs formaient un barrage, adossés à la double porte. Jean était de ceux-là ; afin de ne pas entrer en conflit avec Francette, il assistait à l'office, comme à Noël et à Pâques. Ils se placèrent devant lui. Le prêtre penché sur le maître-autel psalmodiait dans un silence complet. L'assistance attendait, recueillie, tête basse.

— Quelle chance, le sermon est passé ! se réjouit Théodore.

Marie découvrit l'allée centrale, les dos ronds, les alignements parfaits et constata avec surprise la séparation des hommes et des femmes. A l'autre bout, sainte Barbe, vierge et martyre, trônait en avant du chœur, rayonnante dans la lumière de deux cierges, plantés de part et d'autre au sommet de chandeliers dorés. La jeune fille statufiée, vêtue d'une aube blanche à demi couverte d'un manteau bleu turquin, joignait ses mains de plâtre, le regard ostensiblement tourné vers le faîte des voûtes.

Marie fut émerveillée par ce petit bout de femme, image simple, devant laquelle aujourd'hui des messieurs en col de celluloïd, des dames en chapeau à aigrette s'agenouillaient. Barbe allait si bien avec ce lieu d'une modestie confondante, propre aux églises de village. L'humble nef sentait la fleur, l'encens, la cire, le bois, la souffrance et la prière. La sainteté compensait le manque de finesse, et répandait essentiellement l'idée d'une vie éternelle. Au pied de la chaire, surmontée d'un abat-voix, qui tranchait avec la desquamation des murs, un vieil homme voûté, le crâne lisse, aux fonctions de thuriféraire, tenait l'encensoir à disposition. Le moment convenu, le prêtre s'en saisit et, selon un rite lent et cérémonieux, fit danser le curieux objet enfumé sous le nez de la sainte. Quand vint la communion, chacun défila devant la table. Lagnon, fidèle serviteur, nageant dans son surplis amidonné, passa un plateau en métal argenté sous le menton des uns et des autres, pendant que le prêtre enfournait l'hostie.

— On est bientôt dehors, chuchota Théodore à l'oreille de Marie.

— Dommage, parce que c'est beau.

Théodore la considéra de haut, souleva les épaules et marmonna :

— Tu es bien une fille !

Enfin le prêtre s'avança bras ouverts et, découvrant une chasuble ornée de symboles éclatants, d'un geste ample bénit les fidèles. Au premier rang, à sa gauche, avaient pris place des mineurs en habits de travail. Imperturbables. A sa droite, une rangée de jeunes trieuses faisaient le pendant, coiffées du traditionnel chapeau de paille. Près d'elles se tenaient de vieilles femmes, la tête couronnée d'attifets ressortis des malles pour la circonstance, le buste ramassé dans d'élégants surcots. Venait ensuite, devant les gens de l'encadrement, devant le petit personnel, la direction de la mine, roides représentants du patronat, assortis de femmes et d'enfants chaudement endimanchés.

On se signa, au nom du Père, du Fils, du Saint-Esprit, et sans tarder on se regroupa sur le parvis.

Sainte Barbe sortit à son tour, juchée à même le socle d'un brancard, dont les allonges reposaient sur les épaules de quatre mineurs. La procession se forma ; le prêtre, entouré de ses enfants de chœur, entra dans le sillage des porteurs, imité par la foule. Dans ce jour sans vent, la bannière de Champagnac mollissait, pendue à sa hampe. Le cortège s'ébranla d'un pas lent, tantôt chantant, tantôt priant. On se découvrait sur le passage de la sainte patronne, de plus fervents se signaient. La procession remonta la grand-rue rectiligne, au son d'une volée de cloche. Théodore et Marie, auxquels s'étaient joints Archambaud et Malchère, enfin libéré de la tutelle maternelle, glissèrent peu à peu à l'arrière de la file, précédant de vieilles gens que soutenaient des fils ou des petits-fils.

On s'achemina pieusement, pas à pas, comme chaque année, au puits Madeleine, le plus proche. Le prêtre, après avoir entonné un chant, repris à l'unisson, exhorta sainte Barbe à protéger ce peuple magnifique d'ouvriers contre tout danger d'éboulement, de grisou, de maladie et bénit le chevalement, dont la molette, immobile sur son axe, laissait planer sur le carreau déserté un air d'abandon.

Restait à reconduire la sainte à domicile. Le moment de recueillement passé, le prêtre donna le signal du retour. Le rythme s'accéléra. Déjà la colonne perdait des éléments. L'humeur n'étant plus aux dévotions, on manifesta d'autres envies. Purement et simplement, on décrocha, surtout venant à passer devant chez Largilier.

De retour sur le parvis, la file délitée ne comptait plus que des mères tirant des enfants grincheux, des grappes d'hommes impatients de s'échapper, des aïeux recroquevillés. Le prêtre posa un regard condescendant sur les rescapés et eut un mouvement de tête montrant un peu de déception. La procession prenait fin, il libéra tout le monde et regagna l'église, toujours à la traîne de sainte Barbe.

Devant la mairie, les réjouissances de l'après-midi

s'organisaient. Des buvettes dressées s'ouvraient, un brasero à proximité. Des pieux plantés permettraient d'exercer son adresse au lancer de petits anneaux d'acier. De même, entourées d'un muret de neige, des quilles attendaient d'être bousculées. A l'écart, sous les guirlandes et les rubans suspendus aux arbres, un plancher assemblé depuis le matin indiquait où l'on danserait. Des menuisiers consolidaient l'estrade réservée aux musiciens. Pour l'heure, compétiteurs et danseurs s'entraînaient à lever le coude. Le froid mordait méchamment et les plus douillets s'étaient regroupés dans les cuisines près des poêles. Griefs et reproches enterrés, aujourd'hui on s'entendait à merveille. Lech, Jeanjean, Aimé Ladheuil, Dagobert retrouvaient Vladimir, Raymond Vergne, Jean, Guillaume, Louis et Tête Molle. L'équipe de la veine Caroline, unie par les liens sacrés du vin, s'abreuvait de conserve et pour la bonne cause. Ils se sépareraient tantôt ; festoyer en l'honneur d'un jour exceptionnellement réservé au ciel et à ses bienfaits s'imposait. Ils se retrouveraient, le verre à la main, et reprendraient l'histoire là où ils l'interrompraient.

Malchère était allé se mettre les pieds sous la table. Archambaud reprit un moment ses tirs aveugles. Puis, lassé, à son tour tiraillé par la faim, regagna ses pénates. Marie regretta le départ du garçon, elle riait tant en voyant les boules de neige éclater sur les têtes. Ils se retrouvaient seuls. Théodore aussi pensa rentrer, inviter sa petite compagne, l'emmener chez lui. Francette ne refuserait pas. Lagnon, débarrassé de l'aube et du surplis, courait retrouver les siens lorsqu'il les aperçut remonter la rue.

— Oh ! galibot, cria-t-il.

Ils s'arrêtèrent, attendirent que Lagnon les ait rejoints.

— Alors, enfant de chœur, les riches t'ont-ils glissé la pièce ? demanda Théodore, une pointe d'ironie dans la voix.

— La pièce, oui, en plus des félicitations, répondit fièrement Lagnon.

— J'imagine que la pièce n'est pas bien grosse, ces gens-là n'ont pas l'habitude de grandes largesses. Quant aux félicitations, de leur part, ça ne vaut rien.

— Ah, et pourquoi ?

— Mais tu n'as pas vu toute cette hypocrisie dans leurs yeux ?

— Toi, tu es contre les riches, les patrons, les curés...

— C'est la même engeance.

— Tu n'étais pas comme ça, avant !

— Avant, je ne savais pas. Maintenant que je sais, je dis comme Jean-foutre : ni Dieu ni maître ! Trouves-tu normal que Marie, à sept ans, ait été louée dans une ferme pour gagner sa croûte ?

— Travailler n'a jamais tué personne !

— C'est ce que tous les imbéciles racontent. Mais attends d'être au fond...

— Jamais je n'irai à la mine, coupa Lagnon, j'aurai bientôt quatorze ans et je vais aller rejoindre mon oncle qui m'apprendra le métier de maquignon.

— Lagnon, maquignon, gnon, gnon, égale gros couillon !

— Moque-toi, mais moi je deviendrai riche. Et les gars dans ton genre auront intérêt à filer droit.

Silence.

Enfin, Théodore dit d'une voix blanche :

— Es-tu sérieux, ou bien as-tu envie de plaisanter ?

— Plaisanter ! Mais tu n'y es pas. Jamais je ne ferai l'ouvrier. Trop pauvre ! Regarde-moi bien, je serai riche et je te dominerai. Mon pauvre Théodore, tu aboies parce que tu as quelques semaines de mine ! Mais comme tous les autres qui parlent fort, tu seras maté. Et quand tu te traîneras en guenilles, je serai là pour le voir.

— Sauve-toi, Lagnon, tu n'es plus mon ami. Mais n'oublie pas, tôt ou tard, on réglera ça. Nous serons des milliers, peut-être des millions et nous vous casserons. Le jour viendra où les riches boufferont les semelles de leurs godillots. Chacun son tour !

Lagnon éclata de rire.

— Le jour où les riches boufferont leurs semelles, alors les crève-la-faim suceront les cailloux ? Tu ne serais pas de ces mineurs ivrognes, des fois, qui braillent à tort et à travers ? Toi et ta souillon, vous faites la paire.

— Mineur, je le suis. Ivrogne, je laisse à ton père le soin de se saouler la gueule à ma place. Quant à la souillon, voici sa réponse, mon salaud !

Théodore attrapa Lagnon par le col, le gifla et d'un croche-pied le jeta au sol. Il s'apprêtait à lui tomber dessus, lui bourrer les côtes, l'assaisonner de belle manière, lorsqu'il s'entendit rappeler à l'ordre.

— Voici une façon singulière de fêter sainte Barbe, jeunes gens !

Monsieur Echart avançait sur eux. Sa canne de bambou pointée à l'horizontale, il vint l'appuyer sur la poitrine de son ancien élève.

— Fut un temps où ta conduite était tout autre, Théodore Gandon !

— Le temps de l'enfance est passé, il fallait me donner les moyens de poursuivre dans la « bonne » voie, monsieur le maître d'école, répondit Théodore, furieux. Grâce à vous, j'ai rejoint le monde le plus laid, le plus sale qui soit, et je suis de ceux qui ont décidé de balayer toute pourriture tirée à quatre épingles.

— Calme-toi, si on rapportait tes propos, tu serais chassé.

— Cela ne me causerait pas un gros chagrin.

— Bien entendu, mais tu te trouverais alors loin de ta lutte.

Une main sur l'épaule de son ancien élève, le vieil homme le poussa à l'écart.

— Je n'appartiens pas, comme tu pourrais le croire, au monde que tu rejettes. Je me définis plutôt de la race à laquelle on fait difficilement prendre des bonnets d'âne pour des chapeaux de maître. Et je t'avoue que je ne suis pas mécontent de te trouver disposé de la sorte. Jeune ! Mais bon Dieu, quel sang ! Je ne doute pas de ta détermination, de ta vigueur, trop de brebis, ici-bas, bêlent en troupeau, seulement montre-toi discret, si tu veux un jour avoir le plaisir de balayer. Tu ne le sais pas encore, mais les gens que tu as l'intention de combattre ont mille tours dans leur sac pour t'étouffer, aussi garde-toi de leur faciliter le travail. Sois subtil, donne le change. Apprends à déjouer les pièges tendus sur la route de la révolte, cela t'évitera de te livrer pieds et poings liés. N'est-ce pas, garçon ?

Monsieur Echart tourna les talons. Théodore, confondu, regarda s'éloigner ce vieux maître qu'il pensait être son ennemi depuis son départ de l'école. Le grand bonhomme maigre, la taille cintrée dans sa redingote du siècle dernier, coiffé d'un tube de velours, avançait en lançant ses longues jambes à la manière d'un échassier. Attitude qui portait à rire. Théodore fut heureux de compter semblable allié. Ainsi, ce qu'il disait avait un sens, mieux encore, il s'en trouvait de la trempe d'Echart pour l'approuver.

Echart s'arrêta près de Lagnon, toujours étendu au sol. L'attrapant par un abattis, il le releva et lui dit d'un ton ferme :

— Demain, je t'interrogerai à la première heure. Gare, si tu ne sais rien, bougre de cancre.

Le garçon se brossa les coudes et partit le nez piqué dans ses sabots, grimaçant, penaud.

Marie et Théodore remontèrent vers la ville. La grand-rue se vidait. Des bordures de neige en réduisaient la largeur. Devant les pas de porte, une brèche permettait l'accès aux maisons. D'un coup d'œil circulaire, Théodore embrassa le bourg prisonnier de la saison froide. Il aimait ce temps bas et sombre, dans lequel se diluaient vapeurs et fumées aux couleurs de plomb. Puis il expliqua à Marie qu'elle allait manger avec sa famille, qu'il y aurait sûrement un bon dessert et qu'ensuite ils reviendraient sur la place s'amuser. Marie ne répondit pas, mais il vit bien le bonheur arrondir son visage.

Francette, se détournant du fourneau, accueillit la fillette.

— Entre, petite. Depuis le temps que Théodore parle de toi, tu me trouves contente de te connaître !

Marie franchit le seuil, intimidée.

Jean la regarda avancer. Planté devant elle, poings sur les hanches, il feignit la surprise et dit :

— C'est donc toi, le beau brin de fille qui fait courir mon jeune fils à l'autre bout du pays ?

Rouge de honte, Théodore bougonna quelques paroles inaudibles.

— Ne l'écoutez pas, dit Yvette volant au secours des enfants, aujourd'hui papa est disposé à blaguer. Viens, Marie, assieds-toi, cette chaise est libre.

— C'est celle de Louis, il ne rentre pas ? demanda Théodore.

— Il est rentré, répondit Yvette, pouffant de rire, l'inconvénient est qu'à chaque pas il donnait l'impression de vouloir monter un escalier. Maintenant, il ronfle comme un moteur.

— A croire que ton père a lui-même rempli les verres ! clama Francette d'un air fâché.

— Eh là ! je m'en voudrais. J'ai bien vu où les gars voulaient en venir, mais trop tard, Louis était déjà chaud. Tu penses, un gamin qui ne boit jamais de vin.

Le repas dura agréablement.

Marie mangea, douillettement calée entre Yvette et Théodore. Francette resservit son invitée qui, n'osant croire que tout pût être avalé en abondance, accompagna chaque bouchée de pain blanc. Jean riait d'un tel appétit.

— Où peux-tu mettre tout ça ? lui demanda-t-il.

Marie montra son ventre et tout le monde éclata de rire. De questions en réponses, elle se laissa aller à raconter son existence chez les Colignon. Il en ressortit un flot de paroles, parfois hésitantes – elle ne fit pas état du viol d'Irène perpétré par Damien Colignon –, qu'elle déballa en vrac, depuis son arrivée à la ferme de la Grand-Combe, jusqu'à la venue de son père. Les Gandon écoutèrent, doutant, par instants, de la véracité de ses dires. Pensant que, mise en confiance, Marie prenait plaisir à exagérer certains épisodes. Mais

Théodore abonda dans son sens et, au fait des détails, prouva que son amie n'inventait pas sa vie. Leurs doutes dissipés, Francette, Jean, Yvette gardèrent le silence. Emus, impuissants.

Champagnac, mais aussi ses environs, déversait ses résidants. Chaque maison représentée, une foule bruyante s'était formée devant la mairie. Des sourires pendaient aux visages. Jouissant d'une liberté difficilement acquise, les enfants pourfendaient les rangs, lancés dans d'interminables poursuites. Magnanimes, les mères ne se souciaient de leur conduite que de loin en loin. Des batailles de boules de neige éclatèrent. Les hommes, pris pour cible, ripostèrent. Le vacarme enfla pour n'être plus qu'une longue clameur soutenue.

Théodore et Marie se laissèrent happer dans cette rotation joyeuse. Ils riaient, bousculés, bombardés. Eux aussi tassèrent de belles boules, qu'ils lancèrent, et furent très vite trempés. En provenance de l'estrade filèrent les premiers miaulements d'une cabrette. La vielle, le violon, l'accordéon chanteraient à leur tour. Le bal commençait. Un jeune public, attroupé à proximité du parquet, hua danseurs et danseuses. Puis, bien vite, on retrouva quilles, anneaux et boules de neige.

Aux buvettes, le vin coulait, chaud ou froid. Sans restriction. L'ivresse, chez certains, dessinait des horizons flous, des brouillards imaginaires. On vit Vladimir et Aimé Ladheuil s'empoigner. Si Jean et Lech ne s'étaient interposés, ils eussent vidé leur haine jusqu'aux coups. Finalement, Vladimir s'écarta du groupe en injuriant les uns et les autres dans sa langue natale.

— Un père doit toujours savoir où se trouve son fils ! cria-t-il.

Ladheuil le regarda disparaître dans la foule. Son visage tremblait légèrement.

— Que veut dire Glassov ?

Le petit groupe se retourna d'un bloc, face à monsieur Avette. L'ingénieur, chapeauté, ganté, se tenait planté au bras de son épouse, grande femme élégante, coiffée d'un curieux chapeau – à plusieurs couches dégradées de feutrine gris perle recouvertes d'une voilette ample et vaporeuse. Avette s'inclina légèrement pour un salut général.

— Allez savoir, il est tellement saoul, répondit Raymond Vergne, demain, il aura tout oublié.

— Monsieur Ladheuil sait peut-être, lui ! reprit l'ingénieur.

Aimé Ladheuil fit un pas en avant et lâcha sèchement :

— Glassov raconte ce que bon lui semble, ça ne regarde personne ! Et ici, tout le monde pense comme moi, s'pas ?

Avette ne broncha pas, bien qu'il eût saisi l'allusion personnelle.

— Il est regrettable, monsieur Ladheuil, dit-il calmement, qu'un contremaître ne montre pas l'exemple et s'enivre comme une bourrique.

— C'est que, voyez-vous, monsieur Avette, je ne suis sans doute qu'une bourrique, qui n'a pas la chance de se promener au bras d'une jolie femme affublée d'un pâté en croûte sur la tête.

Ladheuil éclata de rire à sa plaisanterie, imité par les autres. Selon eux, Avette n'avait pas volé de se faire remettre en place. L'ingénieur eut un air pincé. Ce manque de respect de la part d'un chef, en présence de ses hommes, l'outrageait.

— Je mettrai, une fois encore, votre goujaterie sur le compte de l'alcool. Il est à déplorer que le raffinement de cet… élément de toilette (il désignait le chapeau), vous dépasse, mais, moquer une femme qui honore de sa présence toute une population de…

— Monsieur l'ingénieur Avette, le coupa Ladheuil, apprenez que votre fonction ne vous permet en rien d'avoir un œil sur la vie privée des personnels sous vos ordres. Tout comme nous, vous êtes un employé et, à ce titre, occupez-vous de ce qui vous regarde !

Le visage empourpré par la colère, Avette tira sur le bras de sa femme et déguerpit à travers un public acquis à la cause des mineurs.

— Nous nous retrouverons, Ladheuil !

— Quand bon te semblera, peigne-cul, marmonna le surveillant.

Puis il cria, se ruant vers la buvette la plus proche :

— A boire, pour tout le monde !

Le froid entérinait son œuvre paralysante. Trempés, gelés, les enfants se disputaient les meilleures places autour des brûlots, tandis que les danseurs – les plus courageux – semblaient ignorer la température.

— Tu as froid ? demanda Théodore à Marie.

— Aux pieds, surtout ! répondit-elle, grelottante.

— Rentrons. Tu as encore le temps de te réchauffer.

Francette déchaussa Marie et l'installa devant le fourneau, les pieds sur une chaise, contre le gueulard. Puis elle tartina des tranches de pain, qu'ils trempèrent dans du lait chaud, sucré au miel.

Près de la fenêtre, Yvette commentait les allées et venues des gens ratatinés sous des épaisseurs de laine. Tous marchaient courbés, pressés d'arriver. Depuis son lit, Louis gémissait, toujours prisonnier des vapeurs de l'alcool. Marie regardait la famille Gandon et songeait à la sienne, lointaine, dispersée ; cela lui serrait le cœur.

L'heure tournait. Sur les conseils de Théodore, elle se prépara à partir. Un peu avant cinq heures, Francette l'embrassa, puis ce fut à Yvette de baiser ses joues. Marie remercia, timidement fit un signe de la main aux deux femmes et sortit précédée de Théodore. La mère et la fille, penchées aux carreaux, regardèrent s'éloigner ce petit bout de gamine, dépitées de ne pas oser transgresser les lois et la garder près d'elles.

Francette ouvrit un battant de la fenêtre et cria :

— Reviens quand tu voudras !

— Te voilà adoptée, ajouta Théodore, ne te fais aucun souci tu seras invitée à ma communion !

Edmond était exact au rendez-vous. La nuit également, froide, déjà noire. Un peu éméché, le valet ne s'attarda pas. Marie ne put faire autrement que de lui emboîter le pas, trottinant sur ses talons. De temps à autre, Edmond s'arrêterait, attendrait qu'elle revienne à sa hauteur, et repartirait. Il en serait ainsi jusqu'à l'arrivée.

Le clocher sonna cinq heures.

Théodore revint sur la place. Les brûlots mouraient doucement. Quelques danseurs, encore, mais d'un entrain limité, levaient la jambe. Une partie des musiciens avait d'ailleurs déserté l'estrade. Les quilles, les anneaux et les piquets ne se trouvaient plus à leur place. La dernière buvette n'abreuvait plus grand monde. Des traînards s'adressaient des saluts complaisants, d'un bout à l'autre de la place. Ivres la plupart, hurlant des mots incompréhensibles. Demain, les fosses carillonneraient des souvenirs de la veille, et chacun revivrait son histoire.

L'hiver, semblable aux précédents, entraînerait une longue période de patience. Théodore et Marie gagneraient immanquablement chaque dimanche le pigeonnier, seul refuge contre l'ennui résumé en une couleur blanche, unique et immobile. La saison froide, ses déchaînements, sa beauté, par temps calme, n'éblouirait plus ceux qui étaient forcés de l'affronter. On glisserait vers Noël et le 1er janvier. A une semaine d'intervalle, chez certains on boirait plus que les événements ne le nécessitaient.

11

Le froid maintint sa prise courant mars. En journée un soleil ludique apparaissait et disparaissait, laissant la place à un vent léger, alternant avec des pluies drues. Signes avant-coureurs du printemps. Bientôt l'apparition figée, au sortir d'un sol consumé, de primevères et de crocus exprima le désir de toute une flore de se défaire du joug de l'hiver.

Théodore guettait la fonte définitive de la neige encombrant encore les pâturages. Le tour qu'il fit au-delà des bois l'assura d'une prochaine reprise des habitudes pastorales. Si le pic de Charlus conservait son bonnet blanc, les prés s'étalaient en grande partie dégagées, gorgés et ruisselants de vie. Une constatation qui lui rendit un peu de sa volubilité. Ces derniers temps, à la mine, l'humeur s'était durcie. La période d'adaptation terminée, plusieurs mois écoulés, les hommes ne ménageaient guère l'apprenti, gueulant souvent sur lui, sans raison véritable. Naturellement, Théodore s'était fermé.

La découverte de l'agressivité latente de ses compagnons – mis à part Jeanjean, fidèle à ses principes de je-m'en-foutiste –, le détournait peu à peu de ses préoccupations d'enfant et l'amenait progressivement à composer sur la voie de la résignation. Hormis Titou qu'il prenait plaisir à visiter chaque jour, honteux de ne posséder aucune solution concernant sa remontée à la surface, désormais il se rendait à la mine avec répugnance. Au fil des semaines, ne comptèrent plus que les fins de journées et les dimanches, où, libre de ses mouvements, isolé, en dehors du bourg, il rêvait à l'épanouissement des êtres.

« Un jour je quitterai la mine, mais aussi le pays. Je le sais, maintenant, quelque chose ne tourne pas rond qui me pousse dehors, comme si la place venait à manquer », se disait-il, perdu dans ses pensées.

Théodore partageait son temps entre ses amis Malchère, Archambaud, Marie – laquelle tirait vanité de voir ce grand garçon la préférer souvent aux autres – et monsieur Echart. Il avait revu son maître d'école, et le vieux bonhomme à présent guidait son jeune protégé sur la voie de la révolte, mais aussi l'initiait aux grands maîtres de la littérature. Décortiquer les œuvres, accéder à la connaissance des textes par la réflexion plaisait à Théodore.

— Je serai savant, nom de Dieu ! clamait-il devant Archambaud abasourdi. Je posséderai les armes contre la cruauté, et clouerai le bec aux imbéciles. J'aurai accès au savoir, pas comme ces philosophes forts en gueule ne sachant rien des réalités. Moi, j'aurai, en plus du discours, l'expérience. Je tartinerai des pages et des pages à faire pâlir les bourgeois. Je serai un mélange de Karl Marx, de Jules Vallès, d'Alexandre Dumas et de

Victor Hugo. Evidemment, il me faudra faire attention à ne pas tout embrouiller.

Théodore se sentait des ailes chaque fois qu'il en terminait avec Echart. Le bonheur lui paraissait à portée de main.

— Ce n'est qu'une question de temps, se répétait-il.

En attendant il montait sur les communaux, où depuis peu les bêtes étaient de retour. Utilisant l'épaisseur de la haie, il avait construit un toit de branches mortes, liées entre elles par des longueurs d'étoupe, recouvertes de touffes d'herbe, et dans ce que Marie nommait « leur première maison », lisait d'autres histoires.

Puis il y eut ce dimanche de fin avril. Théodore arriva le dos chargé de son cartable. Les vaches laissées aux soins de Palou, Marie le retrouva affairé à déballer livres et cahiers sur le pré.

— Il est temps que tu apprennes à lire, à écrire et à compter ! déclara-t-il d'un ton péremptoire.

Marie se laissa docilement guider jusqu'à la grosse pierre plate, et sur ses genoux tint ouvert un abécédaire. Une à une, Théodore lui présenta les vingt-six lettres de l'alphabet, démarquant les voyelles des consonnes.

— Pourquoi certaines s'appellent comme ça et d'autres autrement ? demanda Marie, candide.

— C'est un détail. Le dictionnaire dit comme ça que c'est une histoire de larynx, de souffle ou de forme des lèvres au moment de parler. Mais il est plus utile que tu saches que *a, e, i, o, u, y* sont des voyelles et les vingt autres des consonnes.

— Celle-là est la première ?

— Oui, le A. Regarde bien, il ressemble à un homme debout les jambes écartées. La deuxième, le B, fait penser à une femme avec une forte poitrine et un gros ventre. Le C, a l'air d'un vieux, courbé, le ventre creux.

— C'est rigolo d'apprendre les lettres !

— Te rends-tu compte, avec seulement vingt-six lettres, tu pourras écrire des milliers de mots !

L'enseignement de Théodore porta ses fruits, Marie sut son alphabet par cœur. Puis il aborda le calcul, plus exactement il apprit à son élève à compter jusqu'à dix, dans un premier temps. En fin de journée, Marie fut surprise d'être en mesure de dénombrer les vaches qu'elle menait au pré. Emerveillée, elle les compta et les recompta, certaine de posséder désormais un immense savoir.

— Et lire, quand m'apprendras-tu à lire ?

— Bientôt, il faut qu'à la fin de l'été tu saches lire, écrire et compter couramment !

— Jusqu'à cent ?

— Jusqu'à mille, dix mille, un million !

Marie ouvrait de grands yeux, stupéfaite et impatiente.

Théodore poursuivit son enseignement les dimanches suivants. Pour empirique qu'il fût, elle n'en apprit pas moins les rudiments de l'écriture, en dessinant durant des heures des barres et des ronds. Découvrant les sons des lettres juxtaposées, elle décomposa les mots en syllabes, puis s'appliqua méthodiquement, soir après soir, sur un cahier, respectant les interlignes, à écrire l'alphabet. Quand elle accoupla enfin les lettres, elle se répéta à mi-voix : « *b* et *a*, ba ; *b* et *e*, be ; *b* et *i*, bi... »

Dans les effluves et les étirements d'avril, Marie acquit les connaissances nécessaires pour écrire, sous surveillance, une première lettre à ses parents. Deux pages – recto verso – pleines et tremblotantes, dans lesquelles elle raconta son aventure d'« écolière », et fit part de sa grande envie de les revoir au plus vite.

— Premier prix d'écriture et de lecture à mademoiselle Marie Saulieux ! La récompense est ce magnifique ouvrage de contes et de légendes ! exulta Théodore, en lui remettant son cadeau.

— Je suis la meilleure élève de la classe ! déclara-t-elle, triomphante, en recevant le petit album.

En mai, Théodore fit sa communion solennelle. Marie, conviée, assista à la cérémonie remplie d'admiration pour son ami montant vers l'autel. Théodore se distinguait, selon elle, des autres communiants – écoliers au visage poupin, pour la plupart courant encore après le Certificat d'études – par des traits durcis, dus à l'apprentissage d'un rude métier.

Elle le voyait avancer, tel un héros gravissant les marches de la réussite, le buste droit, le bras orné d'un brassard à franges, symbole de la gloire. Théodore était beau, sa chevelure, plaquée sur son crâne, brillant sous la gomme.

— Voilà, cette fois mon enfance est définitivement terminée, marmonna tristement Théodore au moment de passer à table.

Le repas fut joyeux cependant, en compagnie d'oncles et de tantes venus de Mauriac et de Saignes. Dès le dessert avalé, comme convenu, Louis joua de l'accordéon. On ne dansa pas, on se contenta de chanter quelques rengaines connues de tous et, à cinq heures, dès les vêpres achevées, selon le rite d'un dimanche ordinaire, Théodore raccompagna Marie.

Juin pointa à son tour et enferma le pays minier dans

l'été. D'interminables journées brillèrent de mille feux. Comme prévu, Yvette devint madame Marius Leblanc. Là, on dansa jusqu'au matin. Sur les pâturages, les dimanches se suivirent, se ressemblèrent. Théodore monta retrouver Marie. Insouciants, ils riaient de petits riens.

Dans trois mois, Théodore Gandon, galibot de la veine Caroline au puits Madeleine, compterait un an de mine.

Deuxième partie

1910-1920

La Séparation

1

La décennie débuta confusément.

Francette, à la suite du mariage de sa fille, mesura combien rompre les liens étroitement tissés de longues années durant entre elle et son aînée était douloureux. Aussi, dans les premières semaines, se rendait-elle de temps à autre à Bois-de-Lampre, où habitaient désormais les Leblanc, faire un peu d'ouvrage, comme la lessive, coudre, ou passer le chiffon sur les meubles. Sans y trouver tout à fait son compte.

A la ferme de la Grand-Combe, dès juin, Irène avait accouché. Janine Ubart, sage-femme qu'était allée chercher Marie, avait aidé la servante à mettre au monde un garçon que personne, lié de près à la maison, n'osa, à haute voix, attribuer à Damien Colignon. Seule Emilienne ne décoléra pas contre l'arrivée de ce « bâtard ». Alors, Irène, sur pied le surlendemain, prépara son enfant, fit son baluchon et se mit en route. Guy, encore une fois, rattrapa la pauvre fille au vol. Ce jour-là, raconta plus tard Marie, Guy, venu se planter devant ses parents, avait déclaré qu'il allait reconnaître l'enfant et marier la mère.

— Et s'il s'en trouve un à qui ça ne convienne pas, il prendra une bonne giclée de plomb ! avait-il hurlé avant de tourner les talons.

Emilienne, hostile au projet, fit savoir sa désapprobation. Damien, lui, n'hésita pas à trancher en faveur de son fils, conscient de l'opportunité qu'offrait la situation d'effacer officiellement son inconduite. Une fois encore, Emilienne chevaucha sa haine. Menaçant de révéler la vérité, elle ordonna que la fille disparaisse, son « paquet » sous le bras. Mais personne ne broncha à ses injonctions et les choses se déroulèrent comme Guy le souhaitait.

Enfin, à Champagnac, mis à part Echart, peu de monde cherchait à comprendre ce que dénonçaient les titres des journaux, extravagants pour certains, défaitistes pour d'autres. « L'idée d'un ennemi haineux et héréditaire redevient à la mode pour tous les peuples », pouvait-on lire. « Les Français regardent vers la "ligne bleue des Vosges" et l'Alsace-Lorraine perdue en 1870 », « Les Allemands cherchent à imposer, et pour toujours, à la France et à la Russie, l'hégémonie de l'ancienne Prusse », lisait-on encore. Insidieusement, l'Est montait en puissance, tandis que l'Ouest cultivait des fleurs que dans quatre ans il accrocherait à ses fusils. La menace s'étalait à la vue de tous en caractères gras, sans pour autant faire naître une véritable inquiétude. On se refusait à l'idée de vivre dans « un pays entouré d'ennemis qui n'hésiteraient pas à s'en prendre à sa prospérité ».

Champagnac battait froid à tout avertissement d'une guerre annoncée. Semblable aux provinces laborieuses, enlisées dans une feinte gaieté, la cité minière se souciait davantage de sa survie quotidienne, préférant s'en remettre à la sagesse des masses, douées, clamait-elle, de sentiments et d'intelligence.

« Folie ! » hurlait le maître d'école, persuadé de l'imminence du conflit. Mais on raillait ce bonhomme virevoltant dans sa redingote Second Empire.

— Espérez seulement que Jaurès et les pacifistes tiennent le coup, sinon gare aux envahisseurs ! » criait-il de plus belle.

Las ! Le vide se faisait à ses côtés. Seul Théodore abondait dans le sens du vieux maître – par intuition, par analogie, par amitié, surtout, plus que par conviction. Echart porteur d'une révolte lui plaisait, le ravissait.

Quatre ans encore et il aurait raison.

Théodore apprit à manier le pic, une demi-heure par-ci, par-là, chaque fois qu'il était dispensé de roulage. Aimé Ladheuil – il entretenait une véritable amitié avec son galibot depuis l'éboulement – l'avait confié à Lech, certain de lui lancer une entrave dans les pieds. Mais le Polonais, fier de cette responsabilité, sut se montrer à la hauteur et sa production d'abatteur ne s'en ressentit pas. Jeanjean, excellent piqueur en son temps, regardait le gamin planter l'acier dans la roche tout en regrettant l'époque où, solidement campé sur ses deux jambes, il était un maître de la spécialité. Quittant sa galerie de roulage, il s'approchait et, appuyé au mur, tétant son bouteillon, pensait que s'il le fallait, bien que boiteux, il pourrait encore tenir efficacement le manche.

— Là, mon p'tiot, criait-il à Théodore avant de

regagner le travers-banc, tu boufferas ton content de poussière !

Le travail exténuant qu'était l'abattage nécessitait une attention particulière de chaque seconde, ainsi qu'une grande résistance. L'outil, souvent manié allongé en chien de fusil, ou sur le dos, selon la configuration du gisement, et la hauteur du boyau, parfois montant, parfois descendant, finissait par peser lourd à bout de bras. Théodore donnait ce qu'il pouvait. La sueur coulait depuis la racine de ses cheveux, sur son torse nu, pour se faufiler en dessous de sa ceinture. Une eau brûlante lui gerçait violemment l'entrejambe, l'obligeant à se déculotter et à s'essuyer fréquemment avec sa calotte de toile retournée.

— Il n'y a que le talc qui puisse te soulager de la sueur, pense à en avoir toujours dans ta musette.

Lech se montrait patient et de bon conseil. Avec le temps, ses compétences l'amenèrent à initier Théodore aux méthodes de soutènement d'une galerie en extraction, puis à son foudroiement, c'est-à-dire à la destruction du toit, et par conséquent à l'emploi d'autres outils, comme d'une masse, d'une hache. A cette occasion, il dut se familiariser avec les différentes essences d'arbres. En particulier le charme et le chêne, les bois plus résistants, réservés à l'étayage fait à partir d'étançons, de bois de taille, de queue de rallonge.

Raymond Vergne encourageait Théodore, saluant ses efforts consentis. Jean le félicitait à son tour, heureux de le voir mettre autant de cœur à l'ouvrage. Théodore, contrairement à son père, ne tirait aucune fierté de ces éloges successifs. Les compliments semblaient glisser sur lui comme de l'eau sur une vitre. L'unique embellie que lui procurait la situation était qu'enfin admis par les ouvriers, considéré comme tel, ils ne le houspillaient plus.

Mais la mine, pour autant, ne comptait pas davantage à ses yeux. Plus de deux ans après son embauche, elle demeurait toujours le seul moyen de ne pas peser sur le budget familial. Théodore savait ne pouvoir s'en échapper avant longtemps. Quiconque n'offrait pas son cœur et son âme en conscience, la mine le brisait. Un feu courait en lui, qui l'empêchait de respirer plus que les poussières de roche et de charbon. Ce qu'il cherchait à la fin, il ne pouvait le définir. Une association d'idées simples le hantait, accrochées entre elles comme les pampres de la vigne, juteuses et vermeilles, qu'il résumait d'un mot : liberté.

Ressassant sa déception, il lui arrivait, campé à la croisée des chemins, de lever la tête et, scrutant le ciel, de se fondre à l'infini, certain que chacun de ses semblables vivait tassé sous une voûte oppressante, constellée de menaces, lié à un joug commun. Quel symbole que la voie lactée, peuplée de milliers d'étoiles, dont la luminescence, pareillement à l'onde sur la rive d'un lac, longtemps après leur extinction, parvenait encore aux Terriens.

— Nous sommes tous morts et ne le savons pas ! criait-il.

Alors, rire le soulageait.

C'est auprès de son vieux maître que, dans les années qui suivirent, il parvint peu à peu à apaiser son trouble. Echart le Clairvoyant, comme il aimait le définir, pédagogue efficient avec lequel il découvrit les livres, leur contenu, leurs auteurs. Ce que l'homme avait vécu et appris au cours de sa longue vie, le maître, fort de son savoir, le restituait à l'élève. Théodore découvrit les lettrés, la jouissance de la langue, le jeu des phrases, la trituration des mots, l'anticonformisme chez certains, l'académisme chez d'autres. Imprégné de littérature, le vieil homme distillait sa culture goutte à goutte sur une jeune plante saine, en passe d'épanouissement. Lire, disséquer, analyser, rédiger devint pour Théodore synonyme d'accès à une nouvelle vie. Etudier le passionnait. Dès qu'il était remonté de la mine, il se jetait sur les livres – dans ses mains ils devenaient des objets rares, des reliques précieuses manipulées avec respect – et n'en sortait qu'une fois l'ouvrage terminé.

Il en faisait un compte rendu à Echart, et l'homme et le garçon, face à face, débattaient. Une passion commune qui les amenait chaque jour (hormis le dimanche, réservé à Marie) tard dans la soirée. Théodore rentrait épuisé mais heureux, ramenant de nouveaux romans, de nouveaux textes. Aux héros de Walter Scott, d'Herman Melville, de Ponson du Terrail, de Mark Twain, d'Alexandre Dumas, il préféra les thèmes de société tels que la férocité, l'imposture, la truculence, le naturalisme, le romantisme, la cupidité, l'hypocrisie, la manipulation, l'opportunisme, que transposent magistralement Rabelais, Balzac, Zola, Stendhal, Flaubert, Gautier, Sand, admirant le sens de la formule chez ces grands littérateurs et applaudissant à la relecture des fables de La Fontaine.

Une transition qui le vit s'intéresser aux divergences philosophiques entre Diderot et Voltaire, à la finesse d'esprit de Chamfort, à la préciosité de Marmontel et à conclure au danger d'intellectualisme des théories sans applications pratiques. Le dictionnaire de Pierre

Larousse fut l'ouvrage qu'il consulta le plus souvent. Déjà, au temps de sa scolarité, le gros volume recouvert de cuir brun prolongeait ses soirées et il regrettait de ne pouvoir recourir, dans ses « petites études », à l'emploi de mots nouveaux.

Mais le véritable choc lui vint des poètes, anciens et modernes, qu'il dévora sans distinction des genres. Le langage, l'intrépide association des mots, l'incroyable faconde métaphorique – révélation inattendue de la vie entraînant une autre écriture – le firent voyager au cœur d'un monde alors insoupçonné. Là où des astres différents scintillaient de jour comme de nuit. Le foisonnement, la richesse de cette lumière constellée, sublime fécondation des esprits en jachère, le bouleversèrent. Il devait se souvenir sa vie durant du poète Rimbaud. Jean-Nicolas Arthur Rimbaud, né sous le signe du génie. A dix-sept ans, il avait osé quitter sa province profonde pour Paris et sa gueule béante. Jeune homme, avait-il été fou plus que de raison ? Et plus tard, ses seules errances l'avaient-elles vaincu en lointaine Ethiopie ? N'avait-il été qu'un « prévaricateur », oublieux de sa charge d'homme devant éclairer le monde ? Captivé par *Une saison en enfer* ou encore *Ouvriers*, en correspondance avec ses tourments, Théodore se sentit si fortement en communion avec l'auteur qu'il devint à son insu un isomère de son propre corps. Deux masses moléculaires – le charbon et le diamant – de formule chimique identique, mais de structure atomique et de propriétés différentes.

Comme il aurait aimé presser passionnément ce garçon contre sa poitrine – se déclarer son frère – et, avec lui, fouiller les zones insoupçonnées de l'imaginaire.

C'est un Rimbaud écorché vif, romantique et en

quête de l'impossible qui, découvrant l'horreur de la guerre, rédigea, puis opposa au déferlement des uhlans de 1870 le plus sublime des pactes de non-agression. Comment, suite à la lecture du *Dormeur du val*, le monde ne s'était-il pas précipité, enlacé, pardonné, aimé ? Comment n'avait-il pas, à jamais, enfoui les armes ? Comment avait-il trouvé encore la force de parler de revanche et de mort ? Poème prémonitoire, il fut oublié. Théodore, à l'âge romantique qui était le sien, voyait en Rimbaud un éclaireur à ses pensées. Ah oui, il était loin le temps où il découvrait l'aventure à la lecture du *Tour de la France par deux enfants*, de G. Bruno, en fait un tour de force moraliste, patriotique, pudibond.

Désormais, sans que Marie eût à souffrir d'être délaissée, Théodore, réfugié dans les livres, poursuivit son éducation littéraire. Page à page. En juin 1913, il fut en mesure de passer l'épreuve de français du Brevet élémentaire. La note (l'une des meilleures du canton), les appréciations qu'il obtint furent matière à bien des regrets. Echart devait en convenir, Théodore, étudiant brillant, aurait pu sans peine suivre un cycle d'études supérieures. Et sans doute, ce jour-là, le vieux maître se fit-il maints reproches, se souvenant avoir convaincu Francette Gandon de retirer son fils de l'école. Mais aujourd'hui, à quoi bon regretter ? Théodore savait suivre un chemin en opposition à ses rêves, sur lequel revenir sur ses pas tenait du prodige. Sa fibre littéraire – cette disposition à s'émouvoir – impliquait le dégrossissement d'une part de lui-même, qu'il entendait bien poursuivre.

« Un petit jardin, songeait-il, que je partagerai avec peu de monde. L'écriture et les livres m'aideront à vivre jusqu'à l'épuisement. Je les ouvrirai comme un enfant ouvre une malle contenant des trésors inattendus. »

Mi-décembre, le bruit courut dans les galeries que Largilier ne quittait plus le lit. Le doute était né quelque temps auparavant ; deux jours de suite, les volets de l'estaminet n'avaient pas été décrochés, Louise ne pouvant à la fois soigner Antoine et servir la clientèle. Il n'en fallut pas davantage pour que la rumeur se propage.

Les hommes se rassemblèrent devant la petite maison et, à tour de rôle, se succédèrent au chevet d'Antoine. Leur vieil ami agonisait, noyé dans une quantité d'oreillers calés sous ses reins, censés le maintenir assis. Secoué par de violentes quintes spasmodiques, Largilier tentait encore un sourire à l'intention de ses visiteurs. Son visage, couleur de raisin confit, disparaissait dans la pénombre de la pièce, où le froid s'engouffrait par la fenêtre tenue ouverte.

— Il n'ira pas loin !

— Oui, le voilà arrivé au bout ! murmurait-on de retour sur le seuil de la porte.

Antoine ne survécut pas à l'année 1913. Le 31 décembre, Mario Lazari arrêta son *chouval* à l'entrée de la fosse du puits Madeleine. Lorsque le poste du matin quitta les vestiaires, l'Italien sauta de sa carriole et s'avança au-devant de Raymond Vergne, Jeanjean et Tête Molle.

— Vounez vite, leur dit-il, le Touane, ça va pas !

Antoine gisait la tête renversée en arrière. Un feulement rauque passait imperceptiblement par sa bouche grande ouverte. Vladimir, Dagobert, Lech, Jean, Louis et les autres de la veine Caroline, se glissèrent à gauche et à droite des murs. Largilier les dévisagea l'un après l'autre. Tous avaient été ses clients, certains – Jeanjean, Vergne, Lech –, des compagnons de travail. Ses yeux vides, à demi clos, enfoncés dans leurs cavités, s'attardèrent sur eux trois en particulier.

— C'est la fin, mes vieux piqueurs, parvint-il à siffler. On dirait... la cage aux oiseaux... là-dedans, ajouta-t-il en désignant sa poitrine.

— Allons, Toine, tu as eu d'autres crises !

— Ma oui, ton roussignol finira bien par aller nicher ailleurs...

— Non... cette fois... la saloperie me tient... elle me lâchera plus...

Epuisé, Antoine s'assoupit. Les hommes assistèrent un moment au lent va-et-vient de sa maigre poitrine, avant de se retirer et d'entourer Louise.

— Bon Dieu, on dirait un vieux soufflet de forge... marmonna un des mineurs, impressionné.

Assise sur une chaise, Louise pleurait, sans effusions. Raymond Vergne, Jeanjean, les plus familiers, l'embrassèrent. Puis, des femmes entrèrent, des amies, des voisines et tous s'en allèrent.

Antoine Largilier fit son bagage durant la nuit. Le docteur Esémart, venu l'assister dans ses derniers instants, affirma qu'il était parti « usé jusqu'à la trame ».

La mort l'avait pris dans son sommeil, vers les trois heures, à cette heure du milieu de la nuit où les râles en appellent à la délivrance et où les chats de décembre, pelotonnés au bercail, clignent de l'œil, tournés vers la lune froide.

Ils vinrent tous – fraternellement – et de partout veiller sa dépouille la nuit suivante. Une longue procession d'hommes graves défila devant la bière où reposaient les restes de celui qui avait été un des leurs, joyeux et plein de force. Théodore resta entre son père et son frère. Son regard ne pouvait se détacher de ce masque semblable à de la cire : exsangue et creusé. Une bandelette maintenait le menton fermé, et la disgrâce morbide de cette chose sans vie lui projetait l'image de sa propre enveloppe vieillie. Largilier était le premier qu'il connût que la mine terrassait sous ses yeux.

Antoine retourna à l'argile un matin de gelée blanche. Mario conduisait le cheval empanaché. Derrière la veuve, une longue colonne noire s'étirait.

L'estaminet vendu, Louise Largilier s'installa à L'Hôpital-Hydes, où elle comptait finir ses jours. Un autre propriétaire arriva, un certain Jean Monteil, la cinquantaine, originaire de Saignes, qui s'empressa de décrocher les volets au grand soulagement des hommes. De nouveau, ils purent se retrouver « devant chez Chambrette ».

2

Depuis des années maintenant, l'hiver de retour, le dimanche, Marie et Théodore gagnaient le pigeonnier. Désireuse de partager la passion de son ami, Marie s'adonnait volontiers à la lecture. Elle aimait surtout que Théodore lui prête attention et en particulier guide ses choix. Curieuse, elle ne cessait de le tarabuster, voulant toujours connaître la fin d'une histoire à peine entamée.

— J'espère que Mercedes épouse Edmond Dantès, malgré tous ces prétendants ? Et que ces deux coquins, ce Caderousse et cet autre, là, Danglars, payent pour leurs mensonges ?...

— Lis, tu le verras bien !

Théodore riait aux éclats, mais se gardait de lui répondre. Marie boudait en retour, feignait la mauvaise humeur, refermait le livre et déclarait ne plus s'intéresser à l'histoire. Théodore devait alors lui déposer un baiser sur le front. Marie s'animait instantanément et, le sourire retrouvé, reprenait sa lecture.

— Capricieuse, tu veux me faire tourner en bourrique, mais tu n'y parviendras pas ! lançait-il amusé.

Elle baissait deux yeux pleins de malice et laissait tomber en chantonnant :

— Mais si, j'y arriverai, j'y arriverai...

L'une comme l'autre aimaient se livrer à ces jeux exclusifs. Une intime complicité était née, en correspondance à une approche amoureuse régie par des règles dans lesquelles une domination réciproque entrait en grande part. Théodore, dix-sept ans, portait encore sur Marie, treize ans – son corps s'était allongé, ses épaules, sa poitrine et ses hanches arrondies – un regard attendri qui, s'il ne trahissait pas ses sentiments, laissait penser que le temps serait leur meilleur atout. Théodore, sans brusquer les événements, permettait ainsi que s'enracine, entre elle et lui, l'idée romantique du désir.

Combien étaient-ils sous le ciel de France, ce 28 juin 1914, capables de désigner Sarajevo comme capitale de la Bosnie-Herzégovine ? A Champagnac ? A L'Hôpital-Hydes ? Echart ? Sûrement. D'autres ? Molade, le directeur des installations minières ? Peut-être. Sa condition de grand bourgeois laissait supposer quelques études ; une approche de la culture. Avette ? Des ingénieurs ? Rien n'est moins certain. Toujours est-il qu'en vingt-quatre heures, le plus béotien des habitants de France, d'Allemagne, d'Autriche-Hongrie, d'Italie, du Royaume-Uni, de Russie ne pouvait plus l'ignorer. L'archiduc d'Autriche, François-Ferdinand de Habsbourg, en visite sur les rives de la paisible Miljacka, s'écroulait sous les balles meurtrières d'un nationaliste serbe et le monde entier consultait ses cartes.

Berlin, Vienne, Saint-Pétersbourg mobilisèrent. Paris ne tarderait pas.

Le 31 juillet, le nationaliste Raoul Villain faisait feu sur Jaurès attablé au café du Croissant, rue Montmartre. Echart lançait : « Les chiens enragés sont lâchés, on ne pourra plus les arrêter ! »

Le 2 août, c'était la guerre.

Comme partout ailleurs, à l'écoute du tocsin, à Champagnac rassemblé devant la mairie, on lut l'ordre de mobilisation générale. Dubitative tout d'abord, très vite l'inconsciente jeunesse se vit victorieuse avant même d'avoir croisé le fer. Une immense clameur retentit : « A Berlin ! » Cri de joyeuse humeur, sorti de millions de poitrines qui s'apprêtaient à s'offrir en rempart contre l'envahisseur. Un instinct de bête s'éveillait. Aux sons des tambours et des trompettes, on s'en allait bouffer l'ogre prussien. Le coup porté au cœur de l'Europe fit que l'on se sentit pousser des ailes. On avala du uhlan à toute heure. On ne tarderait pas à apprendre le remplacement de l'ancien combattant teuton par un guerrier du XXe siècle, émanation de l'industrialisation moderne, assisté d'une balistique d'exception.

Pour l'heure, la pointe sur la tête du *Kaiser* ne tenait plus qu'à un fil ; que la morgue du *Kronprinz* s'affirme et elle ne tarderait pas à être mouchée.

« Vous verrez, Noël sonnera, ce ne sera plus qu'un mauvais souvenir ! » pérorait-on.

— Es-tu mobilisable ? demanda Théodore à son frère.

— Pardi ! Mais toi ne t'en fais pas, tu as encore un an à attendre et d'ici là...

Sur l'ensemble des personnels de la mine

quarante-sept hommes partirent, dont trois du puits Madeleine – le moins touché : Guillaume, le palefrenier, Dagobert et Louis. La main-d'œuvre se raréfiant, ingénieurs et contremaîtres pris de court, on aménagea les postes. Avette confia un temps les chevaux à un vieil ouvrier proche de la retraite, reclassé pour la circonstance, auquel il adjoignit Théodore, qui n'en espérait pas tant. Les mois suivants, comme les campagnes, les veines de la mine se vidèrent au gré de la mobilisation.

On déchantait.

Louis prit le train le 12 août à huit heures en gare de L'Hôpital-Hydes. Soudain, le soleil s'était levé et culminait à l'est, point de la destination. Le quai, où régnait une grande agitation, tendait ses mains vers les troisièmes classes. Plus de cent gaillards avaient envahi les compartiments qu'une foule énorme assiégeait. Civils et militaires se rassasiaient de vaines paroles et d'embrassades. En arrière de cette haie houleuse, des vieux se tenaient assis sur des bancs en lattes de bois aux coloris frais et pimpants. Anciens de 70, ils avaient encore en mémoire les « cuirassiers de Reichshoffen », les pluies meurtrières sur Gravelotte. De loin, ils apercevaient les faces hilares de leurs petits-fils et mesuraient en silence la gravité de tels préparatifs. Francette, plaquée à la paroi du wagon, pleurait toutes les larmes de son corps, si lourdes qu'elle ne pouvait relever la tête. Jean, un faux sourire au coin des lèvres, s'efforçait de retenir les siennes. Yvette, accompagnée de Marius et de leur deuxième enfant, au bras, criait à son frère : « Embrasse ton neveu, ça te portera chance ! » Louis obtempéra, par superstition lécha le niard, qui se mit à hurler. Théodore, en retrait de la foule, croisait le regard de son aîné ; cela semblait leur suffire. Il l'admirait et avait peur pour lui. Tout à coup tout s'accéléra, des portières claquèrent, on desserra les étreintes, les mains ne se tinrent plus que par le bout des doigts.

Le train s'ébranla. Une fumée gicla de dessous les roues dans un bruit déchirant de pistons libérés. Au milieu de la cohue montèrent des cris, des rires, des pleurs et des prières. A la queue du train, des hommes entre deux âges, montés sur les marchepieds, fêtèrent les partants en buvant le vin à la bouteille. D'ultimes conseils fusèrent çà et là : « Ne prends pas froid ! » « Ecris en arrivant ! » « Ne nous ramène pas une fille de Bochie ! »

Le 5 septembre, près de Villeroy, à vingt-deux kilomètres de Paris, Charles Péguy mourait à la tête de sa section. « Trop près du bon Dieu, pour ne pas y être déjà ! ironisa Echart. Un calotin ivre d'eau bénite qui osa appeler au meurtre contre Jaurès. Mais tout de même, un poète. Attendons-nous à ce que les lettres versent le sang ! » Il ajoutait quelques jours plus tard, alors qu'Alain-Fournier, vingt-huit ans, tombait à son tour le 22 septembre aux Eparges : « Celui-là n'aura pas eu le temps de tenir ses promesses. Adieu donc François Seurel, Meaulnes, Frantz, Yvonne de Galais... »

Suivrait en 1915 une série d'offensives sanglantes menées par Français et Britanniques en Artois, Champagne, Artois encore. Dans les rangs français, ce serait l'hécatombe. Des innocents paieraient de leur vie l'incurie, la négligence, l'incapacité des stratèges à manœuvrer et à s'organiser devant l'avancée ennemie.

Champagnac découvrait ses visages martyrs. La mort, frappant aveuglément, chaque jour soufflait la flamme vacillante de l'espoir. La petite ville s'épuisait dans une ambiance délétère. La guerre, soudain devenue réalité, avait à l'arrière un goût de farce amère. Les murs et les buffets des salles à manger se garnirent de portraits héroïques, parfois barrés d'un crêpe noir. Chez les Gandon, Louis, encadré de buis sombre, trônait sur un napperon de dentelle blanche en avant de la commode. Tête nue, les cheveux courts. Il souriait et son uniforme était celui de l'infanterie. Depuis un an et demi que les canons menaçaient sa vie, il n'était de jour où Francette ne s'en saisisse, ne l'appuie contre sa joue et ne l'embrasse doucement.

Dès la fin août 14 les rues s'étaient peu à peu remplies de femmes vêtues de noir. Lasses, elles allaient attristées, faire provision de réconfort. La première d'entre elles à disparaître sous le deuil fut madame Pique. Une terre lointaine garderait enseveli son fils de vingt et un ans.

Au fil des mois, il fallut compter ces mères, ces épouses par dizaines, les plaindre sans connaître leur douleur réelle, tenter de les comprendre et de les soutenir tout en priant pour ne jamais prendre place dans leur rang.

Marius Leblanc était parti en décembre 1915. Le rappel des réservistes de la classe 1909 – des hommes de vingt-cinq à vingt-six ans ayant accompli trois ans de service militaire –, laissait imaginer la violence des combats et l'importance des pertes dans les colonnes françaises. Yvette avait accepté que Francette vienne passer quelques jours à demeure, le temps de se faire à l'insupportable situation, de s'organiser et de permettre à ses enfants de s'habituer à l'absence du père. Plus tard, une nourrice fut trouvée, qui s'occupa de Victor, quatorze mois, tandis qu'Hélène, deux ans, durant la journée alla rejoindre une famille voisine. Yvette récupérait ses enfants dès son travail de trieuse achevé sur le carreau de Hydes.

Théodore reçut son fascicule de mobilisation le 3 février 1916.

Les feuillets roses cartonnés du fascicule, retenus entre eux par deux rivets de laiton, indiquaient à chacun des titulaires la marche à suivre pour ses prochaines vingt-quatre heures. Théodore avait en tête l'intégralité de son ordre de route. Le feuillet concernant son affectation, soigneusement encadré d'un liseré noir, signé de la main du commandant du bureau de recrutement, énonçait les directives suivantes :

Ce militaire voyagera gratuitement par chemin de fer.

Il emportera de chez lui des vivres pour un jour.

Il se présentera porteur du présent titre à la gare de Clermont-Ferrand avant six heures du matin le surlendemain de la réception dudit titre et sera tenu de prendre le train qui lui sera indiqué par le chef de gare.

Il descendra du train à la gare de Roanne et se mettra aussitôt à la disposition du poste de police qui le fera diriger sur la caserne Werlé.

— Alors ton tour est venu ? questionna Marie d'une voix lasse.

— Je le crains...

Méprisant la colère des Colignon, Marie n'hésita pas à lâcher son travail et accompagna Théodore à la cabane fichée dans la haie des communaux. Ils restèrent assis côte à côte, sans prononcer un mot, comme cela leur était arrivé si souvent par le passé, l'un et l'autre conscients que les mots en la circonstance n'auraient pas de force supérieure au silence. Leurs pensées vagabondèrent au-delà d'une guerre achevée. Et tous deux bâtissaient des projets à la mesure de leur âge, regrettant de ne pas être plus avancés dans le temps.

Le froid les avait peu à peu rapprochés. Théodore s'était emparé des mains de Marie et avait soufflé son haleine chaude sur les petits doigts gourds. Puis, sur les paumes ouvertes, il avait laissé aller son front. Marie, émue par ce « premier geste », s'était alors penchée à son tour et avait murmuré :

— Tu reviendras, il le faut, parce que je n'ai que toi. Je resterai là, je t'attendrai.

Théodore s'était redressé – rassuré – et le visage rayonnant avait dit :

— Je n'oublie pas que tu es un peu sorcière.

Ils s'étaient étreints et embrassés, comme pour une promesse, puis éloignés, se faisant de grands signes alentis, avant de disparaître dans l'ombre des chemins.

La nuit tombait. Au sortir du bois, Théodore, face à son avenir incertain, s'arrêta regarder la ville en contrebas. Le ravin sauvage mourait aux premières maisons. Chevalements et cheminées dépassaient en hauteur l'ensemble du bassin. La nuit claire de février baignait les toitures fumantes. La voie lactée affichait une constellation multicolore. Au-dessus de sa tête, à la verticale, là où un quart d'heure plus tôt d'espiègles oiseaux vaticinaient librement, des étoiles pâles et flottantes giraient doucement. Pris dans une demi-ivresse, comme si soudain tout le sang de son corps affluait en un seul point, Théodore sentit battre ses tempes avec force. Chancelant, il saisit le fût d'un chêne, certain de prendre la totalité de la forêt dans ses bras.

Appuyée aux contreforts de Champagnac, la gare, sombre, grasse, promettait autant de trains bondés de forces vives que la guerre en consommerait. Théodore détesta l'endroit. Archambaud et Malchère, ses amis, roulaient déjà vers la Somme ou la Meuse. Il songea à Louis, venu deux fois en permission. Le souvenir qu'il gardait de son frère était ses grands yeux vides, creusés de fatigue, dans lesquels se lisait une terreur permanente. Lors de sa première détente, Louis avait beaucoup dormi, beaucoup mangé, beaucoup parlé, faisant part de ses découvertes, de ses étonnements, minimisant les risques encourus. Il y avait même dans ses propos une petite pointe de flagornerie. A sa deuxième permission, c'était un être détruit, pétri d'angoisse et de détresse. Un jeune homme défait qui ne s'employait plus à rendre les choses tolérables, mais qui, par sa faiblesse morale et corporelle, laissait entendre l'existence de l'enfer.

Théodore se saisit d'une poignée de sa chère terre natale – fluide et ancestrale – et la porta à son nez. Les fines particules de poussière grise sentaient le vent, la pluie, le soleil, la houille, mais aussi l'homme. Et peut-être lui-même, rendu à sa fin. Retournée, creusée, elle nourrissait depuis des siècles tout un monde venu la féconder. Relâchant sa prise, il eut la douloureuse impression de sentir sa vie filer entre ses doigts.

Incorporé le 5 février 1916, à Roanne, instruit, équipé, armé, le fantassin Gandon Théodore, matricule 714, 98e régiment d'infanterie, 13e corps d'armée, était deux semaines plus tard conduit à Bar-le-Duc. Point de départ de la « voie sacrée ».

A Verdun, le feu prendrait le 21 février.

3

Marie gardait en mémoire l'heure précédant le départ de Théodore. La gare, alanguie sous la lune naissante, avait oublié l'effervescence des convois d'août 1914. On ne pavoisait plus, ni ne braillait. On ne lisait plus, écrit à la craie sur les flancs des wagons : « A Berlin ! » Aujourd'hui, les femmes pleuraient bien avant d'atteindre les quais. La plupart, fagotées de noir, venait « offrir » – à contrecœur – leur bien le plus précieux : fils ou mari. La guerre durait depuis bien trop longtemps pour que l'on crût à sa fin prochaine. Les pertes considérables sur les différents fronts altéraient le moral des plus optimistes. S'ajoutaient aux comptes rendus des gazettes, outre des rumeurs fantaisistes, les témoignages alarmants des blessés, des permissionnaires. La guerre n'était plus évoquée que comme une honte nationale.

Marie aimait Théodore, mais ne s'était pas autorisée à le laisser paraître. En présence de Francette, de Jean entouré de Raymond Vergne, de Jeanjean, d'Aimé Ladheuil, de Mario, de Lech, elle avait voulu se jeter à son cou, oublier la gare, ce train de guerre et à la vue de tous l'embrasser sans ambiguïté. Mais Francette occupait la place imprenable de mère dans les bras de son fils. Ils s'étaient contentés de regards appuyés, de tendres sourires entendus. Bien que personne ne fût dupe, ils s'efforçaient de donner encore l'image de deux amis d'enfance. C'est seulement un peu avant que Théodore n'escalade le marchepied – le moment venu des dernières embrassades –, s'étant si fort serrée contre lui, qu'elle avait osé saisir son visage dans ses mains, poser ses lèvres sur ses yeux, ses joues, son nez, sa bouche et lui murmurer : « Ecris-moi autant de fois que tu le pourras, ne me cache rien, la vérité ne m'effraye pas, au contraire elle me portera plus près de toi. » Ensuite elle s'était reculée, de quelques pas, l'abandonnant à son père, à sa mère, aux amis.

Puis les premiers mouvements de bielles, les premiers tours de roues, l'hésitation des wagons à suivre les précédents et le train s'était poussivement éloigné.

Marie gardait secrète au plus profond d'elle-même la dernière image de Théodore. Penché à la portière, il souriait, emportant avec lui le goût de sa bouche sur la sienne. Il agitait sa main, son visage s'allongeait avec la fuite du train ; sa forme, ses couleurs s'étiolaient. Ses cheveux, ramenés en avant, dessinaient un bec de casquette sur ses yeux et il avait l'air plus juvénile encore, plus innocent.

Marie se souviendrait toute sa vie de la voix tonnante de monsieur Echart. Arrivé le dernier, il avait longuement serré la main de l'élève Gandon, puis, alors que le train s'éloignait, presque hurlé à l'adresse des familles hébétées :

— Comment pouvez-vous, sans broncher, tolérer l'abattage de vos fils ?

Chacun sur le quai s'était redressé, piqué au vif, avant de baisser la tête, convaincu de sa culpabilité.

Rentrée à la Grand-Combe, Marie s'était heurtée aussitôt à la violence des Colignon. Emilienne tenait le crachoir, pestant contre le prochain départ de ses deux fils les plus jeunes. Guy, l'aîné, déjà sous l'uniforme, ne valait, selon elle, guère mieux qu'un vaurien, parti en abandonnant femme et enfant aux soins de ses parents. Aussi, on allait manquer sérieusement de bras.

— Par la faute, criait-elle, de ces jean-foutre de gamins qui préfèrent s'en aller soldats !

Heureusement, Damien et Edmond, le valet, de classes trop anciennes, avaient, semblait-il, de bonnes chances de passer au travers de la mobilisation.

Marie ne dîna pas ce soir-là, préférant regagner son petit réduit pour, une fois seule, accompagner Théodore par la pensée. Lorsque la Colignon lui enjoignit de revenir débarrasser la table et laver la vaisselle, c'est Edmond qui, prenant sa défense, s'interposa entre la maîtresse et la servante.

— Quand on est valet, on sert et on dessert, pas vrai ! Retirer trois assiettes et les tremper ne m'épuisera pas !

Emilienne n'avait osé contrarier ce grand bonhomme. Depuis plusieurs jours il semblait vouloir tout écraser sur son passage. La vérité était que, croyant à une guerre interminable, constatant le rappel des classes de réserve, Edmond vivait dans la hantise de devoir partir à son tour.

La Colignon s'en tint là. Elle alla s'asseoir sur l'un des cantous. Damien y somnolait à moitié, tirant sur sa pipe.

Soudain, s'adressant à Irène, qu'elle nomma en persiflant « belle-fille », la patronne lâcha :

— Durant l'absence de Guy, nous mettrons le marmot en pension. Avec bientôt trois hommes en moins, nous n'aurons pas le temps de bayer aux corneilles, et ainsi il ne sera pas toujours à traîner entre nos pattes. La mère Ursule veut bien s'en charger, en plus pour pas grand-chose. Tu iras le voir le dimanche, si ça te chante, sept kilomètres aller-retour, c'est pas le bout du monde !

Irène tenta bien de protester, mais Emilienne plus prompte lui imposa le silence et ajouta :

— C'est dit, on ne reviendra pas dessus. N'oublie pas que tu es rentrée ici comme servante, pas comme bru.

Irène émit une longue plainte. Le balai abandonné, elle récupéra le petit Prosper assis en quelque endroit de la pièce et disparut dans la chambre qu'elle occupait depuis son mariage avec l'aîné des fils Colignon. Edmond, encore une fois, termina l'ouvrage. Puis il envoya valdinguer le balai et prit congé, énervé, se gardant bien de souhaiter le bonsoir à ses maîtres.

Désormais seule, depuis le déménagement d'Irène vers les étages, Marie épingla sur la droite de son lit une photo de Théodore que Francette lui avait glissée dans la carriole de Mario Lazari. Le cliché datait de quelques mois seulement, il y apparaissait souriant et paisible. Les contrastes nuancés de l'éclairage laissaient éclater, en place des yeux, des boulets noirs et ardents, ressortant en surface d'une peau parfaitement glabre malgré le grain de papier grêlé. Il était à jamais magnifique, cravaté, en veston aux pointes de col arrondies, les cheveux gominés.

« Ne pas desserrer l'étau ! » A Champagnac la maîtrise était formelle : les conséquences dramatiques de la guerre ne devaient en rien contrarier la production.

— Les charbonnages et la métallurgie sont les secteurs-clés de notre survie ! glapissait Molade. Que notre industrie de guerre vienne à manquer de combustible et c'est toute la France qui est en péril. Sommes-nous, oui ou non, des patriotes ? Respectons-nous, oui ou non, l'union sacrée ? Nos soldats au front tombent en héros, leur sacrifice ne sera pas vain s'ils savent que derrière eux marche tout un peuple. Ensemble, ayons la force, l'audace et le courage de repousser l'ennemi. Unissons nos volontés, retroussons nos manches !

Son discours terminé, Molade était reparti vers les bureaux, la tête haute, sûr de sa bonne conduite. Les moins crédules ne se privaient pas de critiquer l'attitude intéressée et moraliste du patron. Dans les lieux publics, à la pause, le dimanche on entendait :

— Les affiches disent de donner notre or, mais faudrait-il en avoir !

— Ouais, il est plus facile de faire pousser les patates. Les grossiums ont tout compris et Molade nous couillonne avec ses belles paroles, depuis le début de la guerre il se fait de l'argent à pleines poignées.

— Pardi ! le boulot de cent bonshommes fait par cinquante est double bénéf !

— C'est un patriote du bas de laine.

— Vois son fils, le monsieur est à Chantilly, planqué avec les huiles de l'état-major. A croire que Joffre ne peut pas se passer de lui ! Tu paries que le gommeux reviendra avec la croix de guerre ! Si ce n'est pas avec la rosette !

Avette, mais aussi Aimé Ladheuil et Raymond Vergne au puits Madeleine, pressés par la direction, exigeaient une cadence soutenue malgré un sous-effectif marquant. Des jeunes de quinze à seize ans tenaient les têtes de veines. Formés sur le tas en un temps record, ils s'appliquaient à satisfaire leurs chefs, encadrés par des anciens appelés en renfort. Jeanjean roulait seul les berlines. Sa jambe le faisait souffrir, mais il avançait.

— L'effort de guerre, disait-il, j'en ai rien à foutre, j'ai toujours marné, alors je marne. A croire que je suis né patriote.

Titou vieillissait. Raymond Vergne, en l'absence d'un palefrenier de métier, jetait un coup d'œil aux chevaux et l'avait signalé au contremaître. Titou entamait sa deuxième année de rab. Remonté à la surface, il prendrait fatalement la direction de l'abattoir, ce que Ladheuil, en le gardant dans le travers-banc, cherchait à lui éviter. Aimé regrettait cette guerre qui entraînait tant de chamboulements incontrôlables ; ces nouvelles équipes, depuis deux ans, de bric et de broc finissaient par peser sur sa conscience, comme s'il s'était senti responsable de la disparité des formations. Il n'était que de constater comment des boiseurs inexpérimentés torchaient les toits des galeries. Bien que l'encadrement eût souvent mis la main à la pâte, le travail restait approximatif.

— De quoi rendre fou un mineur digne de ce nom ! grommelait le contremaître.

Vladimir arriva ivre un matin à l'entrée de la fosse. Une nuit d'encre se languissait dans le froid, les hommes recroquevillés attendaient avec impatience de descendre. D'une voix tonitruante il martela les mots, laissant « rouler » son accent habituellement joyeux.

Depuis des mois, comme beaucoup de mineurs de sa génération, l'Ukrainien travaillait au-delà de ses forces, faisant des journées de douze à quatorze heures, dormant écrasé de fatigue le dimanche. Souvent le lundi, il se présentait à l'embauche la tête alourdie par l'alcool ingurgité tard la veille au soir. Vladimir bouscula tout le monde sur son passage, vociférant des injures sans fondement à l'encontre des lampistes. Quittant le guichet muni de sa lampe, il joua des coudes vers la sortie, hagard, ivre de vin et de colère, épuisé, déjà.

Avisant Aimé Ladheuil au milieu de l'équipe en attente de la cage, Vladimir hurla :

— Marre de travailler autant, pas Français, plus de famille en Ukraine et me crever quand même pour la guerre ! Fini, plus obéir, moi, tôt ou tard, laisser ma peau dans ce trou !

— C'est toi qui la ramènes, Glassov ?

Aimé Ladheuil s'était détaché du groupe et avait fait deux pas en avant.

— Da ! et alors ?

— Alors il serait bon que tu la boucles un peu !

— Plus l'âge de faire la guerre, plus l'âge de faire cadences idiotes, mais l'âge de cracher assez noir pour dire merde !

— Tais-toi donc, ivrogne.

— Peut-être ivrogne, mais toi aussi ivrogne et moi fais pas pleurer ma femme, pas tuer mon fils !

Silence.

— Faudrait encore que tu en aies une, pour la faire pleurer, sac à gnôle !

Lentement, le groupe s'était écarté du contremaître. Vladimir, vexé, avait démanché une pioche d'un coup sec et s'était avancé vers Aimé, le manche brandi au-dessus de sa tête.

— Tu me menaces ?

Les deux hommes restèrent face à face un instant. Puis, le contremaître reprit d'une voix calme :

— Pour ce qui est de mon fils, écoute-moi bien, j'ai fait ce que j'ai pu, malheureusement je suis arrivé trop tard, le petit avait coulé à pic. Depuis, c'est vrai, ma femme pleure tous les jours. Et je n'ai pas besoin d'un clown de ton espèce pour me le rappeler !... Maintenant, pose ce manche, prends ta lampe et ta musette et ferme ta gueule ! Si tu es malade, fais-toi mettre à la caisse pour une huitaine, mais si tu descends, je ne veux pas t'entendre. Une dernière chose : en ce qui concerne ma femme et mon fils, plus un mot sinon je te promets que je ne me contenterai pas de te menacer, je te casserai la tête.

La cage arriva, les hommes y entrèrent. Vladimir, le dernier à se présenter, mit la chaîne.

Quand Melraut, contremaître au triage de Hydes, vint prévenir Yvette que des « messieurs » la réclamaient à l'entrée, elle sentit une brûlure empourprer son visage et son corps devenir mou comme un linge. Les craintes les plus folles l'avaient envahie. Elle se précipita jusqu'aux bâtiments de brique abritant les bureaux du tri et des expéditions ferroviaires. En fait de « messieurs », deux gendarmes l'attendaient, le regard fixe, les pouces coincés dans le ceinturon. Le plus âgé rectifia la position, salua réglementairement la jeune femme hâve qui se plantait à ses pieds et lui demanda de décliner son identité.

— Je m'appelle Yvette Leblanc, qu'est-ce qui se passe ? Que me voulez-vous ?

— Madame, hélas, nous ne sommes pas porteurs d'une très bonne nouvelle, votre mari, Marius Leblanc...

Yvette ne fut pas longue à comprendre, quelque chose de grave était arrivé à Marius. Et les gendarmes, par les temps qui couraient, ne se déplaçaient pas pour annoncer la blessure d'un soldat. Marius était mort ! Certaines femmes, les plus jeunes travaillant sur le carreau, onze depuis août 1914, avaient vu débarquer les gendarmes un télégramme à la main.

— Marius est mort ? cria-t-elle d'une voix étranglée.

Le gendarme acquiesça d'un petit mouvement de tête. Yvette ferma les yeux, s'appuya au mur et éclata en sanglots.

— Au Chemin des Dames, au lieu-dit La Royère, le 24, alors que les Allemands tentaient une percée dans les dernières heures du jour. Courage, madame, votre mari est tombé au champ d'honneur, en héros, crut bon de conclure le gendarme.

Yvette n'entendait plus. Le bruit sourd de son cœur cognant dans sa poitrine la privait de toute perception. Sa tête s'était mise à bourdonner, ses mains, ses jambes à trembler. Elle s'affaissa sans connaissance.

Francette était revenue à Bois-de-Lampre. Yvette, vivant perdue dans ses souvenirs, passait ses journées prostrée face au portrait de Marius, ou sur une chaise devant la fenêtre à guetter les mouvements de la rue. Elle le voyait s'éloigner – sa musette pendait à son épaule –, se retourner, lui adresser un signe de la main. Elle le revoyait jeune homme – alors qu'ils n'avaient encore échangé que quelques mots –, quand il n'était qu'un garçon timide engoncé dans son costume du dimanche, mêlé à un groupe d'amis tous plus grands d'une tête. Marius triomphait au jeu de quilles un après-midi d'été. Le ciel avait ces couleurs que le bonheur embellit à perte de vue. Vainqueur, il s'était vu remettre trois bouteilles d'un mauvais vin, rapidement descendues par les soiffards de l'équipe, et un bouquet de fleurs.

— Pour la dame de vos rêves ! beuglait le forain.

Il s'était empressé de l'offrir à l'une de ces quatre filles inséparables – la plus jolie – qu'il ne quittait pas des yeux.

La suite avait été si belle, si pure. Tous ces jours pleins de soleil passés sur les chemins jalonnés de promesses et de serments d'amour. Comme au sommet du pic de Charlus, où il avait gravé de la pointe de son couteau dans l'écorce d'un sapin un M et un Y majuscule unis à l'intérieur d'un cœur. « Je n'aurai ni chagrin ni regret, avec toi, et je tâcherai de ne te causer aucune peine », disait-il lorsque assis dans la fraîcheur d'une futaie il enroulait sa taille de son bras. Yvette se souvenait de la fièvre douce et ensorceleuse qui l'avait fait chavirer, puis perdre tout sens des réalités.

Heureusement, Marius ne s'était jamais permis d'abuser de ses faiblesses. Lui-même, peu hardi, se contentait de s'étourdir de mots, convaincu d'être le premier à les prononcer sincèrement, et de quelques gestes anodins. C'est bien plus tard qu'enfin leurs bouches avaient échangé le miel de l'émoi et que l'un et l'autre avaient craint de précipiter les événements. Un an s'était écoulé avant qu'ils ne se fiancent officiellement, alors que Marius, appelé sous les drapeaux, s'apprêtait à rejoindre Lons-le-Saunier, puis Epinal pour trois ans.

Il ne paraîtrait plus au bout de l'allée, sa casquette vissée de côté, le sourire aux lèvres, soufflant sa fatigue. Elle n'irait plus le rejoindre le soir dans le lit et n'aurait jamais plus le plaisir de frotter son dos le dimanche, jour de toilette pour tout le monde dans le grand baquet. Marius ne chantonnerait plus en écroûtant la terre du jardin. Le poids de son corps qu'elle accueillait en elle, l'odeur de sa peau, ses caresses, ses regards amusés, cette façon de s'étonner, le son un peu fêlé de sa voix. Tout ce que de lui elle avait épousé, n'était plus que souvenirs. Marius ne reviendrait plus. Il les avait abandonnés, elle et les enfants, pour aller se perdre au nord poussé par des gens qui se fichaient bien de savoir si Marius Leblanc – devenu fantassin contre son gré – était un être unique, attendu par une famille à laquelle il manquerait toujours. Les saisons chaudes et froides se succéderaient sans lendemain, inexorables, tristes. Victor, Hélène réclameraient leur père, elle répondrait qu'il ne reviendrait pas de la guerre parce qu'il était mort. Tous les trois se presseraient les uns contre les autres dans le grand lit et pleureraient. Désormais, Yvette serait une mère sans le plaisir d'être femme. Sur son passage on dirait d'elle : « Voilà Yvette Leblanc, veuve si jeune avec deux enfants sur les bras, pauvre petite ! »

Francette caressait la nuque, les cheveux de sa fille, prenait ses mains encore grises des poussières de schlamm, pressait contre elle ses petits-enfants, les couvrait de baisers et les portait au lit. Puis elle revenait s'asseoir près de la chaise, où Yvette finissait par somnoler. Il en fallait des paroles pour qu'elle consente enfin à aller dormir. Elle demeurait longtemps éveillée avant que ne passe le sommeil, la place libre à sa gauche la révoltait. « Chez nous, quand les hommes ne sont pas mineurs, ils font la guerre et meurent tout comme, pensait-elle. Nous n'aurons pas vécu beaucoup ensemble, pourtant si c'était à refaire... La vie vous donne des joies qu'elle vous reprend d'un coup, comme si elle regrettait d'avoir fait de vous quelqu'un d'heureux. Combien faut-il donc payer pour avoir droit à un bonheur durable ? Ce n'était pas assez de toute une jeunesse passée à creuser la mine ? »

Yvette s'endormait, la gorge nouée, épuisée, entre deux mots d'une longue phrase amère. Demain, elle retournerait sur le carreau trier les pierres du charbon, quelques-unes des femmes à ses côtés la frôleraient en silence, poseraient une main sur son épaule et regagneraient leurs places.

4

Echart se tenait entre les deux marronniers de la cour, près de la grille. Devant, la rue, déserte à cette heure, s'éloignait vers le centre-bourg. C'était ici, appuyé au muret, qu'il regardait été comme hiver, depuis les premiers jours de guerre, l'aube se détacher de la nuit. Il scrutait l'est ; au-delà des montagnes une clarté incendiaire montait lentement de la terre.

Il n'aimait pas le dimanche, qu'il considérait comme une journée trop longue, ne sachant l'occuper. Généralement, il partageait la matinée, passant de la correction des devoirs à l'écriture de son courrier, relisant parfois les derniers envois de Théodore archivés dans un classeur recouvert de jute noire. Vers les onze heures, il enfilait sa redingote, se chapeautait et, canne à la main, arpentait le bourg où peu de monde déambulerait. La grand-messe terminée, se déversait un supplément de femmes accompagnées d'enfants qui l'obligeait à battre en retraite, incapable de supporter la foule autour de lui.

Dans l'estaminet de Jean Monteil, il était surpris

d'entendre des hommes se préoccuper de tonnage, de cadences, de conditions de travail sans une seule fois évoquer la guerre. S'en souciaient-ils si peu ? Ou bien, avec le temps, était-elle devenue un événement banal au point de tomber dans l'oubli ? « Il meurt à Verdun trois mille poilus par jour... », écrivait Théodore dans sa dernière lettre. La phrase sonnait dans sa tête comme un coup porté aux entrailles de la terre. Echart vivait les événements tragiques avec le cœur, il gardait les mots en mémoire et sa pensée travaillait synchroniquement avec ses sentiments. En d'autres temps, un dimanche d'avril, il serait allé s'asseoir dans l'émeraude des prés ; des taches d'un vert outrancier se multipliaient sur les versants, les parfums des herbes printanières, des trèfles et de la luzerne se mêlaient à la fragrance des fleurs. Il en aurait cueilli une poignée pour sa maison. Mais aujourd'hui, le vieux bonhomme ne se sentait pas l'âme bucolique, son cœur ne battait pas en harmonie avec les plaisirs secrets de la saison. Une idée fixe avait accaparé son énergie : « Trois mille poilus par jour... » Un léger tressaillement le tiraillait aux épaules.

Saluant d'improbables connaissances, le maître d'école souleva son chapeau et sortit en faisant sonner sa canne sur le sol. Hier encore, la naïveté de ces hommes l'aurait amusé, aujourd'hui elle le plongeait dans un profond désarroi. « Comment, songeait-il, les amener à admettre la responsabilité partagée de la France et de l'Allemagne dans la mise en œuvre du conflit ? Comprendraient-ils que France et Angleterre étaient à elles deux l'économie, et que l'Allemagne, sans colonies, entend s'approprier une part du trésor ? Et admettraient-ils encore que nos soldats meurent au nom des grosses fortunes ? Ils n'ont en tête que les notions de vainqueur et de vaincu, inscrites dans une logique patriotique, le reste !... »

Il ne mangea rien à midi, préférant marcher. Le bourg traversé, il prit la direction de Mauriac. Guidé par un espoir incertain, il se fixa pour but de se rendre au prochain village – une épreuve pour ses vieilles jambes – et d'en revenir avant la nuit. Echart n'aurait su l'expliquer, mais il lui semblait impossible de s'arrêter admirer les merveilles de la nature. Sans doute son cœur, une fois encore, lui dictait sa conduite, et sa raison, par solidarité avec les jeunes hommes sur le front, le poussait à négliger tout divertissement. En s'imposant une épreuve physique – ce qu'il jugeait par avance puéril –, il se donnait l'impression de partager un peu de cette souffrance qu'enduraient les soldats engagés dans de mortels combats.

Théodore donnait de ses nouvelles chaque semaine. A Marie, à ses parents, à sa sœur, à Echart. Dans de longues lettres il racontait sa guerre, ménageant les uns et les autres, réservant les descriptions macabres à son vieux maître qui ne cessait de lui réclamer la vérité crue.

Puis il y eut sa première permission. Douze jours passés à Champagnac, résumés, de retour sur le front, dans un journal qu'il s'efforçait de tenir au jour le jour :

« Le dépaysement était-il si important, que j'entraînai Marie en dehors des sentiers de nos promenades d'autrefois ? Dans le nid frais d'un talus, je la pris aux épaules. La peur de la mort me poussait à assouvir mon envie d'amour. Ma bouche cherchait le chemin de ses lèvres. La douceur inconnue de sa peau m'enivra. Marie se raidissait. Je relâchai alors mon étreinte et vis que ses joues carminées trahissaient une insurmontable

appréhension. Je n'étais sans doute pas plus présentable. Nos mains se joignirent, avant nos lèvres. Nous nous embrassâmes si timidement que ce baiser eut la légèreté d'un papier crépon agité dans le vent. Un long moment s'écoula avant que l'un de nous ose regarder l'autre. Puis, nous échangeâmes nos prénoms, troublés.

Durant deux semaines de "libations" amoureuses, j'oubliai la guerre et fis des projets. »

Désormais, Marie recevait son courrier directement chez les Colignon. Les lettres de Théodore, de ses parents, plus rarement de ses frères et de ses sœurs. Edmond les lui remettait sans qu'Emilienne y trouve à redire.

— Une faveur, avait-elle dit, pour que tu ne racontes pas partout que nous te maltraitons.

Les lettres de Guy à Irène arrivaient, en moyenne, à raison d'une par semaine. Ne sachant ni lire ni écrire, la jeune femme s'en remettait à la petite servante. Marie lisait et écrivait les réponses. Irène se contentait d'apposer sa signature, sorte de paraphe griffonné, timide et maladroit. Prosper (Guy avait exigé, et obtenu d'Emilienne, que l'enfant revienne vivre près de sa mère) s'empressait ensuite d'ajouter un dessin pour « son » papa, généralement un pré couleur de l'éteule piqué d'arbres en bordure, sur un fond hâve, coiffé d'un soleil resplendissant.

Le facteur mobilisé, Edmond – il avait échappé à l'armée territoriale – se chargeait de récupérer le courrier. Le vendredi il emportait au bureau de poste les réponses aux lettres reçues la semaine précédente et en rapportait les dernières arrivées.

Depuis longtemps déjà Marie songeait à rendre visite à sa famille. Elle n'avait revu ses parents que très épisodiquement à dater de juillet 1908, époque de son arrivée à la Grand-Combe. Et Florette s'était régulièrement plainte dans ses lettres de ces longues séparations. Marie profita de la présence de Prosper – dès son retour Emilienne avait exigé qu'il prenne sa part de travail sur les communaux – pour envisager un voyage à Salon. Faire son sac ne lui prendrait que quelques minutes, obtenir la permission de s'absenter plusieurs jours serait plus délicat.

La Colignon, abandonnant le rouet, vint se camper devant elle, les mains sur les hanches. Une colère ironique perçait dans son regard.

— En pleine saison ! Et combien de temps, s'il te plaît ? s'écria-t-elle.

— Une semaine.

— Rien que ça ! Au moment où nous avons le plus besoin de bras ! ajouta la fermière.

Marie ne se laissa pas impressionner, elle fit un pas en avant et dit d'une voix franche :

— Je ne peux pas faire le travail d'un homme, la preuve, vous venez d'engager des journaliers et puis je ne suis jamais partie. Maintenant, je me languis des miens.

Emilienne Colignon se tut, toisa sa servante de la tête aux pieds et lâcha :

— Je suppose que tu n'as pas d'argent ?

Marie fit signe que non.

— Eh bien ne compte pas sur moi pour t'en donner, tu serais incapable de me rembourser J'ai passé un accord autrefois avec ton père, figure-toi, tu es nourrie et logée en échange de ton travail, mais sans gages, et il en sera ainsi tant que tu logeras sous mon toit. Je ne te dois rien, le savais-tu ?

— Non, madame.

— Alors comment vas-tu payer la diligence et le train ?

Marie ouvrit de grands yeux et, réalisant l'effondrement de son rêve, elle sentit sa gorge se serrer sous les sanglots et fit demi-tour. Elle allait ouvrir la porte lorsque la Colignon la rappela.

— Viens voir ici !

Marie revint sur ses pas, son regard plongeait dans celui de sa maîtresse.

— Baisse les yeux, je te prie... Tu es bien capable de faire courir le bruit que je te barricade, alors, pour aujourd'hui, je t'avance la somme. J'écrirai à ton père, il me remboursera. Mais souviens-t'en, c'est la première et la dernière fois.

Emilienne sortit de dessous des épaisseurs de blouses et d'impénétrables jupons un large portefeuille, duquel elle retira trois billets de dix francs qu'elle étala sur la table.

— Et maintenant, débine !

Marie récupéra l'argent, remercia et sortit. Restée seule, la Colignon marmonna pour elle-même : « Tu m'as eue, garce, mais tu ne perds rien pour attendre ! »

Le lendemain, la table débarrassée, Marie s'éclipsa. Elle salua sa maîtresse, mais celle-ci se garda de répondre. Les yeux sur un écheveau de fils cardés, elle se contenta d'expédier sa servante d'un geste agacé. Marie fit ses adieux à Edmond, qui lui souhaita une bonne route et, sac à l'épaule, s'en alla coupant par les communaux. Prosper et Palou, qu'elle croisa, l'accompagnèrent à l'orée du bois. Le chien, ayant reçu l'ordre de ne pas aller plus loin, grogna, aboya.

— Tu t'en vas et il a deviné, assura le gamin d'un ton savant.

Marie embrassa le chien et expliqua que son absence ne dépasserait pas une semaine. Il sembla comprendre. Assis, Palou la regarda s'enfoncer entre les arbres sans chercher à la suivre.

Elle n'eut pas à attendre. Sitôt la portière claquée, la voiture démarra. Deux femmes – l'une d'elles, une fermière, retenait entre ses sabots un panier où cancanait un couple de canards – et un homme chapeauté, ganté lui tenaient compagnie. A tour de rôle, chacun fit des remarques sur l'inconfort de la guimbarde. Marie se moqua bien d'être ballottée, c'est à peine si elle remarqua la lenteur avec laquelle l'attelage l'emmenait. Dès la voiture en route elle entendit son cœur taper dans sa poitrine ; son front se couvrit de sueur et elle eut beaucoup de mal à retenir devant les passagers de grosses larmes sur le point de jaillir. Marie réalisait que depuis son arrivée à la Grand-Combe, elle s'en retournait pour la première fois, huit années plus tard. Jamais elle n'avait revu ses frères et sœurs, qu'elle allait prendre dans ses bras et contre lesquels elle se blottirait. Comme autrefois les grands ne se gêneraient pas de chicaner les « petits ». Florette interviendrait, selon son habitude, prenant parti tantôt pour l'un tantôt pour l'autre ; Camille les appellerait « les coqs et les poules de ma volière », ou « les chiens et chats ». Marie se sentirait heureuse. C'est alors qu'elle choisirait son moment, juste avant que l'euphorie ne s'estompe tout à fait, que les hommes ne se détournent des fonds de bouteilles ouvertes en l'honneur des retrouvailles et qu'ils ne songent à passer au lit, pour annoncer qu'elle était depuis peu la promise d'un garçon de Champagnac qu'elle aimait, dont elle n'avait rien à redouter mais tout à espérer.

— Tu es bien jeune, ma fille, pour songer à te charger d'un compagnon ! lui lancerait son père.

— Veux-tu dire que tu es fiancée ? demanderait Florette de sa voix douce.

Troublée, Marie hocherait la tête, son regard fixerait chaque membre de la famille, recherchant une approbation, puis elle écouterait ce que sa mère aurait encore à dire.

— En effet, tu es bien jeune pour ces choses de la vie, mais qui mieux que toi sait ce que tu dois faire ? Tu ne t'es sans doute pas engagée au hasard, j'ai confiance, je te connais assez et je me doute que tu es raisonnable.

Marie se blottirait dans les bras de sa mère qui sourirait à toute la maisonnée. Camille lui poserait encore quelques questions propres à le rassurer.

— Que font ses parents ? Quel est son métier ? Est-il à la guerre ?

Ses frères s'en mêleraient.

— Où et dans quelle arme ? Dans quel régiment ? demanderaient-ils.

Heureuse de parler de Théodore, Marie donnerait beaucoup de détails, raconterait comment, au cours de sa dernière permission, ils avaient rusé pour se voir à l'insu de sa patronne, comment, enfant déjà, ils se retrouvaient dans le pigeonnier les dimanches d'hiver. Il serait également question de Jean, de Francette, d'Yvette, de ses deux enfants et de Marius, mort injustement au Chemin des Dames. Elle n'oublierait pas Louis, qu'elle aimait beaucoup, qui se battait du côté de

Craonne avec le grade de caporal-chef. La soirée se prolongerait, cette nouvelle inattendue redonnerait un peu d'entrain à cette heure tardive. Paul, l'aîné des Saulieux, lèverait son verre aux « futurs mariés », Marie rétorquerait le rouge aux joues que ce n'était pas « pour demain », mais tout le monde trinquerait et il ne serait plus question que de ce Théodore Gandon pour lequel Florette éprouvait déjà beaucoup de sympathie. Seul Camille tenterait dans ce chahut de garder un peu de lucidité, conseillant à sa fille de ne pas se marier avant la fin de la guerre.

Marie mit sa tête à la portière. La vitre baissée, l'air frais du début de soirée lui figea le visage. Libérant ses larmes à l'abri des regards, elle se laissa envahir par une immense joie.

Francette comptait les jours, les semaines, les mois. Elle cochait chaque journée écoulée de deux traits de crayon de couleur différente (une pour chacun de ses fils) sur le calendrier des postes. Comme toutes les femmes dont les fils ou le mari se trouvaient au front, elle passait de longues heures à tricoter des chaussettes, des chandails, des gants. Son ouvrage achevé, elle glissait un saucisson ou un fromage entre les épaisseurs de lainage et expédiait le tout à Louis, à Théodore. Les colis arrivaient généralement à bon port, parfois après un périlleux voyage auquel s'ajoutaient quelques jours supplémentaires passés en souffrance chez le vaguemestre, avant distribution dans les différents secteurs du front. La nourriture avait le temps de suinter et de répandre d'insupportables effluves de fermentation. Aussi, les effets imprégnés des odeurs de lait caillé ou de cochonnaille, il devenait indispensable de les aérer dans le vent suspendus à un fil.

« *Les copains se fichent de moi*, écrivait Théodore, *ils prétendent même que les Boches nous repèrent grâce à l'odeur de mes chaussettes et nous attaquent uniquement dans le but de voler mes victuailles.* »

Un écho semblable venait de Louis. Francette et Jean s'amusaient de ces traits d'humour, cela les réconfortait un peu de savoir leurs fils disposés à rire. Depuis la mort de Marius, l'inquiétude les tenait sous son joug, pas un jour ne s'écoulait qu'ils ne songent à Louis, à Théodore fauchés par la mitraille.

Le nombre de morts à Champagnac, à L'Hôpital, pour ne parler que des bourgs les plus importants du canton, depuis août 1914, les plongeait dans un état de peur permanent. Francette usait de prières, sollicitait Dieu, la Vierge et une kyrielle de saints susceptibles de venir en aide à ses garçons. Paradoxalement, elle n'hésitait pas à recourir à la superstition. Tel signe de la nature dont l'évolution tournait à son avantage lui redonnait espoir. Comme de voir une fois par jour un des pigeons du père Jaillon (mineur et colombophile) venir becqueter des miettes de pain qu'elle répandait sur le rebord de sa fenêtre.

— Viendras-tu, sacrée bestiole ?

Francette le guettait, n'avait de cesse de l'apercevoir accomplir son geste avant de s'en aller, rassurée.

Il y avait maintenant plusieurs mois qu'elle se rendait au lavoir lessiver pour les autres. Yvette se débattait dans des ennuis d'argent, assumant seule ses deux enfants ; son salaire de trieuse s'avérait insuffisant. Aussi, Francette payait de sa personne, travaillant deux fois par semaine au lavoir. Ce qui lui faisait dire :

— Entre mes dévotions à l'église et mes lessives, je passe mes journées à genoux !

Jean était devenu taciturne. Susceptible, il ronchonnait à tout propos. Son travail le rendait irascible.

— Tu parles d'un plaisir, entouré de cette bande de bras-cassés !

L'ambiance en bas s'était détériorée, dès lors que chacun eut admis que l'effort de guerre, indissociable de l'union sacrée, débordait bien au-delà du sentiment national. L'attitude désinvolte de certains patrons en apportait la preuve ; la grosse industrie tournait à plein régime et ces messieurs, face à la situation, savaient augmenter leurs profits au détriment des ouvriers.

— Tout ce monde-là, c'est de la crapule, disait Jeanjean, et pour une fois je ne m'en fous pas, ça me dégoûte !

Ici, le manque de bras se trouvait compensé par des gens inexpérimentés, jeunes pour la plupart. Ils ne s'embarrassaient pas avec les notions éculées de travail bien fait. Ailleurs, plus spécialement dans les usines d'armement, de nombreuses femmes suppléaient les hommes à bien des postes. Situations paradoxales, elles qui se lamentaient à propos d'un mari, d'un fils exposé sous le feu de l'ennemi, contribuaient à l'approvisionnement du front en munitions.

Le départ de Louis, puis de Théodore à la guerre, avait peu à peu détourné Jean des plaisirs de la vie. Les exemples de familles décimées déplorant la perte de plusieurs fils n'étaient pas rares, et la mort de Marius n'avait fait que rapprocher le spectre de la réalité. Depuis, Jean tentait de composer avec un certain fatalisme contre lequel il savait ne pas pouvoir lutter. Sorti de la mine, il rentrait, dès la porte passée guettait le moindre tressaillement sur le visage de Francette, mangeait et se couchait. Dans le milieu de l'après-midi, si le temps le permettait, il se rendait au jardin où il travaillait mollement.

— J'y vais regarder pousser les tomates et faire prendre l'air à mes sabots, disait-il sans aucune malice.

Une petite halte chez Jean Monteil au retour et il rentrait retrouver Francette. Une lettre de Théodore ou de Louis suffisait à égayer leur soirée. Mais le lendemain tout recommençait : l'inquiétude demeurait la plus forte.

— Une lettre peut mettre cinq ou six jours pour faire le chemin, calculait-il, et pendant ce temps il peut s'en passer des choses.

Jean ressassait cette évidence. La peur – pieuvre venimeuse qui vous tète moelle et sang – de voir surgir les gendarmes un télégramme à la main le terrorisait. Chaque matin il descendait se colleter au travail, sans réserve, menant sa propre guerre contre lui-même. Finalement, se perdre dans l'effort signifiait ne pas imaginer le pire.

Le samedi, en fin d'après-midi, Yvette, Hélène et Victor montaient de Bois-de-Lampre « passer dimanche » à Champagnac. Pour quelques heures la maison s'animait, retrouvait ses couleurs d'antan. Les enfants pleins d'entrain se portaient aux quatre coins de l'appartement. Jean ne se privait pas de cueillir l'un ou l'autre, au vol, et de le retenir sur ses genoux. La vivacité des petits corps ravivait en lui une flamme ancienne ; du temps où leur mère et leurs oncles ne cessaient de réclamer de nouveaux jeux au jeune père qu'il était. Les mouvements et les cris des petits sortaient les grandes personnes d'une profonde torpeur, très vite le lieu redevenait un domaine réservé à la joie.

Victor et Hélène au lit, Yvette dînait en compagnie de ses parents. La conversation roulait invariablement sur les difficultés de la jeune femme à élever ses enfants, surtout sur son impossibilité à joindre les deux bouts. Dans l'obligation d'arrondir les fins de mois, Yvette, depuis peu, travaillait le soir, à domicile, pour le compte d'un marchand de toile, à d'obscurs travaux de pliage et d'emballage de draps. Ce supplément d'argent lui permettait de régler la nourrice de Victor et Hélène. De son côté, Francette remettait à sa fille les quelques billets glanés la semaine écoulée. Yvette acceptait, honteuse de tendre la main.

La brave fille joviale n'était plus, une autre l'avait remplacée : triste, sombre, flottante dans ses vêtements de deuil. Ses belles rondeurs disparues, Yvette offrait un visage terne aux traits creusés et fuyants, qu'allongeaient des cheveux courts effilés sur sa nuque maigre. Ses yeux : deux pois noirs en permanence gonflés de chagrin.

Francette passait une main sur le dos osseux de sa fille. « Ma pauvre petite, pensait-elle, il n'en reste plus. »

Les horreurs de la guerre surmontées, Louis, à l'inverse de Théodore, vivait totalement son intégration au sein de l'armée. L'institution – bras séculier de la nation démocratique – offrait indéniablement des possibilités intéressantes à tout candidat désireux de sortir du rang. Certes, Louis admettait que la période était propice à la révélation de l'individu, mais, ici, à l'opposé de la mine où marner rapportait à peine de quoi vivre, le simple fait d'accomplir son devoir permettait un jour où l'autre d'être remarqué pour sa juste valeur. Louis devait ses « sardines », ses galons, à son comportement exemplaire sur le front de Somme, devant l'ennemi. Cité pour sa bravoure, félicité, il en était récompensé.

Il avait souhaité fêter l'événement avec le plus de retentissement possible. C'est-à-dire en compagnie des Auvergnats du 124e, dans lequel se trouvaient Guillaume et Dagobert. Un dimanche après-midi, début octobre 1916, sous une pluie battante, Louis invita donc une trentaine de gars au cabaret du *Somme-Lier*, sur la route de Villers-Carbonnel. Le vin coula jusqu'au soir. Chacun parla de son patelin, de sa ferme, des travaux d'automne, de ses prouesses de jeunesse, d'une femme laissée là-bas, d'un frère, d'un parent ou d'un ami mort au front. Quelques-uns, de retour de permission, donnèrent des nouvelles du pays, que tous écoutèrent en silence. Puis on entonna le chant des Pastoureaux, mais aussi *La Madelon* et le vin fit son œuvre. On oublia pourquoi Gandon payait à boire, le pays, la guerre pour ne plus penser qu'à s'enivrer.

Dans la lettre qu'il écrivit à ses parents, Louis déclara ne pas vouloir s'arrêter là. Son choix, si tout se déroulait selon ses espérances, était fait : militaire, il le resterait.

Plus tard, Théodore, apprenant les intentions de son frère, noterait dans son journal, à la date du 14 octobre 1916 :

La guerre – adéquation de l'ordre et de la discipline –, pour qui finit par l'admettre, a ceci d'affreux qu'elle favorise l'ambition. Louis trempe dans ce jus depuis trop longtemps pour pouvoir distinguer son rôle d'homme de celui d'une bête de boucherie. L'horreur banalisée, il ne marche plus en regardant à l'intérieur de soi, mais l'orgueil à vif, soucieux de son apparence. Je déplore (comme j'ai toujours déploré son manque de révolte) qu'il cherche aujourd'hui, pensant à demain, une place aux côtés de ceux qui tiennent le hachoir. Mais qui songerait à l'en blâmer ? Jeté dans un trou à treize ans, remonté à dix-neuf pour être jeté aussitôt sous la mitraille, il voit, là, l'éventualité de vivre à l'air libre, debout et reconnu. Etant, comme nombre d'entre nous, de modeste extraction, il en gardera les principes convenus.

Louis aurait l'occasion de se distinguer encore en 1917, à Craonne, au Chemin des Dames.

5

Ce fut une année de neige. Une couche épaisse, tombée le 4 décembre. Les Gandon, comme tant d'autres familles, passèrent le 25 dans le silence d'un jour ordinaire. Après la messe ils s'étaient mis à table, rejoints par Marie à l'heure du dessert. L'après-midi, Yvette, accompagnée de son père, emmena Victor et Hélène se dégourdir les jambes. Les enfants se roulèrent dans la neige sous un ciel de plomb, dans un froid vif que leurs petits corps pleins de vie ne sentirent pas. Restées seules, Francette et Marie échangèrent des nouvelles de Théodore, l'une lisant à l'autre quelques morceaux choisis de ses lettres. Puis, tous burent une tasse de café, mangèrent un restant de pain d'épice et se séparèrent au moment où le jour commençait à baisser.

Marie s'était hâtée sur le chemin du retour, encouragée par le froid. Les mains enfoncées dans ses poches, elle sentait dans l'une d'elles les lettres de Théodore. Elle n'avait osé lire à Francette la dernière en date, arrivée l'avant-veille, dont un passage disait : « *Tout espoir de permission s'envole, je passerai Noël et le Jour de l'An dans les tranchées, de la boue jusqu'aux oreilles. Au-dessus de nos têtes, dans une immensité de glace, pas une étoile, pas un signe. »*

Archambaud tombé aux Eparges, Guillaume sur les bords de l'Oise, du côté de Camelin entre le 11 et le 27 décembre, clôturaient l'hécatombe de l'année 1916.

Janvier 1917, la liste – non exhaustive – des morts natifs de Champagnac et des environs semblait devoir s'allonger inexorablement. Les fils Colignon disparaissaient à Berzy-le-Sec, au sud de l'Aisne.

Emilienne avait reçu les gendarmes avec humeur, lorsqu'ils s'étaient présentés à la Grand-Combe pour annoncer la tragique nouvelle. Puis, très vite, il avait fallu la soutenir et l'asseoir. Depuis ce jour, personne ne pouvait affirmer l'avoir vue entreprendre son ouvrage. Installée sur une chaise près de la fenêtre, prostrée, elle fixait le chemin à travers la danse des flocons et rien ne semblait pouvoir l'en détourner. Damien allait et venait, assurait un minimum de travail à l'étable, puis s'en retournait au cellier boire un verre de plus. Ivre en fin de journée, il mangeait sans un mot pour, souvent, s'endormir sur la table. L'un et l'autre ne songeaient plus à s'accabler de mille maux, parfois même leurs regards se croisaient sans que l'on puisse déceler le moindre sentiment d'inimitié. L'un cédant aux vapeurs de l'ivresse, l'autre aux stigmates du chagrin, les journées s'achevaient tristes et lentes, sans qu'aucun des deux ait prononcé le moindre mot. Edmond, Irène et Marie se virent obligés de prendre des initiatives concernant le fonctionnement de la maison et effectuer seuls les travaux, peu pénibles en saison d'hiver. Qu'en serait-il aux beaux jours ? s'interrogeait Edmond. Marie se montrait patiente envers sa maîtresse, plusieurs fois par jour elle s'en approchait, de la pointe d'un mouchoir tamponnait ses yeux rougis. Emilienne ne bronchait pas. Brisée, elle ne cherchait plus à imposer sa loi. Au contraire, Marie surprenait sur ses lèvres, habituellement closes, l'ébauche d'un sourire qu'elle prenait pour un remerciement. Il fallut attendre un bon mois avant qu'Emilienne ne retrouve quelques forces et ne se fonde au train de la maison, mais désormais sans précipitation ni paroles inutiles ni fiel à distiller. Seulement, en cours de journée, de temps à autre, elle retrouvait sa place près de la fenêtre et son regard se perdait alors un long moment sur le chemin recouvert de neige.

Marie avait appris par courrier la mort des fils Colignon à Théodore. Dans sa lettre elle plaignait les deux garçons dont elle se rappelait l'existence médiocre, entre des parents en perpétuelle dispute et cette interminable guerre. Mais elle plaignait également Emilienne et Damien. Coupables de bêtise et de méchanceté, ils découvraient bien tard un sens à la vie. *« Les voici vieux avant l'âge,* écrivait-elle, *et je prie pour qu'il n'arrive rien à Guy. »* Plus loin, elle évoquait, avec ménagement, la mort d'Archambaud et de Guillaume. Sans doute, pensait-elle, Théodore l'avait déjà lu dans une des lettres de sa mère. Marie l'imaginait alors apprenant la disparition de son ami d'enfance : affligé et tremblant, saisi par la peur d'être un jour de ceux dont on songeait déjà à graver les noms sur la pierre des monuments. Aussi ne cessait-elle de lui répéter à longueur de page de garder espoir, de ne pas céder au découragement car, soulignait-elle de deux traits épais, *« tu peux compter sur mon amour qui te protège »*.

Deux autres noms s'étaient ajoutés à la liste fin janvier. Puech, tué dans le secteur de Vaux, et le petit Charrette, parti quelques semaines plus tôt, au ravin de la Dame. L'un et l'autre travaillaient au puits de Chambelève.

Une certitude s'imposait dans les esprits : 1917 ne serait pas l'année tant espérée de la paix.

19 janvier 1917

Jolie Marie de ma jeunesse,

Archambaud, Guillaume, les fils Colignon, oui, je sais. Et j'imagine l'insoutenable douleur des survivants, dans l'obligation de subir la terrible perte d'un des leurs. Ni mot ni geste ne pourront confondre le désespoir qui les anéantit.

Après quinze jours passés en première ligne, nous voici de repos pour six jours à Bras, dévasté. Là-haut, nichée dans le brouillard, s'étire la côte du Poivre. A nos pieds, la Meuse coule dans son fourreau lorrain. La relative proximité de Charleville me fait penser à Rimbaud. A-t-il passé de longues heures penché au-dessus de l'onde ? En a-t-il humé le lourd parfum ? Et s'est-il embarqué, pour en descendre le cours à la rencontre de ses chimères ? Je m'assois sur les berges enneigées – l'herbe a disparu au profit d'un maelström de glaise broyée, de bris de branches calcinées – et j'écris ce que je vois : « Voici l'eau. Sombre Meuse, filante sur le front flétri. Miroir opaque, moire courante, mordorée au couchant. Un long fleuve aux hanches de glaise rampe à couvert d'arbres dénudés ; hier divine eau parsemée d'ivresse joyeuse, aujourd'hui tombeau de mille corps ensevelis dans les roseaux. »

Je t'embrasse au front et aux joues, ma jolie sorcière qui me protège. Ce soir encore je m'endors dans tes bras, nous nous tenons dans le pigeonnier et nos lèvres murmurent des mots que nous sommes les seuls à connaître.

Lettre à Jean et à Francette.

21 février 1917

Mes chers parents,

C'est une lettre inattendue pour le moins, que je reçois ce matin. Quelques lignes inespérées, réjouissantes, signées Aimé Ladheuil. N'étant pas parvenu à identifier l'écriture sur l'enveloppe (c'est-à-dire ne reconnaissant pas la calligraphie de Marie, d'Yvette, de monsieur Echart ou encore la tienne, maman, mes correspondants habituels), je la décachetai et allai directement à la signature. Qu'avait donc à me dire mon contremaître qui vaille la peine de m'écrire ? Si ce n'était encore une de ces nouvelles qui vous laisse raide comme un coup de fusil en plein cœur !

Il en est tout autre et je ne puis m'empêcher, mû soudain par une joie intense, de vous recopier mot à mot le contenu des deux feuillets.

Cher garçon,

Voici une bonne occasion de t'écrire. Comme tu le sais, Titou a fait plus que son temps à Madeleine, et justement, la semaine dernière, après deux années de rabiot malgré qu'il soit presque aveugle, le vétérinaire l'a jugé bon pour la réforme. Trop vieux pour être réquisitionné, il a finalement été emmené par le maquignon à l'abattoir où ils finissent tous. Je me suis souvenu que tu aimais ce cheval et que si tu avais pu, tu aurais tout fait pour le tirer des pattes des bouchers. Bref, je te l'annonce : Titou est sauvé. Je l'ai racheté de justesse à Lavaurd, le maquignon, et maintenant il se trouve en pension à la ferme de Boullieux. Il a de la place, du bon air et du soleil, ça doit le changer. Le Fernand Boullieux est un copain de longue date, aussi il m'assomme point pour la pension vu que l'herbe des prés, comme il dit, est celle du bon Dieu. A ton retour tu prendras le relais, parce que, Titou, je te l'offre. S'il m'arrive quelque chose à la mine, Fernand est au courant et il ne te fera pas dépit. De ton côté, en cas de pépin, je te fais promesse de le garder jusqu'au bout.

Je suis content de te procurer ce plaisir, tu me rappelles mon petit François que j'ai perdu quand il avait sept ans. Vois-tu, il a eu un accident par ma faute, je ne l'ai pas surveillé d'assez près et je me le reprocherai toujours. Un dimanche nous étions à la pêche, je me suis éloigné en traversant la rivière à gué, le petit a voulu me rejoindre par une passerelle toute pourrie qui a cédé. Il est tombé de haut dans un trou d'eau profond, où il avait pas pied, le temps que je réalise et que je me foute à la flotte, il s'était noyé. Depuis, ma femme m'adresse plus la parole, mais je la comprends. Alors je trompe mon désespoir avec la bouteille. Peut-être qu'un de ces jours je me ferai renvoyer de la mine, la belle affaire !

Maintenant, garçon, je te souhaite bonne chance pour la suite de cette saloperie de guerre, prends bien soin de toi et viens me voir à ta prochaine permission.

Bonne santé.

Aimé Ladheuil

Je suis bouleversé par ces quelques lignes. Titou batifolant au grand jour, s'abreuvant dans une mare où se baignent les étoiles et la lumière des jours est une merveilleuse nouvelle. Et comment ne pas être touché de la confiance que me témoigne Aimé Ladheuil, au point de me confesser son plus lourd secret ? Mais peut-être le connaissiez-vous déjà !

Autour de moi règne une ignominieuse désolation qu'un soleil froid répugne à inonder ; égaré au cœur des vestiges de ce que fut une civilisation, cependant je songe qu'il est bon de vivre.

Papa, maman, je vous embrasse avec « appétit ».

En mars de l'année 1917, après un interminable voyage de dix-sept heures, Théodore arriva enfin en gare de Hydes. La permission tant espérée accordée au dernier instant, il n'avait eu le temps de prévenir personne. Aussi monta-t-il à pied jusqu'à Champagnac, à une heure où on ne croisait plus aucune voiture sur les routes.

Blessé à Craonne, Louis avait obtenu, après une hospitalisation de un mois, vingt et un jours de convalescence, qu'il passait à Champagnac. Francette, Jean avaient bondi de leur chaise pour se porter au-devant de Théodore et l'embrasser.

— Sept jours de perme ! Enlevez deux jours de voyage aller-retour, il ne m'en reste plus que cinq de vacances ! se plaignait Théodore. Ce n'est guère payé au bout de tant de temps passé dans les tranchées.

Les deux frères ne s'étaient pas revus depuis août 1914, et c'est ensemble qu'ils souhaitèrent terminer la première soirée. Une fois seuls, ils se racontèrent le Chemin des Dames, La Malmaison, Verdun, Avocourt, la Côte 304.

— J'ai eu de la veine, convint Louis, mes reins n'ont pas été touchés. Mais, la vache, qu'est-ce que ça fait mal une blessure par balle ! C'est comme si on te passait un fer rouge à travers le corps. Je me suis écroulé, le souffle coupé, incapable de bouger ou d'appeler. Une drôle d'impression, tu sais. J'ai bien cru que j'allais y rester. Des copains m'ont tiré dans un trou, c'est le soir seulement qu'un toubib a ordonné mon évacuation. Après, on t'épingle une fiche de blessure au col, et te voilà parti comme un colis. Ouais... j'ai bien cru que j'allais crever. A l'hôpital, mon vieux, si tu voyais ce spectacle... Ça fait pitié, tous ces pauvres gars, amputés, qui gueulent jour et nuit !

Louis se servit un verre de vin, étira ses reins encore douloureux et ajouta, campé devant la fenêtre :

— Jamais je ne retournerai à la mine. La guerre terminée, je rempile.

— Je le savais.

— Et toi ?

Théodore eut un geste vague. Lui aussi se leva et gagna la fenêtre.

— Je ne sais plus, finit-il par dire, en tout cas, je n'ai aucune ambition militaire. Mais si je m'en sors, il sera temps de penser à mon avenir, moi non plus je ne veux pas de la mine à mon retour.

— Autrefois, tu parlais de révolution, de bouffer du bourgeois à tous les repas !

— Mes opinions sont les mêmes, c'est la façon de faire qui me gêne maintenant. Dorénavant, je me vois mal user de violence envers quiconque. Je suis vacciné. La guerre m'aura enseigné qu'il n'est pas de manière forte, de brutalité, en général, qui ne soit l'expression d'une profonde faiblesse. Mais, en ce moment, je t'avoue être plus occupé à sauver ma peau qu'à chambouler la société.

— Je te connais ! Quoi que tu fasses, où que tu sois, tu ne pourras pas t'empêcher de mettre les pieds dans le plat.

— Tu as sans doute raison, caporal, je ne me vois pas subir bouche fermée, pas plus que je ne suis fait pour marcher en cadence. Moi, pour être heureux, au contraire de toi, j'ai besoin d'espace, de liberté, de flou, d'incertitude.

Théodore se recula. Louis était resté face à la fenêtre. Dans le reflet de la vitre, il croisa le regard de son frère par-dessus son épaule – le cadet avait poussé plus haut que l'aîné ; celui-ci lui souriait.

Théodore toqua à la porte et, sans attendre de réponse, l'entrouvrit. Emilienne Colignon était occupée à rebâtir la garniture d'un feutre démodé. Près d'elle, Irène, aidée de Prosper, entaillait des châtaignes dans la chaleur de l'âtre. Emilienne leva les yeux et lui fit signe d'entrer.

— Tu es le fils Gandon et tu viens voir la petite ? demanda-t-elle d'une voix de craie.

— Oui, bonjour mesdames, répondit timidement Théodore, impressionné par les traits ravagés de la maîtresse de maison.

— Tu la trouveras au cellier avec le Damien, ils rangent des bouteilles par là-bas. Dans quel coin es-tu soldat ?

— A Verdun.

— Deux de mes gars y sont restés, du côté de Soissons.

— Je l'ai appris, c'est bien triste.

Emilienne secoua la tête.

— Oui, reprit-elle, une boule d'étoupe au fond de la gorge. Allez, va vite et emmène-là, si tu veux. Profitez de votre journée, demain nous en aurons besoin pour carder.

Théodore sortit.

— Merde alors, se dit-il en gagnant le cellier, elle a drôlement changé, la mère Colignon !

Marie ne fit pas long feu pour abandonner le rangement des bouteilles. Théodore se tenait planté dans l'encadrement de la porte. Il fléchit les genoux et ouvrit les bras ; elle s'y précipita.

— Couvre-toi, je t'enlève pour la journée, ta patronne est d'accord.

— Où irons-nous ? Tu es là jusqu'à dimanche, n'est-ce pas ? Ta mère doit être contente d'avoir ses deux fils à la maison ? Tu ne repartiras pas, je te cacherai dans le pigeonnier, personne n'en saura rien ! Dis-moi que tu veux bien ! Dis-le moi ! Allez, dis-le moi.

Théodore riait, se laissait secouer.

— J'ai quitté une fille presque muette, je retrouve un moulin à paroles !

— Ne parle pas comme ça, le temps est si long entre deux permissions.

— Ce sera bientôt fini et nous...

— C'est vrai ? Quand ? Comment tu le sais ?

Ils se rendirent à la ferme des Boullieux, visiter Titou qu'ils trouvèrent les sabots dans une bonne épaisseur de paille. Sa robe ne portait plus aucune trace de poussière de charbon. Titou semblait s'être remplumé, avoir rajeuni, ses côtes ne saillaient pas sous la peau comme autrefois. Il tourna la tête à l'appel de son nom et vint placer son nez dans les mains des visiteurs.

— Je n'avais jamais vu tes yeux au jour, dit tristement Théodore, constatant la présence d'une buée laiteuse fondant l'iris au blanc.

De ses poches, Marie sortit une pomme qu'elle offrit au cheval, sur laquelle il se précipita.

— Oh ! c'est un bon vivant, bien brave, ma foi, qui donne guère de peine ! clama Fernand Boullieux.

Titou se prélassait sous les caresses, col tendu, à la recherche d'autres douceurs. Théodore parcourut d'une main légère l'échine frémissante de son ami, examina une à une d'anciennes plaies. Il en dénombra certaines plus importantes, reconnaissables à des touffes de poils blancs, marquant l'emplacement de blessures cicatrisées.

— Mon vieux, tu mériterais largement une médaille, pour toutes ces années passées à travailler au fond de la mine.

Ils s'entretinrent encore un moment avec le fermier de l'arrangement passé avec Aimé Ladheuil, puis tournèrent les talons en promettant à Titou de revenir, avec une livre de pommes.

Théodore et Marie prirent le chemin de Champagnac. Un vent de face les obligeait à marcher têtes baissées.

— Je vais m'envoler ! cria Marie.

— Donne-moi la main et allons chez moi, par ce temps, la cuisine de ma mère sera un meilleur refuge que le pigeonnier.

Après déjeuner, mars ne laissant aucune possibilité de promenade, ils passèrent l'après-midi, entourés de Francette et de Louis, à feuilleter l'album de photos de famille. Théodore y posait à des âges différents. Notamment à quatre mois, nu, à plat ventre sur un coussin satiné, ce qui amusa beaucoup Marie. Elle fit ainsi connaissance de la famille Gandon – en couleur sépia – et de ses ramifications, immortalisées à l'occasion de baptêmes, de mariages ou de communions. Les heures tournèrent paisiblement. Le bourg se taisait, engourdi par l'hiver. Les nuées chassées dans le vent du nord tournoyaient, prises de folie, se heurtaient, s'absorbaient, s'accordaient de courts instants de répit et s'invitaient de nouveau à danser. Louis s'adonnait au repos, soulageant la douleur de ses reins en se tenant le dos appuyé à la barre du fourneau. Francette souriait.

— Puisque Théodore s'en retourne samedi, dit-elle, vendredi soir nous dînerons tous ensemble, avec Yvette et les petits. Vous viendrez, Marie ?

— Je pense bien qu'elle viendra ! répondit Théodore.

Jean était absent. Depuis le début de l'hiver, il lui arrivait de se rendre chez Monteil disputer à l'équipe du puits Madeleine la suprématie du meilleur joueur de belote. Un passe-temps qui, lorsque ses fils étaient au front, lui évitait de tourner entre quatre murs et de penser aux dangers qu'ils encouraient.

Le dîner avalé, Théodore raccompagna Marie à la Grand-Combe. Désormais, elle bénéficiait de la chambre des fils Colignon. Ils s'attardèrent à peine sur le seuil de la cour ; le léger grésil qui mouchetait le ciel, lancé dans les courants d'air, piquait les yeux et les joues. Palou aboyait depuis l'étable et risquait d'alerter la maisonnée déjà endormie.

Le froid pinçait fort sous la lune pleine.

— Un jour, chuchota Marie, nous aurons notre maison et on ne se quittera plus. Pendant les périodes de grandes gelées, je me serrerai contre toi et tu me couvriras de baisers.

— Promis, petite femme, je t'aime tant.

— Viens tard, demain, tu me trouveras à l'étable, je t'attendrai sur mon ancienne paillasse, dit-elle encore les yeux baissés.

Théodore alla se planter à la sortie de la mine. Jean, Mario Lazari, Lech, Aimé Ladheuil, Vladimir, Jeanjean,

Tête Molle, Raymond Vergne lui tombèrent dessus et l'embarquèrent chez Monteil fêter la « perme du poilu ».

— Lou dernier arrivé, paye dou tournées ou lieu d'oune ! gueula Mario en fouettant son cheval.

— Nan, nan, ça vaut pas, mon salaud, avec ma patte folle, j'en suis toujours pour rincer tout le monde deux fois ! répliqua Jeanjean, qui déjà avait sauté sur la plate-forme de la carriole et décochait, hilare, un bras d'honneur à l'équipe.

Le dos au comptoir, verre en main, Théodore informa ses amis du geste généreux d'Aimé Ladheuil à son égard.

— Maintenant, Titou est comme un coq en pâte, grâce à Aimé, conclut-il.

Un bref silence marqua la surprise des uns et des autres, puis on but – poliment – à la santé du contremaître. Plus gravement, on évoqua la mémoire de Guillaume. Le palefrenier laissait à chacun le souvenir d'un jeune homme de vingt-huit ans, adroit dans son métier et bon camarade. Sa femme et ses deux enfants, expliqua Tête Molle, s'en étaient allés vivre à Riom-ès-Montagnes où, disait-on, son deuil achevé, Aline devait se remarier. On fit un bilan des amis et des relations, mineurs et paysans, morts à la guerre et force fut de constater que si les choses n'évoluaient pas rapidement vers la paix, eux, hommes dans la cinquantaine, seraient bons pour rempiler. On se prit à sourire aussi en songeant à Dagobert. Raymond Vergne prétendit qu'au front sa réputation d'étourdi n'était plus à faire.

— Paraît, blagua Jeanjean, qu'il a purgé deux mois de cachot pour avoir pointé un 75 sur l'arrière français, persuadé de pilonner l'avant ennemi !

On se tordit de rire, on en rajouta et pour finir on trinqua à ce « sacré artilleur ». Louis, désireux de se joindre à la petite bande, avait usé de ruses afin de déjouer la surveillance de Francette. Intraitable, elle ne cessait de lui rabâcher : « Dans ton état, ce froid te ferait plus de mal que de bien, reste près du feu ! » L'entrée dans l'estaminet du caporal chef, sanglé dans sa capote aux plis fraîchement repassés, les manches galonnées, martingale tombante, fit sensation. Salué, félicité, on but encore, cette fois au « héros convalescent ». Quelques hommes du puits de Chambelève s'étaient ajoutés à ceux de Madeleine ; le tout formait une joyeuse équipe.

— On se croirait un jour de Sainte-Barbe ! exulta Jean Monteil.

— Pourtant on n'a pas l'habit du dimanche !

— Non, mais la trogne, oui. Regarde la crête de Tête Molle, on dirait un coucher de soleil !

On parla évidemment de la guerre et il en résulta un charabia inextricable concernant un gouvernement formé d'assassins, d'affameurs, doublés de bons à rien, qui, bientôt, en plus de la guerre, aurait sur les bras une grève générale.

La pendule sonna quatre heures.

Théodore se glissa dehors sans que personne n'y prît garde. Saisi par le froid, il remonta son col et s'engagea sur le chemin de l'école. Il savait : une fois le dernier élève envolé, Echart fermait les portes et les persiennes de la classe et se hâtait de rentrer chez lui. Théodore longea le mur d'enceinte de la cour. Il vit en passant les marronniers tendre leurs bras secs et noirs dans la grisaille du ciel. Dans le fond, accotées au préau métallique, comme autrefois, les vespasiennes faisaient battre leurs portes dans le courant d'air. Théodore eut un petit sourire satisfait. Ni le temps ni la guerre n'avaient eu raison de ce vieux décor.

Chez Echart la lumière dansait sur les vitres. En vue de la porte, il vérifia si sa tenue (civile) était en bon ordre et regretta que son haleine sente le vin. Par les deux fenêtres contiguës, Théodore aperçut la vaste pièce où vivait son ami. Les hauts rayonnages débordaient toujours de centaines de livres, la table ronde – celle où il avait découvert les chefs-d'œuvre de la littérature et si souvent disserté – de piles de papier, de journaux, de cahiers en cours de correction. Un bol y traînait, faisant office de presse-papiers. Recouvrant un des deux fauteuils, installés en vis-à-vis, des habits jetés sur le dossier attendaient un hypothétique rangement. Un beau désordre régnait, à la mesure du bonhomme : anarchique. La cheminée flambait, le poêle ronflait. Un silence de toute éternité semblait écraser la demeure.

La porte s'ouvrit.

— Entre, enfant ! dit Echart en s'effaçant.

Passant devant son maître, Théodore le dévisagea une fraction de seconde ; il ne lui connaissait pas ce teint de cire, ce nez long et saillant, ces cernes bruns sous les yeux, non plus ces deux traits de chair pâle, effilés comme le biseau d'une lame en guise de lèvres.

— Comment allez-vous, monsieur Echart ? demanda-t-il, inquiet.

— Mal fichu, un peu de contrariété. Ce froid, cette guerre, surtout, me tarabustent.

— Mais l'hiver et la guerre auront une fin, reprit Théodore d'un ton badin.

Le vieil homme haussa les sourcils et ferma les yeux.

— Faute de combattants, lorsque le charnier atteindra des hauteurs d'Himalaya, alors peut-être !

Théodore se défit de son écharpe, retira son manteau et se plaça dos à la cheminée. Echart se laissa tomber dans son fauteuil. Visiblement épuisé, il rabattit sur ses jambes une couverture puis repoussa en marmonnant des feuilles entassées devant lui.

— Je suis content de te revoir. Approche l'autre fauteuil près du poêle et raconte-moi comment est le moral dans les rangs !

Théodore obtempéra, sachant son vieil ami pressé de faire une critique de la situation.

— A vrai dire, pas fameux. L'ensemble gronde, mais mollement encore.

— C'est ce que je pensais, les meneurs ne se sont toujours pas fait connaître.

Soudain, Echart releva la tête, fixa son visiteur et lâcha :

— La vie dans les tranchées a fait de toi un beau gars, bien taillé, mais elle t'a donné aussi le goût du vin !

— L'horreur, le cafard, la peur, la tristesse... Tout est bon, pour oublier ça !

Echart secoua la tête, puis reprit :

— Un correspondant de Paris m'apprend que la révolte pourrait s'étendre à toutes les unités combattantes, une bonne chose en soi, mais, le moment venu, serez-vous suffisamment antimilitaristes ? L'exemple russe, je le crains, n'aura guère de retentissement chez nos soldats. Les chants et les discours séditieux inciteront, j'en ai peur, à rentrer au bercail se mettre les pieds au chaud, plutôt qu'à en sortir la rage au ventre. Les groupements libertaires tenteront bien d'imbiber l'armée de leur propagande, mais ils éprouveront les pires difficultés à déstabiliser la troupe, qui, j'en suis persuadé, croit toujours aux vertus d'une offensive victorieuse.

— Et si nous étions défaits ?

— Dans ce cas, ma main à couper, la moitié des effectifs se déclarerait prête à vivre sous contrôle allemand, pourvu que la paix soit signée ! Une immense dégoûtation s'est répandue dans les campagnes, à l'inverse des villes. Regarde Paris, la bourgeoisie danse, chante, rit, boit, mange et, quand elle évoque la guerre, c'est comme si elle se plaignait d'un gros orage troublant un déjeuner sur l'herbe. Il n'y a que les ouvriers et les paysans pour prendre conscience de cette boucherie. La seule chance que cela s'arrête serait qu'ils se révoltent, mais le feront-ils ? Sans doute pas. Restons sages, trop de rêve tue la réalité. Des mutins, il y en aura sûrement, anarchistes, révolutionnaires ou pacifistes ; des isolés, qui seront fusillés. Au falot, les grandes gueules !

Ils s'entretinrent encore longtemps sur le sujet. Suffisamment longtemps pour que Théodore en oublie de rentrer dîner. Lorsqu'il se rendit compte de l'heure, il était temps de partir retrouver Marie. Echart le laissa filer, à regret, lui faisant promettre de revenir avant son départ.

Théodore courut jusqu'à la Grand-Combe. Palou n'aboya pas. Tapi dans l'ombre, il se contenta de surveiller l'arrivée d'un grand escogriffe se faufilant à l'entrée, prenant des précautions de voleur de poules. Encore quelques pas et il se dresserait.

— Palou !... Palou !... chuchota Théodore, certain de la présence du chien aux aguets, viens, mon chien, allons, approche !

La silhouette du molosse s'allongea enfin dans la clarté de la lune ; un faisceau blafard plongeait au fond de l'étable, où se distinguaient les vaches endormies. Palou approcha prudemment, le nez dilaté, les oreilles dressées, la tête rentrée dans les épaules, basse.

— A pas d'loup ! songea Théodore, amusé par son jeu de mots.

Il ne broncha pas, le chien flaira ses bas de pantalons, ses godillots.

— Alors, vieux frère, tu me remets ?

Le son de cette voix familière opéra. Palou se dressa de toute sa hauteur, appuya ses pattes aux épaules de Théodore et lâcha un long gémissement étouffé. L'homme et le chien se firent fête. Puis Théodore tira la porte derrière lui et, tâtonnant, chercha la paillasse de Marie.

Elle était assoupie, en partie dissimulée sous d'épaisses couvertures. Il régnait dans l'étable une douce chaleur. Un silence souverain donnait une idée de l'heure tardive, n'était le vent qui miaulait, se frottant sur les pierres rugueuses des murs. Au matin le gel prendrait la terre en étau ; il ferait bon alors se tenir au chaud et écouter les vaches souffler. Théodore retira son manteau et ses godillots ; les couvertures repoussées, il s'allongea et demeura sans bouger. Marie dormait, si proche, si émouvante, qu'il n'osa tendre la main. La tiédeur inconnue de son corps, son étrange parfum de femme abandonnée au sommeil le troublaient. Si son visage conservait quelques-uns des traits de l'enfance, sa silhouette métamorphosée offrait les formes accomplies d'une jeune femme en devenir.

Il bascula sur le flanc, glissa un bras sous sa nuque. Marie se retourna. Il l'accueillit, pressé de l'enfermer comme une brassée de bonheur. L'impression de défi lancé aux lois de la morale n'était pour rien dans l'incontrôlable tressaillement de leurs corps, mus par l'insoutenable désir de vouloir se lier enfin l'un à l'autre, pour faire de cette nuit un merveilleux secret que nul ne pourrait partager.

Lorsqu'ils se séparèrent, impatients du jour suivant, une femme de seize ans était née, passionnément façonnée.

Il neigea abondamment le lendemain. Un temps qui n'incita guère Théodore à se lever avant midi. Depuis son lit, il entendait Francette aller et venir dans la cuisine, la voix sourde de Louis. Il eut une pensée pour les hommes de sa compagnie, plantés dans la glaise lorraine au sortir des casemates humides, où ils n'avaient pas dormi plus de deux heures, obligés d'accomplir les corvées léchés par un vent glacial et de se faufiler par d'étroits boyaux pour rejoindre leurs positions. Dans trois jours il serait de retour parmi eux sous la grêle des balles et les bouquets des explosions. Sans doute, certains compagnons ne répondraient plus présents à l'appel. Puis il songea à Marie, aux liens intimes et indéfectibles qui les unissaient désormais, à son corps de velours. Marie si stoïque dans l'engagement, si flexible au moment de l'étreinte.

— Voilà ce que c'est de rentrer à point d'heure, on dort jusqu'à midi !

Francette, bras croisés, se tenait appuyée au chambranle de la porte, un petit sourire au coin des lèvres.

— Mon retard de sommeil ne date pas de cette nuit ! répondit Théodore, content de goûter à la tiédeur des draps propres.

— Ma foi, j'en connais une qui ne doit pas être bien vaillante, ce matin !

Théodore approuva sans commenter, se contentant d'imaginer Marie quelque peu fatiguée, mais heureuse.

Jean prit sa place à table. Dès qu'il était remonté du puits, sa douche prise, changé, profitant parfois de la carriole de Mario Lazari, il rentrait directement.

— Pour repartir plus vite ! C'est à peine s'il fait une heure de sieste, prétendit Francette, de mauvaise foi.

Théodore, enfin habillé, et Louis s'attablèrent avec lui. Francette, selon son habitude, passa plus de temps debout qu'assise devant son assiette.

— Tu étais de garde, cette nuit ? demanda Jean à son fils cadet.

Tous les quatre éclatèrent de rire.

Ils mangèrent.

— A propos, il y a une partie de belote chez Monteil, tantôt, si ça vous intéresse ! dit Jean un peu gêné.

— Encore ! sursauta Francette.

— C'est la revanche d'avant-hier, précisa-t-il très sérieusement.

— Tu parles ! Plutôt la revanche de la revanche, oui ! et surtout une occasion de vous arsouiller une fois de plus ! Hier n'a pas suffi, que vous recommenciez aujourd'hui ? Et toi (le reproche s'adressait à Théodore), au lieu de traîner toute la nuit, tu ferais bien de rentrer te coucher, tu repartiras plus fatigué que le jour de ton arrivée ! Regardez-le, il n'a que la peau sur les os !

Francette flambait de colère.

— Tu sais, il y a des fatigues plus supportables que d'autres, fit remarquer Théodore d'un ton ironique.

— Veux-tu les garder toute la journée au coin du feu, comme quand ils étaient petits ? Qu'ils s'amusent, sacré bonsoir, ils ont bien assez de s'emmerder dans leurs saloperies de tranchées ! s'écria Jean, agacé.

L'idée de taper le carton une partie de l'après-midi n'enchantait pas Théodore, aussi laissa-t-il Louis accompagner seul leur père chez Monteil, où il promit de se rendre en fin de journée. Désœuvré, il remonta la rue sous une volée de flocons virevoltant, salua au passage quelques connaissances, dont Marchat, le maréchal-ferrant, et le père Lagnon, qui ne le vit pas, et sortit du boug. A travers champs, bosses et trous happés par l'épaisseur de neige lui firent penser à la terre martyrisée de Verdun : aux bois des Caures, de Cumières, d'Avocourt, là où la folie de l'homme avait atteint son paroxysme, où la terre n'en avait plus que le nom.

Ligoté à ses souvenirs morbides, c'est à peine s'il entendit arriver un cheval attelé à un traîneau. Aucun grelot ne tintinnabulait au harnais et l'animal bottait la neige pas à pas, conduit par un cocher résolu à le mener en douceur. Le frottement sourd des patins sur la croûte verglacée se perdait dans la respiration du vent, de sorte que Théodore imagina, l'espace d'un instant, un attelage glissant sur un nuage. Vision rapidement démentie, lorsque le cocher, après l'avoir dépassé, tirant sur les rênes, mit le cheval à l'arrêt. Le plus âgé des deux hommes assis à l'arrière, barbe et cheveux blancs, vêtu d'une élégante houppelande, écarta les fourrures étalées sur ses jambes pour se porter à sa rencontre. Il souleva son chapeau et dit à Théodore, un maigre sourire sur les lèvres :

— Bonjour, mon garçon, tu ne te souviens sans doute pas de moi, mais celui-ci, le reconnais-tu ?

Faisant un pas de côté, il s'était tourné vers le second passager. Théodore dévisagea celui qui semblait être un jeune homme sous les épaisseurs de fourrure et immédiatement prononça un prénom :

— Agénor ?

L'homme au grand chapeau secoua la tête.

— Alors, reprit Théodore, vous, vous êtes maître Baudon, le notaire ?

Agénor – un franc sourire barrait son visage – lui tendit la main.

— Approche, Théodore. Il y a longtemps. Depuis le jour où je suis parti étudier à Clermont, en 1907 exactement.

— Dix ans !

— Je ne m'attendais pas à te revoir aujourd'hui, sur cette route !

— Tu vois, je suis en promenade, pareil à un fils de bourgeois qui doit à tout prix remplir sa journée !

— Toujours vindicatif, hein ! C'est très bien comme ça. Que dirais-tu de venir à la maison, nous bavarderions un moment ?

— Pourquoi pas, j'ai du temps.

— Alors en route !

Le traîneau repartit, emportant un troisième passager.

Théodore n'était pas au bout de ses surprises. Tout d'abord, parvenu dans le bourg, à hauteur de l'estaminet de Monteil, le cocher obliqua et, abandonnant le lavoir sur sa droite, alla ranger le traîneau devant le perron des Chambrette. Ensuite, deux domestiques dévalèrent l'escalier, saisirent Agénor sous les aisselles et le transportèrent à l'intérieur où, dans le hall, l'attendait une chaise roulante. Théodore, stupéfait, eut un mouvement vers maître Baudon. Celui-ci, d'un geste, lui signifia qu'il se refusait à toute explication.

— Patience, il te racontera, se contenta-t-il de dire. En ce qui concerne la maison, les Chambrette me l'ont vendue depuis longtemps déjà. Mon intention était de m'y retirer après avoir passé le flambeau à mon fils, hélas...

Le notaire gravit les marches du perron et disparut à la suite des domestiques.

Théodore pénétra à son tour dans la maison, un léger sourire sur les lèvres. « Enfants, nous rêvions tous d'y entrer », songea-t-il.

Haute, massive, construite pour durer, en pierre de lave, une toiture de lauze, quatre chiens-assis sur chaque pan et l'extrémité sud achevée en rotonde, elle était la bâtisse la plus admirée du canton.

Théodore fit quelques pas dans l'entrée. Le vaste hall présentait un plafond cintré à ses extrémités, d'une hauteur impressionnante, où pendait la chaîne d'un lustre en fer forgé formé d'une trentaine de branches joliment tarabiscotées. A droite et à gauche, un escalier de bois fauve fuyait vers les étages à la rencontre d'un balcon orné d'un garde-corps aux balustres ventrus. Sous ses pieds, le parquet de chêne grinçait discrètement. Les lattes, disposées en chevrons inversés une travée sur deux, partiellement recouvertes d'un tapis de laine représentant une scène de chasse, répandait une odeur d'encaustique parfumée au miel. Des moulures à franges, couleur de plâtre, joignaient l'angle des murs au plafond sur les quatre côtés. Bien qu'il ne sût rien de l'architecture, Théodore discerna dans ce curieux décor une subtile association de baroque et de rustique. Il aurait aimé s'attarder davantage et admirer l'étrange intérieur mais, de l'autre côté, Agénor l'invitait à le rejoindre.

— Entre, Théodore, et mets-toi à ton aise.

Il se laissa tomber dans un fauteuil Directoire dont le dossier en velours mauve était protégé par une têtière dentelée et blanche. Ici, des poutres apparentes sillonnaient le plafond du salon, les murs, d'un bleu foncé, faisaient ressortir l'or et l'argent des bibelots dispersés sur des commodes, des bahuts, des guéridons en marqueterie. « Décidément, quel luxe ! » se dit Théodore.

Agénor se tenait face au feu ; une grille étirée sur toute la largeur de la cheminée isolait le sol des projections incandescentes. Il fixa un moment la danse des flammes puis, tourné vers son invité, dit en souriant :

— La roue est une fameuse invention, mais quatre d'entre elles ne suffisent pas à remplacer deux pieds !

— Je ne savais pas... balbutia Théodore.

— Rien d'étonnant, le coupa Agénor, je n'ai pas voulu que l'on sache. Je pensais que mes pieds repousseraient, que c'était une question de temps, mais non, ça n'en prend pas le chemin. En revanche, ils me démangent comme s'ils étaient toujours là. Les médecins appellent ça des crises de névrite. Allez, ne te tourmente pas, il n'y a rien d'intelligent que l'on puisse dire à quelqu'un dans mon état. Une torpille a scellé mon sort à ces terres du Nord, ma vie s'est arrêtée au fort de La Malmaison, rien de plus. On a beau se répéter que c'est impossible, les choses sont ce qu'elles sont. Je suis ce type qu'on transporte de son lit à sa chaise, qu'on promène, qu'on assoit sur le pot, qu'on plonge dans son bain et que l'on couche. « Lieutenant Agénor Baudon, du 124e régiment d'infanterie, en vertu des pouvoirs qui me sont conférés et au nom du président de la

République, je vous décerne la croix de guerre et vous invite désormais à vous déplacer sur le ventre ! »

Agénor eut un petit rire, puis ajouta :

— La reptation est devenue le sport préféré d'une certaine catégorie de Français, nous sommes si nombreux à le pratiquer qu'il est question d'organiser un championnat !

— Te moquer de ton malheur prouve que tu n'as pas perdu espoir.

— La dérision m'est devenue indispensable. C'est une forme de philosophie qu'on n'enseigne pas dans les études, et c'est très dommage. Tu sais, quelque chose me trouble, que je ne sais comment expliquer.

— De quoi veux-tu parler ?

— De ma part de responsabilité dans ce qui m'est arrivé.

— Tu veux dire que tu t'es exposé à tort ?

— Non, non, rien à voir. Je me demande simplement si, inconsciemment, je n'ai pas souhaité mes blessures. Les fameuses « bonnes blessures », dont on parle tant dans les tranchées, celles qui permettent, et je le dis sans jeu de mots, de ne jamais remettre les pieds sur le champ de bataille. Difficile de faire la part des choses !

Une vieille femme voûtée, en tablier et bonnet blanc, apporta des tasses et une cafetière sur un plateau et se retira. Théodore se leva pour servir. Ils burent le café, à petites gorgées. Puis, Agénor alluma un cigarillo, un ninas, tendit le paquet à son invité, qui le repoussa, et le questionna sur ses intentions une fois la guerre terminée. Comme avec Louis, trois jours plus tôt, Théodore éluda la réponse, laissant entendre que son principal souci était précisément d'être toujours de ce monde une fois la guerre terminée. Il ne dit rien non plus de sa relation avec Marie, ne considérant pas le fils Baudon comme suffisamment intime, rien de son envie de vouloir tout plaquer à son retour pour, peut-être, s'en aller vivre en ville. Il se contenta d'orienter la conversation sur Echart, qu'Agénor connaissait bien pour avoir fréquenté sa classe quelques années avant lui.

Ce fut un après-midi inattendu. Au fil des heures Théodore découvrit et apprécia ce grand jeune homme au teint de craie, aux manières raffinées. Une amitié tardive semblait se dessiner, sans que la différence de classe sociale apparaisse comme un obstacle. Théodore se prit à sourire de ce bon tour que la vie jouait à toutes ses idées reçues. « Voilà que tu t'acoquines avec les bourgeois, à présent, pensa-t-il, et que tu trouves de l'intérêt à leur compagnie ! » Un sentiment qu'il qualifia aussitôt de « troublant », imputable, il n'en douta pas un instant, aux événements. Restait à savoir si ces bonnes dispositions résisteraient une fois le conflit terminé.

Théodore quitta la maison des Chambrette à nuit noire, après avoir dîné en compagnie de la famille Baudon. Une invitation qu'il n'avait osé refuser, malgré son envie de rendre visite à Marie et l'agacement que manifesterait Francette, sachant son fils attablé chez le notaire. On mangea, on but, dans une humeur égale de bout en bout, et on acheva le dîner par du café et des alcools blancs, installés en demi-cercle devant un brasier de circonstance.

Jusqu'au moment où chacun donna des signes de lassitude. On admit donc de se séparer. Ce que l'on fit, se souhaitant une bonne nuit, sans omettre de se remercier mutuellement, promesse faite de se revoir.

Lorsqu'il parvint à la Grand-Combe, Théodore comprit que Marie ne l'avait pas attendu. Fatiguée par une nuit précédente sans sommeil, après une courte veille, elle avait rejoint sa chambre et s'était endormie comme une pierre. Il siffla deux fois, trois fois, dans l'espoir de faire réagir le chien. Mais, Palou, confiné à l'étable, ne broncha pas. Déçu, Théodore reprit le chemin de Champagnac.

Demain, Francette fustigerait ce « mauvais fils » qui préférait prendre ses repas ailleurs que chez sa mère, Marie le bouderait sûrement de s'être montré si distant dès le lendemain de leur « première nuit ». Comme s'il avait eu honte de son attitude, il pressa le pas.

En début de matinée, Théodore trouva enfin un train pour Aurillac. Sachant la vitesse à laquelle filaient ces tortillards, il ne comptait pas être de retour avant l'heure du dîner. Dans le wagon aux trois quarts plein, il se faufila parmi un empilage de caisses pour finalement dénicher une cache à l'angle des deux parois, abrité des regards. Une odeur âcre envahissait l'endroit, heureusement dissipée par les courants d'air dès les premiers tours de roue.

A l'approche d'Aurillac, il fit jouer la porte sur sa glissière. La ville se profilait au-devant de la machine et il prévut de sauter dès le train parvenu à hauteur des entrepôts. Un talus enneigé le reçut sans heurt ; quitter l'enceinte de la gare fut un jeu d'enfant et gagner le centre-ville ne lui prit pas plus de cinq minutes.

La veille, avant de s'endormir, devinant Marie fâchée contre lui, il avait imaginé obtenir son pardon en lui offrant un de ces bijoux fantaisie dont raffolent les jeunes filles. Au matin, ses économies rassemblées, Théodore avait embrassé sa mère et bondit dans la rue pour la dévaler jusqu'à la gare de L'Hôpital-Hydes. Maintenant, il arpentait la rue principale d'Aurillac à la recherche de la grande horlogerie-bijouterie Mogre. Il savait trouver là un choix intéressant de bracelets et de colliers. Finalement, Théodore se décida pour une bague. Un anneau recouvert d'une fine couche plaquée or, poinçonnée, surmonté d'un éclat d'améthyste violet, enchâssé entre quatre griffes, du plus bel effet. Théodore ressortit satisfait de chez Mogre, un petit paquet enfoncé au fond de sa poche.

De retour à la gare, des cheminots travaillant sur les voies lui apprirent qu'aucun train ne partait en direction de Hydes avant seize heures. Un des hommes, levant le bras, indiqua un convoi formé à l'écart comme étant celui qu'il devrait prendre, tout en précisant que la loco ne serait accrochée qu'à la dernière minute. Théodore se souvint alors que l'employé de la bijouterie avait retiré le bec-de-cane après son départ, et il en déduisait qu'il devait être à peine plus de midi. « Près de quatre heures d'attente ! Une paille ! » souffla-t-il, déçu. Il revint sur ses pas, remonta lentement vers le centre-ville. Toute activité semblait avoir cessé. L'avenue de la République – la rue principale – abandonnée, s'allongeait tristement, semblable au lit d'une rivière délibérément asséchée. Théodore dépassa l'horlogerie-bijouterie Mogre et entra dans ce qu'il était convenu d'appeler un restaurant. Chez Paul, des parfums de cuisine embaumaient la vaste salle. Un petit comité disséminé de table en table – que deux femmes servaient prestement –, se penchait sur des assiettes pleines et fumantes. Une couche de sciure, semée sur le parquet délavé, atténuait le martelage des semelles de bois. Théodore se laissa tomber sur une banquette de cuir. Installé, il eut tout loisir d'admirer la dextérité d'une serveuse de retour des cuisines chargée de trois assiettes, dont l'une tenait en équilibre sur son avant-bras. Un petit sourire se dessina au coin de ses lèvres : pour la première fois, il s'asseyait à la table de l'un de ces établissements où il suffisait de demander pour être servi. Le personnel y était en uniforme blanc et noir, et nappes et serviettes atteignaient des surfaces de draps de lit. « Bah, c'était une chose à voir un jour ou l'autre », se dit-il.

— Je peux prendre la commande ? lui demanda une grande femme brune, dont le tablier moulait l'opulente poitrine.

Théodore plongea son nez dans le menu et choisit des tripoux, du fromage et du vin.

Il prit son temps pour tout avaler. L'addition réglée, il se leva, enfila sa lourde veste – en vérifiant que son paquet se trouvait toujours dans l'une des poches – et inclina la tête en direction d'une grosse femme sans âge, qui semblait ne jamais devoir quitter sa place de caissière.

Dehors, le froid s'était fait plus vif. Une bruine pénétrante salissait le fond de l'air. Cette fois, le brouillard, devenu maître de la lumière, affirmait son emprise sur la ville. Au buffet de la gare, qu'il rejoignit à grandes enjambées avec l'intention de patienter les deux dernières heures, toute trace d'endormissement avait disparu. Au milieu de la salle des pas perdus, un poêle ronflait pour le plus grand bonheur de deux vieilles femmes transies jusqu'aux os. Des voyageurs en attente du train pour Toulouse vantaient la joliesse des pierres de granit rose de leur cité, soumises au dard d'un soleil permanent. Des petits enfants trottaient librement, exaltés à l'idée de voyager. Trois hommes – des voyageurs de commerce –, gros, la face rouge, engoncés dans d'épais manteaux, péroraient à une table ronde. Ils basculaient des verres d'alcool, sous prétexte de lutter contre le froid. Le plus gros, la lèvre supérieure noircie d'une épaisse moustache, affirmait, la voix rocailleuse et chantante, que la durée de la guerre dépendait uniquement de la bravoure des soldats, ménagés par un état-major soucieux de ne pas s'attirer les foudres de l'opinion publique.

— Mettez deux Nivelle au lieu d'un, et dans un mois le tour est joué ! beugla-t-il.

« Nivelle ! reprit Théodore à voix basse, que tous les poilus craignent comme la peste. Le bonhomme, soucieux du seul résultat, ne s'embarrasse guère d'envoyer, sans appui ni stratégie, des divisions entières au massacre ! Nivelle le Boucher ! »

Bien souvent, Théodore avait entendu des camarades, de retour de permission, raconter qu'à l'arrière les civelos dénigraient la guerre et les soldats. Tous avaient eu des envies de meurtre. Et ce gros pantin ignorant, sirotant son eau-de-vie, méritait bien le sacrifice d'une balle. Les poings serrés, Théodore marcha vers le trio. Penché sur les hommes repus de bonne chair, il souffla d'une voix blanche :

— Que je ne t'entende plus parler de la sorte, sinon je te saute à la gorge !

— Eh là ! calme-toi, gamin ! se défendit le gros.

Déjà la main de Théodore accrochait le nœud de l'écharpe.

— Qu'est-ce que tu sais toi, de la bravoure de ceux qui se font bousiller tous les jours ? La guerre n'a pas l'air de trop mal te réussir, espèce de gros planqué ! Des hommes crèvent empoisonnés par les gaz, déchiquetés par des millions d'obus, ou bien de froid, ou encore noyés dans deux mètres de boue pour que toi tu continues tranquillement à engraisser. Alors, respecte-les ! Et rentre-toi ça dans la tête : s'il y avait deux Nivelle au lieu d'un, sache-le, il n'y aurait plus d'armée du tout !

Théodore desserra sa prise. Ses yeux exorbités ne quittaient pas le regard apeuré du gros homme. Celui-ci fit aussitôt des petits gestes maladroits, cherchant à remettre son col en place et, finalement, rouge de confusion, se détourna de son agresseur.

« Garde le silence, mon salaud, sinon je te tue ! » pensa Théodore, prêt à bondir. L'homme ne dit pas un mot.

Deux heures s'écoulèrent. Le train en partance pour Toulouse avait emporté les trois représentants, ainsi qu'une grande partie de la clientèle du buffet. Théodore, demeuré à la grande table, s'était peu à peu ressaisi. La trogne pourpre du gros homme s'était lentement estompée de ses pensées ; ses mains ne tremblaient plus.

Comme à l'aller, le train fit une halte en gare de Mauriac. Des cheminots décrochèrent des wagons ajoutés au dernier moment. Un quart d'heure plus tard, la loco crachait de nouveau toute sa vapeur. A L'Hôpital-Hydes il sauta à terre avant l'arrêt complet du train. Coupant à travers les voies, il attaqua la montée sur Champagnac.

Louis et Jean venaient de s'asseoir lorsqu'il entra. Francette, étonnée, vint se placer devant lui et, les poings sur les hanches :

— Regardez un peu qui arrive ! Nous ferais-tu l'honneur de dîner avec nous ce soir ? demanda-t-elle, ironique.

— Je dîne et je dors. Je suis crevé, répliqua Théodore allant se coller le dos contre le fourneau.

On se mit à table.

— Yvette et les petits viennent dîner demain, lança joyeusement Francette, enfin la famille sera au complet.

Et, s'adressant à Théodore, elle ajouta :

— N'oublie pas Marie !

Théodore leva le nez de son assiette, arrêta son geste. « Demain... » songea-t-il. La semaine avait filé si vite, déjà il devait repartir et demain serait son dernier jour de permission ; d'homme libre, surtout, d'aller où son envie le poussait, sans crainte de rencontrer la mort. Il entendit geindre le vent sous les fenêtres, ses plaintes continues, semblables à la grêle d'une fusillade, cognaient les murs. Là-bas, des hommes de son âge mordaient l'air, s'agrippaient à l'invisible avant de tournoyer et de rouler sur le côté. Soudain, la fatigue se posa sur ses épaules. Il ferma les yeux, sa tête était devenue lourde, vide.

Théodore débarqua à la Grand-Combe avec l'intention de débaucher Marie. Damien Colignon l'accueillit sous l'appentis. Un pauvre sourire déformait ses lèvres, étirant un visage creux parsemé de poils blancs et noirs. Les deux hommes se serrèrent la main, commentèrent le « temps de saison ». Théodore remarqua l'absence d'étincelle dans le regard du maître de ferme, mais aussi sa face livide, mâchée par le froid. Le paysan l'invita à entrer d'un geste et reprit sa marche. De l'autre côté, Edmond, dans la grange, réservait le foin qu'il s'apprêtait à distribuer aux bêtes. Le maître marmonna quelques mots à son valet et disparut derrière le bâtiment. Un pas de centenaire accentuait la voussure de ses épaules ; semblable à Emilienne, Damien n'était plus cet être plein d'arrogance, hurlant aux quatre vents, imposant sa loi. Plié par la douleur, il se contentait aujourd'hui de suivre, dans l'ombre de chacun. « Chez lui aussi, la guerre a fait des dégâts ! » se dit Théodore.

Marie, le visage fermé, battait une boule de pâte qu'elle saupoudrait de noix pilées au mortier. Emilienne et Irène travaillaient, l'une entre l'âtre et le fourneau, l'autre assise à table. Il les salua. Prié de s'asseoir, il se posa sur un banc, intimidé face à ces trois femmes liées par le silence.

Emilienne lui demanda :

— Quand repars-tu ?

— Demain.

Elle hocha la tête avant de dire, tournée vers Marie :

— Enfourne ta pâte, petite, et va, nous nous passerons de toi aujourd'hui.

Théodore prit congé des Colignon. Le jour était tout à fait levé maintenant ; comme depuis plusieurs semaines, une ouate grise descendait sur l'horizon en lieu et place de la nuit. Marie revint du cellier, où elle avait disparu, les poches pleines de pommes.

— Nous irons voir Titou, je suppose ! Il n'est pas question de l'oublier, lui ! dit-elle d'un ton sec en prenant les devants.

Théodore lui emboîta le pas. Revenu à sa hauteur, il s'excusa pour son attitude des deux précédentes soirées. Il n'hésita pas à s'étendre sur l'après-midi passé en compagnie d'Agénor Baudon, cloué dans une chaise roulante. Marie, qui l'ignorait, en fut attristée.

— Quant à hier, eh bien, c'est une autre histoire. Hier, je suis allé à Aurillac, figure-toi, acheter ceci !

Il exhiba le paquet, l'index glissé dans une boucle du ruban. Marie s'arrêta et, portant une main à sa bouche, le sourire retrouvé, ouvrit de grands yeux en voyant le petit cube emmailloté d'un joli papier de couleur se balancer doucement. Follement heureuse, elle reçut son cadeau et ne tarda pas à pointer sa main tremblante au zénith, admirant en tous sens l'éclat de la pierre biseautée.

Ils demeurèrent un long moment enlacés, malgré la bourrasque hivernale. Marie remercia pour la dixième fois, Théodore s'excusa encore.

— Je t'aime, Marie Saulieux, hurla-t-il.

Soudain, le temps vira au beau dans leur cœur.

Après avoir fait ses adieux à Titou, Théodore entraîna Marie chez Chaumeil. Comme chaque fois qu'il passait la porte de ce lieu, il sentit naître en lui une émotion incontrôlable. Sans doute le fait d'une imagination trop vive, lié à d'innombrables souvenirs datant déjà de dix ou quinze ans. Epoque où, écolier, il ne discernait alors dans l'existence rien d'autre qu'une insouciance démesurée. Ils longèrent les rayonnages à la recherche de papier à lettres, d'enveloppes et d'un flacon d'encre bleue qu'il glisserait dans ses bagages.

— Nous manquons de tout, là-bas, marmonna-t-il.

Madame Chaumeil arriva de sa cuisine, selon son habitude, en traînant les pieds, souriante.

— Alors, jeunes gens, vous trouvez votre bonheur ?

— Vous ne croyez pas si bien dire ! répondit Théodore.

Il revint déposer ses achats sur la banque et prépara sa monnaie.

— Vous vous souvenez quand j'offrais des bâtons de sucre aux enfants ?

— Je pense bien, ils étaient immangeables !

La vieille femme étouffa un petit rire gêné.

— J'en avais tout un stock sur les bras et je ne savais pas qu'en faire ! Mais, je mettais en garde de ne pas les croquer !

Ils parlèrent encore un peu. Le regard tendre de madame Chaumeil allait de l'un à l'autre. La boutique, basse de plafond, sombre, sentait bon les parfums de l'enfance : le pain, le cuir, le papier, les épices. Il y avait dans cette pièce, où régnait une douce chaleur, quelque chose de réconfortant, qui semblait être de toute éternité.

Aimé Ladheuil, Lech, Jeanjean, Vladimir Glassov, Tête Molle, Raymond Vergne attendaient, appuyés au comptoir de l'estaminet. Pas un ne manquait. Jean avait rameuté l'équipe du puits Madeleine, certains étaient venus à pied, d'autres véhiculés par Mario Lazari. Théodore avait suivi Louis, sans Marie, restée auprès de Francette. Déjà le vin coulait dans les verres. Une débauche de paroles s'ensuivait. Des mots ajoutés les uns aux autres composaient une musique sans plaisir apparent. Théodore leur disait au revoir. Ses compagnons l'entouraient, mornes gueules noires ; ils prenaient en pitié ce jeune homme sur le départ. Après un jour et une nuit de voyage, il se retrouverait en ligne à l'endroit où la mort avait élu domicile et où l'hiver serait plus froid encore, poussé par un vent venu de l'au-delà. On avait mal pour lui. Aujourd'hui, le vin de Jean Monteil avait ce goût âpre du malheur. On voyait Théodore – que l'on n'osait regarder franchement – en proie à l'inquiétude, tenter de paraître à son aise. Alors, afin de ralentir un flot de paroles maladroites, on s'emplit la bouche de mauvais vin. Dans cet air chargé de doutes, les pensées convergeaient vers ce soldat de vingt ans en partance pour l'enfer, sans idéal, la peur inscrite sur ses traits et on se reprochait secrètement sa propre incapacité à le rassurer.

La rue se perdait dans une brume légère. Au bas de la cour, la maison des Chambrette flambait de quelques halos blafards. Le châtaignier et le lavoir patientaient sous le givre. Théodore admira le décor que dessinait l'hiver pour le seul plaisir de l'œil. Demain il ne serait plus qu'un coin de village sous la neige que personne ne remarquerait.

Prévenue d'une visite, madame Baudon vint dans le hall au-devant de Théodore. Elle serrait un mouchoir d'une main, l'autre moulinait l'air avec amplitude, son pas était rapide.

— C'est aimable à vous de venir dire au revoir, mon fils vous espérait. Mais vous ne pourrez le voir, il souffre à ne savoir où se mettre, dit-elle en tamponnant ses yeux. Nous attendons le médecin d'une minute à l'autre.

Théodore n'insista pas, il comprenait. Prenant madame Baudon aux épaules, il l'embrassa, certain d'alléger sa peine.

— Ne lui en voulez pas, ajouta-t-elle, il sera assez mécontent de vous avoir raté. Et ne l'oubliez pas.

Théodore hocha la tête. Quelques secondes encore et il quitta le hall. Non, il n'en voulait pas à Agénor, non, il ne l'oublierait pas.

« Dès que j'arriverai là-bas, c'est même à lui que j'écrirai en premier », se promit-il.

De retour chez ses parents, il confia à Marie devoir une dernière visite.

— Mais, pour celle-ci, précisa-t-il, ta présence est indispensable. Je veux que tu connaisses quelqu'un pour qui j'ai une grande amitié.

— Qui ?

— Surprise ! Je lui dois de savoir tout ce que je sais. Il te plaira, malgré son air sévère.

La pendule sonna la demie de quatre heures, ils se mirent en route et furent à l'école en quelques minutes. Les présentations terminées, Echart fit de la place sur la table, offrit à Marie de s'asseoir dans le fauteuil réservé aux visiteurs et enfourna une bûche dans la gueule du poêle. Intimidée, les yeux baissés, droite sur son siège, Marie accepta un verre de quinquina, trempa ses lèvres, goûta cet étrange breuvage dont elle ignorait jusqu'au nom. Un mélange de sucre et d'amertume envahit son palais, qui lui fit aussitôt tourner agréablement la tête.

— J'aurais été fâché si tu m'avais caché plus longtemps l'existence de cette jeune fille, dit monsieur Echart tourné vers Théodore. Je te félicite, à défaut d'entregent, elle possède un charme que l'on ne voit à nulle autre femme du pays.

Gênée, Marie ne savait comment se fondre au fauteuil. « Et elle est plus brillante qu'une de leurs fameuses ampoules électriques ! » songea le maître d'école amusé.

— Vous êtes attendrissante, mademoiselle, c'est une vertu dont vous n'avez pas à rougir. Cette jeunesse qui coule dans vos veines nous remplit de joie, nous autres vieilles badernes.

Silence.

— Vous voici donc lancés sur la voie de l'amour ! reprit-il, mes compliments ! Allez-y, jetez-vous dans la bataille, c'est la seule qui mérite d'être menée. Aujourd'hui, nous assistons au triomphe des médiocres, c'est regrettable. Trop de bavards nous bourrent le crâne de bêtises et réfléchissent à notre place, or nos actes ne dépendent que de nous, non d'une pensée unique. Ne sommes-nous pas des êtres multiples ? Parbleu, si !

Echart arrêta sa diatribe, dévisagea tour à tour ses jeunes invités et reprit en hochant la tête :

— L'amour est l'épicentre du bonheur... Je l'ai compris bien tardivement. (Il se leva, fouilla devant lui parmi les livres empilés.) A ce sujet, j'aimerais vous lire un passage que je considère comme essentiel... Où l'ai-je mis ?

Il interrompit ses recherches. Portant soudain sa main à son front, il chancela, heurtant la lourde table.

— Quelque chose ne va pas, monsieur Echart ? demanda Théodore.

Le soutenant, il l'aida à regagner son fauteuil, étonné de constater que ce grand corps ne pesait pas plus lourd que celui d'un enfant.

Echart le remercia.

— Je vais mieux, ce n'était qu'un étourdissement, comme il m'arrive d'en avoir ces temps derniers. Rien de grave, dit-il en ricanant. Le mal qui me ronge porte un nom : la vieillesse. Que veux-tu, je devrais être retraité depuis longtemps, mais les maîtres d'école font la guerre ainsi que les autres. A présent, je vais vous prier de bien vouloir m'excuser, mais dormir une heure me remettra d'aplomb. Emmène ton amie, il n'y a rien ici de très affriolant. Merci de votre visite, je passerai par la gare demain matin.

La tête appuyée au dossier, il ferma les yeux. Marie se leva, au passage récupéra une couverture pendue à l'accoudoir du fauteuil et en couvrit les jambes du vieil homme. Il eut un sourire imperceptible.

— Tu devrais rajouter du bois dans le poêle, chuchota-t-elle.

— Je ne le savais pas épuisé à ce point, je vais prévenir sa bonne, elle viendra le voir.

La nuit, habilement mêlée au brouillard, tanguait au-dessus des toits. Champagnac se refermait irrémédiablement, comme des sables mouvants. La mine résonnait encore, métallique, lancinante ; déjà on tirait les volets, on verrouillait les portes et on se pressait vers les maisons, qu'il fallait se résigner à éclairer. Théodore songeait à Echart, malade, à quelques pas. Ce soir, le vieil homme se noyait, submergé sous les regrets, et Théodore hurlait intérieurement son impossibilité de l'aider.

Yvette, Victor et Hélène étaient arrivés. Les petits se tenaient sur les genoux de leur grand-père et de leur oncle Louis. Théodore serra sa sœur dans ses bras. Elle avait, inscrit au fond de ses yeux, le deuil de Marius et l'air évanescent des êtres privés de passion. Yvette semblait taire sa souffrance comme si la honte l'eût étouffée. Fermé aux plaisirs de la vie, son corps portait le dessèchement qu'engendrent les grands chagrins. Et ce trait, dont on voyait ses lèvres se charger parfois, n'était autre qu'un sourire de complaisance.

Ce fut un bon dîner. C'est-à-dire plaisant. On mangea

et on but comme à un repas de fête. Il fut question un moment de cette bague que portait Marie à sa main gauche : de sa forme, de son éclat, de sa beauté. Avait-elle valeur de symbole ? se demandait-on. Puis, Victor, Hélène vaincus par la fatigue, allèrent au lit. On parla doucement. Marie et Yvette, en sympathie, promirent de se revoir.

Jean servit la « goutte » et on bâilla, en batterie, rattrapé par le sommeil.

Enfin Théodore raccompagna Marie. Ils s'aimèrent sur le lit de feuilles sèches – sans évoquer la semaine écoulée parce que les mots, parfois, ont le pouvoir d'assombrir les souvenirs – jusqu'à ce que le froid les chasse.

Peu de monde circulait sur le quai. Des femmes, des vieux surtout, en l'absence des hommes de vingt à quarante ans, s'en allaient vendre les volailles aux foires de Cheyssac, de Bort-les-Orgues. Mars figeait un paysage de cire blanche. Sur le trottoir longeant la voie, chacun piétinait inlassablement, le nez caché derrière d'épaisses écharpes.

Sa valise installée dans le porte-bagages, ainsi qu'un sac bourré de victuailles, Théodore redescendit embrasser les Gandon au complet. Marie, blottie dans ses bras, ne le quitta plus. Le chef de gare, déjà, claquait les portières. Echart, comme promis, était là, vieillard ingambe, planté dans son attitude habituelle de vieil arbre indéracinable. Après avoir longuement serré la main de son jeune ami, il glissa un billet de cent francs dans sa poche, d'un signe imposa le silence et s'écarta.

Cette fois encore, tout semblait être dit. Les regards se

croisaient, de maigres sourires mettaient en relief la tristesse des visages. Dans quelques secondes la longue attente commencerait.

Le coup de sifflet sortit tout le monde de sa léthargie. Théodore claqua la portière, fit glisser la vitre, baisa les yeux rougis de Marie grimpée sur le marchepied. Le train quitta le quai.

— N'oublie pas, tu as promis d'aller visiter Titou ! cria-t-il, la voix coupée par les sanglots. Tu lui liras mes lettres, au besoin, n'hésite pas, invente.

10 février 1917

Je pleure en silence. J'ai dans le corps plus d'eau que de sang à verser, de cœur que de tripes à offrir en pâture. Face à moi le champ de bataille mâchuré, dégradé mètre après mètre, détrempé à perte de vue, retient toutes les larmes des soldats vivants ou morts. Français et Allemands attelés au même supplice.

Il y a si longtemps que je cours devant la mort ; je sens son souffle me glacer la nuque, j'entends son ricanement. Que de fois la camarde sur le point de m'attraper s'est miraculeusement détournée de moi. Brisé, je n'ai plus ni bras ni jambes ; je voudrais m'endormir et rêver d'amour jusqu'à la fin des temps.

Marie, ton visage danse dans ma mémoire, tu m'appartiens, je suis à toi. Tes yeux, ton corps, ton odeur m'obsèdent à en crever. Tu m'as fait homme, je t'ai faite femme. Alors je hurle ma jeunesse gâchée à la face de ces monstres.

6

Marie s'était assise près de la fenêtre. Un soleil chétif baignait la cour détrempée de la Grand-Combe. La fin de l'hiver se dessinait, chaque jour plus précise. Le fils Colignon, grièvement blessé à une épaule en Champagne, avait été démobilisé. Son bras gauche resterait gourd le restant de sa vie ; malgré cela, Guy estimait s'en être tiré à bon compte. Ses parents, Irène, Prosper en furent heureux, il ne repartit pas. Louis Gandon, quant à lui, promu adjudant, pleinement investi de sa mission, caracolait en tête de son peloton, vaillant, volontaire, ne doutant pas un instant de l'esprit patriotique de ses hommes.

Théodore espérait. Le monde, ces derniers mois, avait connu de sérieux chamboulements qui laissaient entrevoir une possible fin du conflit à plus ou moins court terme. Les Etas-Unis étaient entrés en guerre aux cotés des Alliés, en Russie les bolcheviks avaient pris le pouvoir. Le 7 novembre, Théodore notait dans son journal : « *Le pouvoir, c'est le peuple ! Prenant enfin conscience de notre puissance, unis, nous pouvons déplacer les montagnes, puisque nous sommes ces montagnes.* »

Clemenceau, nouveau président du Conseil, battait la semelle sur le front, déclarant chercher une solution pour une paix rapide. Mi-décembre, la Russie soviétique signait l'armistice de Brest-Litovsk. L'espoir allait grandissant, chez les poilus, dans les familles.

Début 1918, les Allemands alignaient encore cent soixante et onze divisions capables de tenir les premières lignes. Le front était toujours en feu. Le conflit s'empêtrait et, à l'image d'autres bourgades et villes industrielles, Champagnac grondait à l'unisson.

Les puits Madeleine, Pochat, Chambelève, le carreau de Hydes recensaient un nombre considérable de jeunes hommes disparus ces trois dernières années, victimes du dédain des puissants et de l'égoïsme des profiteurs. L'indignation se généralisait chez les plus démunis. La grogne s'amplifiait à la mine et la direction redoutait une révolte générale. A Paris, les métallos de chez Renault avaient ouvert la voie, faisant grève en mai et juin, suivis par les ouvriers des usines Salmon et Dietrich. On s'était battus à Saint-Ouen, à Pantin, à Issy-les-Moulineaux, à Malakoff, où des civils payèrent de leur vie. Plusieurs manifestations sur les Champs-Elysées, en direction du ministère de l'Armement, provoquèrent l'évincement du préfet de police. Un vent puissant que soufflait la classe ouvrière filait sur les pavés des grandes villes et menaçait d'atteindre les campagnes.

A l'entrée des puits de Champagnac, quelques mineurs, plus déterminés que d'autres, tentèrent bien d'imposer l'idée de la grève, mais les récriminations, pourtant à leur comble, faute de meneurs, ne débouchèrent sur aucun mouvement de masse. Attitude sans doute contrecarrée par une rumeur assassine qui bientôt occupa toutes les pensées. « Les Américains présents sur le sol français remplaceraient les ouvriers grévistes, qui seraient renvoyés aux tranchées. » Champagnac fut plongé dans l'expectative. Ebranlés, les mineurs reculèrent, le spectre de la grève partit en déliquescence. Cependant, Echart rassurait les ouvriers :

— Ne désespérez pas, leur disait le vieil homme, vous avez semé plus que le trouble dans les esprits. Faites montre de patience et de réflexion, votre isolement ne durera pas. Une grève, une révolte ne peut aboutir sans avoir été longuement préparée. Pour l'heure, mangez votre pain noir, et songez qu'un jour vous serez plus décidés qu'aujourd'hui.

C'est Marie qu'il fit prévenir le première. Marie qui accourut et se rendit tous les jours à son chevet.

Echart s'était levé comme les autres matins, dès six heures. La rentrée scolaire allait avoir lieu et il avait accueilli quelques femmes venues inscrire leurs enfants. Toutes s'étaient étonnées de l'état de fatigue du « directeur ». Le déjeuner terminé, il avait rejoint son canapé avec l'intention de faire une sieste d'une heure. C'est là, dans l'après-midi, que madame Bosson, belle-mère de Raymond Vergne, l'avait découvert couché sur le côté, geignant, le bas du corps paralysé.

— Paraplégie ! Par chance, il conserve ses facultés mentales et l'usage de la parole, déclara le docteur Esémart.

— En effet, hurla Echart à son entourage, la tête marche et on m'entendra encore, je puis vous le garantir.

Quelques veuves et vieilles filles altruistes se firent un

plaisir de prendre en main le destin quotidien du vieil homme. Loin de s'en laisser compter, celui-ci ne mit guère de temps à retrouver son allant et mena sa maison, selon son habitude, à la baguette.

— Bricolez-moi des roulettes aux pieds d'une chaise et poussez de l'avant ! exigea-t-il. Je continuerai à enseigner !

Il n'en fut rien. Un jeune maître d'école, de retour du front, reprit la classe. Quentin Bellon, grand gars osseux de vingt-huit ans, rouquin, frisé, traînant une jambe raide, reçut un accueil mitigé. Après quarante-quatre ans de bons services, Echart sortait par la petite porte. Trop vite remplacé, cela déplut. Deux semaines plus tard arriva Constance Bellon, belle femme de vingt-cinq ans aux cheveux bouclés, abondants, noirs comme le jais et aux yeux clairs, remplis de lumière.

Désormais, l'existence de Valentin Echart dépendit des allées et venues d'une religieuse préposée chaque jour à sa toilette et de deux femmes recrutées dans le voisinage de l'école. L'une passait la matinée auprès du vieil homme, l'autre arrivait en milieu d'après-midi et s'en retournait une fois le bonhomme mis au lit. Par chance, il ne fut à aucun moment question de le déloger de l'appartement de fonction qu'il occupait depuis ses débuts. L'Académie, magnanime, consentit à octroyer un autre logement au remplaçant de celui qui, durant quatre décennies, fut, pour des générations d'enfants et plus tard de parents, craint et respecté sous le nom de maître Echart.

Etre doux, Bellon – il établit rapidement de bons rapports avec son prédécesseur, faisant de lui un allié – comprit qu'il devrait se montrer patient pour s'imposer.

Le 7 novembre 1918, Théodore consignait dans son journal :

Les Anglais ont anéanti l'armée turque à Megiddo. Les Austro-Hongrois, démoralisés par une désertion massive de contingents slaves, ont été vaincus le 25 octobre à Vittorio par les Italiens. Les Autrichiens ont signé l'armistice le 3 novembre à Padoue.

On se regarde et cela suffit pour sourire. Le bruit court que dans les alentours de Compiègne, dans la forêt de Laigle, Alliés et Allemands sont sur le point de signer la paix. Nous retenons notre souffle et nous nous gardons bien de commenter la nouvelle.

Armistice !

Bien avant les journaux, la radio tint le monde en haleine : « Le gouvernement allemand accepte toutes les conditions de l'armistice. » Dans le wagon-salon, stationné à Rethondes, on s'était appliqué la nuit durant à la rédaction des textes.

Le 11, en fin de matinée, à toute volée, les cloches, l'une après l'autre, propagèrent l'incroyable nouvelle. En un clin d'œil, les rues, les boulevards, les avenues, les places ruisselèrent de joie. On s'égosilla ; ce n'était qu'un hurlement. Rires et chants montèrent à l'unisson. Un hymne à l'amour résonna au banquet des puissants. De la plus grande ville au plus petit village, la France pavoisait balcons, façades et fenêtres. Toute la France levait la jambe et dansait. Par-delà les plaines, les champs, les montagnes le pays s'étreignait.

Devant la mairie, Francette serra Marie dans ses bras. Jean les entoura et ils pleurèrent tête contre tête, riant, tremblant. Ailleurs, claquemurée dans une cuisine, une femme pressa contre elle la photo d'un soldat. Appuyant son front au plateau de la table, un long cri sortit de sa poitrine. Dans le cadre, son fils était éternel.

Février 1919. Théodore titre la dernière feuille de son journal par ce seul mot : *Adieux*.

Combien de temps sera-t-il nécessaire à la terre pour retrouver sa souplesse ? Aux bois revigorés, leur splendeur ?

Je suis là pour la dernière fois, demain un train m'emmènera loin de mon passé, vers la caserne Werlé où je rendrai mon paquetage. Démobilisé, j'en ressortirai civil, libre d'aller, de parler. Mais ce soir, dans ma tête, retentissent les hurlements que poussaient les bataillons lancés à l'assaut, les détonations déchirantes des schrapnels, et demain, dans un an, dans vingt, je le sais, mêlées aux images, leurs résonances seront toujours aussi nettes. C'est le cadeau d'adieu de la France à ses survivants.

Je pleure mes peurs passées, d'avoir déjoué les pièges de la mort, et cloue au champ de bataille, nécropole dévastée, un ex-voto imaginaire dédié à la mémoire de Liqueur, Espinasse, Roule, Pons-Reuillac « héros de Verdun », mes camarades, qui versèrent « l'impôt du sang ». Ce soir, clairons alliés et bugles allemands retentissent en un seul écho : hommage rendu à près de neuf millions d'hommes disparus. Je vais rester debout toute la nuit, j'ai tant de monde à saluer avant mon départ.

7

— Prends une semaine et même deux, avant de descendre, la mine attendra encore un peu, va.

Jean avait tapé amicalement sur l'épaule de son fils, lui signifiant combien il comprenait ses difficultés à se réadapter à son ancienne vie. Puis il s'en était allé trouver Avette.

— Mon garçon a besoin de respirer après trois ans passés au front. Vous pouvez admettre ça, tout de même ! lui avait-il dit. Une dizaine de jours, diable, ne mettront pas la production en péril !

— Soit, six jours à compter d'aujourd'hui, pas un de plus. Au-delà, je considérerai votre fils comme ne faisant plus partie du personnel.

Avette avait ajouté d'un ton égal :

— Les ouvriers compétents nous font cruellement défaut, je ne vous apprends rien, Gandon.

Théodore profita de « ses » six jours pour visiter son monde, le plus souvent accompagné de Marie. Echart et Agénor furent les premiers à les recevoir. Puis Titou, puis ses compagnons, qu'il retrouva chez Monteil. Blaise Jacquelin – Tête Molle – et Dagobert étaient également là, ce dernier sain et sauf. Cela faisait plaisir de revoir son doux visage souriant. Lui aussi profitait de quelques jours de repos, avant de replonger au fond de la terre, du coté de Chambelève. Louis, désormais soldat de métier, manquait à l'appel. Un engagement qui ne surprit personne. Muté aux dragons de Saint-Etienne avec le grade de sous-lieutenant, il fit, plus tard, de passage à Champagnac, une fête digne de son rang.

— C'est un monsieur, à présent ! déclaraient à qui voulait l'entendre Jean et Francette, rassasiés d'orgueil.

Théodore retrouva la salle des pendus, les grasses poussières et les odeurs de terre humide. Il réapprit à regarder où poser ses pieds, parcourant les différentes veines et le travers-banc. Morose, sans le moindre entrain, il filait par les galeries et parfois devait s'arrêter, certain de voir arriver Guillaume, le palefrenier, à la tête de ses chevaux, ou Marius se dandinant sur ses courtes pattes. Vite, il détalait jusqu'au front de taille s'abrutir de travail.

Un soir d'avril, Echart suggéra à son jeune ami de rassembler ses écrits de guerre, qu'il conservait pieusement dans le tiroir de son secrétaire, et de les faire parvenir à un éditeur parisien. Les deux hommes étaient installés sur le pas de la porte, le temps s'y prêtait. Avril couvait les prémices du printemps. Depuis sa chaise roulante, le vieux bonhomme guettait les réactions de Théodore.

— Barbusse l'a fait et ce qu'il raconte est bougrement bien, dit-il à mi-voix. D'autres le feront aussi, sans doute. Pour moi, me retremper là-dedans est au-dessus de mes forces. Moi qui rêvais de poésie…

— Peut-être as-tu raison. Laissons ça de côté.

Ils se turent.

Un peu plus tard, alors que la fraîcheur se faisait sentir, ils virent apparaître en haut de la rue les silhouettes filiformes de Quentin et Constance Bellon. Le couple descendait d'un pas tranquille, les bras encombrés des courses du soir. Quentin se découvrit, parvenu à hauteur des deux hommes, puis s'arrêta et leur tendit la main.

— Bonsoir, jeunes gens, répondit Echart. Alors, comment cela se passe-t-il à l'école, les mauvais élèves font-ils toujours tourner le maître en bourrique ?

— Ma foi, ils ne s'en privent pas, reprit Bellon. Surtout le petit Ameil.

— Ah ! celui-là, s'il a le caractère de ses frères, les punitions n'auront aucun effet ! L'unique moyen d'en venir à bout est de faire ce que je faisais : commencez par engueuler la mère. La brave femme a la taloche facile et c'est elle qui dérouillera le morveux.

La conversation se poursuivit ; Théodore et Constance, en retrait, de temps en temps croisaient leurs regards. Constance était une très belle femme avec sa masse de cheveux imposante, un visage tout en finesse, des lèvres ourlées et deux agates ambrées chevauchées par de longs cils noirs. Malgré l'épaisseur du manteau, l'étroitesse de ses hanches se remarquait, ainsi que la corpulence de sa poitrine. Mais, par-dessus tout, Constance Bellon fascinait Théodore par cet air désinvolte qu'il ne lui avait jamais été donné de constater chez quiconque à ce jour et qui, selon lui, ne pouvait être qu'inné chez les êtres subtils.

« Je plains Bellon, pensa-t-il, accaparé par tant de charme et de grâce, cette femme n'est pas à sa place parmi les paysans et les mineurs, elle est taillée pour la ville, pas pour la campagne. »

Ils se souhaitèrent une bonne soirée et Théodore poussa Echart à l'intérieur, où il demeura le temps que le vieil homme avale son dîner. Puis il rentra, songeur. La rencontre avec Constance – sa présence, sa féminité, cette façon si exceptionnelle qu'elle avait de transformer le moindre de ses gestes en un acte aérien et plaisant – occupait ses pensées.

Les équipes reconstituées, les cadences augmentées – quasiment du simple au double –, devinrent difficiles à tenir, obligeant chacun à se lancer quotidiennement un véritable défi physique. Jean, Lech et Vladimir, de l'ancienne génération, furent déclassés. Ils allèrent rejoindre Jeanjean dans le travers-banc, où leur travail consista à pousser les berlines.

— C'est la planque, pas vrai ? demanda Lech.

— Nan, ici on pousse du matin au soir, répondit Jeanjean.

Une poignée de nouveaux contremaîtres fut nommée. Venus du Nord ou de Decazeville, ils firent une entrée remarquée, appliquant les consignes à la lettre. Sommés par la direction « d'ouvrir l'œil et de ne faire aucun cadeau », ils agirent en véritables tyrans. Un certain Darieux, surtout, petit homme râblé, la trentaine, une tignasse toujours en épis, au langage graveleux. Lorsqu'il s'acharnait sur un ouvrier, son but n'était autre que de le rabaisser.

— Méfie-toi, lui dit un jour Théodore, tu joues à un jeu dangereux.

— Ce qui veut dire ?

— Que hors de la mine, tu n'es plus en sécurité.

— Je t'attends, Gandon.

— Je viendrai peut-être, Darieux, qui sait !

Théodore se renferma, devint irritable. Dagobert, transféré de Chambelève à Madeleine, perdit peu à peu sa jovialité, ainsi que Raymond Vergne sa gentillesse. L'ambiance tourna au vinaigre, on fit chacun pour soi. Au moment de toucher la quinzaine, tous exprimèrent leur déception ; les salaires ne correspondaient pas aux efforts consentis. Interpellé, Aimé Ladheuil leva les bras au ciel, signifiant son impuissance.

Chez Monteil les discussions s'orientèrent sur le syndicat – qualifié de fantôme –, auquel on réservait la plus grande méfiance. Bientôt il fut question de former des délégations, d'entrevues avec les patrons, de journées de huit heures, d'augmentation, d'embauche.

— S'il le faut, on ira jusqu'à la grève, comme nos anciens, en 1895 !

Théodore avait lâché le mot présent dans tous les esprits. Bien qu'elle parût inévitable, la majorité demeurait sourde encore à l'éventualité d'une telle action. Théodore menait la meute, loin devant.

— Tôt ou tard, nous devrons en passer par là, assénait-il régulièrement, sachant que l'idée mettrait du temps à faire son chemin.

Mai allongeait ses journées. En soirée, à la fraîche, on se prélassait sur les devants de porte. Marie était heureuse, Théodore parlait de mariage. Finalement, la date du 9 août fut fixée. Florette et Camille Saulieux feraient le voyage depuis Salon-la-Tour et logeraient chez les Gandon, où ils occuperaient la chambre de Louis et Théodore.

— Mais, d'ici là, nous aurons trouvé une maison, affirma Théodore.

8

Marie retenue à la Grand-Combe, Théodore partit seul ce dimanche après-midi. Parcourir les chemins était une habitude qu'il prisait particulièrement depuis son retour de la guerre. Soudain projeté dans un univers de paix et de beauté, foulant des espaces ouverts à l'infini, il ressentait l'étrange sensation de tenir le monde à bras-le-corps et d'être à la veille de grandes réalisations. Juin restituait les couleurs définitives de l'été et un vent léger virait à sa guise, porteur des premiers parfums. Des merisiers embaumaient une allée étroite, où des jonquilles s'affolaient en bouquets le long du parcours. Montant vers les bois, l'allée débouchait sur un belvédère rarement fréquenté par les promeneurs. Théodore s'y engagea, songeant qu'il n'était pas venu là depuis des années. Raide dès le départ, la côte s'essoufflait en un faux plat à l'approche de la plate-forme sur les derniers mètres.

Une femme s'y trouvait, face au panorama, assise à même l'herbe. Constance Bellon, dont la chevelure noire brillait aux feux de l'été. Théodore marqua un temps d'hésitation ; surpris, il se sentit rougir comme un coupable. « Si quelqu'un nous voyait, il pourrait penser que nous avions rendez-vous ! » se dit-il. Constance se retourna, le reconnut, lui sourit.

— L'endroit est magnifique, n'est-ce pas ? fit-elle tranquillement.

Théodore ne sut que répondre. Une irrésistible envie d'aller s'étendre auprès de Constance s'était emparée de lui. Déjà un brasier le consumait, une pulsion instinctive, dont il ne mesurait pas la puissance. Prendre Marie dans ses bras, assouvir l'indicible désir, avait demandé une si grande patience qu'il ne parvenait pas à comprendre aujourd'hui cet élan extraordinaire qui le poussait à vouloir posséder immédiatement Constance.

C'est elle qui se permit le premier geste : assise sur le flanc, une main tendue, enjoignant ce visiteur de s'installer à ses côtés. Le buste droit – le gris de ses yeux reflétait une imperceptible ironie –, Constance manœuvrait, sûre d'elle, opposant ses connaissances de la séduction à la candeur. Quelques mois s'étaient écoulés sans qu'une seule fois la jeune femme se sentît heureuse à Champagnac. En réalité, femme de devoir, elle se morfondait en compagnie d'un homme diminué physiquement qui, de surcroît, ne manifestait d'autre ambition qu'une vie paisible, vouée à l'enseignement primaire dans une modeste bourgade.

— Longtemps encore, il y aura des sauvages à civiliser ! disait-il en riant.

Issue des Dupré-Lignon, lignée ancestrale dans laquelle se défiaient de génération en génération industriels, magistrats, calotins et militaires, Constance, promise à une union brillante, s'était – non sans un plaisir rebelle – détournée des injonctions paternelles et avait épousé ce qu'il était convenu d'appeler un « boursier », lauréat de Normale supérieure. Elle avait cru en l'amour aveugle, suffisamment pour s'estimer capable de vivre dans le sillage d'un mari qu'elle s'était choisi sans avoir à le regretter jamais. Mais depuis son retour du front – après de longs mois d'hospitalisation –, Quentin affichait l'image éculée d'un individualisme forcené, en proie à d'insurmontables doutes. Tout plan de carrière balayé d'un geste, il agissait en homme défait et sa mutation en région « reléguée », d'où tout projet d'élévation sociale était exclu, précipitait davantage le couple aux confins de l'indifférence.

Plusieurs fois, déjà, Constance avait eu envie de rentrer au bercail, où le clan protégeait de l'ennui et de la médiocrité et où l'argent offrait bien des avantages. Mais, l'orgueil surmonté, réintégrer le giron familial était s'avancer en repentante, donner raison à ceux qui, dans le passé, l'avaient raillée et confesser son échec. N'irait-on pas jusqu'à lui dire, le menton relevé, d'un ton cinglant : « Dorénavant, après être descendue si bas, te caser ne sera pas simple ! »

Qu'était donc devenu Quentin Bellon, depuis son retour de guerre ? Un homme aux multiples blessures, campé sur les apparences, cassé. Une partie de la cuisse droite, l'aine et le bas-ventre emportés, il n'était plus qu'une ombre, un gars vidé de toute ambition, dépourvu de sa virilité. Hier, jeune paon prometteur, aujourd'hui broyé, Quentin rentrait la tête sous l'aile.

Le soleil pointait au zénith, un grand calme coulait sur les plateaux propices aux événements les plus inattendus. Théodore s'allongea. L'herbe était épaisse, sa fraîcheur apaisante. La main de Constance glissa sur son front, remonta sa mèche. Théodore ne broncha pas non plus lorsqu'elle se pencha sur lui et posa ses lèvres sur les siennes. Il ferma les yeux, raidit son corps comme une écorce, frissonna. Ses mains agrippèrent des touffes d'herbe, son souffle désordonné redoubla. Il ouvrit les yeux un instant, au-dessus de lui un ciel immense chavirait. Sauvage, maladroit, il bascula Constance sur le dos.

Elle resta étendue, les cheveux étalés dans les mousses printanières, les yeux clos, silencieuse. Son corsage ouvert, ses seins baignaient dans la chaleur de juin. Elle semblait sommeiller, heureuse. Théodore demeurait ébloui, dévoré par l'envie de l'aimer encore. Soudain, il eut l'impression que la vallée se faisait l'écho de ses actes. C'est une fois debout qu'il comprit que personne ne l'approuverait. Mais était-ce ce qu'il cherchait ? Pour l'heure, non. Il aimait Constance à en mourir et un terrible constat s'imposait : Marie, malgré toute l'affection qu'il éprouvait à son égard, n'avait été qu'un prétexte à ses émois d'adolescent, une solide raison de vivre le temps qu'il passa à la guerre, et le mariage une suite logique aux années traversées ensemble. Mais il voyait clair à présent et découvrait au bon moment qu'en amour aucune logique ne tenait devant les sentiments. Quelle tournure prendraient les événements désormais ? Dans l'immédiat, Constance rentrerait retrouver son mari, il rentrerait chez ses parents, Marie l'y attendait, mais demain ?

Il retourna se blottir contre la jeune femme. Elle roula si près de lui qu'ils furent instantanément envahis par une douce chaleur fauve.

— Nous n'avons ni toit ni endroit pour nous voir, comment ferons-nous ? souffla Théodore.

— Devons-nous nous revoir ? En rester là serait plus

sage. L'un et l'autre garderions un souvenir unique, merveilleux. Tandis qu'une relation nous obligera à faire du mensonge un allié incontournable, qui à la longue risque de nous détruire.

— Je veux bien en prendre le risque, ça vaut la peine. De toute façon, ne plus te voir me rendra fou.

Ils s'immobilisèrent, fiéveux, le corps haché par le plaisir répété, la tête vide de toute réponse. Puis le soleil déclina, l'horizon se chargea d'une nacre éclatante, ils durent réajuster leurs vêtements, remettre leurs chevelures en ordre tenter de paraître irréprochables et se séparer.

— Je veux te revoir demain, fit Théodore, la voix étranglée par l'émotion.

Constance eut un petit sourire, promena ses doigts d'une extrême finesse sur la joue de son amant et répliqua :

— Que préfères-tu, que je me lasse ou bien que je te désire ?

— Quelle question !

— Alors, laisse le temps décider à notre place. Tu verras, l'imprévu transforme les rencontres en des moments sublimes.

Constance disparut dans l'allée ; déjà, Théodore crevait d'ennui. « Bon Dieu, comment est-ce arrivé, qu'est-ce qui me tombe sur la tête ? se dit-il hagard. Comment tout ça va se terminer ? Marie... Qu'est-ce que je vais dire à Marie ?... »

En contrebas des passereaux trissaient en se pourchassant. Merveilleusement profilés, ils plongeaient comme des traits en jouant à glisser leurs ailes dans les courants. Rien n'était plus beau que de les voir tracer de larges courbes, disparaître au-delà du versant, puis resurgir plus bruyants, plus gracieux encore.

« J'envie ces oiseaux, songea Théodore, ils ne pensent qu'à l'amusement, aucune notion de fidélité, aucune question, c'est ça la vraie liberté. »

Au retour, il fit une halte à l'estaminet. La présence de quelques amis, de Jeanjean et de Mario en particulier, lui rendit un peu de courage. Les deux compères voulurent l'entraîner dans une partie de dés, mais Théodore refusa, prétextant l'heure tardive.

L'idée de rendre visite à Echart et de tout lui raconter lui traversa l'esprit, mais il n'en fit rien, réalisant que cet ultime détour n'avait d'autre but que de retarder encore le moment où il devrait affronter le regard de Marie. Il rentra.

Elle était en compagnie de Francette et Jean. Tous les trois attablés commentaient la situation de ces jours derniers. Théodore en fut ravi. Profitant de l'aubaine, il envenima la conversation en affirmant tout mettre en œuvre afin qu'aboutisse la grève. Jean, d'accord sur le fond avec son fils, regretta d'être obligé d'en arriver là, mais admit qu'il n'existait d'autre solution pour se faire entendre. Le dîner se déroula émaillé de quelques éclats de voix. Francette trouvait à redire sur « ces hommes qui ne pensent qu'à lever le poing quand ils ne lèvent pas le coude, incapables de raisonner et de s'arranger entre eux avec des mots ! »

— On ne dirait pas que tu as fait trois ans de guerre, pour en arriver là ! lança-t-elle à son fils, voulant avoir le dernier mot.

La nuit était fraîche. Ils marchaient en direction de la Grand-Combe, silencieux. Le chemin exhibait ses reliefs sous la lune. Marie aperçut – l'espace d'une seconde – le profil fermé de Théodore, identique à une pierre : gris et dur.

— Pourquoi es-tu si triste ? demanda-t-elle, c'est à cause de ce qui se trame à la mine, ou bien y a-t-il autre chose de plus grave dont tu n'oses pas me parler ?

— Qu'est-ce que tu vas chercher ? répondit-il d'un ton méprisant.

— J'espère que notre mariage n'est pas la cause de…

— Mais arrête, Marie, arrête… cria-t-il cette fois.

Elle se tut, paralysée, les larmes aux yeux. Jamais Théodore ne s'était adressé à elle de la sorte. « J'ai donc vu juste, se dit-elle, il me cache quelque chose de grave. »

La silhouette de la ferme se découpa dans la pénombre. Théodore, planté devant Marie, l'embrassa sur le front et s'en retourna sans un mot.

— Je te croyais plus courageux, Théodore Gandon ! lui lança-t-elle, trop parler est parfois mauvais, mais ne rien dire est souvent pire.

Théodore s'arrêta, baissa la tête, s'apprêta à lui répondre, mais finalement n'en fit rien. Expulsant une lourde bouffée d'air, il reprit sa route. De retour dans le bourg, il bifurqua pour aller rôder à proximité de la maison des Bellon. Les volets étaient clos, une lumière lointaine filtrait par les vantaux. Il imagina Constance, lisant assise dans un fauteuil, non loin de Quentin occupé à la correction de quelques copies.

— Une douce quiétude basée sur le mensonge, ricana-t-il à mi-voix.

L'idée lui vint alors de créer une diversion, comme de jeter une pierre dans les volets, juste pour le plaisir de troubler cette paix tronquée et peut-être apercevoir Constance. Mais il se ravisa, pensant, à juste raison, que ce ne serait pas elle qui sortirait sur le pas de la porte, mais Quentin. Et puis, Constance identifierait rapidement l'auteur de ce geste enfantin et plutôt que d'en être troublée, elle en serait affligée. Il fit demi-tour et s'enfonça dans la nuit.

9

Dans les semaines qui suivirent, la direction de la mine refusa catégoriquement de recevoir deux délégations de mineurs. Les tentatives de conciliation ayant échoué, Théodore ordonna – à titre de responsable des groupes clandestins (hors syndicat) – le repli sur les lieux de travail. Des débrayages de une ou deux heures par jour s'ensuivirent dans les différents puits. En partie privés de matière première, très vite, les carreaux tournèrent au ralenti. Une semaine s'écoula à ce rythme, durant laquelle la maîtrise se vanta de « tenir son monde ». Affirmation mensongère, qui encourageait les patrons à pratiquer l'attentisme, certains que l'usure viendrait à bout du mouvement.

Darieux fit irruption dans la veine Louise, Théodore et une dizaine d'ouvriers s'y tenaient, assis devant un casse-croûte.

— L'heure de la pause est passée, gueula-t-il, au boulot, nom de Dieu et gare aux traînards !... Vous ne voulez pas bouger ?... Très bien, alors vos noms ?

— Tu veux ma carte de visite ? marmonna un mineur.

On éclata de rire.

— Qui a parlé ? Qui ? hurla Darieux, courant de l'un à l'autre.

— Moi !

— Qui, moi ?

— Moi !

— Moi !

Des rires encore raisonnèrent dans le tunnel, puis chacun se tut, se leva et marcha sur Darieux. Se croyant en danger, le contremaître eut un mouvement de recul. Cédant à la panique, il bondit en avant, bras tendus, gesticulant, força le passage et s'enfuit, frappant au visage un jeune galibot qui perdit instantanément connaissance. Déjà, Darieux courait dans les galeries. La meute voulut se lancer à sa poursuite, mais Théodore la retint.

— Non ! Nous nous mettrions en tort !

Il fit silence quelques secondes avant d'ajouter, la haine dans les yeux :

— Ils ont cherché, je crois qu'ils ont trouvé !

La nouvelle de l'agression se répandit en un rien de temps, à midi le bassin dans sa totalité savait qu'un contremaître avait « lâchement » frappé un apprenti de quinze ans. Chaque poste débraya. Hommes, femmes, tous prirent le chemin des étangs, où Théodore, survolté, grimpé sur une berline retournée, harangua plus de six cents personnes.

— Hier exploités, menacés, humiliés ! Aujourd'hui frappés, demain la surproduction et le fouet ! Sommes-nous de ceux et de celles qui acceptent ? Ou bien, sommes-nous de ceux et de celles qui osent s'opposer ?

Un hurlement énorme de protestations emplit la clairière. La grève mise au vote, à treize heures tout travail avait cessé sur le site des houillères de Champagnac. La maîtrise se tenait à l'abri dans les bureaux, les ouvriers occupaient le terrain. Six cents poitrines scandaient : « Grève ! Grève ! Grève ! »

Echart jubilait. Théodore se montrait fin stratège. Il avait su attendre le moment propice pour s'emparer de la volonté de ses camarades puis l'enflammer.

— C'est du grand art ! Ce gamin en a dans le ventre. Ah ! que n'ai-je encore l'usage de mes guibolles, cette heure me verrait aux premières loges !

— Vous auriez bonne mine, dans votre carriole ! se moqua madame Valmon, voisine dévouée du vieil homme. Toutes ces histoires n'amèneront rien de bon, croyez-vous que les patrons vont s'abaisser devant une poignée de paysans ?

— Taisez-vous, vieille radoteuse, bien au contraire, l'heure du triomphe a sonné. Vous allez voir Carmaux, Decazeville, Saint-Etienne, les bassins du Nord nous suivre comme un seul homme. Les Russes n'ont-ils pas pris le pouvoir, en 17 ? Et qu'étaient-ils, sinon des paysans et des ouvriers ! Alors, nous croyez-vous incapables de faire de même ?

Madame Valmon partit d'un gros éclat de rire. Son opulente carcasse en trembla de haut en bas, ses petits yeux semblaient vouloir disparaître entre le gras de ses paupières.

— Vous alors ! réussit-elle à articuler.
« Grosse tourte ! » pensa Echart, vexé.

Marie apprit la nouvelle le soir, quand Edmond, de retour des courses, expliqua avoir trouvé Champagnac sens dessus dessous. Mais elle se moquait bien de la grève, préoccupée par l'attitude de Théodore à son égard. Tout de même, demain elle irait aux nouvelles chez les Gandon.

Molade, les ingénieurs et les agents de maîtrise – les « patrons » – savaient à quoi s'en tenir. Le fils Gandon, montré du doigt, reconnu comme agitateur social, propagateur de grève, devint l'ennemi désigné.

— La loi de 1884 reconnaît l'existence des syndicats, déclara Molade devant ses cadres, or, ici, nous le savons, ils sont inexistants. Nous voici donc les victimes d'un irresponsable, exerçant suffisamment d'influence sur ses collègues pour les entraîner à commettre les pires folies. Par conséquent, il n'est pas envisageable d'entamer le moindre dialogue avec un tel individu. Aussi, messieurs, dès demain, j'ai l'intention de faire appel à la force publique. Nous verrons si « nos » grévistes auront le culot de s'opposer aux gendarmes ! Je ne saurais tolérer un conflit semblable à celui que dut subir mon prédécesseur en 1895, c'est-à-dire trois mois de grève.

Le soir, si la plupart des femmes rentrèrent chez elle, les hommes demeurèrent en place. On s'organisa. Malgré la tiédeur de la nuit, des braseros s'allumèrent en plusieurs points et on ne se gêna pas pour arroser ce premier jour dédié à toutes les audaces. Théodore avait, durant l'après-midi, soutenu chaque piquet regroupant une vingtaine de compagnons mineurs, allant de Champagnac à Hydes sans ménager sa peine. Lui aussi passerait la nuit, debout, fier d'être là, présent parmi ce monde aux abois.

La nuit fut calme. Ravitaillés, les grévistes mangèrent et dormirent à tour de rôle. Vue du bourg, la campagne uniformément noire offrait un spectacle mystérieux, parsemée de taches incandescentes provenant des différents brûlots.

L'aube pointa, laiteuse d'abord, ensuite les feux du levant dégagèrent les traînes brumeuses d'août, faisant place à l'immensité d'un ciel sans fard. En milieu de matinée on informa Théodore d'une probable arrivée des forces de gendarmerie.

— Molade veut tester notre détermination, parfait ! s'exclama-t-il.

Vite, on dressa des barricades sur les routes de Mauriac et de Hydes, à partir de pierres et de matériaux courants, récupérés à proximité des puits, qu'acheminèrent Mario Lazari et d'autres, solidaires des mineurs. On réserva des cailloux de petit et de gros calibres, on s'arma de gourdins et de pics. L'attente commença. Le clocher venait de sonner les douze coups de midi lorsqu'on perçut le pas de plusieurs chevaux. Perchée en haut d'un chevalement, une vigie confirma la présence de neuf gendarmes montés sur la route de L'Hôpital-Hydes.

— Le premier pandore est pour moi ! fit valoir Jeanjean, exhibant un lance-pierre.

— Pas de ça, s'énerva Théodore, tu veux qu'ils se servent de leurs fusils ? Balance autant de pavasses que tu voudras, mais range-moi ton outil.

Les cavaliers stoppèrent une vingtaine de mètres en avant de la barricade. Un lieutenant, commandant le peloton, mit pied à terre et, réajustant son ceinturon, avança jusqu'au mur de pierres.

— Messieurs, dit-il sans détour, je vous donne une heure pour dégager la voie, lever les piquets de grève et permettre à ceux qui en ont le désir de reprendre le travail. Passé ce délai, nous emploierons la force.

— Lieutenant, répliqua Théodore, notre intention est de ne pas bouger et autant que vous le sachiez, nous sommes déterminés à aller au bout de nos possibilités. S'il le faut, nous nous battrons !

L'officier considéra Théodore avec circonspection, puis lâcha avant de faire demi-tour :

— Une heure.

Constance Bellon sortit de chez elle après déjeuner. Il faisait chaud, des brumes de chaleur voilaient les collines au sud. Constance ne se sentait que peu concernée par les fondements de la grève, aussi évita-t-elle le centre du bourg où des rassemblements avaient lieu et se faufila par la coursière grimpant aux communaux.

Parvenue dans la forêt, la décrue de la lumière, la souplesse de l'humus sous ses pas, l'apaisa de l'ennui qui lui pesait sur le corps depuis le matin. Constance aimait la campagne qu'elle considérait comme une découverte tardive, à contre-courant de ses goûts habituels. Elle prenait conscience peu à peu de ce que la terre, les feuilles, l'herbe, l'eau et les bois produisent une énergie positive pour tout être vivant à la verticale du ciel, et que du verdoiement environnant dépend le calme de l'âme. Elle déboucha sur les communaux, une brise fraîche glissa sur son visage, dans les hauteurs du pré une flore éclatante bordurait les haies de fragiles noisetiers bercés par un vent plus robuste. Des vaches paissaient, massives, tranquilles. Constance eut une pensée pour ces peintres naturalistes, dont les œuvres pendaient aux murs des couloirs et des salons de son enfance : des gerbes de blé en faisceaux, alignées, dégageaient des ombres crépusculaires, des hommes figés dans leurs gestes de faucheur, ou encore des immensités vertes, tachetées de jaune et de rouge, trempées d'un soleil ardent.

« Comme c'est drôle, se dit-elle, je détestais alors ces ambiances bucoliques, cela me paraissait si lointain de ce que je vivais chaque jour. »

Marie se tenait à l'emplacement de ce qui autrefois avait été leur première maison, dont il restait une partie de l'armature effondrée. Le charme du préclos, le tapis de narcisses, rien ne retenait son attention. Les vaches pouvaient bien se perdre, quelle importance ! Seul Théodore comptait dans ses pensées. Il en serait ainsi jusqu'à ce qu'il consente à expliquer sa conduite de ces jours derniers.

Palou rentrait de sa ronde, agitant la queue : sans doute sa jeune maîtresse le féliciterait-elle, le troupeau était au complet. Mais quelqu'un d'étranger arrivait, une femme, qui osait entrer sur son territoire. Peut-être venait-elle s'en prendre à Marie, aux vaches ! Il s'élança, toutes dents dehors, grognant, aboyant, près à refermer son extraordinaire mâchoire sur le moindre bout de chair. Constance vit débouler l'énorme bête, arrêta sa marche, ouvrit de grands yeux horrifiés et, se voyant déjà morte, à demi-dépecée, hurla. Le cri sortit Marie de sa léthargie. Se dressant, elle rappela aussitôt Palou.

— N'ayez pas peur ! cria-t-elle à son tour, se portant à la rencontre de Constance, il ne vous fera aucun mal.

Palou fit le tour de l'inconnue, prit connaissance de son odeur, grogna, le nez sur ses chevilles, puis s'éloigna. Constance reprit son souffle, ses joues étaient en feu, la peur, installée en elle, avait creusé un énorme gouffre dans son estomac. La malheureuse citadine se tenait le ventre à deux mains.

— Je suis la plus stupide des femmes, dit-elle d'une voix faible, que suis-je venue faire ici, dans ce trou peuplé de grévistes et de chiens féroces ? Comme j'avais raison de haïr la campagne... Mon Dieu que j'ai eu peur...

Elles demeurèrent quelques secondes face à face. Marie souriait, Constance également, bien que toujours crispée. Elle s'en voulait maintenant d'avoir si vite cédé à la frayeur, à présent elle se trouvait un peu ridicule. A part sa haute taille, sa volumineuse toison – à en juger par la douceur de son regard –, ce chien n'avait pas grand rapport avec une bête féroce.

— Vous êtes madame Bellon, la femme du maître d'école ? demanda Marie, déjà certaine de la réponse.

— Oui, je suis Constance Bellon.

— Moi, c'est Marie Saulieux. Vous voilà en promenade ?

— Nous avons un si bel été... que... En fait, j'aime beaucoup me promener et...

Constance ne parvenait pas à rassembler ses idées. Toujours sous l'emprise de l'émotion, ses yeux allaient de la jeune bergère au chien. Tranquillement assis, Palou ne portait plus le moindre intérêt à cette étrangère, qui ne semblait guère plus dangereuse qu'un hanneton. Marie invita Constance à se reposer un moment sur la grosse pierre. Constance accepta volontiers, ses jambes tremblaient encore.

— Comme c'est agréable, vu d'ici.

— Moi, depuis le temps, je finis par ne plus rien voir. Mais il est vrai que le pays est beau.

Marie se tut, puis reprit :

— Vous avez de la chance, monsieur Bellon n'est pas mineur, il n'a pas à faire grève.

— En effet. Vous-même, votre mari est mineur ?

— Mon fiancé, je ne suis pas mariée, je le serai le 9 août !

— C'est très bientôt !

— Oui, mais au train où vont les choses !

— Pensez-vous que la grève puisse durer jusque-là ?

— Difficile de prévoir, je sais Théodore très déterminé.

Constance feignit l'étonnement.

— Théodore ?

— Oui, Théodore, mon fiancé. Théodore Gandon. C'est lui qui a mis le feu aux poudres. Depuis le temps qu'il en parlait, je n'en suis pas surprise !

Constance ferma les yeux. Etait-ce possible ? Théodore, son amant, celui-là même qui prétendait devenir fou s'il ne la revoyait pas ! Celui pour lequel elle s'apprêtait à prendre le risque de se perdre aux yeux de Quentin, dans moins d'un mois, serait marié à cette... délicieuse jeune fille ! A laquelle, peut-être – sans doute –, au fil des jours, se sentant en sympathie, elle se serait confiée, aurait fait part de ses difficultés à vivre avec Quentin et peut-être avoué sa faiblesse pour un jeune homme dont elle aurait tôt ou tard révélé le nom !

— Qu'y a-t-il, vous n'avez pas l'air bien ?

— Bien !... oui... non, le... le soleil tape fort et je... je vais vous laisser... Je vais rentrer chez moi...

Elle se leva.

— Nous nous reverrons sûrement, fit Marie, heureuse d'avoir une femme à peine plus âgée qu'elle à qui parler. Je visite souvent monsieur Echart ; le vieux maître d'école est le meilleur ami de Théodore, et comme vous êtes voisins...

— Dans ce cas... balbutia Constance, d'une voix de verre brisé.

Constance rebroussa chemin, à grandes enjambées atteignit l'orée de la forêt et s'évanouit sous la frondaison.

— Le lâche ! éclata-t-elle, dévalant la pente ivre de douleur. Je me suis donnée à lui parce qu'il me paraissait franc, honnête, parce que je crevais d'ennui, à lui, sur le point d'être marié. Je me suis donnée à ce... Il s'est bien moqué de moi !

Constance s'arrêta à bout de forces, étouffée par les sanglots. Elle appuya son épaule au fût d'un hêtre, la tête lui tournait. Elle leva les yeux, les feuilles, là-haut, mêlées aux rares coins visibles du ciel, accentuaient son vertige. « Moi, une femme mariée... Moi, une Dupré-Lignon, à ce... », souffla-t-elle. Puis, un long cri désespéré retentit dans tout le bois.

L'ultimatum arrivé à expiration, Théodore et ses compagnons avaient vu le lieutenant se remettre en selle et diriger sa monture vers l'entrée des bureaux.

— Il va prendre ses ordres chez Molade, avait-on dit.

Une demi-heure s'était écoulée avant qu'ils ne le vissent ressortir. Revenu près de ses hommes – les consignes données –, il mit son cheval au trot et vint se placer devant la barricade.

— Nous partons, pas assez nombreux pour tenter quoi que ce soit, votre patron est furieux. Donc, à vous la première manche. Mais ne chantez pas trop tôt victoire, nous n'étions là que pour essayer de trouver une solution à l'amiable ; dorénavant c'est à l'armée que vous aurez affaire. Je ne sais pas combien de temps ça prendra, mais je vous le garantis, vous céderez.

Le lieutenant tira sur la bride de son cheval et s'en alla reprendre sa place en tête du peloton. Maintenant, la route de Hydes était libre.

— L'armée ! Merde ! s'était-on dit alors.

— Penses-tu, encore de l'intimidation !

— Non, l'armée viendra, de la part de Molade c'est logique, il ne peut pas s'avouer vaincu.

L'après-midi s'écoula sans incident. Les piquets de grève restèrent formés, la maîtrise ne se montra toujours pas. Chacun se prépara à recevoir l'armée, avec la même appréhension. On savait, si l'affrontement avait lieu, ne pas pouvoir résister longtemps à une troupe entraînée et armée, venue casser une grève.

Théodore, fatigué, s'engagea dans les rues, mains dans les poches, les épaules basses, songeur. S'il avait pu deviner les patrons capables d'avoir recours à de tels procédés, sans la moindre tentative de dialogue préalable, jamais il n'aurait entraîné ses compagnons à débrayer. « L'armée, je connais, pensa-t-il, n'importe quel soldat couvert par sa hiérarchie est capable des crimes les plus ignobles. Surtout ceux qui viendront, des engagés, triés sur le volet. »

Il rejoignit l'estaminet de Jean Monteil. Tout comme chez Sauche, l'autre débit de boissons, il y régnait une grande agitation. Les tapis de belote disparus, les tables s'étaient couvertes de verres et de bouteilles. Derrière son comptoir, Jean Monteil s'épongeait le visage d'un coup de torchon, qu'il rejetait ensuite sur son épaule, visiblement satisfait de l'affluence. Théodore joua des coudes jusqu'au zinc et passa commande. Le vin frais lui fit du bien. Son père buvait en compagnie de Lech et Vladimir, à une table accotée au mur du fond, voisine de celle qu'occupaient Raymond Vergne, Mario Lazari et Dagobert. Théodore s'étonna de ne pas voir Jeanjean parmi eux. Aucune inquiétude particulière ne semblait marquer le visage des hommes ; ils blaguaient comme par un jour ordinaire.

Barier, ouvrier du puits Madeleine, entra. Ses petits yeux cherchèrent à droite et à gauche, un mégot froid tremblait à la commissure de ses lèvres, ses épaules rondes se dessinaient sous une chemise légère, imbibée de sueur. L'homme semblait affolé. La casquette vissée sur le haut du crâne, il fit trois pas en avant, les poings serrés.

— On me dit qu'il est ici ! gueula-t-il, cherchant à couvrir la rumeur.

— C'est pas chez moi que tu te saoules, mais c'est chez moi que tu viens foutre le bordel ! lança Jean Monteil, redoutant depuis la veille qu'éclate une bagarre dans son établissement. Qui cherches-tu ?

— Ben, Gandon, pardi ! C'est qu'y nous tombe une drôle de tuile sur la tête !

Théodore se fit entendre.

— Je suis là !

— On a barboté vingt bâtons de dynamite dans les hangars des boutefeux, raconta Barier.

— Bah ! ça arrive tout le temps, on sait bien que les braconniers se servent, fit un des hommes attablés.

— Ouais, mais d'habitude ça a lieu de nuit, cette fois quelqu'un a volé en plein jour, sous notre nez !

Silence.

— Il a raison, c'est bizarre, déclara Théodore perplexe, surveillez vos caves et vos cabanes de jardin, cette histoire pue l'embrouille !

Il sortit. A l'intérieur, l'air devenait irrespirable.

Le soleil déclinait. Un vent d'est se levait. Longeant la rue principale, une flottille de poussières tourbillonnait. Un train de nuages menaçants se formait au-dessus du puy de Charlus.

— Un peu d'eau nous ferait pas de mal, dit quelqu'un dans son dos.

Théodore redescendit d'un pas lourd vers le puits Madeleine. Dans la salle des pendus régnait un grand désordre depuis le débrayage précipité de ses compagnons. Godillots, sabots, chemises, pantalons, chapeaux, abandonnés, jonchaient le sol, les crochets pendaient allégés de leur charge. Une odeur aigre envahissait l'endroit. Il récupéra sa chemise maculée de tâches, la mit en boule, chercha sa musette parmi le désordre pour la fourrer dedans, ne la trouva pas et fit demi-tour, découragé. « Ce soir, quoi qu'il arrive, je dormirai dans mon lit », pensa-t-il.

Du monde se pressait devant et derrière la barricade en direction de L'Hôpital. Des grévistes, des curieux aussi. Théodore se mêla à eux. Le vol de la dynamite faisait l'unanimité : c'était un coup monté, qui tôt ou tard leur retomberait sur le coin de la gueule !

A sept heures, on vota, à main levée. A sept heures et demie, les résultats de Hydes comptabilisés, sur

562 votants, 21 s'étaient prononcés pour la reprise du travail, 541 contre. La grève reconduite, on établit les roulements des piquets pour la nuit.

Théodore pouvait rentrer prendre un peu de repos jusqu'au lendemain.

— Si tu cherches ton copain Jean-foutre, laisse tomber, lui dit Monzel, forgeron-mécanicien, venant à sa rencontre. Il en tenait une belle tout à l'heure et il est parti cuver dans quelque endroit !

Théodore eut un petit sourire.

Les rues se vidaient. Le ciel virait lentement du bleu au gris. La pluie s'annonçait. Il pensa à Constance, à ses seins magnifiques, à ses cuisses dorées, à sa fontaine de cheveux, à ses longues mains qui n'étaient que caresses, à ses yeux gris pleins de lumière dans lesquels il s'était si facilement noyé. Il se redressa, presque malgré lui. La fatigue semblait avoir disparu, son corps fourmillait de sensations. Son cœur cognait. Il aurait aimé l'enlever, fuir au bout du monde, disparaître sans explication, oublier la grève et ne plus penser qu'au bonheur de vivre pour elle.

Francette fut heureuse de revoir son fils. Il y avait de la fierté dans son regard : on allait leur montrer à ses riches !

— Je suis épuisé.

— Assieds-toi, la soupe sera vite prête.

Jean entra peu après et à son tour s'installa de bon cœur devant son assiette. Francette déposa sur la table un plat de pommes de terre au lard.

— Tant pis pour vous, c'est du réchauffé de midi, fallait être là !

Des pas résonnèrent dans l'escalier. Jean et Théodore se regardèrent, Francette s'arrêta, se dirigea vers la porte, attendit et ouvrit. Marie se tenait sur le seuil, pâle, le regard triste, les mains enlacées l'une à l'autre.

— Eh bien, tu n'entres pas ?

Marie entra.

Théodore avait terminé de dîner. Il se leva, par réflexe. Marie lui sourit. Il l'embrassa au coin des lèvres, lui offrit sa chaise.

— Tu mangeras bien un peu ? demanda Francette.

— Alors, tu as vu, notre Théodore, un vrai chef, hein ! clama Jean. Molade s'en rappellera des Gandon !

Il raconta les événements de la journée. En plus du vol de la dynamite, il y avait eu à Hydes au moment de voter une tentative de récupération, par de soi-disant syndicalistes, des grévistes de la « bande à Gandon ». Ces derniers refusant de se plier à des ordres venus d'ailleurs, une bousculade s'était ensuivie.

Théodore surveillait Marie. Elle écoutait, droite sur sa chaise. Son profil fuyait, de trois quarts. Sa jeunesse irradiait toute sa personne. Ses traits, d'une extrême finesse, exprimaient avant tout, pour qui savait regarder, une volonté chevillée au corps. Marie sortait à peine d'un apprentissage des plus difficiles : celui de la vie séparée de ses parents. Cette force en elle – conquise de haute lutte – ne pouvait l'amener qu'à vouloir réussir sa vie de femme. D'un autre style, Constance non plus ne manquait pas de caractère. Comment ne pas être saisi par sa beauté, ne pas être impressionné par la facilité avec laquelle cette femme semblait s'accommoder des situations les plus confuses ?

Théodore pourrait-il s'opposer à l'une et s'imposer à l'autre ? Il se sentait à cet instant perdre pied ; il sombrait, incapable de donner suite à ses idées.

L'heure tournait et il devait reconduire Marie.

Personne n'aurait compris qu'il ne le fît pas. Moment délicat, qu'il redoutait. Il se leva.

La nuit était légère, le chant des grillons montait des boqueteaux. Marie chercha la main de Théodore, qui la referma. A la Grand-Combe, tout comme la dernière fois, il fut tenté de l'embrasser à la sauvette et de s'enfuir. Mais elle le retint, plaqua ses lèvres sur les siennes sans qu'il trouve le courage de la repousser et se laissa enivrer par le goût délicieux de sa bouche.

— Je te sais tracassé par toutes ces histoires, fais ce que tu crois devoir faire, je serai toujours de ton côté, lui souffla-t-elle à l'oreille.

— Marie, il faut que…

— Pas ce soir, le coupa-t-elle, tu dors debout. Va vite te reposer, tu auras besoin de forces demain.

« C'est ça, pensa-t-il, je vais aller dormir, le sommeil est une douce fuite. »

Le préfet et les députés, alertés, ne bougèrent pas.

Les grévistes contrôlaient les accès à Champagnac. La gare sous bonne garde, ils surveillaient également la voie ferrée, sorte de ligne de démarcation entre L'Hôpital-Hydes et Bois-de-Lampre. Au pied de chaque puits, des hommes se relayaient. Des journalistes arpentaient le terrain. Depuis la veille, des journaux relataient les faits en première page. L'épreuve de force semblait devoir se poursuivre. Molade accepterait-il enfin de recevoir une délégation ?

Ce matin-là courut une rumeur comme quoi le 139e d'infanterie, associé à un escadron de dragons, était sur le point de rallier Champagnac. En un temps record, les chemins adjacents aux axes principaux, du plus large au plus étroit, furent équipés de câbles fins, tendus à quelques centimètres au-dessus du sol, dans le but, peu sympathique, d'entraver les chevaux. Conscient des débordements qu'un affrontement pourrait occasionner, Théodore se prémunit contre la violence extrême en faisant boucler, non sans mal, toutes les armes répertoriées comme dangereuses dont on disait vouloir se servir. Les hommes les plus vigoureux, envoyés dans les fermes, prospectèrent en abondance pains et pommes de terre. Méticuleusement, la résistance se mettait en place.

Il devait être dix heures lorsqu'une détonation souterraine retentit, figeant sur place hommes et femmes occupant les avant-postes de Madeleine. Un léger tremblement passa sous les pieds de chacun. On s'observa, sans comprendre, anxieux. Quelque chose de grave venait de se produire. Théodore avait compris, il annonça :

— Ne cherchons plus la dynamite, on l'a trouvée.

Un nuage de poussière s'échappa peu après par la gueule du puits. Le tourbillon fuligineux, pulsé avec force, s'effilocha jusqu'au faîte du chevalement. L'hébétude passée, tous convergèrent à l'entrée du puits. La cage affleurait, normalement. Le rail de guidage ne semblait pas avoir subi de dommage.

— Ça vient d'en dessous, je dirais de la première galerie !

— A moins cinquante ?

— Ouais, sinon le sol n'aurait pas bougé autant et la fumée ne serait pas remontée si vite !

— Il faut savoir, dit Théodore. Y a-t-il un ou deux volontaires pour descendre ?

Darieux arrivait en courant.

— Qu'est-ce qui se passe ici, j'aimerais bien savoir ?

— Nous aussi ! Mais je vais te dire le fond de ma pensée.

— Vas-y, tu m'intéresses, Gandon !

— Le salopard qui a volé la dynamite est le même qui a allumé la mèche.

— Tiens, on a volé de la dynamite, je l'ignorais.

— Et je pense que c'est toi.

— Tu m'accuses ? Où sont tes preuves ? questionna le contremaître d'une voix blanche.

Théodore se planta devant Darieux.

— Pour le moment, je n'en ai pas. Mais, explique-moi, quel intérêt aurait l'un d'entre nous à saboter une galerie ?

— Attends un peu, nous réglerons nos comptes plus tard, je vais d'abord descendre évaluer...

— Pas question, répliqua Théodore, je n'ai aucune confiance en toi.

— Dans ce cas, désigne deux gars qui m'accompagneront.

Théodore croisa les regards de Lech et de Vladimir. Ils s'avancèrent, encadrèrent Darieux.

— Allons-y, lâcha-t-il, ironique.

La cage disparut.

— Hier, je t'ai dit que Jean-foutre était parti cuver, marmonna Monzel dans le dos de Théodore.

— Oui, et alors ?

Le forgeron-mécanicien, ennuyé, triturait sa casquette, dodelinait de la tête.

— Ben, reprit-il, en fait, il est descendu roupiller dans la première galerie, une idée à lui, tu le connais, et... avec ce qu'il tenait, il en avait assez pour y passer la nuit.

— Merde ! Quelqu'un a vu Jeanjean, ce matin ? cria Théodore à la cantonade.

Personne ne l'avait vu.

— Qui était de piquet, cette nuit ? questionna encore Théodore.

Annet Ajalbert, gros homme débraillé, barbu, les cheveux hérissés, leva la main.

— Moi, Rolland, Antoine et Louis, mais…

— Mais quoi ?

— La vérité est qu'on s'est un peu rincé la pente et qu'on a dormi. Pas longtemps, non, une heure, tout au plus.

— Nous voilà bien avancés, si Jeanjean est ressorti, personne ne l'aura vu, pareil si quelqu'un est descendu !

Une demi-heure s'écoula. On s'était rassemblés au seuil de départ, le visage grave. Puis le câble se tendit sur la molette, le rail vertical trembla. La cage remontait.

10

— Je ne peux te retenir contre ton gré, Constance. Celui que je suis devenu ne peut intéresser une femme.

— Me pardonneras-tu, Quentin ?

— Comment pourrais-je ne pas te pardonner ! Ce que tu viens de m'avouer n'est pas une faute. Tu as cherché ce que jamais plus je ne pourrai te donner. La relation charnelle est naturelle. Elle est le plein équilibre entre deux êtres passionnément liés l'un à l'autre, un des fondements du bonheur, la paix de l'âme. Quel avenir pour toi, ici, avec moi ? Tu vois, le fait de ne pouvoir agir en homme viril m'a retiré tout sentiment de jalousie. De quel droit, n'étant pas capable de le lui offrir, refuserais-je le bonheur à la femme que j'aime ? Pars, Constance, et si c'est Gandon que tu veux, emmène-le.

Constance remonta la rue. Le soleil pointait au zénith, en partie dissimulé au-delà de sombres nuées. Les fruitiers, alourdis de leurs produits, s'épanchaient par-dessus les balustrades des jardins. Inclinés, ils présentaient leurs hommages aux passants. La moiteur de la veille, encore présente aujourd'hui, laissait prévoir un orage soudain. D'informes nuages noirs avaient fait de Champagnac leur port d'attache ; parfaitement immobiles, ils promettaient de crever avant la fin du jour.

Constance frappa à la porte de monsieur Echart.

— Entrez ! cria-t-il.

Une agréable fraîcheur nimbait la pièce. Les volets, clos à demi, diffusaient une lumière tamisée, dans laquelle Echat lisait la presse nationale.

— Quelle surprise ! Asseyez-vous. J'enrage, figurez-vous, aucun des journaux de Paris ne relate notre prise de pouvoir ! Cependant, notre supériorité est écrasante, nous occupons chaque poste-clé avec plus de six cents hommes dans nos rangs ! Cela dit, je ne m'attendais pas, de la part de nos ex-dirigeants, à une reddition aussi fulgurante !

Constance considéra un instant le vieil homme : avait-il perdu la raison ?

— Monsieur Echart, pardonnez-moi, mais je suis assez pressée. Je viens vous dire adieu, je m'en vais.

— Vous partez !

— Oui, il le faut, Quentin et moi sommes convenus de nous séparer. Je vous dis donc adieu, car je ne reviendrai pas. Mais, avant de quitter Champagnac, je voudrais vous confier cette lettre, que je vous prie de remettre à Théodore Gandon, dès que vous le pourrez. Me rendrez-vous ce service, monsieur Echart, dans la plus grande discrétion ?

— Soyez assuré de ma célérité et de ma... Théodore, dites-vous ?... Bien, je le ferais. Voyez, je la place en lieu sûr, dans ce coffret à serrure. Votre billet s'ajoute ainsi à d'autres, tous contenant des secrets de l'Histoire, chère amie. En effet, j'ai là-dedans quelques petites choses bien senties qu'il ne ferait pas bon voir tomber entre toutes les mains !

« Décidément, ce pauvre homme n'a plus toute sa tête », se dit Constance en le quittant.

Théodore se précipita au-devant des trois hommes.

— Jeanjean n'est pas avec vous ?

Lech et Vladimir, surpris, secouèrent négativement la tête. Théodore expliqua la disparition de leur camarade.

— C'est un tel chantier, raconta Lech, tout est bouleversé, des tonnes de terre, le toit et les parois ont été soufflés sur trente mètres. Il faudra deux ou trois jours pour tout déblayer.

— Par contre, j'ai trouvé ça à l'entrée de la galerie, dit Darieux, exhibant ce qui semblait être de la toile grossière.

— Une musette, reprit-il.

Le contremaître déplia la boule de toile qu'il serrait dans sa main. C'était une musette avec sa bretelle.

— Il y a des initiales à l'intérieur du rabat, fit encore Darieux : T.G.

Théodore se sentir pâlir. Etouffant sa colère, il parvint à dire :

— C'est la mienne ! Qu'est-ce qu'elle foutait en bas ?

— Il n'y a que toi qui puisses le dire, Gandon.

— Mais, nom de Dieu, je n'en sais rien ! hurla Théodore.

— Bon, bon, mais saboter une galerie est passible de prison, tu le sais ? Si, en plus, un gars est couché sous l'éboulement !...

— Tu ne trouves pas ça bizarre, toi ! De la dynamite

est volée, une galerie est effondrée et, comme par hasard, ma musette est retrouvée par un contremaître sur les lieux de l'explosion ! On voudrait me faire porter le chapeau, on ne s'y prendrait pas autrement.

— Mais cette musette est à toi, Gandon, pas à moi. Je ne peux pas faire autrement que d'en parler à monsieur Molade.

Darieux s'éloigna. Théodore s'était détourné. « Molade va appeler les gendarmes et ce soir je dormirai en prison. Je me suis fait avoir en beauté », songea-t-il.

— Fiche le camp ! lui conseilla-t-on.

— Vous n'y pensez pas ! Non, il me faut absolument prouver que je n'étais pas sur le carreau la nuit dernière !

— Tes parents pourront toujours témoigner que tu as dormi dans ton lit ! avança Lech.

— Bien sûr, mais seront-ils retenus comme des témoins de bonne foi ?

Théodore posa une main sur l'épaule du Polonais.

— Prenez des pelles et des pioches et descendez, il faut retrouver Jeanjean.

Il laissa passer un temps, puis ajouta :

— Je crois que la grève a du plomb dans l'aile.

La pluie arriva d'un coup. Une de ces pluies d'été, puissante et salutaire. Dès les premières gouttes la poussière éclata en petites fumerolles puis, très vite, des flaques se formèrent sur la croûte durcie par le soleil. De lointains roulements charriaient de lourds nuages noirs à la verticale de Champagnac. Après avoir longtemps menacé, le ciel déchargeait une sourde colère. Théodore s'arrêta, bras ouverts, les yeux clos. La tête rejetée en arrière, mesurant sa déception, il se laissa inonder.

Molade jubilait. Les gendarmes seraient là avant midi. Cette journée encore serait perdue mais, Gandon sous les verrous, la grève se briserait d'elle-même et les ouvriers regagneraient leurs postes dès demain matin. Trois jours sans extraction, finalement, étaient un moindre mal.

— Les salauds ! grommela Jean, ils mériteraient qu'on y foute le feu à leur putain de mine.

Francette pleurait. Le piège s'était refermé sur son fils comme deux mâchoires, d'un coup sec. Théodore, « fait aux pattes », n'avait d'autre solution que d'attendre.

— Je ne veux pas que les gendarmes viennent me cueillir ici, je vais aller devant la mairie, Dagobert me tiendra compagnie.

Il embrassa sa mère. Francette s'abandonna dans les bras de son fils.

— Ne t'inquiète pas, tôt ou tard on saura la vérité. Tu sais, on ne condamne pas les gens pour innocence, lui glissa-t-il à l'oreille.

— Je viens avec toi, fit Jean bouleversé.

Ils avaient enfilé un ciré noir. La pluie redoublait. L'eau ravinait les chemins, sur les bas-côtés l'herbe se tassait sous l'averse. Les chéneaux refoulaient un trop-plein d'eau chargée des déchets de végétaux que le vent rabattait sur les toits.

Comme prévu, les gendarmes des brigades de Saignes, Mauriac et Pléau arrivèrent aux alentours de midi. Renseignés, ils se rendirent directement à la mairie, où une centaine de mineurs grévistes se pressaient autour de Théodore.

Le fourgon cellulaire, tiré par deux chevaux, manœuvra pour se positionner, prêt à repartir. Des huées isolées s'élevèrent, puis le cercle se referma autour de la soixantaine d'hommes en uniforme. L'affrontement se préparait. Quelques-uns des grévistes empoignèrent le fourgon, le secouèrent. Les injures fusèrent. Les chevaux piétinèrent, se cabrèrent, affolés. Les cavaliers, l'arme en bandoulière, restèrent de marbre. Le chahut cessa subitement, on emmenait Théodore, menotté. Tenu par deux gendarmes, il s'installa sur la banquette de bois, tête haute. Une clameur s'éleva aussitôt en signe de désapprobation.

Craignant pour leur sécurité, les gendarmes firent tourner leurs chevaux sur place, puis, sur un signe de son chef, le cocher lança l'attelage. Le pas des bêtes creusa la terre boueuse. La pluie abattait son fouet, cinglant les visages. Les uniformes gorgés d'eau brillaient d'un lustre d'apparat.

Soudain, au-delà de cette herse d'eau, plus de trois cents hommes débouchèrent au pas de course par la grand-rue, poings levés, scandant à l'unisson :

Gandon, innocent !
Gandon, innocent !

Une ruelle partait à main gauche, le lieutenant donna immédiatement l'ordre de se mettre au galop. La troupe enfila l'étroit passage. Des pierres s'abattirent, atteignant les croupes et les flancs des derniers chevaux. La meute d'hommes ruisselante se précipita aux trousses des fuyards, la rage au cœur, la haine nichée au fond des gorges tremblantes. Gandon, leur ami, était emporté comme un vulgaire assassin.

La clameur s'estompa. Les mineurs, pris de vitesse, ralentirent leur course. Loin devant, la troupe cavalait. Ils n'étaient plus que des hommes abattus, détrempés et ridiculisés. Un seul piège, habilement tendu, avait suffi à les faire chuter. C'était fini. Une frénésie de justice les avait amenés à s'unir dans la lutte ; la démonstration de force n'avait pas eu lieu. Six cents hommes et femmes décidés, arrivés le cœur plein d'espoir, s'en retournaient les mains vides reprendre leur place. Face aux énormes enjeux financiers, ils ne représentaient rien, sinon des instruments, propriété du patron.

— Drôle de grève ! fit un ouvrier, on n'a même pas eu le temps d'avoir faim !

Il ne pleuvait plus, le ciel dégagé dévoilait les splendeurs d'un horizon lointain. Avec la fin de la pluie, une nouvelle page s'ouvrait sur la saison chaude. A l'air éthéré se mêlaient les parfums vaporeux de l'été. Champagnac, vaincu, rampait dans l'éclat du couchant. Seules d'infatigables hirondelles, criardes et ludiques, crevaient un silence de plomb.

Jeanjean réapparut ce soir-là, hirsute, crotté. Il poussa la porte de Monteil et entra comme s'il s'en revenait après une absence de quelques minutes. On fut unanimement heureux de le revoir vivant.

— Ben quoi, j'étais aux écrevisses, raconta-t-il, parti hier, à la nuit. Et puis la flotte m'a tenu planqué toute la journée dans un trou de la colline, et me voilà ! A part ça, quoi de neuf ? Y a pas un chat dans les rues !

— Oh, le con ! Il était aux écrevisses !...

— Faut prévenir l'équipe de déblaiement qu'on l'a retrouvé !

— L'équipe de déblaiement ?

On lui fit un résumé de la situation. Jeanjean écouta, but un verre de vin et dit :

— Nan, le gamin est pour rien dans cette histoire d'explosion. Celui qui a posé la dynamite ne m'a pas vu, mais moi je l'ai vu. Je m'apprêtais à remonter quand il descendait par l'échelle du bure. Il avait une lampe, j'ai pu voir sa gueule et aussi qu'il portait un sac sur le dos. Quand il est arrivé à l'entrée de la galerie, je me suis débiné, si je m'étais douté...

— Qui est-ce, nom de Dieu ? Dis-nous son nom !

— Mais qui veux-tu que ce soit ! cria Jeanjean excédé.

Déféré devant un juge d'instruction, Théodore, bien qu'il clamât son innocence, fut inculpé de sabotage et de destruction intentionnelle d'une galerie minière en cours d'exploitation. *Le Réveil de Mauriac*, ainsi que *Le Moniteur du Cantal* en firent leur gros titre. Transféré, Théodore fut incarcéré à la prison de Mauriac.

Il devait y séjourner quarante-quatre jours, durant lesquels le magistrat s'employa à rassembler une quantité de preuves susceptibles d'étayer sa culpabilité. Jeanjean, venu déposer, qualifié par le juge – sur dénonciation – « d'anarchiste doublé d'un alcoolique », fut considéré comme un témoin partial. De même Jean, Francette et Marie. Les uns comme parents du prévenu, l'autre comme future épouse.

Toute visite étant interdite durant l'instruction, un avocat remettait à Théodore des lettres de ses parents, de Marie et de nombreux compagnons lui signifiant une solidarité sans faille. C'est alors qu'Aimé Ladheuil prit sa décision. Le 20 août, Théodore purgeait son quarantième jour de prison, le contremaître s'habilla de propre et coiffa son chapeau. Dès sa descente du train, il se dirigea vers le palais de justice, où il fut entendu durant une heure par le juge Guillot. De retour à Champagnac en fin d'après-midi, il se rendit au bureau des contremaîtres et écrivit une lettre destinée à Théodore, qu'il posta. Puis, Aimé Ladheuil, déterminé, se rendit sur le carreau, contourna les billes de bois entreposées par centaines et, sans la moindre hésitation, à la poutrelle soutenant le pont-roulant fixa une corde et se donna la mort.

Le 24 août, Théodore, libéré, rentrait chez lui.

Francette sanglota de bonheur, son fils, reconnu innocent, se tenait devant elle, libre. Le cauchemar prenait fin. Ce fut un interminable défilé d'amis : on trinqua en commentant la grève et l'atroce mort d'Aimé Ladheuil. Aujourd'hui disparu, le contremaître laissait, malgré un caractère atrabilaire, des regrets. « Un brave gars, tout de même, disait-on de lui, qui n'a pas tiré le bon numéro. »

A l'heure du dîner, Jean remit à Théodore deux lettres, dont une de petit format. Agénor en était le signataire. Il exprimait en quelques lignes son amitié au « compagnon des tranchées », et le priait de passer le voir dès qu'il se sentirait la force de le faire. Puis, il décacheta la seconde.

Cher Théodore,

Me voici bien soulagé d'avoir été trouver le juge ce matin pour lui avouer tout ce que je savais sur cette sale histoire. La vérité est que le coup a été combiné par Darieux, qui a aussi volé la dynamite et saboté la galerie en secret de tout le monde. Mais c'est après que j'ai appris que ce salaud avait dérobé ta musette, dans le but de te faire accuser. J'ai mis du temps à réagir et je te demande pardon, mais dénoncer quelqu'un, même un individu comme Darieux, m'a toujours fait horreur. Molade devait être au courant de tout, vu qu'il se frottait les mains de te savoir en prison.

Finalement je me suis décidé quand j'ai compris que ça risquait de barder pour toi et que tu allais passer de longues années en prison à la place de Darieux. Ça, je ne pouvais pas le supporter. Voilà, Darieux va être arrêté, condamné et toi libéré. Mais le mal est fait, je t'ai laissé accuser, comme autrefois j'ai laissé mon petit se noyer. Pour moi c'est pareil.

Je suis un homme simple qui se donne des airs de méchant, mais dans le fond je suis bien faible et bien timide, pas fait pour les intrigues. J'en endure de trop sur cette terre depuis la mort de mon fils, comme tu le sais ma femme me tourne le dos et puis je n'ai pas d'ami. Je trouve mon réconfort dans le vin comme un vulgaire arsouille, et un jour la vieillesse serait venue qui m'aurait laissé sans personne. N'étant pas du côté des patrons, ne pouvant pas me ranger du vôtre, j'ai décidé d'être de nulle part. C'est mieux ainsi, mon geste me délivrera de tous ces démons qui me tenaillent. Ne me juge pas, je suis à bout, c'est mon choix. Il y a si longtemps que j'y pense, aujourd'hui je trouve la force de le faire. Donc je dis adieu à cette vie, mais toi il te reste à vivre la tienne, tâche d'en faire meilleur usage. Garde un bon souvenir de moi, là où je vais j'emporte le tien. Et puis, tu sais, peut-être que dans l'autre monde je vais retrouver mon petit François et qu'il me pardonnera.

Adieu mon garçon. Ton ami, Aimé Ladheuil.

Bouleversé – deux larmes creusaient son visage –, Théodore déposa les deux feuilles sur la table, lança un regard désespéré à ses parents et se retira dans sa chambre. Assommé par l'incroyable confession, il s'endormit.

11

Le lendemain, Théodore s'attendait à être appelé par Molade ; il n'en fut rien. Il chôma sa journée, obsédé par le souvenir de Ladheuil. Août flambait. Cependant, les lourdes chaleurs de juillet disparues, une température plus fraîche indiquait déjà la fin proche des beaux jours. Les feuilles frissonnaient – quelques-unes jaunissaient – chahutées par une brise légère. Dans les prés, un camaïeu de fleurs aux couleurs vives et chaudes tachetaient les herbes grasses. Les regains détonnaient, d'un vert dense, sans nuances. Le ciel s'ouvrait à l'infini, sitôt formés les nuages étaient comme par enchantement chassés. Champagnac filait son train de bourg besogneux.

« Marie n'est pas venue, hier », pensa Théodore. Les événements ces temps derniers avaient pris tout le monde de court, le 9 août – date de leur mariage – dépassé, il ne vint à l'idée de personne d'en parler. Mais il le savait, encore quelques jours et il devrait affronter de nouveau la réalité. Comment cela tournerait-il, alors ? Il chassa la question de ses pensées et remonta vers l'école. Son espoir était grand d'apercevoir Constance. Profitait-elle des dernières belles journées, alanguie à mi-chemin entre l'ombre et la lumière ? Il allait la découvrir, superbement habillée d'une robe légère, au détour des bosquets bordant le jardin de la maison. Pas un jour ne s'était écoulé sans qu'elle ne lui apparaisse dans sa cellule sombre et exiguë : magnifique, resplendissante, si forte et pleine de vie, ses longs cheveux divaguant sur ses épaules dénudées.

Les volets clos, les plates-bandes négligées indiquaient une maison fermée. Sous le tilleul, les chaises avaient été basculées contre la table ronde. Que signifiait cet abandon ? Théodore s'arrêta à hauteur du portillon. C'est alors qu'il se souvint : août n'était autre que le mois des vacances scolaires, septembre, proche, verrait sonner la rentrée des classes et le retour de l'instituteur. Quentin et Constance seraient donc absents quelques jours encore. Il reprit sa marche. Bien sûr, Constance n'avait eu aucun moyen de le prévenir durant sa détention.

Le temps lui durait maintenant de revoir son ami Echart. Sans nouvelles depuis plus d'un mois, le vieil homme ne manquerait pas de réclamer des précisions sur son séjour en prison. Madame Valmon le fit entrer. Echart ne leva pas les yeux. Installé dans sa chaise roulante, son regard fixait un monde que lui seul semblait en mesure de voir et de comprendre. Une couverture le recouvrait depuis les pieds jusqu'à mi-poitrine. Son visage avait pris un teint de plâtre, ses joues creusées donnaient une impression de profonde lassitude. Théodore s'en étonna auprès de madame Valmon.

— Le malheureux a eu une autre attaque, le lendemain de votre arrestation, expliqua-t-elle. Il a perdu l'usage de la parole et ses mains sont paralysées. Le docteur n'a guère d'espoir.

Chaque jour Théodore rendit visite à son vieux maître. Prenant un livre dans la bibliothèque, il l'ouvrait au hasard et lisait d'une voix forte et posée, persuadé, bien qu'il ne fût pas certain d'être entendu, que le vieil homme prenait plaisir à reconnaître ses chers auteurs. En soirée, madame Valmon entassait quelques bûches dans l'âtre ; Echart s'endormait sous le regard bienveillant de sa gardienne.

La maison de l'école fut réouverte, le jardin nettoyé. Théodore guetta longtemps les allées et venues des Bellon, sans jamais apercevoir Constance. La rentrée scolaire allait avoir lieu, septembre affichait maintenant un ciel chargé, un soleil se débattait sans parvenir à s'imposer, Constance n'était pas revenue. Théodore ne put se retenir de questionner madame Valmon.

— Je ne vois plus la femme de l'instituteur, serait-elle tombée malade durant les vacances ?

— Comment ! Mais vous ne savez pas ? Ils se sont séparés ! Monsieur Bellon vit bien seul à présent. C'est une des filles Besse qui s'occupe de son ménage. Le pauvre garçon fait pitié, ce n'est pas convenable d'abandonner un grand blessé de guerre ! Ça m'étonne de la part de cette femme, elle présentait si bien !

Constance était partie. Constance ne reviendrait plus. La peur d'un trop grand engagement l'avait-elle fait fuir ? « Ce n'est pas possible ! » se répétait Théodore. N'avait-elle pas laissé un mot, un billet à quelqu'un de confiance, chargé de le lui remettre, dans lequel elle expliquait les raisons de son départ ? « Alors quoi, pas une lettre, rien ? »

Le vent emporta les premières feuilles, le pays se couvrit d'ocre et de pourpre. Une pluie fine et pénétrante, complice des brumes, vint tasser Champagnac et ses alentours. Les chevalements de la mine resurgirent : fantômes erratiques. Théodore demeurait absent, en état de choc, égaré dans le désert des sentiments. Ne sachant où se diriger, fuyant Marie, il se consumait. N'y tenant plus, il attendit un dimanche, certain de trouver Bellon chez lui, et frappa à sa porte.

— Je sais pourquoi vous êtes là, dit Quentin d'emblée. Constance m'a tenu au courant de votre relation. Je ne vous en veux pas, enfin, disons que maintenant je ne vous en veux plus. Ce serait absurde. Constance répondait sans aucun doute à ses pulsions les plus vives. En effet, depuis mon retour de guerre, je ne puis prétendre satisfaire une femme.

— Je l'ignorais.

— Constance ne pouvait se contenter longtemps encore de partager sa vie avec un compagnon diminué. Vous étiez là au bon moment, et donc tout naturellement elle s'est tournée vers vous. Je vous envie d'une certaine façon, puisqu'elle s'est offerte. Mais, apparemment, sans calculer les conséquences de son geste.

— A-t-elle laissé... une lettre que vous ne m'auriez pas remise ?

Quentin eut un petit ricanement.

— Tout de même, monsieur Gandon, Constance n'aurait pas osé retourner le couteau dans la plaie ! Non, pas de lettre, pas de « message ». Je croyais très sincèrement que vous étiez au courant de son départ, je croyais même que vous l'aviez accompagnée. Je n'ai que très rarement de ses nouvelles. Elle semble bien aller. Constance a retrouvé sa place, je veux dire, elle est de retour dans son monde, vous et moi en sommes tellement éloignés. J'ai toujours pensé qu'elle me faisait un grand honneur en m'épousant, contre l'avis de sa famille, bien entendu. Certes, j'étais un étudiant brillant, comme il en existe parfois chez les individus de la plus basse extraction, un égaré, promis au plus bel avenir, dont elle aurait pu se glorifier. Ma chère Constance nourrissait beaucoup trop d'espoir à mon sujet, pour ne pas me quitter après avoir compris qu'elle ne viendrait jamais à bout de ses rêves. Elle est de ces femmes qui ont une vision poétique de la vie. Vous l'aimez, bien sûr ! Comment ne pas brûler d'amour pour une telle créature ? Elle n'est pas de celle que l'on oublie ! Lorsque je l'ai rencontrée...

Théodore n'attendit pas la fin de la phrase, il se leva et sortit. Constance ne l'aimait pas, elle s'était donnée par manque de plaisir et il n'avait pas su éveiller en elle les pensées les plus audacieuses. N'était-ce pas pire que d'apprendre sa mort ? « A moins que Quentin n'ait cherché à me tromper ? », songea Théodore. « Ne cache-t-il pas, au plus profond de lui, une véritable envie de vengeance ? » Théodore pourrait-il étouffer le souvenir de cette femme d'exception et en épouser une autre ?... Il erra longtemps par les chemins ce jour-là. Son chagrin avait quelque chose de puéril, lorsqu'il se répétait à pleine voix qu'il n'avait pas mérité ça ! Une vive douleur au cœur le laissa sans force ni envie, sauf, peut-être, de se coucher là où il se trouvait et dans le silence des collines penser encore à Constance.

Une seconde date de mariage fut arrêtée. Marie et Théodore se marieraient au printemps. On décidait à sa place. Théodore acquiesça, sachant que son destin n'était pas d'épouser Marie et de regarder pousser une nichée d'enfants, que déjà Francette réclamait. Tout allait rentrer dans l'ordre. Sous le regard absent de Théodore, les uns et les autres, pressés d'assister à son bonheur, s'en réjouissaient.

Monsieur Echart mourut le 3 janvier 1920, dans son sommeil. On le porta en terre le 5. Une foule importante se tint face au trou béant où glissa son cercueil. Il gelait. Le givre recouvrait les tombes. A la verticale du puys de Charlus, une nuée de corbeaux ramait en silence. Il ne faisait pas bon s'éloigner des fourneaux, le vent tranchait les visages, coupait les doigts. Un voile gris tendu sur le pays tout entier tenait lieu de ciel. On se pressa de jeter une poignée de glaise sur la caisse, le temps durait à tous de rentrer se réchauffer. La centaine d'hommes et de femmes se dispersa par petits groupes, dès que les cantonniers commencèrent à remblayer la fosse. Jean Vatinel, maire de Champagnac, prit le temps d'attendre Théodore, qui tardait à se détacher de la tombe de son maître ; l'ayant rejoint, il l'entraîna vers la sortie.

— Vous étiez bons amis, Echart et toi, lui dit-il, aussi, je te permets de passer à sa maison prendre des affaires qu'il te plairait d'avoir, avant que l'Etat ne récupère le logement, et puis, comme il n'avait pas de famille, la commune va s'efforcer de distribuer les meubles et le reste. Alors, autant que tu te serves en premier.

— Merci, je prendrai quelques livres.

Dans sa chambre Théodore entassa une centaine de beaux livres reliés cuir, sur lesquels il ajouta le dossier contenant son journal de guerre, minutieusement classé, et des figurines de porcelaine miniatures, rangées dans une boîte en carton, chacune soigneusement emballée dans une feuille de papier journal. Puis, sur l'étagère fixée au-dessus de la tête de son lit, il plaça un coffret de bois dont il ne savait rien du contenu, sinon qu'il avait vu Echart, à plusieurs reprises, y ranger des extraits de textes, piochés parmi ses auteurs préférés, et dont la clef, au dire de madame Valmon, avait été égarée.

TROISIÈME PARTIE

1920

L'Espoir

1

Théodore donna son congé fin février. La neige recouvrait Champagnac. Deux jours avaient été nécessaires pour rendre praticables les voies de chemin de fer en direction d'Aurillac, puis de Clermont.

Les lèvres du lavoir disparaissaient sous des gerçures de givre. Le marronnier, pétrifié, se donnait des airs de candélabre oublié sur le bord d'un chemin, des aiguilles de glace, en place des coulures de cire, pendaient à ses branches pour la plus grande joie des enfants. Une saignée étroite, pratiquée dans l'épaisseur de neige, conduisait de la route au seuil de la maison du notaire Baudon. Théodore regarda en direction des fenêtres, Agénor se morfondait de l'autre côté des murs. Il était dit que la grosse bâtisse ne connaîtrait pas les fastes du bonheur. Quelques pas encore et il se détourna de ce décor inchangé depuis son enfance.

Des voix montaient de l'estaminet. Des éclats, qu'il identifia. Tous correspondaient à des visages amis, qu'il ne reverrait pas avant longtemps. Les maisons les plus basses s'effaçaient derrière un pan de brouillard. Le bourg recroquevillé dans le crépuscule faisait songer à l'ébauche d'un dessin : un trait au fusain à peine souligné, le premier passage d'une mine, une esquisse. L'artiste devrait s'employer à ajouter du volume à son œuvre. Théodore considéra l'ensemble ; bientôt la nuit engloutirait les arbres et le gros village, le pays de sa naissance, qu'il quittait.

Constance se trouvait ailleurs, dans la grande ville et il partait à sa recherche. Une certitude l'habitait : elle n'avait pas eu le temps, ni la possibilité de s'expliquer et les racontars de Quentin, meurtri, ne valaient rien. Son discours tendait à se venger d'un plus chanceux que lui. A l'écouter, Constance se serait donnée par distraction ! Evidemment, la vérité était bien différente. Quentin – il cachait admirablement son jeu –, apprenant la liaison de Constance, humilié, ne l'avait-il pas purement et simplement chassée ? Théodore en prison, quelle autre possibilité avait-elle eue, alors, que de partir et retourner dans sa famille ?

Théodore ne sentit pas le froid ce matin de départ. Francette et Jean tentèrent bien de le raisonner une ultime fois : en vain. Le train l'emporta. Dès son arrivée, il écrirait à Marie – « attitude peu courageuse », il en convint –, mais c'était ainsi et rien n'y changerait. Titou vivrait sans doute longtemps, Marie ne le laisserait pas à sa solitude et peut-être le reverrait-il ! Il ne manquerait pas de correspondre régulièrement avec ses parents ; de longues lettres dans lesquelles il leur ferait comprendre combien son choix de partir avait été le bon. Et dès que possible, Francette et Jean viendraient, là où il serait, passer quatre ou cinq jours, à la belle saison. Constance n'avait, de toute évidence, pas son pareil pour accueillir.

Heureusement Yvette et ses petits demeuraient à portée de cœur. Yvette allait mieux, disait-on, le souvenir de Marius ne l'empêchait plus de relever la tête. D'ailleurs, Francette aimait à répéter que, peut-être, un jour ou l'autre, sa fille se remarierait.

Le paysage défilait. A droite et à gauche du train, les montagnes dressaient une face blême, couronnée de neige. Les forêts dénudées plongeaient à pic rejoindre les vallées où les rivières encaissées creusaient un passage millénaire. Les taches d'ombre sur les versants étaient celles d'une journée d'hiver, froide et claire. Théodore eut une pensée pour Echart. Le vieux maître avait autrefois, soucieux d'éduquer son élève, mis à sa disposition un récit de voyage du XVIIIe siècle dans lequel l'auteur, Legrand d'Aussy, éperdu d'admiration, décrivait la force et la beauté de ces paysages d'Auvergne. Echart disparu, il regretta d'avoir omis de glisser deux ou trois de ses livres dans son bagage.

Un froid de loup régnait dans le compartiment. Théodore compta encore six heures avant d'espérer toucher au but. La faim le tenaillait. Il déballa un casse-croûte de jambon et de fromage, sa topette de vin et mangea de bon appétit. Puis il s'endormit, recroquevillé à l'angle de la banquette, bercé par le brimbalement du wagon. Dans le froid et l'inconfort il rêva, vaincu par le lancinant cahotement, bouche ouverte, profondément inconscient. Soudain, le soleil éclatait sous ses pieds, des gerbes de terre s'élevaient, une grêle de pierre et de fer s'abattait sur le dos des hommes maculés de boue. Enlisé dans un trou d'eau, il ne parvenait pas à agripper le bord de l'entonnoir. Constance surgissait alors, qui lui tendait les mains. Son beau visage hâlé s'encadrait sous un voile blanc. Théodore s'éveilla brusquement. Un homme dans un uniforme élimé, chargé de contrôler les billets, le tirait par la manche. De nouveau seul, il s'appliqua à écrire du bout du doigt sur la vitre embuée les neuf lettres du prénom de celle qui occupait toutes ses pensées.

Clermont-Ferrand : « Me voici au berceau de Pascal et au tombeau de Massillon », comme l'avait écrit Chateaubriand un jour d'août 1805. La gare s'ouvrait sur une large esplanade. Des avenues remontaient vers le centre-ville. Malgré un trafic intense, attelages, camions et tramways filaient sans risques de collision. Théodore leva les yeux, surpris d'apercevoir sur sa gauche une succession de puys enchaînés les uns à la suite des autres, où la neige tenait ses quartiers. Il se sentit bien. La nature proche rassura son instinct de garçon de la campagne. Un spectacle nouveau s'offrait à lui, des hommes costumés, chapeautés, munis d'une canne, des femmes affublées de longs manteaux et de fourrures, chaussées de bottines marchaient d'un pas rapide sur des portions de rues surélevées, vierges de toute flaque d'eau. Un vent glacé baignait la ville noire. Il s'enfilait par les rues depuis la cathédrale, par bourrasques se répandait inexorablement comme une coulée de plomb.

La nuit se rapprochait, bientôt elle crèverait à hauteur des toits et il lui sembla urgent de trouver un endroit où dormir. Le premier hôtel qu'il repéra, à l'enseigne du Château Rouge, situé face à la gare, fut celui où il décida de loger.

— Pour une nuit, dit-il au concierge.

— Alors, on règle d'avance ! Je dois vous réveiller de bonne heure ?

— Ne vous en faites pas, l'ami, je serai sûrement prêt avant le lever du jour, une vieille habitude !

Après avoir dîné et fait quelques pas jusqu'à un carrefour, où se dressait l'austère architecture d'un lycée, il revint à son point de départ. Un ciel d'encre, piqueté d'étoiles, recouvrait la ville. La lune pleine étirait l'ombre des platanes décharnés, le froid serrait. Il se coucha tôt.

Au matin, Théodore fut debout un peu avant le jour, réveillé par le branle et les sifflets stridents des machines à vapeur manœuvrant à la formation des trains. Le petit déjeuner avalé, il sortit vers huit heures avec l'intention de gagner le centre-ville. Des gelées blanches farinaient des squelettes d'arbres. Un ciel mauvais se dessinait.

Il remonta l'avenue d'un pas alerte, savourant sa liberté, pour aboutir à une place, puis enfila une rue grimpant vers la cathédrale dont les flèches dentelées se repéraient à des lieux à la ronde. Au débouché de la place Royale, un vent fou lui fit fête, le glaçant jusqu'aux os. Déferlant avec la volonté d'une meute, il mordait sans répit au visage, aux mains. Les pans des manteaux, les cache-nez battaient dans l'air vif, avec des allures de drapeaux. Théodore releva son col et longea les murs des Dames de France, grand magasin vouant ses vitrines aux étoffes de toutes espèces.

A l'extrémité de la place, une rue dévalait la butte. Il s'y précipita. En bas, le quartier de Jaude – et sa place immense –, que délimitaient deux statues sur leur socle. Vercingétorix, le chef arverne, d'un côté, le général Desaix, héros de Marengo, de l'autre. En face, vus par la trouée Blatin, les puys se tassaient sous une brume de cendre. Sur sa droite, les baies éclairées du café Le Glacier attirèrent son regard. Un besoin évident de se mettre au chaud l'amena à pousser les doubles portes de l'établissement. Il n'aurait su dire, au premier coup d'œil, si la salle comptait cent cinquante ou deux cents tables. L'endroit étincelait de moulures encadrant des trumeaux de bois peints et de dorures ornant les murs. Des arcades métalliques tenaient lieu de supports à de gigantesques miroirs, pour ensuite s'envoler à l'assaut d'une coupole de verre perchée à une vingtaine de mètres au-dessus du sol. Un lustre en fer forgé y pendait, riche de douze globes opaques. Les garçons portaient des tabliers blancs, amidonnés, recouvrant leurs chevilles. Théodore se plut à imaginer Jean Monteil accoutré de la sorte virevolter entre ses dix ou douze tables, un plateau porté à hauteur d'épaule. « Et si Constance venait ici, de temps en temps ? se dit-il soudain. L'endroit est tellement chic, que ça pourrait être ! »

— Vous ne connaîtriez pas, des fois, une jeune femme brune, avec des longs cheveux bouclés, très belle, très élégante, prénommée Constance ? demanda-t-il naïvement au garçon venu prendre sa commande.

— Constance, Germaine, Denise, Simone, on n'a que l'embarras du choix !

— Eh l'ami, ce n'est pas ce que je veux savoir !

— Enfin, croyez-vous que nous connaissons nos clientes par leur petit nom ?

— Oui, il est vrai... Excusez-moi. Je voulais parler d'une jeune femme nommée Constance Dupré-Lignon !

— Vous ne débarqueriez pas de votre campagne, vous ?

Théodore eut un petit sourire de côté.

— Notez, reprit le garçon, y a pas de mal à ça ! Faut bien un peu de tout pour faire ce pauvre monde. Quant à votre Constance, devriez en parler à Henri, peut-être qu'il connaît, lui. C'est un vieux de la vieille, il a pas mal roulé sa bosse, le père Henri. Connaît tout, sur tout le monde.

— Indiquez-moi qui est Henri et je...

— Pas là le matin, repassez ce soir, il prend son service à deux heures. C'est un petit gros, chauve comme une rotule, avec des pieds en accent circonflexe, pouvez pas le rater.

« Bon, se dit Théodore, en attendant, je chercherai de quoi me loger. »

Il s'enfonça dans un dédale de ruelles à proximité de Saint-Pierre-les-Minimes, église massive, reliquat du couvent des frères Minimes, édifiée en pierre de lave et, sur indication d'un commerçant, finit par dénicher ce qu'il cherchait.

Pension Linasse. « Tout confort. Linge de toilette et draps fournis », indiquait une plaquette de bois vissée à une porte. La fenêtre de la chambre 9 donnait rue Saint-Dominique, au-dessus de l'entrée principale. « Plein nord, constata Théodore, regrettant la mauvaise orientation. Le soleil ne doit y entrer que sous la menace ! » Un radiateur à résistance chauffait agréablement les quinze mètres carrés où s'entassaient armoire, commode, table, glace, broc, cuvette, chaise et lit pour une personne. Théodore vérifia la propreté des draps.

— Ils sont changés le quinze et le trente de chaque

mois, lança sèchement madame Linasse, et je vous ferai remarquer que vous disposez d'une ampoule électrique.

Satisfait, il rangea son linge, son nécessaire à raser et redescendit. Linasse, le patron, lisait son journal assis à une table. Un client sirotait un verre de vin blanc au comptoir. A cette heure de la matinée, la pension était déserte. Des odeurs de lessive, d'encaustique et de légumes cuits se mêlaient dans un silence total.

Le gros homme abandonna sa lecture. Passé derrière la caisse, sorte de pupitre surélevé, décoré d'un bouquet de fleurs en papier roses posé à l'angle, il empocha le montant d'un mois d'avance exigé auprès du nouveau venu. Puis, adossé au mur où étaient fixés des petits casiers étiquetés aux noms des pensionnaires, dans lesquels ils enfilaient leurs serviettes de table, il nota sur un registre le nom, la somme, la date. Après quoi, il indiqua à Théodore l'emplacement où il devait apposer sa signature.

— Vous me remplirez ça aussi, dit-il, glissant sur le zinc une fiche de renseignements destinée à la préfecture de police. La petite vous remettra des gants, des serviettes, tout le saint-frusquin, quoi ! Le matin nous servons le petit déjeuner entre sept et huit, et vous pouvez manger ici midi et soir, si ça vous chante. Madame Linasse est aux fourneaux, précisa-t-il, d'un geste vague en direction de la salle à manger, où la « petite », jeune fille d'une vingtaine d'années, dressait le couvert. Mais pas le dimanche, ajouta-t-il, non, ce jour-là ma femme et moi n'y sommes pour personne. Le règlement est simple : un, on ne fait pas la tambouille dans les chambres, deux, on ne reçoit pas, trois, chacun s'occupe de son ménage et quatre, on respecte le mobilier. Voilà une clef de la porte d'entrée que je vous recommande d'éviter de claquer, surtout si vous rentrez tard ! Ne la perdez pas, sinon vous paierez le serrurier ! Ah ! j'oubliais, il est formellement interdit de jouer d'un instrument – tambour, clairon, trompette, accordéon, aucun ! Si vous fumez, balancez vos mégots par la fenêtre, sacré bonsoir n'allez pas me foutre le rif dans la cambuse ! Et venez pas me dire que je vous l'ai pas dit !

— Je ne vous le dirai pas.

— A la bonne heure !

— Bon, maintenant que nous voilà d'accord, venez vous asseoir, on va trinquer. C'est pas dans les usages, mais ça me permet de boire un petit verre sans que madame Linasse trouve à redire. Si jamais elle s'amène, je raconterai que c'est vous qui offrez. Comprenez ?

Linasse servit à table deux verres de blanc. Le bonhomme dandinait sa tête ronde, appréciant le vin, faisait claquer sa langue. Son crâne chauve luisait malgré une terne lumière, son double menton, coincé par un col fermé jusqu'au dernier bouton, roulait sur lui-même à chaque mouvement de tête, sa nuque épaisse dispensait quelques cheveux d'une couronne défraîchie. Linasse, court sur pattes, traînait les pieds sur un parquet délavé, en homme habitué à prendre les choses les unes après les autres, sans précipitation. Au deuxième verre, il voulut en savoir davantage sur son jeune pensionnaire. Avait-il fait la guerre ? Où ? Venait-il de loin ? Etait-il en bons termes avec ses parents ? Complaisant, Théodore s'efforça de répondre, sans trop entrer dans les détails.

— Et qu'est-ce qui vous amène en ville ?

— La bougeotte. L'envie de changer d'air !

— Alors vous, vous m'avez tout l'air d'un drôle de gabarit !

— A propos, monsieur Linasse, vous ne sauriez pas où je peux trouver de l'embauche ?

— Ma foi, le travail ne manque pas pour qui veut en trouver. Avec tous ces pauvres gars restés sur le carreau, on manque de bras. On mettra du temps à remonter la pente, je vous le dis ! Dans quel secteur cherchez-vous ?

— Peu importe, je veux travailler, c'est tout !

— Y a bien l'usine, mais faut supporter, moi je pourrais pas ! Chez Conchon-Quinette, peut-être, aux Salins, je vous indiquerai, je crois savoir qu'ils ont besoin de monde. C'est de la confection de vêtements, à moins que ça vous gêne !

— Pourquoi ? Tant que ce n'est pas du charbon !

Les établissements Conchon-Quinette, en effet, recherchaient en urgence une dizaine de manœuvres. Théodore fut dirigé vers un nommé Lagrange, grand type, la face rouge, la moustache broussailleuse, occupant les fonctions de chef d'équipe. Il le reçut dans son bureau, petit réduit où se chevauchaient des échantillons et des chutes de tissus et de cuir.

— Ça paye ce que ça paye ! lui lança-t-il d'une voix grave et posée, c'est p't-être pas gros, mais je ne suis pas responsable du taux horaire et j'ai encore jamais vu un ouvrier de la maison mourir de faim. Le travail est simple : décharger des rouleaux et des balles de tissu, qui arrivent à quai, et approvisionner l'atelier de découpage. Ici, on marne de cinq heures du matin à une heure. L'après-midi est réservé aux femmes. Si tu es d'accord, tu me signes les papiers et tu commences demain !

2

— Les Dupré-Lignon ! Vous n'y pensez pas. Ces gens ne fréquentent pas les cafés, ils se font servir chez eux.

Henri étira sa petite taille, rentra son ventre, releva le menton avant d'ajouter :

— J'ai servi autrefois chez de telles personnes, croyez-moi, je sais de quoi je parle !

— Sont-ils aussi riches qu'on veut bien le dire ?

Le petit homme réprima un ricanement, puis reprit d'un ton qui laissait entendre qu'il connaissait son affaire.

— Plus que vous ne pourriez compter.

— Et vous savez où ces gens habitent ?

— Evidemment, je n'ai pas l'adresse exacte de tous les membres de la famille, mais je sais qu'une partie d'entre eux, les vieux et deux de leurs filles, avec maris et enfants, sont installés sur les hauteurs de Clermont, au château de Durtol.

— N'ont-ils pas des petits-enfants également mariés ?

— En effet, on dit même que certains d'entre eux n'habitent plus la ville, maintenant vous dire où ils sont, je n'en sais rien, vous m'en demandez trop, je ne suis pas dans les petits papiers ! L'aîné des fils est aux colonies, comme colonel, je crois. Le second, lui, le président du tribunal, reste place Michel-de-L'Hospital. Il vous suffira d'arpenter les rues du quartier de bon matin, à l'heure où les concierges balaient les devants de portes, elles se feront un plaisir de vous renseigner.

« J'irai dimanche matin », se dit Théodore.

Dès dix-neuf heures, il régnait une belle agitation à la pension Linasse. Une quinzaine d'hommes et de femmes, après une courte procession devant les casiers à serviettes, aimaient à deviser debout face à la caisse, dans l'attente de voir la serveuse surgir de la cuisine chargée de la première soupière. Chacun lui emboîtait alors le pas et gagnait sa place, toujours la même. Linasse présenta le nouveau pensionnaire :

— Employé aux établissements Conchon-Quinette ! beugla-t-il.

On lui serra la main. On vanta les bons côtés de la pension, on critiqua les mauvais. Théodore fut convié à compléter une table de quatre et dut se servir le dernier, suivant l'ordre d'ancienneté.

— Elle est délicieuse, n'est-ce pas ? lui demanda son voisin de table, professeur de français à l'école supérieure de jeunes filles, dont le timbre de voix âpre détonnait, rapport à son allure d'échassier.

— Très bonne, oui, elle me rappelle les soupes de ma...

— Mais vous n'y êtes pas, s'emporta le grand oiseau, au diable le potage ! Je parle de la petite serveuse.

— Ah !

— Il est plutôt rare, pour des gens, de petite condition j'entends, de posséder de semblables atouts physiques. Avez-vous vu ses mains, ses attaches ? Fines, fragiles, cristallines ! On a envie de les prendre contre soi, de les réchauffer. Et ses yeux ? Deux perles de jais, deux charbons ardents ! Quel gâchis de voir une aussi sublime personne s'abaisser à servir dans une pension de famille !

L'homme dévorait la jeune serveuse de ses yeux clairs, reculés dans deux niches profondes. Théodore remarqua que les mains du professeur, armées de longs doigts maigres et recourbés comme les serres d'un oiseau de proie, ne cessaient de broyer la serviette.

— C'est pour cette raison, et pour nulle autre, que je suis pensionnaire ici.

— Est-elle mariée ? questionna Théodore, cherchant à paraître aimable.

— Non. Mais hélas, un gamin, paraît-il, tourne autour. Un ouvrier. Déplorable ! Cette fille pourrait avoir à ses pieds les plus brillants d'entre nous, au lieu de quoi... Regardez ce visage, ces hanches, mais regardez !

— Je vois, elle a une très jolie frimousse.

— Frimousse ! Visage exceptionnel, voulez-vous dire ! Ovale à la perfection, yeux légèrement en amande, nez mutin, juste ce qu'il faut, lèvres...

— Vous nous cassez les pieds, Labure. Pourquoi ne pas avouer à cette gamine qu'elle vous plaît, à la fin ?

L'homme qui venait de parler d'une voix de basse,

sans lever le nez de son assiette, se tenait assis face au professeur. De fort gabarit, il savourait sa soupe au-dessus de laquelle il émiettait des morceaux de pain.

— Chaque fois qu'un nouveau pensionnaire débarque, reprit-il, nous avons droit au même refrain. Vous finirez pas nous lasser, cher ami.

— Comment osez-vous...

— La paix ! Que ferait-elle de vous, Annette ? Je vous le demande un peu ! Elle est jeune, belle et sans doute a-t-elle la tête pleine de ces chimères romantiques que vous ne seriez en mesure de réaliser pour elle ! Je comprendrais qu'elle intéresse ce jeune homme, mais vous !... Contentez-vous de rêver, compère, en silence.

— Misérable subalterne ! s'écria Labure en se dressant. Ah ! fort de régner sur une armée de couteaux, fourchettes et râpes à fromage, monsieur le représentant de commerce vient donner des leçons alors qu'il n'entend rien aux choses de l'amour, moins encore à la poésie ! Couche péjorative, béotien, vous, dont les lectures se résument au survol des faits divers, vous, aux ancêtres dont le dos n'était que paillasse devant les maîtres de ce monde, si seulement vous aviez le sens de l'honneur, c'est sur le pré que nous réglerions ça !

— Vous êtes un chanceux, Labure, si je ne craignais pas de me déplacer pour rien, c'est pas sur le pré, mais sur-le-champ que je vous écraserais !

Labure pivota sous les ricanements de son vis-à-vis. Sa grande silhouette de vaincu tangua un instant entre les chaises, puis disparut dans l'escalier, raide comme une écorce.

— Le voilà vexé, fit remarquer Théodore.

— La belle affaire ! Ne vous formalisez pas, allez, nous ne pouvons pas nous supporter et ça ne date pas d'hier, alors de temps en temps on se dit nos quatre vérités, après, tout rentre dans l'ordre. Je me présente, Armand Poidas, représentant aux établissements Maiguelon. Chez Maiguelon, du sol au plafond, on trouve tout pour la maison !

Le calme revenu, on termina de dîner, baigné d'un murmure général. Puis la salle se vida, on regagna sa chambre. Quelques-uns, quelques-unes s'attardèrent au bas des marches, essayant de reculer le plus possible l'instant tant redouté de se retrouver seul, reclus dans quelques mètres carrés. Annette desservait, retirait les nappes. Linasse basculait les chaises sur les tables. L'envie d'en finir se lisait sur leur visage, dans la promptitude à accomplir leurs gestes ; il faudrait encore balayer, passer la serpillière, disposer les tasses pour le lendemain matin.

Théodore monta en songeant à la tête dépitée de Labure, à cette heure sans doute allongé sur son lit, le cœur en morceaux.

Il tira ses volets. Une nuit froide tenaillait la ville depuis longtemps. La rue déserte se présentait ocellée des halos jaunâtres que répandaient les rares réverbères. Un coup d'œil au ciel lui apprit qu'il gèlerait au matin. Théodore alla s'asseoir sur le lit, se débarrassa de ses chaussures. Une pâle lumière, provenant de l'unique ampoule, réduisait la chambre à une piètre cellule triste et laide. Les murs plongés dans la pénombre étouffaient sous un papier peint défraîchi. Une malle-poste – motif maintes fois reproduit – courait sur les murs dénudés de tout autre attribut. Théodore considéra la pièce avec regret : comment oserait-il inviter Constance en un lieu aussi impersonnel, médiocre, vulgaire ?

Epuisé par ce premier jour en ville, il s'endormit.

Un long hurlement de sirène avait retenti dès cinq heures. Bien inutilement d'ailleurs, tous les employés de l'établissement se tenaient déjà à pied d'œuvre. Habitué aux horaires matinaux, Théodore se présenta parfaitement dispos. Il chercha Lagrange, le découvrit sur le quai en compagnie des manutentionnaires avec lesquels il ferait équipe. Le premier camion en provenance de la gare de marchandises franchissait déjà la porte ogivale de l'usine.

— Ah ! Tu tombes à pic, toi, lui lança le chef d'équipe, viens voir là, tu vas travailler avec ces deux zigotos. Le plus grand, c'est Lucien Maglon et le plus petit, Amédée Colère. Messieurs, je vous présente le nouveau, Théodore Gandon. Fie-toi à eux, mon gars, ils te montreront ce que tu dois faire, tu verras, c'est pas sorcier. Allez, mettez-en un coup !

Lagrange s'éloigna en tirant sur son mégot collé au coin de ses lèvres, satisfait de ne pas devoir mettre la main à la pâte.

— Approche un chariot au cul du camion, lui ordonna Amédée Colère, et charge-le jusqu'à la gueule, après, va le vider là-bas, au fond. Regarde bien les étiquettes sur les colis, la qualité de la marchandise y est écrite. Tu as un peu de tout : lin, chanvre, coton, jute, T.O., qui veut dire toile ordinaire, celle-là tu la classes par coloris, tu as aussi du coutil, de la soie, de la mousseline, du crêpe, de la faille, du drap, du cuir, de la moleskine, ainsi de suite. On range tout ça dans des travées correspondantes et, entre deux camions, on déballe. Faut que les coupeurs puissent se servir.

Quatre camions se succédèrent. Maglon, grand diable

nerveux, s'emparait de la marchandise le premier, prenait suffisamment d'avance et invariablement faisait un crochet par un réduit où il rangeait une bouteille de vin.

— C'est bon pour ce que j'ai, disait-il pour lui-même, après avoir bu au goulot la valeur d'un verre.

Colère buvait également, mais il attendait le départ des camions pour plonger dans son sac et en retirer une bouteille. Maglon le regardait en ricanant.

— Tu bois en une fois ce que je bois en trois ou quatre et tu voudrais nous faire croire le contraire, mais t'es bien aussi arsouille que moi, Amédée ! Et toi, jeune, pas de vin dans ton sac ?

— Non, pas de sac, pas de vin ! Mais si la coutume veut que le dernier embauché paye son litre, alors demain vous l'aurez !

— Ah, voilà ce que j'appelle un gars bien élevé, moi ! se réjouit Maglon.

Théodore s'acquitta parfaitement du travail que l'on attendait de lui. « Lagrange avait raison, se dit-il, il n'y a rien de sorcier et demain et les autres jours ne seront guère différents, mais faute de mieux... »

A une heure la sirène hurla de nouveau, cette fois pour libérer le personnel. Théodore sortit au milieu du flot, affamé. Dès ce soir, il s'entendrait avec Linasse ; dorénavant le bonhomme devrait lui mettre de côté de quoi manger à son retour. Malgré le froid, il partit vers le centre-ville se perdre dans un dédale de ruelles quadrillant le fond de Jaude. Le vieux quartier se composait essentiellement de boutiques d'artisans et d'habitations populaires. Ebénistes, cordonniers, fabricants de parapluies, ferronniers, bourreliers, bistrots, hôtels miteux se succédaient avec un charme désuet. Ici, comme sur le reste de la ville, un vent glacial pourfendait les passants, ne permettant pas de traîner les pieds. Théodore fila sans s'attarder, longeant les façades qui délimitent la place Chapelle-de-Jaude. Encastré entre deux immeubles de petite taille, le music-hall, L'Eden, indiquait par un large bandeau la venue prochaine de Maurice Chevalier du casino de Paris. Il n'y prêta pas attention et, coupant la grand-place en diagonale, alla se réfugier au café du Globe, immense salle avec miroirs et coupole de verre, à l'identique du Glacier, où il se fit servir un grog. Puis il réclama du papier et entreprit de rédiger une lettre destinée à Marie. Longtemps il demeura la plume suspendue au-dessus de la feuille blanche, ne sachant commencer. Finalement, il opta pour une vérité tronquée, non qu'il chercha à se disculper, mais plutôt pour adoucir la peine dans laquelle Marie devait être plongée.

Les mots se voulurent apaisants. Théodore s'employa à justifier son départ comme la conséquence d'une nécessité de fuir un futur connu à l'avance, et mit cette soudaine instabilité sur le compte d'un temps voleur de jeunesse.

> *J'ai cru,* écrivit-il, *dès mon retour de la guerre pouvoir m'insurger contre les perversités de tout poil, dans le but précis de me dédouaner de mes meurtres passés. Mais la grève, comme la guerre, sont, dans leur ensemble, avant tout des échecs de l'homme universel que je ressens personnellement. Nous venons au monde prisonniers d'un système intellectuel, mais demeurons libres de nos actes (c'est sur ce plan, et uniquement sur ce plan, que nous naissons tous égaux). Engagé dans un conflit sanglant, j'ai, par mon silence, pris rang dans la hiérarchie criminelle, puis, bouffi d'orgueil, ayant eu la prétention de faire*

triompher la justice sociale, je n'ai fait que dramatiser l'essence même d'une action déjà critique.

Le mariage aurait eu le désavantage de peser sur mon incapacité à réaliser mon rêve, à savoir : devenir cet autre Théodore Gandon, caché dans les replis de mes inhibitions. Je te supplie d'admettre que mon évolution passe par ma rupture totale avec tout ce qui me relie à un passé gris et tiède. J'ai, plus que jamais, – ce fut l'essentiel de l'enseignement d'Echart – besoin de connaître les « grands espaces de l'esprit » et d'aller à la rencontre de l'Impossible. Mon équilibre en dépend, même si je sais courir après quelque chose qui n'a ni forme ni nom, mais qui fera tout ou rien de moi. Marie, ce départ incarne mon premier choix pris en conscience. Peux-tu juger de son importance ?

Puis, Théodore fit l'apologie des moments inoubliables passés auprès de Marie depuis leur plus jeune âge, leur entente merveilleuse, laquelle, sans ces années de guerre, les aurait logiquement unis sur les routes d'un interminable voyage. En conclusion, il demanda pardon pour la douleur qu'il lui infligeait, invoquant la clémence de la femme dont il espérait conserver l'amitié, et d'une feinte ironie laissa à penser qu'un jour verrait peut-être son retour.

Il plia les trois feuillets pleins qu'il ne relut pas, les enfouit dans une enveloppe et les posta, à la fois contrarié et soulagé.

Son envie était grande de se rendre place Michel-de-L'Hospital pour tenter de découvrir où logeaient les Dupré-Lignon, ne doutant pas que cette branche de la famille fût celle des parents de Constance.

Il y alla. C'était une petite place en équerre, ouverte

sur un square au-delà duquel une large rue coulait en pente légère. En contrebas, les tramways filaient, descendant ou remontant l'avenue perpendiculaire. De temps à autre les wattmans actionnaient le timbre de leur engin, des sons secs et clairs retentissaient suffisamment fort ; toute personne alors attardée sur les rails pressait l'allure.

Il s'appuya au fût d'un marronnier dans l'espoir de reconnaître Constance parmi des jeunes femmes emmitouflées sous des bonnets – certains, cerclés de fourrure, trop enfoncés, cachaient leurs traits. Mais, très vite mordu aux doigts et au nez, le corps paralysé par le froid, Théodore se résolut à quitter son poste d'observation. Il s'apprêtait à faire demi-tour lorsqu'il avisa une vieille femme écarter les rideaux d'une fenêtre d'un rez-de-chaussée. Il lui fit un signe, la vieille arrêta son geste et, fronçant les sourcils, l'interrogea d'un mouvement de tête. Il eut alors l'idée de se faire passer pour un livreur chargé de déposer plusieurs paquets chez les Dupré-Lignon. « Monsieur le président du tribunal, articula la femme par sa fenêtre entrouverte, demeure au 4, un peu plus haut. Vous verrez, c'est sous un porche ! » Théodore remercia et découvrit quelques pas plus loin une double porte cochère surmontée d'un cintre roman, affublé d'un blason aux armes de la ville. Son émotion fut vive ; derrière ces hauts murs, qui ne donnaient nulle idée de ce qui se passait de l'autre côté, vivait Constance. Il recula, tremblant de bonheur, jusqu'à apercevoir la toiture du corps principal des bâtiments et les fenêtres du dernier étage. La nuit tombait, aucune n'était éclairée. C'est alors que l'une des deux portes s'ouvrit et qu'une jeune femme, autant qu'il put en juger d'après sa silhouette, coiffée d'un bonnet de laine, sortit et s'engouffra dans une rue étroite conduisant dans les environs de la cathédrale. Il hésita, puis se lança derrière elle. Il la suivit une centaine de mètres. Elle marchait d'un bon pas, ses bottines au cuir écorché, son long manteau lustré indiquaient sa condition modeste. Théodore sourit : non, ce n'était pas Constance.

— Excusez-moi, mais je vous vois sortir de chez les Dupré-Lignon, êtes-vous de leurs amis ?

La jeune fille eut un petit rire.

— Vous, alors ! Amie des Dupré-Lignon, moi ! Leur bonniche, oui, pas plus !

— Ah ! Cependant, à vous regarder, on pourrait croire que vous êtes de leurs connaissances !

— Flatteur, hein ! Mais faut pas me la faire, je sais très bien à quoi je ressemble ! Mieux habillée, pomponnée, je ne dis pas que je ne fais pas mon petit effet ! Mais à cette heure, après une journée passée à frotter la crasse de ces messieurs-dames, j'ai plutôt l'air de ce que je suis !...

— Ne vous méprenez pas, je voulais simplement engager la conversation.

— Alors vous me suivez uniquement pour me faire des compliments ?

Ils dévalèrent la place Sugny. Le vent remontait la rue et giflait sauvagement l'enseigne suspendue de l'Hôtel de la Fontaine. A hauteur d'yeux, la perspective lointaine livrait l'image sombre du Puy-de-Dôme. Le cône massif se haussait dans l'approche de la nuit comme le gardien ancestral de la ville. Parvenus au bas de la rue, Théodore toujours silencieux, la jeune fille ajouta :

— Alors, n'étant pas une amie des Dupré-Lignon, je ne vous intéresse plus ?

— Pas du tout ! En fait, si vous pouviez me donner des renseignements.

— Sur quoi ?

— Voilà, j'ai connu la fille de vos patrons et je voulais savoir si elle était là, auquel cas j'irais la saluer.

— De laquelle parlez-vous, parce qu'elles sont trois : Amélie, Aude ou Constance ?

— Constance !

— Ah ! Le canard boiteux ! Je m'en doutais.

— Pourquoi l'appelez-vous ainsi ?

— Parce qu'elle n'en a jamais fait qu'à sa tête, voilà pourquoi. D'ailleurs ça met Madame dans des états !... Alors, comme ça, vous connaissez la belle Constance ?

— Oui, je l'ai connue, chez moi, à Champagnac, dans le Cantal, où son mari est le maître d'école.

— Oh, celui-là, pauvre gars, il aurait mieux valu qu'il y reste ! Puisque vous l'avez connu, vous devez savoir qu'il est revenu de la guerre sans ses... enfin impuissant, quoi, vous voyez ce que je veux dire ?

— Oui, oui, je vois.

— Eh bien, la Constance, hop ! Largué, le maître d'école.

— Qu'en savez-vous ? C'est peut-être lui qui l'a renvoyée.

— Pensez donc ! Non, non, j'ai entendu la mère et la fille se chamailler sur le sujet, c'est bien elle qui est partie. D'un autre côté, un mari sans ses breloques..., hein ! C'est pas drôle, surtout que la Constance, elle est belle femme, n'est-ce-pas ? Faut peut-être pas lui en promettre !...

Théodore ne releva pas l'allusion.

— Donc elle est chez ses parents ?

— Elle était... Elle est restée une semaine et puis,

pfft, envolée, dans le Midi d'après ce que j'ai compris, chez des cousins. En tout cas, elle n'est plus là, votre Constance, depuis un bon moment déjà.

— Vous êtes certaine ? questionna-t-il d'une voix sans souffle.

— Dites, j'ai fait moi-même ses malles ! Sur les étiquettes il y avait écrit : Nice.

Théodore ne cacha pas son désarroi.

— Nice !

— C'est au fin fond de la France, il paraît qu'il y a du soleil été comme hiver.

— Son adresse, vous vous souvenez de son adresse ?

— Ça non, par exemple, et je me vois mal demander à Madame où habite sa fille. Parce que, si vous voulez mon avis, pour être partie si vite, c'est qu'il y a du louche là-dessous !

— Du louche ?

— Oui, jamais la mère et la fille ne s'étaient disputées de la sorte. Ce doit être une raison assez grave. Et dans ces cas-là, c'est motus et bouche cousue. Mais, dites, il n'y a pas que Constance dans le monde, j'en connais qui sont aussi bien, minauda la jeune fille. Vous ne m'offririez pas un petit remontant par ce froid, je l'ai bien mérité, non ?

— Oui, oui... bien sûr.

— Le Globe ou Le Glacier ?

— Peu importe.

Au Globe, ils commandèrent chacun un Vermouth avec une rondelle de citron.

— Vous ne savez pas combien de temps Constance restera absente ? questionna encore Théodore, sous le choc.

— Vous croyez qu'on me tient au courant, peut-être !

Oublions un peu les Dupré-Lignon et parlez-moi de vous, plutôt !

— De moi ! Mais il n'y a rien à dire, je travaille chez Conchon-Quinette comme manutentionnaire et je loge pension Linasse, rue Saint-Dominique.

Il se leva, excédé, laissa tomber deux pièces de monnaie sur la table et tendit la main à la jeune fille.

— Ce n'est pas très convenable d'abandonner une femme dans un endroit pareil !

— Excusez-moi, mais je dois rentrer.

— Dommage. Filez, alors. En tout cas, si vous voulez d'autres renseignements, vous savez où me trouver, je quitte chaque jour à la même heure. Tôt ou tard, mademoiselle Constance, enfin, madame Bellon, je devrais dire, finira bien par donner de ses nouvelles et certainement par revenir.

Théodore remercia et promit de repasser. Puis il traversa la place de Jaude, remonta l'avenue des Etats-Unis et s'enfonça rue Saint-Dominique. Dix-huit heures sonnaient à Saint-Pierre-les-Minimes, les trottoirs grouillaient d'un monde pressé de rentrer. La nuit enveloppait la ville depuis une bonne heure déjà. La faim ne le préoccupait plus, peu lui importait que son estomac gargouillât, son intention n'était pas de manger. Constance n'habitait plus Clermont et ce, bien avant que lui-même n'y débarque, des mois avant.

« C'est impossible ! Impossible ! » se répétait-il.

Troublé, décontenancé, ne sachant plus que penser de l'attitude de Constance, il gagna sa chambre et s'allongea à même le lit. Soudain sujet au découragement, tout chavira. Il lui sembla qu'une petite voix ricanante soufflait à son oreille : « Partie, Constance, sans un mot, sans un signe ! Mais, après tout, pourquoi l'aurait-elle fait ? Ah, oui, parce que tu fus une fois son amant ? La belle affaire ! Regarde les choses en face, imbécile, cette femme s'ennuyait en compagnie d'un mari appelé à végéter au beau milieu de la cambrousse, qui plus est incapable de la satisfaire ! Tu passais par là au bon moment, jeune, bien de ta personne, tu faisais l'affaire, voilà tout ! Quentin avait raison quand il t'expliquait que Constance avait une "vision poétique de la vie". D'ailleurs, si tu réfléchissais une minute, que te disait-elle lorsque tu affirmais ne plus pouvoir te passer d'elle ? Tu ne sais plus ? Je vais te rafraîchir un peu la mémoire. Elle te disait : "Devons-nous nous revoir ? En rester là serait plus sage, l'un et l'autre garderions un souvenir unique et merveilleux." Tu y es ? Au lieu de quoi, tu as cru qu'elle se mourait d'amour pour toi au fond de quelque sombre boudoir, qu'il te suffirait de rappliquer des mois plus tard pour te jeter dans ses bras ! Comme tu es naïf. As-tu au moins compris de quel milieu elle venait ? Oui ? A la bonne heure. Donc, que ferait avec toi une fille comme elle, qui, dès qu'elle en éprouve le désir, s'en va mener la grande vie sur la Côte d'Azur ? Tu te vois, sur la Côte d'Azur, dans les restaurants chics, sous les dorures et le marbre des palaces, au casino, parmi tous ces messieurs en col, ces femmes en mousseline et soie, avec tes pattes de mineur et ton bleu de manutentionnaire ? Es-tu certain d'occuper la moindre petite place dans ses pensées ?... »

Théodore pleurait, en silence, les poings crispés. De gros sanglots soulevaient sa poitrine comme quand, enfant, Jean ou Francette le punissaient sévèrement.

On tambourina à sa porte : « Monsieur Gandon ! A table ! On vous attend ! » résonna la grosse voix du patron.

Je... je viens !

Théodore se dressa, essuya ses yeux, mit un peu d'ordre dans ses cheveux, rectifia sa tenue et descendit prendre sa place à table.

Labure était là, Poidas également. Tous deux lampaient de conserve une soupe de légumes et ne semblaient pas se souvenir de l'altercation de la veille. « L'ours et le héron », songea Théodore, pourtant peu enclin à la plaisanterie.

— Alors, mon cher, cette première journée chez Conchon ? questionna la représentant de commerce.

— Rien de spécial, je décharge des camions et je m'en vais à l'heure.

— Je vois, on est un peu bougon, ce soir !

— Je suis crevé, voilà tout.

— Une bonne nuit de sommeil et hop ! demain, en pleine forme ! Je vous le dis, mon gars.

— Je reconnais bien là votre talent pour conseiller le remède adéquat, se moqua Labure.

— Vous avez de la chance, professeur, ce soir encore je suis de bon poil ! claironna le jovial représentant de commerce.

Il sembla à Théodore que les deux hommes faisaient sonner les mots, que le verbe voltigeait de belle manière. La joute interrompue la veille reprenait en effet, mais il n'y prit garde, isolé dans sa douleur. La soupe lui parut si fade qu'il repoussa son assiette après trois cuillerées et quitta la table.

— Hé là, jeune homme ! Où va-t-on ? cria Linasse depuis l'entrée de la cuisine.

— Je suis fatigué, je monte.

— Avec rien dans le ventre ! Attention, un sac vide ne tient pas debout !

— Ah ! avoir vingt ans et vivre d'amour et d'eau fraîche ! lança une voix fluette.

— Ah, parce que vous croyez à ces balivernes, vous ? reprit Linasse.

Théodore profita de la divergence pour s'éclipser. Une fois dans sa chambre, il se déshabilla et se coucha. Assommé de chagrin, la bouche sèche et amère, il s'endormit comme une pierre.

Comme chaque fois que quelque chose le tourmentait, Théodore fut la proie d'un épouvantable cauchemar. Il vit Constance valser au bras d'un officier. Un orchestre invisible jouait, il percevait la langoureuse douceur des violons, et Constance dansait, à en perdre le souffle, tandis que la mitraille crépitait tout autour et qu'il roulait cul par-dessus tête dans les cris et l'horreur jusque sous les rires des danseurs. « Debout, soldat ! lui ordonnait alors l'officier, est-ce ainsi que vous comptez sauver la patrie, en passant le plus clair de votre temps à plat ventre ! » Soudain Constance se tournait vers lui et l'invectivait : « Cessez ce petit jeu à la fin, vous êtes plein de boue, de sang et de charbon, vous faites pitié, à la vérité vous êtes bien dégoûtant pour prétendre échapper à votre sort. Dans cet état aucune femme ne voudrait de vous ! » Théodore ne parvenait pas à se redresser ; geste après geste la terre se dérobait, pas le moindre son ne parvenait à franchir ses lèvres. Avait-il l'air ridicule, que l'officier et sa cavalière pouffaient ? Près de lui un peloton de douze hommes fusillait un malheureux biffin déserteur. Dans ce qui semblait être l'immensité du ciel les schrapnels explosaient, déchirantes et meurtrières : une pluie de fer recommençait, le pauvre diable de Marie-Louise (c'est ainsi qu'étaient nommés les appelés de la classe 16) s'affaissait sans un râle le long du poteau à l'entrée de la tranchée du Diable, dans la périphérie de Douaumont. L'officier et Constance applaudissaient. Tournée vers Théodore, celle-ci ajoutait : « Vous voyez bien que certains sont nés pour la peine et les larmes, d'autres pour se réjouir ! »

Il se leva en sursaut, oppressé, la tête lourde. Hors du lit, il se précipita à la fenêtre. Les volets repoussés, il ouvrit grand la bouche et laissa le froid se rendre maître de l'intérieur de son corps. Un ciel noir garantissait un fond parfait à quelques pâles étoiles. Il demeura là, appuyé au chambranle de l'étroite fenêtre, une minute ou deux, la tête vide, les muscles douloureux après sa première journée de manutention, puis se rendit à ses draps, vaincu, mais sec de larmes.

Théodore sortit de sa nuit alors que des pas résonnaient dans le couloir. Maintenant on semblait descendre l'escalier avec précaution. Le réveil indiquait à peine quatre heures, encore quelques minutes et il sonnerait. Il rabattit le petit levier de laiton et s'habilla en songeant qu'il devrait d'ici une demi-heure partir comme la veille, le ventre vide, les déjeuners n'étant pas servis avant sept heures.

Les marches de bois craquèrent sous ses semelles. La pension reposait dans le calme le plus complet ; ce n'est qu'une fois parvenu au rez-de-chaussée qu'il fut attiré par une lumière en provenance de la cuisine. Il s'approcha. Annette, attifée d'une grosse veste de laine par-dessus une chemise de nuit couvrant ses pieds, vidait du café dans un bol disposé sur un plateau. Théodore se planta dans l'encadrement de la porte et fit en sorte qu'elle remarque sa présence. Annette releva la tête.

— Je ne vous ai pas entendu descendre, dit-elle, souriante.

— Que faites-vous debout si tôt ?

— Hier au soir vous avez quitté la table sans rien manger, je me suis dit que ce matin vous auriez très faim, alors j'ai mis mon réveil pour vous préparer un peu de café et de pain.

— C'est vraiment très gentil de votre part.

— Ce n'est pas grand-chose, j'ai l'habitude de me lever tôt. A une heure près, ça ne compte guère sur une journée. Asseyez-vous, je vous donne le beurre.

Théodore dévora trois énormes tranches de pain beurrées et but volontiers un deuxième bol de café.

— Merci, Annette, j'avais tellement faim ! Quelle heure est-il ?

— Moins vingt-cinq !

— Le temps d'y aller. Je vous verrai ce soir. A propos, vous n'auriez pas un litre de vin pour emporter ?

— Ce n'est pas ce qui manque, fit Annette, déposant sur la table une bouteille de vin, mais il est tout ce qu'il y a de plus ordinaire.

— Je crois que ça n'a aucune importance. Vous direz à Linasse qu'il l'ajoute sur ma prochaine note.

Il glissa la bouteille sous sa veste et partit, accompagné par le sourire de la jeune servante.

Lucien Maglon apprécia ô combien le geste de Théodore, buvant à lui seul les deux tiers de la bouteille. Fidèle à sa tactique, tous les trois ou quatre voyages, il faisait un petit détour par le réduit siffler une bonne rasade de vin.

— C'est bien poli de ta part, déclarait-il à Théodore

chaque fois qu'il reposait la bouteille, et c'est pas du mauvais !

A l'heure du casse-croûte, Théodore – il n'avait pas pensé demander à Annette de lui préparer du fromage et du pain – se mit à l'écart et rumina l'absence de Constance. Devant lui défilèrent les images de leur rencontre : le chemin creux, le belvédère, le paysage qui s'éloignait à l'infini, bleu et flou, sujet aux errements de l'été, les bras tendus de Constance – porte ouverte sur un nouveau monde –, son corps, dans la pleine chaleur de la belle saison, strié par les rayons du soleil, une mer de cheveux roulant ses flots à même ses épaules brunes..., l'état turgescent dans lequel il avait été soudainement précipité lorsque ses mains s'étaient aventurées sur cette sculpture d'ébène...

— Eh ! faudrait voir un peu penser à marner, camarade !

Amédée Colère le rappelait à l'ordre ; l'heure de la pause était passée, un camion à quai attendait.

3

Pour la troisième fois de la matinée Marie glissa les trois feuillets dans l'enveloppe. Le visage noyé dans ses mains, elle expulsa un long soupir, ses yeux rougis d'avoir trop pleuré se refermèrent sans qu'elle ait à les commander.

Elle eut un mouvement de tête.

« C'était ça qui le travaillait tous ces temps derniers, l'envie de partir, se dit-elle, et je n'ai pas su le deviner. »

Les jours suivants Marie lut et relut la lettre de Théodore, tout d'abord sans en comprendre le sens véritable puis, très vite, intuitivement, elle fut amenée à penser que s'il avait pris la fuite sans chercher à s'en expliquer auparavant, cela signifiait qu'il gardait pour lui un secret lourd de conséquences.

« C'est donc, se dit-elle encore, qu'il ne me raconte pas toute la vérité. Quelque chose de plus fort que moi, de plus fort que notre amour, de plus fort que son envie de découvrir cette autre part de lui-même l'a décidé à partir. Et qu'est-ce qui peut pousser un homme à tout abandonner, et prendre le premier train, sinon une femme ! »

Au fil des jours, il lui apparut évident que les problèmes métaphysiques qu'évoquait Théodore ne tenaient pas, ils intervenaient, selon elle, en bonne place uniquement dans le but de la détourner des véritables raisons de sa rupture avec sa vie passée.

Enferrée dans ses pensées, Marie perdit le goût des choses simples, son sommeil devint agité, approximatif. Elle exécutait ses tâches, certes sans rechigner, mais n'y trouvait nullement le plaisir de bien les achever, comme c'était encore le cas quelques semaines plus tôt, lorsqu'elle devinait que Théodore l'attendait au bout du chemin.

Les premières semaines suivant son départ, ne pouvant résister à l'envie de rechercher sa présence, Marie s'en alla sur les communaux à l'endroit où, autrefois, pressés l'un contre l'autre, ils dévoraient des pommes de terre cuites sous la braise. Tout comme elle s'obligea, malgré le vent glacé de février, à remonter, pris par la neige, les chemins parcourus ensemble, repérer les lits de mousse sur lesquels ils s'étaient abandonnés, mais aussi à pousser la vieille porte branlante du pigeonnier que la mort semblait avoir choisi comme réserve de froid. Puis elle rendit visite aux Gandon, à plusieurs reprises, assurée de trouver le réconfort auprès de parents capables de comprendre sa douleur. Dès le premier jour Francette l'avait attirée contre elle, avait séché ses pleurs et embrassé ses joues comme elle l'aurait fait pour sa propre fille, lui répétant qu'ici elle serait toujours chez elle et que, tôt ou tard, Théodore, revenu à la raison, reparaîtrait pour ne plus jamais s'en aller.

— Vois-tu, petite, ce pays, quand tu y es né, tu ne peux pas l'oublier très longtemps. Eh bien, c'est pareil pour les filles.

Des paroles qui coulèrent en elle semblables à la douceur d'un miracle, bien qu'elle fût maintenant certaine qu'une femme tenait Théodore éloigné des siens.

Mais quelle femme ? Où Théodore avait-il connu cette « autre » femme ? A Champagnac – et ce n'était pas si grand –, les mariées comme les non-mariées étaient présentes. Marie imaginait mal Théodore parti retrouver une fille conquise durant la guerre, pas plus qu'elle ne l'envisageait réfugié à Clermont en compagnie d'une femme rencontrée dans la capitale auvergnate, où il n'était passé qu'en coup de vent ! Marie regrettait la disparition du maître d'école, ami et confident ; Théodore l'aurait certainement tenu au courant de ses intentions et peut-être le vieil homme aujourd'hui, voyant son chagrin, aurait-il accepté de lui parler ?

« Quelle femme ? » se répétait-elle de nuit et de jour. Maintenant, alors que rien ne le laissait prévoir, Marie arrêtait ses gestes, comme figée – un panier roulait sur le sol, une assiette se fracassait –, et soudain hurlait son dégoût de la vie. Un long cri mêlé de sanglots encombrait la maison, plongeant les habitants dans un profond malaise. Pâle, elle repartait d'un pas heurté. Emilienne Colignon voyait chaque jour avec crainte la peine emporter sa jeune servante. Impuissante, elle marmonnait sans lever les yeux :

— Quand les hommes ne partent pas se faire tuer à la guerre, ils s'en vont pour tuer ceux qui restent.

Bien qu'il fît très froid, elle entreprit de sortir dans les chemins à « l'heure de la lune », pour quelques pas apaisants. Palou se contentait de la suivre sans comprendre, deux ou trois mètres en arrière, inquiet. L'hiver la prenait alors dans ses bras, lui tordait aussitôt le corps, se jouait de sa faible résistance. A peine s'en était-il emparé qu'il allait et venait en elle, semblable à une source glacée et, moins d'un quart d'heure plus tard, elle battait en retraite, à bout de forces, gelée jusqu'aux os, sur le point de défaillir. Irène l'accueillit un soir. Sur le visage de la grosse fille, Marie reconnut la tristesse qui longtemps avait animé ses traits, bien avant qu'elle ne devienne la femme de Guy. Marie aima cette bonne figure ronde, et plus encore ce geste amical de lui passer un châle sur les épaules et frotter son dos devant l'âtre.

— Ne fais pas ce genre de chose, Marie. Avec toi la mort n'y trouverait pas son compte, tu es bien trop jeune. Laisse le froid et l'hiver s'arranger entre eux.

— La vie n'est pas si drôle.

— Je sais, petite, j'ai payé ma part et tu vois, finalement, je ne suis pas malheureuse. Ton tour viendra, les hommes ne sont pas tous pareils. La guerre t'a changé le tien, mais qui sait si ce n'est pas pour que tu en trouves un autre ?

— Jamais ! Ce sera Théodore ou personne, ça j'en suis sûre et depuis toujours !

Irène leva les yeux et laissa retomber ses bras.

— Il est vrai que toi, quand tu as quelque chose dans la tête...

C'est sans doute ce soir-là, à cette minute même, que, forte de son caractère, tout bascula pour Marie. « Je suis née pour lutter, pas pour m'écouter gémir, je laisse les jérémiades à celles qui ont envie d'en crever, se dit-elle, se cachant sous les draps. Théodore reviendra, qu'il en termine seulement avec ses gamineries et je serai là pour le ramasser. Après tout, lui non plus n'a pas tellement rigolé, alors qu'il en profite. Oui, Théodore, je peux te comprendre, va à la rencontre de ce qui n'a ni forme ni nom, tu as encore besoin de te casser les dents, les hommes sont si bêtes parfois qu'il leur faut souffrir encore et encore pour comprendre. Nous nous reverrons, si tu ne le sais pas, moi je le sais ! »

A dater de ce jour, Marie retrouva un peu d'entrain, son visage se colora d'un léger sourire, elle ne se figea plus, ne cassa plus d'assiettes. La semaine suivante la vit reprendre ses habitudes, comme de retrouver Francette le mercredi, jour de marché.

Le cheval attaché, Edmond décida de l'heure des retrouvailles, puis se dirigea vers la place où les vendeurs de légumes dressaient habituellement leurs étalages en compagnie de quelques camelots. Marie s'en alla toquer à la porte des Gandon. Francette coiffa un chapeau, enfila un manteau par-dessus sa blouse et toutes deux partirent se mêler à une petite foule matinale. Des hommes, pour la plupart des paysans, ricanaient, groupés près de la mairie. Ils faisaient porter leur voix, insouciants de la trivialité de leurs propos. Plus loin, aux abords de l'église, des femmes de mineurs s'étaient rassemblées. Comme souvent ces jours-là, les plaisanteries mises à part, on évoquait la pluie et le beau temps. Puis, homme ou femme, on finissait, non sans un certain empressement, par habiller une connaissance. « En voilà un qui ne pourra pas se plaindre d'avoir froid aux côtelettes cet hiver ! » était-il dit en conclusion.

Ce jeudi-là Quentin Bellon alimentait la conversation de ces messieurs. Le maire, en costume de premier magistrat – costume de velours noir et large chapeau –, critiquait ouvertement le comportement du maître d'école qui, selon lui, n'accordait que peu de temps aux affaires de la commune.

— Bah ! disait l'un, depuis le départ de sa femme, ce gars n'a plus de goût à rien.

— Faut le comprendre, aussi, disait un autre, si tu étais parti trois ans te faire casser la gueule au nom de la liberté et que la Raymonde t'ait plaqué à ton retour, t'en aurais peut-être bien rien à foutre de la commune !

Etonnée d'entendre de tels propos, Marie se tourna vers Francette.

— La femme du maître d'école est partie ?

— Paraît-il, ce pauvre Bellon n'avait pas besoin de ça !

— Et sait-on pourquoi ?

— Ma foi, certains disent qu'elle ne s'habituait pas à la vie de la campagne, d'autres prétendent qu'elle serait malade, la poitrine, mais en fait, personne n'en sait rien. Si ça se trouve, on va la voir rappliquer un beau matin et nous serons tous bien mouchés.

Marie s'arrêta, comme si soudain elle avait eu une vision de *la* vérité. « C'est elle que Théodore a suivie à Clermont ! »

— Oh, fille, ne traîne pas, il fait bien trop froid. J'achète trois bricoles et on rentre, un bon café nous fera du bien.

De nouveau Marie fut obsédée, cette fois par un visage et un nom : Constance Bellon. Chaque seconde faisait résonner en elle ce patronyme comme une menace. Marie sentit la lame de la jalousie pénétrer son cœur. Hier, victime de son intuition, elle se donnait la possibilité de se tromper, aujourd'hui le cauchemar prenait forme : au-delà de toute supposition une rivale bien réelle existait, et elle admettait qu'un homme puisse perdre la tête pour elle et lui emboîte le pas pour l'accompagner au bout du monde. Un hurlement intérieur s'éleva en elle, équivalant à sa souffrance.

« Si Constance est amoureuse de Théodore, pensa-t-elle, alors je l'ai perdu à jamais. Elle est trop belle, trop distinguée. »

Ne pouvant faire part de ses craintes à Francette, elle se confia à Irène. La brave fille se campa solidement sur ses jambes, écouta et, mains sur les hanches, clama :

— Mais quelle idée, tu es devenue folle ! Théodore parti avec cette... cette mijaurée de la ville !

— Je ne pense pas me tromper, à bien réfléchir...

— Qu'en sais-tu, à la fin ? Tiens, moi, à ta place, j'irais faire une petite visite à Bellon. Parfaitement, lui, au moins, il saura te dire s'il est cornard ou pas et peut-être même par qui.

— Il va se moquer de moi quand il saura que j'étais pour me marier avec Théodore.

— Il ne manquerait plus que ça ! Tu sais, il est pas mieux loti que toi, le Bellon !

Finalement, Marie admit l'idée d'Irène. Elle attendit le jeudi suivant, sachant qu'il n'y avait pas classe ce jour-là, pour se présenter à la porte de la maisonnette, mais n'osa pas frapper et poursuivit son chemin. Ce n'est qu'une heure plus tard, voyant la nuit tomber, que Marie se décida à heurter le marteau sur sa plaque. De l'autre côté de la porte une chaise glissa sur le parquet, puis des pas d'une démarche claudicante se rapprochèrent ; enfin, la clenche levée libéra la porte.

« Je ne l'avais jamais vu d'aussi près, mais il est

vraiment rouquin ! » se dit-elle en souriant le plus naturellement possible lorsque Quentin Bellon parut dans l'encadrement.

— Vous vouliez me voir, mademoiselle ? demanda-t-il d'une voix infiniment douce.

Devant l'hésitation de sa visiteuse, il reprit d'un ton identique :

— Donnez-vous la peine d'entrer, la chaleur se sauve.

Marie entra. Il faisait bon, des meubles rustiques reluisaient dans les faisceaux d'une lampe à pétrole posée au centre d'une table ronde, des cuivres et des étains trônaient aux quatre murs de la pièce, sous l'escalier montant à l'étage des rondins de bois sec étaient entassés dans l'attente d'être jetés dans un poêle adossé à la cloison de la cuisine.

« C'est agréable », pensa-t-elle.

Quentin repoussa quelques cahiers d'écoliers, présenta une chaise à Marie et s'assit face à elle.

— Que puis-je pour vous ? S'agit-il de l'un de mes élèves ?

Marie secoua la tête, non, non, sa présence dans cette maison n'avait rien à voir avec son travail de maître d'école.

— Monsieur Bellon, commença-t-elle timidement, je m'appelle Marie Saulieux, je sers à la Grand-Combe, chez les Colignon, je devais me marier en mars avec un mineur de quatre ans mon aîné. Je... Je l'aime, mais lui, il est parti...

Quentin se redressa, soudain intéressé.

— Voulez-vous parler de Théodore Gandon ?

— Oui, vous le connaissez ?

— Si on peut dire. Je crois comprendre ce que vous

êtes venu chercher ici : savoir s'il est parti... avec ma femme ?

Troublée, Marie baissa brusquement les yeux et hocha la tête imperceptiblement.

— Pour être tout à fait franc, je n'en sais rien, mademoiselle Saulieux. A quand remonte son départ ?

— Un peu plus de deux semaines.

— Celui de ma femme date de plusieurs mois.

— Savez-vous si... Savez-vous si madame Bellon et... Théodore se sont connus ici ?

Quentin Bellon eut un petit sourire pitoyable.

— En effet, ils se sont connus ici, comme vous dites. Quand ? Je l'ignore.

L'un et l'autre gardèrent le silence, puis Marie se leva. Des larmes souillaient ses jeunes traits creusés par la détresse. Quentin se leva à son tour.

— Je voudrais, dit-il dans un souffle, trouver les mots susceptibles de vous apaiser, mais...

— Je comprends bien et je vous plains tout autant que je plaindrais un ami.

— Si, il y a une chose que je peux vous dire. Constance m'écrit de temps en temps, oui, nous entretenons une bonne relation, et dans ses lettres il n'est nullement question de Théodore. J'ajoute que Constance ne me mentirait pas.

Un léger sourire passa dans les yeux de Marie.

— Elle vit à Nice depuis plusieurs mois, reprit Quentin, dans sa famille et bientôt elle partira pour la Riviera italienne.

— Mais Théodore m'a expédié sa lettre de Clermont !

— Vous voyez, ils ne sont donc pas ensemble. Cela vous rassure-t-il un peu ?

— Oui, oh oui, je vous remercie, monsieur Bellon. Excusez-moi pour le dérangement.

— Ne vous excusez pas. Si j'ai pu vous aider un peu, alors j'en suis bien content. Cependant, je vous conjure de garder tout cela pour vous.

— Comptez sur moi !

Son pas était léger sur le chemin du retour, elle ne butait plus sur les cailloux comme à l'aller. La nuit confondait les alentours léchés par le faible halo de la lune. Marie resserra son paletot sur sa poitrine et laissa la gelée lui mordre les doigts. « Non, non, Irène, n'aie crainte, le froid ne me tuera pas ! » Constance au bout du monde, tous les espoirs étaient encore permis. Marie jubilait, peut-être Théodore tiendrait-il moins longtemps qu'il ne le croyait.

4

Théodore regretta que ce jour fût dimanche, ne pouvant compter sur la petite bonne des Dupré-Lignon. Déjà, la veille, il l'avait laissée filer – sans doute était-elle sortie en avance –, ce qui avait augmenté son impatience. Comment savoir si Constance avait écrit et si quelques informations avaient filtré, si ce n'est en attendant le lendemain !

Il quitta sa chambre après onze heures. La pension bougeait paisiblement. Une femme chantonnait, la ritournelle envahissait les couloirs, des portes se fermaient sans bruit, de l'eau ruisselait au fond d'une cuvette en tôle émaillée, des pas sonnaient sur le plancher. Au rez-de-chaussée la réception et la salle à manger, plongées dans l'obscurité, avaient un mystérieux air d'abandon. Théodore eut un petit sourire en passant devant les serviettes enroulées dans leurs casiers. « On dirait des canons en batterie, prêts à me tirer comme un lapin. »

Le froid ne réprésentait plus une menace. Mars

frissonnait dans les branches chargées de bourgeons. Jaude, désertée, s'étalait dans une flaque de soleil, un monde endimanché se pressait vers Saint-Pierre-les-Minimes. Les cloches semblaient appeler chaque fidèle par son nom. Cet après-midi, sur la grand-place, des parents promèneraient leurs enfants. Théodore calcula qu'il devait attendre une bonne heure avant d'espérer déjeuner. Il fit le choix de s'installer au Glacier, avec un journal, et d'attendre ; le menu mentionnait une « gratinée ». Attablé, il commanda un apéritif à Henri, de service ce jour-là, qui ne le reconnut pas. Levant le nez de son journal, il vit sur le trottoir un jeune homme passer à grandes enjambées, une longue pipe au bec, curieusement accoutré d'une veste trois quarts et d'un chapeau à bords plats, le cou protégé d'une écharpe lancée par-dessus l'épaule. « Un étudiant ! », pensa-t-il. Cette silhouette dépenaillée lui rappela un dessin de Félix Régamey, vu dans l'un des livres d'Echart, représentant Rimbaud en compagnie de Verlaine, à Londres, durant l'automne de 1872. Mais aussi ce même Rimbaud fraîchement débarqué à Paris, traînant de rues en boulevards, le cœur bondissant, le ventre vide, tellement décidé. Mais Jean Nicolas Arthur était ce génie qui dans peu de temps aurait, à vingt ans, clos l'œuvre la plus immense qui soit. Rimbaud, lui, ne courait pas après une femme mariée, envolée de surcroît, il portait en lui une souffrance qu'il excellait à traduire par écrit, dont il ne guérirait que la mort venue. A l'inverse, sans songer à établir de comparaison avec ce « frère bohème », Théodore se laissait submerger par des sentiments primaires qui ne faisaient que réduire ses dispositions à l'éveil de la vie. Il n'avait jamais osé tenter ce que son modèle avait réussi : quitter, à seize ans, le giron de la « mère Rimbe » et enfin libéré s'employer à la quête de son identité et de *sa* vérité. Il commencerait par enfoncer Hugo, dépasserait Baudelaire et Verlaine, ridiculiserait les Parnassiens, Banville, Gautier, de Heredia en tête, et « réinventerait » la mer sans l'avoir jamais vue. Voilà bien de quoi était capable ce Rimbaud né sous le signe du génie : gifler – et de quelle manière – les poètes salonnards béatement endormis sur leurs lauriers.

Je m'en allais, les poings dans mes poches crevées ;
Mon paletot aussi devenait idéal ;
J'allais sous le ciel, Muse ! et j'étais ton féal ;
Oh ! là là ! que d'amours splendides j'ai rêvées !

Théodore ferma les yeux, le Glacier ne ressemblait pas au club des « Vilains Bonshommes », et lui pas même à un rimailleur. Déjà, rien ne rappelait plus ce Théodore de douze ans qui, un jour de révolte, le ventre mordu par l'ennui, l'âme en désordre, s'était écrié : « Je quitterai la mine, mais aussi le pays. Je serai savant, nom de Dieu ! Je posséderai les armes contre la cruauté, je tartinerai des pages et des pages et clouerai le bec aux imbéciles ! » Le petit garçon plein de promesses disparu, restait l'apparence d'un jeune gars brisé à la guerre, tout juste capable de croire qu'une dame du « grand monde » tenait son lit ouvert dans l'attente de le voir s'y allonger.

Aujourd'hui Théodore mordait la poussière, Constance à des centaines de kilomètres d'ici, Marie évincée malhonnêtement, un mois après son arrivée il ressentait la désagréable impression d'être emporté par un courant dont il n'avait jamais imaginé la puissance de destruction.

La demie de cinq heures avait déjà sonné lorsqu'elle sortit enfin. Malgré un temps doux, elle portait toujours son manteau élimé. Il se dégagea du marronnier auquel il se tenait appuyé et lui fit un signe.

— Je vous cherche depuis samedi.

— Nous n'étions pas là, Madame rendait visite à une tante, dans la plaine, évidemment elle m'a emmenée. Et hier, je n'ai pas mis le nez dehors.

— Vous avez des nouvelles de Constance ?

— Moi non, mais une lettre est arrivée en milieu de semaine dernière.

Théodore montra sa déception.

— Dites, vous n'êtes pas très galant, vous me questionnez avant même de me dire bonjour, de plus vous m'abordez alors que je ne connais pas votre nom et que vous ignorez le mien.

Théodore soupira, puis il prit la jeune femme par le bras, l'enjoignant à accélérer la cadence.

— Venez, si vous n'êtes pas trop pressée, je vous invite.

Le Globe se remplissait. Avec l'apparition du soleil, quelques-uns de ces messieurs portaient des vestes légères et des canotiers de paille à ruban noir. Théodore se souvint qu'elle aimait le vermouth, il en commanda deux.

— Je me nomme Théodore Gandon, je viens du Cantal, où j'étais mineur.

— Il y a des mines dans le Cantal ?

— Oui, à Champagnac-les-Mines, précisément.

— Eh bien, moi, je suis née à Beaumont, un petit village de vignerons à quelques kilomètres d'ici. Mon nom est Mathilde Dullin. Je peux vous poser une question ?

— Allez-y.

— Qu'est-ce que vous lui voulez, à Constance ?

— Vous êtes bien curieuse.

— Pas plus que ça, mais vous insistez tellement pour savoir ce qu'elle est devenue !

— Vous le savez, je l'ai connue chez moi et... Très bien, je l'aime, voilà, et il faut absolument que je la voie !

— Je m'en doutais.

— Vous pouvez m'aider ?

Mathilde but une gorgée de vermouth.

— Peut-être... ça dépend.

— De quoi ?

— De votre attitude.

— Qu'est-ce que vous attendez de moi ?

— Que vous soyez mon amoureux.

Théodore détourna la tête avec un petit rire moqueur.

— Vous croyez que l'on décide d'aimer comme ça !...

— Vous êtes bien seul à Clermont, une amie vous aiderait à tenir en attendant de revoir Constance, si toutefois...

Mathilde interrompit sa phrase, se leva, prit son sac et ajouta :

— J'habite une chambre, 6, rue des Chaussetiers, au quatrième étage, je n'ai pas les moyens de me payer une pension, moi. Mon nom est sur la porte. Merci pour l'apéritif.

Mathilde sortit précipitamment, avec humeur, vexée. Le petit rire de Théodore l'avait blessée. Bien sûr, elle n'était pas belle comme Constance, ni riche, mais, dans ses bras, les hommes trouvaient leur bonheur, et ce mineur, s'il venait à y goûter, comme tant d'autres qu'elle avait choisis, aurait bien du mal à s'en passer.

« Décidément, se dit Théodore, ces filles de la ville sont peu ordinaires. »

Il se leva et suivit Mathilde à distance. Elle enfila la rue des Petits-Gras, aboutit rue des Chaussetiers, où des mères de famille chargées de cabas se pressaient aux étalages des marchands de fruits et de légumes. Des enfants braillards s'échappaient dans la rue étroite, provoquant les hurlements des femmes rendues acariâtres. Mathilde acheta un bout de pain, de la viande, s'attarda pour le plaisir, puis gagna le numéro 6. Théodore s'esquiva avant d'être vu.

Il dîna et ressortit, impatient de se retrouver à l'air libre, le petit jeu éculé auquel se livraient régulièrement Labure et Poidas à l'heure du dîner l'agaçait prodigieusement. Il partit dans la nuit et aboutit devant un beuglant repéré quelques jours plus tôt, quartier Fontgiève. Le café-concert à l'enseigne du Chien qui pêche passait pour être un repaire de mauvais garçons et de filles faciles. Il descendit six ou sept marches, aussitôt asphyxié par les fumées de pipes et de cigares bon marché. La salle était une cave voûtée avec un comptoir, quelques tables rondes et une scène, où à cette heure un homme grand et maigre, un petit anneau à l'oreille, pliait et dépliait son accordéon en chantant les succès parisiens. Théodore se fraya un passage vers le comptoir, commanda un marc.

— Tu viens de la part de qui ? le questionna l'homme installé derrière le bar.

— De personne, je passais, je suis entré.

L'homme le dévisagea de nouveau puis consentit à lui verser son marc.

— Bois, paye et sors ! lança-t-il d'un grand coup de gueule destiné à couvrir l'accordéon.

— Pourquoi, je dérange ?

— Ici, on ne reçoit que des gens qui peuvent payer du champagne et qui sont bien habillés, ordre de la direction ! Maurice, tu reconduiras monsieur jusqu'à la sortie.

— Reste assis, je connais le chemin.

Théodore se retrouva dans la rue, plus désemparé que lors de son arrivée. Il s'apprêtait à remonter la rue et à regagner sa chambre, lorsqu'il s'entendit interpeller :

— Théodore !

Mathilde arrivait, accompagnée d'un homme tiré à quatre épingles. Très grand, il dominait la bonne des Dupré-Lignon de la tête et des épaules, enserrant sa taille d'une main, faisant virevolter une canne à pommeau de l'autre. Une cigarette pendait à ses lèvres. Quelque chose d'insouciant se dégageait de son regard, qu'il cherchait à durcir en plissant les paupières. Mathilde souriait, heureuse d'être vue au bras d'un élégant. Ses pommettes poudrées, ses lèvres peintes, ses sourcils soulignés de noir transformaient son visage en un masque plaisant. Sa tenue, sorte de fourreau satiné achevé d'un volant frangé, dénudait ses jambes au-dessus des genoux. Un bibi, négligemment plaqué de côté, sur lequel frissonnait un bouquet de plumes d'oiseau de paradis, finissait de lui donner un petit air frondeur.

— Je ne m'attendais pas à vous revoir si vite, et encore moins dans ce quartier ! clama-t-elle, surprise. Monsieur Frédéric, ajouta-t-elle à l'adresse de l'homme à la canne, je vous présente Théodore Gandon, un ami. Quand il n'est pas mineur de fond, il court la grande bourgeoise, mariée qui plus est.

« Monsieur Frédéric » prit sa cigarette entre l'index et

le majeur de sa main droite et, l'exhibant comme un cierge, souffla longuement sur la cendre. Puis il exécuta deux ou trois par de côté, lestement, le visage impassible, faisant mouliner sa canne et, apparemment satisfait de cette esquisse chorégraphique, un doigt porté au bord de son chapeau, disparut dans l'antre du beuglant.

— Moi non plus, je ne m'attendais pas à vous trouver ici. Vous cachez bien votre jeu.

— Vous croyez peut-être que je vais passer ma vie à dépoussiérer les Dupré ?

— Votre ami, là, Frédéric... il m'a tout l'air d'un beau spécimen de... Et vous, accoutrée ainsi...

Mathilde partit d'un grand éclat de rire.

— D'une poule ! Vous alors, vous avez l'œil ! Finalement, vous n'êtes pas si bête que ça, à la campagne ! Eh oui, deux ou trois fois par semaine je viens... enfin je fais payer ma fréquentation, quoi ! Mais attention, qu'avec du beau linge, hein ! Même que j'ai une peur bleue de voir débarquer mon patron.

Théodore la regarda quelques secondes, puis tendit le bras et tapota l'épaule de la jeune femme, comme pour lui signifier qu'il partait.

— Amusez-vous bien.

— Non, attendez.

— Je vais me coucher, Mathilde. Je me lève très tôt...

— Mais il est à peine dix heures ! Si vous venez chez moi, je vous dirai quelque chose que je sais sur Constance, que je ne vous ai pas dit.

— Pourquoi ?

— Pour que vous reveniez me voir, pardi !

Théodore, agacé, passa une main dans ses cheveux.

— Je ne sais pas à quoi vous jouez, mais... Bon, je

suppose que ce que vous avez à me dire ne peut pas s'entendre ailleurs que chez vous ?

Mathilde ferma les yeux et inclina la tête avec une moue significative.

— Alors, allons-y, vite !

Il ne leur fallut pas plus de dix minutes pour relier la place Gaillard à la rue des Chaussetiers. Au 6, un escalier étroit s'élançait vers les étages empuantis d'odeurs de moisissures, dont on devinait qu'elles déferlaient depuis les mansardes insalubres. Mathilde précéda Théodore jusqu'à sa porte.

— La montée est assez sinistre, mais une fois arrivé on est bien, fit-elle remarquer alors que déjà elle retirait son bibi et faisait glisser sa robe fourreau le long de ses jambes gainées de bas de coton clair.

— Tu permets, je me mets à l'aise. Fais-en autant.

— Vous vous déshabillez ? questionna Théodore, décontenancé.

— Tu t'imaginais que je me couchais tout habillée ! Retire tout ça, vite, après tu m'emmèneras souper.

Théodore, sans voix, regardait ce corps inconnu se révéler à ses yeux, songeant que pas une fois il n'avait imaginé le posséder. Et ne put s'empêcher de le comparer à ceux de Marie et de Constance, deux éclats d'un cristal limpide, exempts de défauts, qu'il avait, animé d'un insurmontable désir, ardemment lissés de ses mains. Mathilde, dans l'obligation de tricher, avait recours aux subterfuges qu'offrait la mode d'alors. Prisonnière de ses idées, elle enfermait sa taille et son buste, qui s'en trouvaient façonnés aux formes de l'armature féroce d'un corset. Qu'elle défit aussi. Puis elle s'abandonna aux draps frais, les yeux mi-clos, faisant mine de s'assoupir.

— Excusez-moi, Mathilde, trancha Théodore, mais je ne me sens pas fait pour ce genre de plaisir, en tout cas, pas comme vous l'entendez. Maintenant c'est à vous de décider si ce que vous avez à me dire est important ou non.

Mathilde se redressa. La déception allongeait son visage.

— Evidemment, je ne suis pas Constance, dit-elle d'une voix atone.

— Constance n'a rien à voir avec ça. Simplement, je pense que l'amour est quelque chose de trop rare pour être gaspillé.

— Dommage, c'est un homme comme vous qu'il me faudrait. En tout cas, je ne me reprocherai pas de ne pas avoir essayé.

Théodore se détourna pour regagner la sortie, mais arrêta son geste après quelques pas ; Mathilde s'était assise sur le bord du lit et lui demandait d'attendre.

— Je vous ai dit qu'une lettre de Constance était arrivée en milieu de semaine dernière, lança-t-elle.

— Je me souviens.

— Eh bien, elle venait d'Italie.

Théodore, soudain intéressé, revint sur ses pas.

— D'Italie ?

— Oui, Madame a brandi la lettre devant Monsieur et a dit comme ça : « Constance nous écrit de la Riviera italienne. »

— Et puis ?

— Et puis rien. Vous ne pensez tout de même pas qu'ils me l'ont donnée à lire !

— D'Italie... répéta Théodore, hagard.

— Qu'est-ce que vous allez faire ?

Il ne répondit pas. Reprenant sa marche vers la sortie, il ouvrit et referma calmement la porte, descendit les quatre étages et parvint dans la vieille ruelle, soulagé de sentir la fraîcheur de mars l'inonder de la tête aux pieds.

5

Depuis qu'il savait Constance hors de France, Théodore avait abandonné toute velléité de départ pour le Midi. L'idée lui était en effet venue de boucler sa valise et de courir à Nice. Un acte cependant qu'il jugeait audacieux. Aborder Constance ici, à Clermont, ville familière, où nombre d'habitants épousaient sa condition, lui semblait faire partie d'une logique qu'il se devait de suivre jusqu'au bout, ce, en dépit de la différence existant entre son monde et celui où évoluait Constance. Alors que débarquer à Nice, ville retorse pour qui n'était aucunement affilié à la coterie, revenait à échouer en terre inconnue au pied d'une forteresse imprenable.

Théodore avait senti nettement ses forces décroître ces derniers mois. Ses pensées même, à l'évocation de la lointaine Riviera, se brouillaient. Sa résistance s'effritait. « Notre pâle raison nous cache l'infini », se souvenait-il avoir lu chez Rimbaud. Lentement, le découragement faisait de sa carcasse un lieu idéal où nicher. Et la crainte de s'être trompé, plus encore l'incapacité à reconnaître son erreur – synonyme d'échec –, l'entraînait dans d'interminables nuits blanches.

Avril expirant avait cédé devant un mois de mai haché des derniers grains de l'hiver. Ultime élément tangible, en somme, d'une saison allant inexorablement vers sa finitude. Cela se présentait toujours par une barbe de brume naissant au petit jour, pour se transformer en une pluie diluvienne à l'heure où la ville s'éveillait.

Il pleuvait à verse quand Théodore franchit, avec retard, le porche des établissements Conchon-Quinette. Aux heures sans sommeil avait succédé un brusque épuisement, lui retirant toute volonté le moment venu de sauter à bas du lit. Comme la veille et l'avant-veille, le jour s'était levé alors qu'il venait à peine de s'endormir. C'est Annette qui, trois matins de suite, l'avait tiré des draps, lui évitant un trop grand retard. Par son comportement – sa façon d'agir en tout avec générosité –, Annette, fille dévouée, lui rappelait Marie. Comme elle, Annette possédait cette délicatesse innée qui rend parfois les êtres les plus inattendus tellement attendrissants. Labure ne s'était pas trompé à son sujet, la jeune servante valait qu'on s'y intéresse.

Théodore saisit une première balle de tissu à bras-le-corps et la bascula sur le chariot, puis une deuxième, une troisième, avec l'idée un peu ridicule de se faire pardonner ses retards successifs.

— Tu veux rattraper le temps perdu ? lui demanda Maglon.

Théodore releva la tête et lui décocha un bref sourire. « Il est vrai que depuis quelques mois, je suis devenu un champion de la spécialité », se dit-il.

— Il y a un peu de ça !

— Ouais, eh bien t'esquinte pas, ça changera rien Tout comme moi, tu dois être dans le collimateur de Lachamp, et t'attends pas à ce qu'il te fasse une fleur.

— Le directeur ? Qu'il m'en veuille pour mes retards, passe, mais à toi, qu'est-ce qu'il reproche ?

— Tu devineras jamais ! De trop boire ! Tu te rends compte, on voit bien que c'est pas lui qui marne ! Il m'a mis une semaine à pied, la vache, à partir de demain !... Déjà que les patates se montaient pas dessus dans la gamelle, cette fois elles seront tranquilles pour jouer aux quatre coins. Sans parler du savon que la Mariette va me passer !

— Lagrange n'a pas cherché à te défendre ?

— Bah ! tu parles, il a bien trop les foies.

— Il n'a pas dit un mot ?

— Comme je te le dis, fils !

Théodore se tut un instant, puis ajouta :

— Je vais attendre la pause et j'irai faire la connaissance de Lachamp, que je n'ai pas encore eu l'honneur de croiser.

Du premier étage, le directeur avait une vue complète de la cour et de l'entrée principale. Un long couloir, succession de box vitrés, plus ou moins grands, où travaillaient des employés comptables et des secrétaires, aboutissait à son bureau, humble pièce boisée, d'un mobilier succinct, fonctionnel. Réputé pour son sens de l'organisation, Lachamp servait avec zèle les intérêts d'un patron le plus souvent parti sur les routes visiter magasins et succursales, soit cent cinquante points de vente que comptait l'entreprise jusqu'à Sète, La Rochelle, Saint-Brieuc, Grenoble. Hippolyte Conchon-Quinette, « le père Conchon », comme le nommait son personnel, régnait en maître incontesté sur cette toile tissée à travers la France. Jouissant de prestige auprès de ses ouvriers et ouvrières (ne parcourait-il pas chaque matin plus de trente kilomètres à bicyclette afin de rallier son bureau), il était, disait-on, « estimé de beaucoup mais aimé de peu ».

— Entrez ! beugla-t-on de l'autre côté de la porte.

Théodore entra, nullement impressionné par le ton impératif de Lachamp.

— Monsieur ! lança celui-ci. Que me vaut l'honneur ?

L'homme s'était dressé, sourcils froncés, prenant appui des deux poings sur le bureau. Il portait une forte tête sanguine ornée de cheveux blancs coupés en brosse, ajustés à une barbe argentée. Deux ovales bruns de part et d'autre de l'arête épaisse du nez indiquait l'emplacement d'un lorgnon censé rendre la vue à des yeux de myope. Son gilet, tendu à l'extrême, contenait une panse ballonnée sous laquelle disparaissait le premier bouton du pantalon.

— Bonjour monsieur, mon nom est Théodore Gandon...

— Je ne l'ignore pas, figurez-vous, enchaîna sèchement Lachamp. Il y a un peu plus de deux mois que vous travaillez au déchargement des matières premières en compagnie de messieurs Colère et Maglon.

— C'est juste, et à propos de Maglon...

— Eh bien ?

— Je trouve la sanction infligée disproportionnée. Certes, il...

— Aucune loi ni personne ne m'interdira de renvoyer temporairement, ou définitivement, si cela est nécessaire, un ouvrier trouvé plusieurs fois en état d'ébriété.

D'un mouvement de tête vers le haut, Lachamp

dégagea son double menton de son faux col en celluloïd, puis, prenant le temps d'ajuster son lorgnon, ajouta :

— Seriez-vous de ces gens voués à voler au secours des causes perdues ? Ou bien de ces réfractaires envoyés en délégation, prêts à brandir la menace d'un arrêt de travail afin que plie la direction ? De même que votre nom, je sais depuis peu votre action menée dans les mines de Champagnac, par conséquent de quoi vous êtes capable.

Lachamp s'était assis. Ses doigts courtauds et graisseux tapotaient le maroquin recouvrant son bureau.

— La vie, parfois, vous remet en selle, parfois pas, reprit-il, s'amusant d'afféteries. Il est remarquable, ne trouvez-vous pas, qu'un ouvrier ayant lui-même beaucoup à se reprocher, cherche à disculper...

— Maglon n'a rien d'un coupable, monsieur le directeur. En buvant un peu plus souvent qu'à son tour, il se contente d'oublier sa vie et d'enjoliver ses rêves. Son tort est que sa condition ne lui permet rien de plus que de s'offrir un mauvais vin, sans autre choix que de l'écluser au grand jour, à l'inverse de ceux plus chanceux qui ont tout loisir de se cacher pour en siroter du meilleur. Laissez boire tous les Maglon, monsieur, si vous voulez qu'ils produisent de la sueur.

— Gandon, ricana Lachamp, soudain debout, de quelle espèce êtes-vous donc à la fin ? De ces... syndicalistes ?

— Ah ! tout de même, le mot est lâché ! J'ai craint un instant que vous n'en reconnaissiez pas la valeur.

Le gros homme laissa son regard se perdre au plafond, puis fit quelques pas en direction de la fenêtre. Sous ses yeux, Maglon, Colère, d'autres ouvriers venus des ateliers de coupe mangeaient et buvaient assis à l'abri d'un appentis. Un temps maussade noyait le quai. Malgré cela la dizaine d'hommes menait un chahut contenu, mais joyeux, s'échangeant vin et nourriture. Une force évidente – Lachamp n'avait jamais eu conscience à ce jour du danger qu'elle représentait – se dégageait du groupe. Une solidarité, peut-être même une fraternité, scellait ces gens plongés dans le même bain. « Il suffirait qu'un seul d'entre eux agite quelques idées pour qu'ils fassent bloc et que tout démarre... », songea le directeur, tout à coup assailli par l'angoisse.

— Mon travail est de combattre les gens de votre acabit, reprit-il face à Théodore. Monsieur Conchon compte sur moi pour que sa maison tourne sans heurt ni faiblesse, et ce serait le trahir que de vous garder parmi nous. Aussi, ne pouvant prendre le risque de conserver un fauteur de troubles capable de mettre le feu aux poudres du jour au lendemain, qui plus est qui accumule les retards, je vous chasse. Je suis au regret, mais vous ne faites plus partie du personnel des établissements Conchon-Quinette. Je vais vous demander d'attendre en bas, le temps que le chef comptable calcule votre dû, et vous quitterez les lieux.

Théodore – un léger sourire barrait son visage – considéra Lachamp d'un œil ironique.

— La peur vous fait agir bêtement, monsieur le directeur, dit-il, une main sur la poignée de porte. J'ai connu des hommes comme vous à la guerre, ils s'effrayaient à la vue de leur ombre et tiraient, de sorte que, repérés par l'ennemi, ils appelaient le malheur alors que nous faisions tout pour l'éviter. Mais c'était la guerre. Les peureux n'y survivent pas.

Il quitta le bureau et descendit rejoindre ses

compagnons. La pause s'achevait, les bouteilles disparaissaient dans les musettes, un à un les couteaux s'en allaient mourir au fond des poches, les casquettes se vissaient sur les têtes. Une immense fatigue nourrissait des envies de dormir, et on grommelait ici et là, s'étirant, bâillant. Lentement l'appentis se vida, au refrain poussif de quelques machines à vapeur s'ajouta le sifflement feutré des courroies sur les poulies. La journée se poursuivait.

Théodore se campa entre Maglon et Colère. L'un et l'autre s'arrêtèrent de charrier les balles du camion aux chariots.

— Qu'est-ce qui t'arrive ? demanda le premier Amédée Colère. Tu as l'air tout réjoui.

— Non, je ne suis ni réjoui ni triste, je suis viré. Foutu dehors, débauché.

— Tu dis ?

— Que Lachamp m'a mis à la porte, avec effet immédiat.

— Le motif ? questionna encore Colère, soudain agressif.

Théodore haussa les épaules.

— Sans doute me trouve-t-il trop subversif, et il craint qu'un jour ou l'autre je vous incite à vous rebeller. La menace d'une grève terrorise le bonhomme, surtout en l'absence du père Conchon.

— Elle est un peu raide, celle-là, cria Amédée. D'abord Maglon, ensuite toi ! Alors quoi, on est des chiens qu'il chasse à coups de pied quand bon lui semble !

— Il y a de ça, mon cadet, reprit Maglon.

— Sacré nom de Dieu ! On va voir ! Y a trop longtemps que ça dure, ces pratiques !

Colère s'enfonça dans les ateliers, déjà il hélait les uns et les autres et sa voix tonnait sous les cintres métalliques.

— Je le connais l'Amédée, il est bien capable de foutre le bordel !

Lucien Maglon souleva sa casquette, qu'il fit retomber sur l'arrière de son crâne, et prit le chemin des ateliers. Théodore se détourna, un léger rictus ornait ses lèvres.

— Si Dieu existe, il m'est témoin que je n'aurais poussé personne, marmonna-t-il pour lui-même.

Mansard, le chef comptable, arrivait. Il avait en main une enveloppe, qu'il tendit à Théodore d'un air navré.

— Votre compte, dit-il de sa voix fluette.

Puis il s'écarta de deux ou trois pas, peut-être pour permettre à Théodore de vérifier le contenu de l'enveloppe, lorsqu'il fit volte-face, intrigué.

— Que se passe-t-il ? Le quai est désert. On dirait que tout le monde a arrêté de travailler.

Théodore prit un air étonné et jeta un coup d'œil circulaire.

— C'est ma foi vrai. Ecoutez !... Vous entendez ?

— Quoi ?

— Eh bien mais, dans les ateliers..., vous entendez comme ça gueule ? J'ai l'impression qu'ils ont débrayé. Si c'est le cas, ça va faire vilain d'ici peu. A votre place je préviendrais Lachamp.

— Voulez-vous dire que les ouvriers ont déclenché un mouvement de... de...

— De grève ! C'est pas impossible. Vous savez, c'est comme un rhume ces affaires-là, ça prévient pas. Ça vous tombe dessus et vlan ! vous voilà cloué au lit on ne sait pour combien de temps. Evidemment, toujours au mauvais moment.

— Mais… mais pour quelle raison ?

— Ah ça ! je n'en sais rien. Mais, tout à fait entre nous, les raisons ne doivent pas manquer.

— Je vais immédiatement prévenir monsieur Lachamp.

— C'est ça.

Mansard détala au grand galop. Un groupe d'une cinquantaine d'ouvriers commençait à se former à l'entrée des ateliers. Lagrange, le seul à tourner le dos au quai, tentait de retenir la meute. Mais la présence du chef d'équipe n'eut guère d'effet sur la détermination des ouvriers à vouloir se rendre sous les fenêtres de Lachamp. Certains, armés de bâtons et de pierres, s'échappaient pour aller se placer au centre de la cour et hurler leur colère.

Lachamp, les poings sur les hanches, parut dans l'encadrement de la fenêtre. Il l'ouvrit, bouillonnant de rage et, penché en avant, cramponna la barre d'appui. Sa face cramoisie tremblait : le nez chevauché de son lorgnon, il cherchait à identifier les visages des ouvriers rassemblés à présent dans la cour. Chacun fixait le directeur dans le plus grand silence.

— Vous aviez raison sur un point, Lachamp, lança Théodore les mains dans les poches, je représentais bien à terme une menace pour le bon fonctionnement de l'usine, mais tort sur un autre, ce n'était pas « du jour au lendemain », mais d'une minute à l'autre. Bien le bonjour, monsieur le directeur.

Théodore tourna les talons en direction de la porte ogivale, qu'il passa, saluant d'un geste désinvolte.

Les premiers jets de pierres atteignirent leur but : des vitres se brisèrent ; des slogans repris à gorge déployée passèrent l'enceinte. Le tumulte grandissait.

6

De retour à la pension, aucunement troublé par sa nouvelle situation, il s'accorda une longue sieste avant de se plonger la tête dans la cuvette, de se raser et de passer une chemise propre. Puis il ressortit. Déjà les rues s'animaient. Des hommes, des femmes, tristes, avançaient la tête rentrée dans les épaules. Palliant les pluies du matin, une petite bruine imbibait la ville. Théodore se posta au bas de la place Suny et attendit. Mathilde ne tarda pas.

Près d'une quinzaine de jours qu'il ne l'avait revue. La veille elle avait laissé un billet à la pension enjoignant Théodore de la retrouver au plus vite. Nul doute qu'elle détenait quelques nouvelles concernant Constance.

L'espoir revenait.

Mathilde (elle ne portait plus de manteau, mais une veste légère, cintrée, qui découvrait de fortes hanches) inclina son parapluie.

— Mais vous êtes trempé !

— Oh, ce n'est pas très grave. Abritons-nous tout de même.

— Prenez mon parapluie, je vais me serrer contre vous, et amenez-moi au Globe pour changer.

— D'accord pour le Globe, mais dites-moi si depuis tout ce temps vous avez enfin des nouvelles.

— Des nouvelles, je pense bien, et des bonnes. Elle est de retour.

— Vrai ?

— Comme je vous le dis. Mais qu'est-ce que vous faites ? Tenez ce parapluie, je prends tout sur la tête !... Elle est à Durtol, votre Constance, chez les grands-parents, depuis trois ou quatre jours. Je le tiens de Louis, le chauffeur, c'est lui qui a été la chercher à la gare, et deux de ses malles sont arrivées chez nous.

— Merci pour la bonne nouvelle, Mathilde. Vous êtes une brave fille, et pas rancunière.

Comme toujours à cette heure, le Globe recelait une clientèle bruyante. On faisait table par quatre ou six, dans l'attente de retrouver les obligations familiales. Ou bien peut-être patientait-on jusqu'à vingt heures pour traverser la rue, gravir les marches du théâtre, où le lever de rideau aurait lieu trois quarts d'heure plus tard.

Ils commandèrent deux curaçaos.

— Vous savez où se trouve la maison des Dupré, à Durtol ?

— Oui, en fait elle est à la sortie du village, entre Durtol et Ternant, vous ne pourrez pas la rater, elle se remarque assez avec sa tour pointue. Il y a aussi à l'entrée un portail en fer forgé, très haut, très large, avec un mur qui ceinture toute la propriété. Mais, un conseil, allez-y de jour, parce que de nuit ils lâchent des chiens et ce ne sont pas des bichons, je vous prie de le croire.

— J'irai demain.

— Vous ne passerez donc jamais la main ?

— Non, c'est pour elle que je suis ici.

— Et si vous n'étiez qu'une toquade pour elle ?

— Peut-être, mais j'attendrai de l'entendre de sa bouche pour le croire.

— Mais il se peut que Constance…

— Non, non, n'essayez pas de me décourager, vous n'y parviendrez pas.

— Bon. Tenez-moi tout de même au courant, j'ai hâte de connaître la suite des aventures du « mineur et de la bourgeoise » !

Cette nuit-là, Théodore dormit comme un plomb. Apaisé, aucune pensée relative à de lointaines contrées italiennes ne vint le soustraire au repos. Depuis la fin de l'après-midi son cœur battait à toute volée, son sang bouillonnait, encore quelques heures et il retrouverait celle qui depuis neuf mois ne cessait de hanter ses rêves les plus doux.

Il était déjà debout quand le jour pointa. Une aube lourde s'affirmait selon le rite établi : brumeuse. Il attendit un peu avant de descendre, guettant les pas d'Annette dans l'escalier. Qu'il entendit peu après six heures, légers, afin que ne craque aucune des marches de vieux bois. Quand, enfin habillé, il rejoignit le rez-de-chaussée, la cuisine exhalait une bonne odeur de café et de pain frais.

Annette ne cacha pas son étonnement de le voir à cette heure, planté dans le hall. Réprimant un petit cri, elle porta sa main à sa bouche.

— Mon Dieu, souffla-t-elle, c'est ma faute, j'ai oublié de toquer à votre porte !

— Non, ne vous inquiétez pas, je ne travaille plus chez Conchon-Quinette, depuis hier.

— Ils vous ont licencié, à cause des retards ?

— Oui, c'est ça. Oh, je trouverai facilement autre chose, des boulots comme celui-ci ne manquent pas. Mais je reste votre pensionnaire, enfin pour le moment... Tant que je pourrai payer.

Annette considéra Théodore de son doux regard, puis précipita le mouvement vers la salle à manger.

— Venez, chuchota-t-elle, avant que les autres ne descendent je vais vous servir double ration de café, de tartines, de beurre, de confiture, que vous teniez jusqu'à ce soir. Parce que j'ai l'impression, que par souci d'économie, vous ne vous mettrez pas à table ce midi.

— Votre impression est bonne.

Théodore s'était emparé des mains de la jeune femme, ses yeux pénétraient son regard timide.

— Merci pour tout ce que vous faites, Annette, murmura-t-il.

— Oh, ce n'est rien. C'est bien naturel...

— Non, vous n'en faites pas tant pour Labure, pourtant vous ne lui êtes pas indifférente. Vous le savez ?

— Oui, mais le professeur ne m'intéresse pas le moins du monde. Alors que... Ne vous tourmentez pas, si vous ne parvenez plus à payer votre mois, je pourrai toujours mettre de la nourriture de côté ; quant à dormir... je... enfin, on trouvera bien une solution.

C'était au tour d'Annette d'enserrer les mains de Théodore, de le fixer ardemment. Leurs visages étaient si proches que... Mais on descendait l'escalier, sans ménagement.

Ils durent se séparer.

Théodore sortit de Clermont par le col de La Baraque, route principale en direction d'Aubusson. Les contreforts des Dômes s'élevaient en des pentes raides et continues. Le ciel couleur d'étain cumulait sur les cimes des épaisseurs nuageuses. Gorgées, elles se tenaient prêtes à éclater.

« Manquerait plus que ça ! » se dit-il, engagé sur une portion de route sans abri.

Durtol, accroché à flanc de montagne, renseignait sur ses origines de village auvergnat par un cœur constitué de maisons aux reflets bleutés, couleur de lave, dont quelques-unes, parmi celles, guindées, de tuiles rouges, demeuraient couvertes de paille roussie.

Il l'atteignit après plus d'une heure de marche.

Des femmes à la fontaine – où il prit un peu de repos assis sur la margelle – lui confirmèrent qu'il était bien sur le chemin de Ternant. Lorsqu'il repartit, dix heures sonnaient au clocher, les gras nuages du matin se délitaient peu à peu en une longue traîne grisâtre, dégageant certains sommets. Le ciel dans son immensité se révélait d'une incroyable pâleur.

La route s'élevait encore. Elle fuyait en bordure de forêts, tantôt droite, tantôt sinueuse, et il faisait frais à couvert des hautes branches. L'imposante bâtisse se dressait au détour d'un lacet. Sa tour, en façade – pique lancée vers le ciel –, conférait une noblesse feinte à l'ensemble, de même l'alignement des fenêtres, les hautes cheminées semblant osciller dans le vent achevaient de peindre une habitation aux prétentions avouées. Le parc, d'allure champêtre, comptait, outre d'innombrables massifs de fleurs gracieusement agencés, des cèdres immenses et autant de chênes centenaires. Sur le dénivelé important – il épousait en tous points la forme de la montagne sur plusieurs hectares –, des marches, aux endroits les plus forts, permettaient d'escalader une succession d'épaulements rétifs. Dans le bas du terrain, un petit pont d'apparat enjambait un filet d'eau spécialement détourné du ruisseau voisin, à seule fin de réjouir l'œil.

Là, vivait Constance.

« Evidemment, songea Théodore, ça a de la gueule ! »

Il longea la propriété ceinte du mur aboutissant au portail, qui était tel que Mathilde l'avait décrit : de fer forgé, large et haut. Une allée de terre en partait pour virer sur la droite, au-delà de quatre buis coniques, et sans doute aboutir à un escalier, à un perron.

« Le tout est d'arriver sous les fenêtres », songea Théodore.

Franchir le mur, se faufiler dans le parc et atteindre l'arrière de la maison pour ensuite tenter d'apercevoir Constance paraissait la solution la plus radicale. Restait à s'en convaincre. Le risque de se faire surprendre l'incitait à la réflexion. Découvert, il le serait par les gens de la maison, qui n'hésiteraient pas à en référer à leurs maîtres. Jugé par ces derniers comme un homme capable de s'introduire en plein jour dans la propriété d'autrui, doué, par conséquent, d'arrière-pensées, qui sait s'ils ne mêleraient pas les gendarmes à l'histoire ?

« Comme retrouvailles, ce serait réussi », se dit-il tout en secouant la lourde grille désespérément verrouillée.

Théodore traversa la route et s'installa sur le monticule du fossé. Attendre lui parut le plus simple. D'autant que, tôt ou tard, quelqu'un viendrait certainement à entrer ou à sortir, qui le renseignerait sur les habitants de la maison. Il patienta longtemps, avant que la pluie ne le suprême et ne le repousse en lisière de forêt. En face, rien ne bougeait.

Il attendit ainsi plus d'une heure, sous une pluie fine, pour voir enfin surgir une automobile, sorte de camionnette, en provenance de la ville. Parvenu au seuil de la grille, le conducteur stoppa son engin et en descendit muni d'un trousseau de clefs. Théodore en profita pour l'interpeller. Il servait bien les Dupré-Lignon mais seulement à titre de livreur. Bonhomme, il ne se fit guère prier pour renseigner cet inconnu tellement pitoyable, prenant l'eau comme une vieille coque.

— Bref, conclut-il, vu que les commerces sont assez éloignés, je les ravitaille chaque jour en tout. Et pas pour rien, croyez-moi, qu'il y en ait pour dix ou pour deux le tarif bouge pas, pour ça ils sont pas regardants.

— Combien sont-ils en ce moment ?

— Ma foi, le compte sera vite fait étant donné que tout le monde a mis les voiles hier. Le seul à demeurer là c'est le père Paulant, le jardinier. Faut dire aussi qu'il fait fonction de gardien. Et moi aujourd'hui je viens chercher deux, trois bricoles que j'ai pas pu embarquer.

— Vous êtes sûr qu'il ne reste pas une grande jeune femme brune, qui serait la petite-fille des deux vieux ?

— Personne, je vous dis. Il n'y a plus personne.

— Il me serait possible de rentrer avec vous ? Je questionnerais le jardinier.

L'homme partit d'un grand éclat de rire.

— Le vieux Paulant ? Vous aurez du boulot pour lui faire décrocher un mot, le pauvre type est sourd et muet !

Théodore accusa le coup.

— Où sont-ils allés ? questionna-t-il encore.

— Monsieur et Madame ? Mais à Vichy, pour la cure,

comme tous les ans au mois de mai. Quant aux autres, je pourrais pas vous dire où ils sont, j'en sais foutre rien.

« Ce n'est pas possible ! pensa Théodore, abasourdi. Constance n'a pas pu arriver et repartir aussitôt ! »

Il se détourna du livreur. Celui-ci le salua, puis avança son véhicule au-delà du portail, s'arrêta de nouveau, vint le refermer et, empruntant l'allée, disparut derrière les buis.

— Garce de Mathilde ! jura Théodore entre ses dents, elle m'a encore raconté des blagues.

Lentement il revint sur ses pas. Il oublia la grosse bâtisse et son parc arboré, la pluie se faisait plus forte, chaque cime de sapin ou de hêtre semblait coiffée d'une voilette disproportionnée à son tour de tête. L'humidité l'avait saisi. S'abriter devenait nécessaire. De retour à Durtol, il dénicha un bistrot où, grelottant, il réclama du vin chaud. Puis il se défit de sa veste, sa chemise trempée collait à son torse, son pantalon aux cuisses ; il aurait aimé les retirer, sentir sur sa peau les bienfaits d'une eau tiède et s'endormir dans la chaleur d'une paire de draps propres.

Il demeura assis à table, sous le regard éberlué de la tenancière. Encore une fois Constance lui échappait. « Quand je prétendais, dans ma lettre à Marie, partir *à la rencontre de l'impossible*, je ne savais pas à quel point cela était vrai », pensa-t-il, se moquant de lui-même. Il finit par s'assoupir, à même la table, la tête sur le bras, fiévreux.

Vaincu.

Lorsqu'il s'éveilla, les heures s'étaient envolées, silencieuses, lugubres comme la petite salle du bistrot où il restait l'unique client. Il se redressa, hagard, les reins et les épaules courbatus. Debout, il régla son verre, puis se renseigna auprès de la patronne sur la possibilité d'un transport quelconque qui le ramènerait en centre-ville.

— Vous voulez dire un taxi ?

— Pourquoi pas !

— Vous avez bien de l'argent à gaspiller !

— Ça me regarde.

— Mais il n'y en a aucun par ici, il faut les commander à l'avance, avec leur téléphone.

— Où se trouve *leur* téléphone ?

— A la mairie, pardi ! C'est le seul.

— Et où est-elle, la mairie ?

— Au bout de la rue.

— Merci.

— Mais c'est pas la peine de vous déranger.

— Pourquoi ?

— Parce qu'elle est fermée ! Pensez, il est six heures passées.

Théodore sortit, tête basse, yeux clos, déçu jusqu'à l'écœurement. A présent la nuit s'ajoutait à la pluie, quelques quinquets folâtraient au cœur de la grande cité, courant à gauche et à droite de la plaine. « Beau spécimen de cuvette », pensa-t-il, déjà épuisé par l'heure de marche qu'il lui restait à effectuer.

Lentement, il entama la descente, avec la désagréable sensation que ses jambes ne le porteraient pas au bout. Mais, bien qu'il dût à deux reprises s'asseoir sous des auvents de fortune, à la recherche de forces nouvelles, il parvint enfin à la pension Linasse. Une seule serviette, la sienne, occupait encore un casier ; il s'assura que personne ne traînait dans le hall puis, regrettant de signer son passage par de grossières traces boueuses, il gagna sa chambre, épuisé.

Dormait-il depuis longtemps quand Annette arriva à

son chevet et murmura à son oreille ? Théodore sursauta, égaré. Que faisait cette fille penchée sur lui ? Etait-ce l'heure de se lever, de s'habiller, d'aller travailler ? Etait-ce...

— Calmez-vous, ce n'est que moi. Pardon de vous réveiller, mais je vous apporte un plateau. Parce que sauter un repas, à la rigueur, mais deux...

Théodore s'était assis dans le lit, le déroulement de la journée lui revenait.

— Merci, balbutia-t-il.

— Je ne sais pas ce que vous avez fait aujourd'hui, mais vous me revenez dans un drôle d'état !

— Quelle heure est-il ? demanda-t-il soudain, complètement réveillé.

— Onze heures viennent de sonner.

— Onze heures ! J'y vais !

— Vous n'allez pas ressortir maintenant ? Pour aller où ?

— Excusez-moi, mais je n'ai pas de comptes à vous rendre ! répondit-il agacé. En plus de ça, j'ai horreur que l'on se mêle de mes affaires !

Ignorant la nourriture, habillé en un tournemain, Théodore s'apprêtait à sortir quand il avisa Annette. Vivement rabrouée, la jeune fille, demeurée immobile, tentait de contenir son chagrin. Théodore remarqua l'air ombré de son visage, l'éclat de ses yeux embués. Il s'approcha d'elle et, les deux mains sur ses épaules, l'attira contre sa poitrine. Il lui était bon de palper ce corps frissonnant. L'index placé à la pointe du menton il releva lentement son visage. Annette, décontenancée, souriait. « Ovale à la perfection, yeux légèrement en amande, nez mutin », se souvenait-il avoir entendu dire Labure. Mais le professeur se trompait, il n'avait fixé que l'apparence d'Annette, partie la plus abordable de l'individu, sans deviner la femme pleine de désir et d'amour qu'il suffisait d'apprivoiser pour tout apprendre d'elle.

Ses lèvres effleurèrent ses lèvres, mais ce ne fut qu'un souffle, léger, une politesse plus qu'un espoir.

« Comment fais-tu pour ressembler autant à Marie ?… » songea-t-il, troublé.

— J'aimerais vous promettre mes jours et mes nuits, susurra-t-il pour finir. Mais je ne le peux pas.

— Qui sait si une seule nuit ne changerait pas votre façon de penser ?

Théodore s'écarta, surpris par un tel aplomb.

— Décidément, les filles de la ville, vous avez plus d'un tour pour attirer les hommes !

Ils demeurèrent silencieux. Théodore regardait la jeune femme plantée devant lui, qui le regardait, un petit air satisfait éclairant son visage. Il ajouta :

— Peut-être que… si je ne rentre pas trop tard, peut-être que…

— Ma chambre est au dernier étage, au bout du couloir.

7

Constance était venue par la route, dans la voiture de son père, que conduisait Louis, le chauffeur de la maison. Une de ses lettres (elle y confessait sa fuite et sa lâcheté devant des responsabilités qu'elle se sentait désormais prête à affronter, et ajoutait que l'importance de l'événement l'obligeait, par honnêteté vis-à-vis d'un mari bafoué, auprès duquel elle s'amendait humblement, à avouer l'existence d'une petite fille née prématurée, fruit de sa faute passée. « Si tu ne me donnais le moindre signe, concluait-elle, sache que je comprendrais ton silence et ne saurais t'en vouloir, tu pourrais alors demander le divorce »), la dernière, postée de Nice début mai, avait plongé Quentin dans un trouble profond. Par retour de courrier, sa réponse tenait en ces termes :

Chère Constance,

Je perçois ton désarroi face à tes obligations nouvelles et ne peux t'exprimer davantage ma joie d'être, si tu le souhaites, le père de ton enfant. J'entends par ces mots : le reconnaître, l'élever et l'aimer à tes côtés. Moi, à qui la vie avait retiré ce merveilleux privilège, je suis, à la lecture de ces quelques lignes, l'homme le plus heureux. La maison vous est ouverte, j'ajoute que ton jour de visite me conviendra tout à fait. Je vous attends et te recommande la plus élémentaire prudence sur ces routes aux mille pièges, puisque tu me dis vouloir venir en voiture accompagnée de tes parents.

Dans l'attente de te presser contre moi, ton mari qui n'a jamais cessé de penser à toi.

Quentin

Il s'était impatienté, depuis le matin, de ne pas voir surgir la voiture au bout de la rue. Heureusement le jardin croulait sous quelques boutures printanières. La table, dressée à l'ombre des frondaisons d'un tilleul, avait cet air accueillant d'autrefois. Madame Valmon s'affairait en cuisine, et le fumet des plats réjouissait le cœur du maître d'école.

— Quels cachottiers vous faites, vous et madame Bellon ! répétait la brave femme. Voilà bien des idées de gens de la ville, de vouloir accoucher au bord de la mer.

Quentin arborait un fier sourire.

— Que voulez-vous, ma femme aussi est née à Nice, alors elle a voulu qu'il en soit de même pour notre fille.

— Et comment dites-vous qu'il s'appelle, ce petit ange ?

— Anaïs !

— Bien joli, ma foi ! Le temps doit vous durer de les voir.

— Vous pensez ! Votre civet sera-t-il prêt ?

— Ne vous en faites pas pour ça, il sera à la hauteur. Vous savez, je suis bien contente de savoir votre femme de retour, au moins, ça fera taire toute une bande de mauvaises langues qui disaient qu'elle était partie parce que...

— Parce que ?

— Parce qu'elle ne supportait plus de vivre parmi nous.

Quentin fit entendre un petit rire.

— Laissez dire, madame Valmon, ça ou autre chose, rien ne m'atteindra plus. Mais il y a un peu de vrai dans ce que vous dites, Constance éprouve des difficultés à la campagne ; aussi vais-je faire ma demande de mutation et, à la rentrée prochaine, Champagnac comptera un nouveau maître d'école.

— Eh bien, je vais de surprise en surprise !

— Ça va vous en faire des choses à raconter !

— Oh, moi, vous savez...

La voiture s'était rangée devant le portillon. Le chauffeur, descendu ouvrir la portière, avait aidé madame Dupré-Lignon à s'extraire des profondeurs de la banquette, puis le président lui-même était apparu, grimaçant, une main appliquée sur son dos.

— Fichues routes, avait-il maugréé en se redressant.

De l'autre côté, Quentin déjà s'était précipité pour accueillir Constance. Sans gêne ils s'étaient étreints, embrassés. « Qu'ils regardent bien, tous, comment se comportent un mari et sa femme après une longue séparation. Prenez-en plein la vue, croquants et présidents de tout poil, et cessez vos persiflages. Cette femme et ce petit être sont à moi et ce n'est pas un Gandon qui me les enlèvera ! » pouvait-on lire alors dans ses yeux. Puis, prenant l'enfant des bras de sa mère, il l'avait attirée contre lui. Endormie, elle était belle, fine, sentait bon l'innocence.

— Anaïs, avait-il murmuré en baisotant son front.

Madame Valmon servit l'apéritif sous le tilleul. Des gens descendaient la rue au sortir de la messe, qui jetaient un petit coup d'œil furtif et poursuivaient leur chemin après un bref salut par-dessus le muret. Autour de la table, chacun imaginait les commentaires que suscitait la présence de Constance et d'un nouveau-né dans son berceau.

Le civet s'avéra délicieux au dire de madame Dupré-Lignon, ne pouvant se retenir de féliciter la cuisinière avec la même componction que si elle avait appartenu à sa propre maison. C'est en tout cas ce moment que choisit le président pour lever son verre et lancer quelques mots flatteurs évoquant la probité et la loyauté de Quentin.

— Mon cher, je vous remercie, pérora-t-il, votre attitude, au regard des événements, fait de vous quelqu'un d'exceptionnel. Vous sauvez une situation bien compromise. Quand je pense aux conclusions que tout un chacun eût pu tirer de l'abus dont fut victime ma chère enfant, j'en frissonne par avance. Aussi, je profite que nous soyons ici, assemblés, pour, au nom de cette fabuleuse lignée… saluer l'homme de cœur qui permit d'épargner la… la réputation d'une famille.

A la grandiloquence hésitante du père succédèrent les minauderies de la mère.

— Je ne doute pas que cette enfant trouve un bonheur sans égal aux côtés de parents tels que…

— Ne vous croyez pas obligée d'en remettre, madame, j'aime votre fille, voilà tout, coupa sèchement Quentin, soudain agacé par ce jeu de dupes.

Constance avait une expression différente, que Quentin ne lui connaissait pas. Sans doute était-ce son regard, plus insistant, qui avait changé. Sous un léger hâle son visage dessinait des traits reposés, sa silhouette ne semblait pas avoir pâti des huit mois et demi de grossesse, sa chevelure ressemblait toujours à des fontaines bouillonnantes. Elle mangeait avec plaisir, mais peu, ne levant guère les yeux du berceau placé à sa droite. Madame Dupré-Lignon, entre Quentin et son mari, plantée sur sa chaise comme la flèche d'une cathédrale sur sa tour, piquait distraitement sa nourriture ; elle toussotait ou soufflait de temps à autre, cherchant à affirmer son ennui. Elle regardait Quentin à la dérobée et, bien qu'elle finît par admettre son intelligence, ne pouvait s'empêcher de songer qu'il ne serait jamais le gendre dont elle avait rêvé.

Dupré-Lignon, lui, s'accommodait de la situation avec la plus parfaite désinvolture. Considérant les apparences sauves, il désirait par sa présence témoigner sa récente affection à cet homme, marié à sa fille, longtemps ignoré. « Ce garçon mérite toute notre estime, grâce à lui mon honneur n'est pas atteint. Je te laisse imaginer le profit qu'en auraient tiré mes adversaires ! Dieu merci, je puis en toute tranquillité toujours ambitionner l'Assemblée ! » confiait-il, tremblant, la veille encore à sa femme.

Quentin pensait que ce déjeuner s'éternisait au-delà des limites envisagées, le temps lui durait à présent que ses beaux-parents fissent demi-tour. Les rodomontades de l'un, les flagorneries de l'autre commençaient par trop lui peser, aussi souhaitait-il à cette heure consacrer le reste de l'après-midi à sa femme et à sa fille, en dehors d'observateurs indésirables.

A l'inverse, Constance semblait être sous l'éteignoir. Loin de la conversation, elle guettait patiemment chaque réaction, chaque mimique de la petite Anaïs. Elle savait ses parents capables de faire grand étalage de duplicité à l'égard de Quentin qui, sans cette naissance « honteuse », continuerait de ne rien représenter à leurs yeux. C'est donc indifférente qu'elle attendait le départ de son père et de sa mère.

Ce que le président sembla comprendre. Consultant son oignon il dressa sa haute taille, tira sur son gilet et déclara le plus naturellement du monde :

— Ma chère femme, il est l'heure, Louis ne devrait plus tarder. Mes enfants, merci pour ce délicieux déjeuner, un dernier mot cependant : me diriez-vous un peu vos projets pour les mois à venir ?

— Ils sont simples, mon cher beau-père, dès demain je me rendrai à la mairie et reconnaîtrai Anaïs, ensuite je finirai l'année scolaire, après quoi nous emballerons nos meubles en vue d'un déménagement.

— A la bonne heure ! C'est donc que vous envisagez de faire la prochaine rentrée en ville ?

— En effet, je ne veux pas obliger Constance à demeurer ici une année supplémentaire, aussi je vais faire ma demande de mutation.

Le visage de Constance se couvrit d'un imperceptible sourire.

— Bravo, et soyez assuré de mon soutien. Cette semaine, je verrai Blanchard, au rectorat, considérez que c'est fait !

— Bien que je ne vous demande rien, j'accepte, dans l'intérêt de ma famille.

— Et je m'en réjouis, vous allez pouvoir enfin faire étalage de vos compétences !

La voiture se rangeait devant le portail.

— Dès votre installation à Clermont, si vous le

voulez, nous déciderons d'une date de baptême ! Qu'en dites-vous ? fit madame Dupré-Lignon, se sentant obligée de finir sur une bonne parole.

— Très bien, nous déciderons d'une date. Maintenant, veuillez m'excuser, je dois aider votre chauffeur à décharger les malles de Constance.

Tous convergèrent vers la voiture, excepté Constance, qui resta près du berceau.

— Décidément, cet attachement pour cet enfant est maladif, elle qui ne voulait pas en entendre parler avant sa naissance ! marmonna sa mère.

La voiture bascula en haut de la côte pour s'engager vers le centre du bourg. Quentin regarda un instant l'imposant véhicule s'éloigner, puis l'abandonna aux cahots du chemin. Revenant sur ses pas, il succomba à la douceur du tableau qu'offrait Constance, sa fille dans ses bras. La nappe blanche s'était piquée de taches d'ombre, quatre tasses à moka, une corbeille de fruits, une carafe d'eau, deux verres à pied parachevaient cette composition champêtre. Quentin, au comble de l'émotion, regretta de ne pas être en mesure d'immortaliser ce qu'il n'hésitait pas à nommer l'image du bonheur. Il passa sous l'arbre et alla s'asseoir à la gauche de Constance. Anaïs commençait à s'agiter.

— Tu n'as pas ouvert la bouche, fit-il, posant une main sur l'épaule de sa femme.

— Nous nous étions déjà beaucoup parlé, et ce que j'ai à dire ne concerne que nous.

— Est-ce tes parents qui t'ont conseillé de revenir ?

— Non, je n'ai jamais eu besoin de mes parents pour faire mes choix, tu le sais.

— Il est inutile que tu me donnes des explications, si tu ne le désires pas. Tu es de retour et c'est là le principal, je suis comblé au-delà de toute espérance.

— Cependant, je crois qu'il le faut. Oui, pour moi il le faut. Quentin, je suis partie parce que j'étais enceinte d'un autre homme, je n'ai pas eu la force de te l'avouer, je me sentais mal, je ne voulais pas de cet enfant et surtout je craignais que tu en sois humilié.

— Tu me connais donc si peu !

— Je ne te savais pas capable d'encaisser pareil affront. Arrivée à Clermont, mes parents m'ont expédiée chez ma marraine à Nice, comme je te l'ai écrit. En fait, j'allais là-bas pour avorter. Mais le médecin a jugé ma grossesse trop avancée pour tenter, sans danger, la moindre intervention. Je ne te le cache pas, c'est la mort dans l'âme que j'ai accouché, avec plus de trois semaines d'avance, non pas à Nice, mais en Italie. Une fois fait… j'ai eu un tel coup au cœur en voyant ce petit bout de femme… Je n'en revenais pas qu'un être aussi beau vienne de moi, il n'était plus question que je l'abandonne à une nourrice de la campagne, comme nous l'avions prévu, encore moins que je reste seule pour l'élever. Je ne saurais te dire pourquoi, mais il semblait important que tu l'apprennes. A mon retour, ma mère a voulu que je me cache quelque temps chez mes grands-parents. J'ai donc pris la route de Durtol, en fait pour deux jours, dès ta réponse j'ai demandé la voiture à mes parents, ce sont eux qui ont insisté pour m'accompagner.

— Sois-en mille fois remerciée. Gandon a quitté Champagnac, t'a-t-il rejointe ?

— Je ne l'ai jamais revu et ne souhaite pas le revoir.

J'avais remis une lettre pour lui à monsieur Echart, dans laquelle je ne lui laissais aucun espoir.

Constance mentait, mais pour la bonne cause, sans doute.

— Echart est mort, peut-être que Gandon n'a pas pris connaissance de la lettre puisqu'il est venu me trouver afin de savoir pourquoi tu étais partie.

— J'ignorais qu'Echart fût mort. Mais peu importe Gandon, les dés sont jetés, le père de mon enfant est l'homme que j'ai épousé, personne ne me soutiendra le contraire.

— Nous quitterons Champagnac dès la fin juin, mais j'ai menti à tes parents, ton père m'aurait encore posé mille questions auxquelles je n'aurais pas supporté de répondre. Ce n'est pas à Clermont que je souhaite me rendre l'année prochaine, mais au Canada, si tu le veux bien.

— Au Canada !

— Oui, je t'avoue que, n'imaginant pas ton retour, j'avais opté pour ce pays, sans doute désireux de vouloir tout oublier. J'ai un poste de professeur de français qui m'attend au lycée Ville-Marie à Montréal.

— Le Canada… A priori, pourquoi pas.

— Tu verras, si tu te décides pour de bon, c'est un vaste pays qui reste toujours à découvrir et pour moi, comment te dire, c'est une nouvelle vie qui commencera : je vais enfin tâcher d'accéder à mes ambitions de jeunesse, même si vivre ailleurs ne changera rien implicitement entre toi et moi.

— De quoi parles-tu ?

— Mais de ce que je suis, de cet homme incapable de te donner ce que tu es allée chercher auprès d'un autre.

Anaïs se mit à pleurer, Quentin tendit les bras vers elle.

— Donne-la-moi, un peu.

Constance lui confia Anaïs, se leva, fit quelques pas sous le tilleul puis tourna sa chaise dos à la rue.

— Je vais l'allaiter, il est l'heure.

8

Bien qu'il fût très tard, Théodore se permit d'aller frapper à la porte de Mathilde Dullin. L'odeur d'humidité et de poussière envahissait le puits de l'escalier pour se confondre aux remugles d'urine que des chiens essaimaient au rez-de-chaussée. Théodore gravit les marches une à une, pris de nausée, retenant sa respiration. Au quatrième, le palier de vieux bois gémit sous ses pas, fort heureusement, il perçut un frottement de savates provenant de l'autre côté de la cloison. « Une chance qu'elle soit là », se dit-il rassuré. Une petite voix prisonnière des affres du sommeil se fit entendre.

— Qui est-ce ?

— Théodore Gandon, je peux entrer une minute ?

— Je vous ouvre.

La clef joua dans la serrure. La tête échevelée de Mathilde apparut dans l'embrasure de la porte. Une nappe de lumière vacillait au-delà. Elle s'écarta pour lever la lampe à hauteur du visage de Théodore.

— Alors, vous l'avez vue ?

— Ne vous fichez pas de moi ! Elle n'est plus là et vous le savez !

— Mais non ! s'insurgea Mathilde.

Théodore força le passage jusqu'au milieu de la pièce. Mathilde augmenta la flamme de la lampe, qu'elle déposa au centre de la table, puis alla s'asseoir sur le bord du lit.

— Vous m'avez menti, Mathilde, pourquoi ?

— Menti, comment cela ?

— Vous mériteriez une belle paire de gifles !

— Je vous en prie, ne criez pas, vous allez réveiller toute la maison.

— Je m'en fous, où est Constance ?

— Mais à Durtol, chez ses...

— Non ! hurla Théodore. J'en viens, il n'y a plus personne là-haut, à part un vieux pour garder la baraque !

— Je vous ai dit ce que je savais.

Théodore souffla et ferma les yeux en signe d'exaspération, puis promit de rester calme en échange d'explications.

— Mais je n'en ai pas. Il est difficile de comprendre ce qui se trame autour de Constance, affirma Mathilde. Les Dupré ne me comptent pas parmi leurs confidents. La seule chose que je ne vous ai pas signalée, parce que je ne pensais pas que c'était important, c'est que l'autre jour j'ai entendu ma patronne dire à Louis, le chauffeur, qu'il faudrait charger les malles de Constance dans la voiture et se rendre de bonne heure, le lendemain, au château.

— Chez les vieux ?

— Oui, chez les beaux-parents de Madame.

— Et c'est ça que vous appelez « pas important »,

pauvre tête sans cervelle ! Donc, elle est bien repartie, mais où ?

— Ça, je n'en sais rien, je vous jure que j'en sais rien !

— Me voilà bien avancé !

— Mais tôt ou tard, je finirai par le savoir.

— Peut-être, mais moi je suis pressé.

Découragé, Théodore s'assit sur le lit.

— Mais j'y pense ! s'exclama Mathilde, je n'ai qu'à demander à Louis !

— Quand ?

— Demain !

— Eh bien, vous voyez, quand vous voulez...

Théodore se dressa d'un bond, l'espoir retrouvé il se dirigea vers la lampe à alcool où, dans le halo, il regarda l'heure à sa montre.

— Il est plus de minuit, je vais vous laisser dormir. Demain je vous attendrai au Globe, après votre travail. Je peux compter sur vous ?

— Je viendrai. En attendant, si vous voulez, vous pouvez dormir ici !

Théodore pensa à Annette qui ne devait dormir que d'un œil, dans l'attente de le voir surgir. Puis il considéra la chambre exiguë, encombrée d'une quantité de meubles sur lesquels s'entassaient des livres et du linge à repasser. Des bibelots minuscules en plâtre peint, dispersés çà et là, constituant une collection, indiquaient la passion de Mathilde pour les chiens et les chats. Les bustes de deux mannequins décapités, recouverts de tissu piqué d'aiguilles ponctuant des traits de craie, obligeaient à enjamber une série de cartons regorgeant de coupons. L'un, de cretonne, éventré, renversé sur le côté, forçait à un détour entre une commode et une petite table équipée d'un nécessaire de toilette. Théodore eut un sourire ironique.

— Décidément, vous avez de la suite dans les idées, mais on est trop à l'étroit chez vous.

Il regagna la porte. Au moment de la refermer, il ajouta :

— Que mon refus ne vous empêche pas de tenir parole.

Clermont dormait profondément, brisé de fatigue. Une pluie fine persistait à détremper les rues que de rares noctambules traversaient en courant. Théodore pressa le pas, las d'être saucé depuis le matin. La crainte d'une fièvre latente dissipée, ses reins, ses jambes à présent débarrassés des douleurs occasionnées par le froid pénétrant de l'eau, il se faufila à grandes enjambées parmi le dédale de ruelles quadrillant le quartier Saint-Pierre.

Remonter la rue Saint-Dominique correspondait au temps qui lui restait pour décider de ce qu'allait être sa nuit. Une seule certitude : Annette l'attendait. La retrouver dans sa chambre serait sans doute une manière des plus agréables d'oublier un peu ces semaines incertaines, passées à espérer une femme dont il se demandait maintenant s'il ne l'avait pas rêvée. Mais ce serait aussi laisser croire que ces quelques heures pourraient être le début d'une histoire dans laquelle Annette, fille exemplaire, se jetterait avec tout son cœur. Et par conséquent aller au-devant de complications dont il se refusait, par avance, à assumer la responsabilité.

— C'est assez lourd comme ça ! se dit-il, absolument certain de son choix.

Rien ne tressaillait pension Linasse. Le hall, parcimonieusement ombré, livrait ses repères au fur et à mesure que les yeux s'habituaient à l'obscurité. Théodore reconnut à sa droite le bloc erratique de l'escalier se différenciant du plancher maintes fois blanchi par les passages quotidiens des serpillières trempées dans une eau mêlée de Javel. Il grimpa, godillots à la main, la pointe des pieds sur chaque front de marche. Parvenu dans sa chambre, il donna un tour de clef, puis écouta un instant si sa montée n'avait dérangé personne et se redressa, soulagé. Lorsque la lumière jaillit, il venait, à tâtons, de mettre la main sur le dossier de l'unique chaise. Se retournant, il découvrit Annette allongée dans le lit, la main encore sur la poire du commutateur. Son bras, tendu, haussait hors des couvertures une épaule nue d'une étonnante blancheur, suggérant la nudité de la poitrine, dont il ne put détacher ses yeux.

Théodore demeura médusé, ne sachant que dire.

— Je n'aurais pas dû ? minauda-t-elle.

Revenant de sa surprise, Théodore se débarrassa de ses godillots, fit sauter sa veste sur le dossier, déboutonna sa chemise qu'il retira, puis il avança vers le lit.

Le noir se fit aussitôt.

Au petit matin Annette fut debout la première. Le temps pressait, aussi s'habillait-elle rapidement. Théodore s'éveilla, tiré du sommeil par le bruit que faisait la jeune femme depuis son lever. Visiblement agacée, chaque chose dans ses mains subissait sa violence, comme le peigne, qu'elle jeta sur la table de toilette, le tablier qu'elle venait d'enfiler, dont elle déchira le liseré de dentelle à la collerette. Théodore acheva de se redresser sur un coude.

— Pourquoi fais-tu tout ce boucan ? questionna-t-il d'une voix pâteuse.

— Qui est cette « Marie » que tu n'as pas cessé de nommer en dormant ? demanda-t-elle avec humeur. C'est elle qui te fait courir sous la pluie à longueur de journée ?

Tout en parlant, Annette s'était dirigée vers la porte et l'avait ouverte d'un mouvement brusque.

— Marie... répéta Théodore, les yeux à demi clos.

— Tu m'expliqueras ça ce soir, s'il te plaît, parce s'entendre appeler par le prénom d'une autre la moitié de la nuit n'a rien de très agréable.

Annette claqua la porte sans ménagement. Théodore resta un instant calé sur son coude, les yeux braqués sur la vision de cette fille qui venait de disparaître comme happée par le couloir, puis il marmonna pour lui-même avant de se rendormir :

— Ce soir, ma belle, je ne serai plus qu'un souvenir.

Il émergea autour de dix heures. Debout, partiellement vêtu d'un pantalon, il se rendit à la fenêtre battre les volets. Le temps s'accordait un peu de répit. Le ciel, s'il ne brillait pas d'un soleil ardent, cependant ne menaçait pas de se rompre et de lâcher ses grandes eaux. Théodore s'en réjouit.

Sa toilette terminée, il entreprit de faire son sac, c'est-à-dire qu'il fourra pêle-mêle dans une besace de cuir râpé le peu d'affaires qu'il possédait : linge sale et linge propre par-dessus, concrétisant ainsi sa décision de quitter les lieux. Annette, sa véritable personnalité de femme jalouse et possessive révélée, ne se contenterait pas, comme il avait pu le prévoir, d'une relation simplement passagère, ou encore occasionnelle. Et vivre en sa présence, ignorant ses appels, s'annonçait délicat. Ne souhaitant pas être mêlé à un imbroglio sentimental supplémentaire, il s'éloignait.

Linasse lisait le journal, selon son habitude, un petit verre de blanc dissimulé dans la verdure d'une plante grasse, hors des yeux de sa femme, à cette heure attelée à ses fourneaux. La trappe relevée derrière le comptoir indiquait qu'Annette se trouvait à la cave en train de remplir les litres de vin qui serviraient au repas de midi. Le cliquetis de bouteilles régulièrement plongées dans les paniers métalliques le confirmait.

Le gros homme accueillit Théodore en se fendant d'une moue dubitative.

— Alors, où on en est ? brailla-t-il.

— De quoi parlez-vous ?

— De ce que je lis dans *Le Moniteur*, pardi ! Du troisième jour de grève chez Conchon-Quinette ! Vous devez être au courant, non ?

Théodore se plaça au-dessus de Linasse et lut. Le gros titre ILS NE CÉDERONT PAS chapeautait en page deux les quatre colonnes d'un article où il était dit que les ouvriers du manufacturier réclamaient le départ de François-Emile Lachamp, directeur des fabrications Conchon-Quinette, jugé injuste et trop autoritaire.

— Vous vous rendez compte, c'est le monde à l'envers ! Maintenant les ouvriers demandent le départ des patrons ! On aura tout vu ! déclama Linasse d'un ton outragé.

Théodore se contenta d'un petit rire, et d'ajouter :

— Ce n'est qu'un début, monsieur Linasse.

— Mais vous, qu'en pensez-vous ?

— Rien. J'ai quitté Conchon-Quinette, comme je

vous quitte, d'ailleurs. Les clefs sont sur la table de nuit, vous pouvez disposer de ma chambre.

— Vous m'en direz tant !

— Eh oui, je vous dis au revoir, monsieur Linasse.

— Et où allez-vous de ce pas ?

Théodore eut un geste vague.

— Mais là où demeure le mystère, où les secrets rognent les cœurs plus sûrement que les maladies et où le mensonge fait loi. C'est-à-dire partout et nulle part.

— Bah, je comprends rien à votre charabia. Voulez-vous que je fasse venir ma femme et la petite ?

— Surtout pas. Votre femme ne m'apprécie guère, quant à la « petite », elle est encore trop petite pour comprendre. Mes amitiés, monsieur Linasse.

Théodore passa la porte de la pension pour la dernière fois.

De ce pas, précisément, il se rendit à Jaude, où il trouva refuge à l'hôtel du Restaurant Français, humble établissement calé entre le fond de Jaude et Les Galeries, gigantesque magasin lancé sur quatre étages, doté d'une façade dans la plus pure tradition du style nouille, œuvre de la Belle Epoque. Sa besace abandonnée sur le lit, la chambre ne présentant pas d'intérêt particulier, à part peut-être la fenêtre, qui donnait sur la place, où il regarda un instant circuler les tramways, il ressortit.

Dans l'après-midi il se trouvait du côté des Salins, où il assista avec intérêt, sur une esplanade boueuse parsemée de flaques d'eau – vestiges des trombes tombées ces jours derniers où des gamins prenaient plaisir à patauger –, au montage d'un manège de chevaux de bois en vue de la fête annuelle. Pièce après pièce, l'ensemble prenait forme autour d'un mât central, sur lequel s'accrochait une toile en forme de tente circulaire. Restait à suspendre les chevaux dans leur position de coursiers lancés au galop : robes blanches, crinières au vent, harnais dorés, selles rouges. Dimanche, de jeunes enfants tournoyant rêveraient d'aventures picaresques. Les forains s'activaient joyeusement et la place Gambetta se couvrait d'attractions sensationnelles : les montagnes russes, la grande roue, les casse-pipes, les balançoires, les pistes de jeu de quilles, la baraque des lutteurs, celles des nougats, des guimauves, des cacahuètes, des loteries, des marchands d'oublies et pour les amoureux, pauvres ou riches, l'entrée étant gratuite, le parquet-salon. A l'entrée de la place, côté centre-ville, sur un calicot géant tendu entre deux mâts, les édiles haranguaient les passants en ces termes : *Sous le soleil d'Auvergne, dans la plus grande tradition foraine, venez en prendre plein les yeux !*

Théodore circula dans ce qui n'était encore qu'un immense chantier forain. Adjectif ayant le sens, se souvint-il, de « ouvert aux vents et aux vagues du large, sans résidence fixe ». « Voilà qui ne serait pas pour me déplaire ! Constance, partirais-tu à mes côtés sur les routes, réjouir le monde au son d'un limonaire ? » Il ferma les yeux, sentit sa gorge se nouer. Quelle folie nous a jetés l'un vers l'autre ? Y a-t-il quelque chose que je n'ai pas compris ?

Le Globe bruissait de conversations feutrées, ponctuées parfois d'éclats de rire. Théodore s'y installa et attendit en buvant un apéritif.

Mathilde ne tarda pas. Après un rapide bonjour, elle s'assit sur la chaise face à lui.

— Alors ?

Mathilde lui décocha un petit sourire pitoyable.

— Voilà, fit-elle d'un voix sans assurance, elle est à...

— Où, bon Dieu ! Parlez !

— Elle est retournée vivre auprès de son mari.

— Qu'est-ce que vous dites ? Vous êtes folle à lier, ma pauvre fille !

— Je ne vous permets pas ! Je vous rapporte ce que Louis m'a dit, ni plus ni moins, même que Madame lui avait interdit d'en parler ! Et si vous ne me croyez pas, allez donc voir vous-même !

Théodore se prit le visage à pleines mains.

— C'est impossible, balbutia-t-il, effondré, elle n'a pas pu retourner vivre avec...

— Je ne sais pas si je dois vous dire le reste, vu votre état !

— Ah, parce qu'il y a autre chose que je ne sais pas ? rugit Théodore.

— Ben... oui. Constance et son mari... ont eu un enfant, une petite fille qui s'appelle Naïs, ou Anaïs, je sais plus.

Théodore éclata de rire.

— Décidément, ce que vous pouvez être bête !

— Je suis peut-être bête, mais vous n'êtes guère plus malin !

— Mais enfin Mathilde, souvenez-vous, vous savez bien que Quentin n'est pas en mesure d'avoir des enfants !

— Qu'en savez-vous au juste ? Vous lui avez fait passer une visite médicale ? Vous n'êtes qu'un benêt, un bon paysan mal dégrossi ! Apprenez qu'un homme peut très bien faire des enfants, même s'il n'a pas l'attirail au complet ! Ah, je vous jure ! ça veut tout savoir et ça ignore tout du principal !

— Mathilde... fit-il en souriant.

— Moquez-vous, mais elle n'est pas aussi gourde que vous le croyez, Mathilde ! A votre place, elle sait très bien ce qu'elle ferait !

— Et que ferait-elle à ma place ?

— Elle rentrerait au pays et oublierait Constance et tout ce qui s'ensuit, parce que, entre nous, vous ne pesez pas lourd dans sa vie, n'importe quel aveugle le verrait !

Théodore traîna encore un peu après le départ de la jeune femme, sirotant plusieurs curaçaos. Elle s'était levée en ajoutant : « Le bonheur n'est pourtant pas difficile à trouver quand on le cherche là où il se trouve, mais il faut pour ça un courage que tout le monde n'a pas », puis elle l'avait salué sur un ton semblant lui signifier qu'il était inutile désormais de chercher à la revoir.

Acteur et spectateur de sa propre tragédie, Théodore se recroquevilla, subissant son désarroi comme une punition que le sort infligeait à un enfant aux yeux plus grands que le ventre. Les paroles de Mathilde – « entre nous, vous ne pesez pas lourd dans sa vie » – faisaient encore écho à son échec. A cet instant, elles martelaient sa tête et assénaient une vérité déjà entendue, qu'il n'avait voulu croire.

« Cette fois est peut-être un ultime signe du destin, une dernière mise en garde, avant la dégringolade au fond d'un trou dont on ne remonte pas toujours », pensa-t-il, reclus dans cette chambre d'hôtel crasseuse. Il vit le visage de Marie, son regard lumineux et franc, son sourire permanent, loyal. Il se souvint de la chaleur de son corps, de son odeur et du bonheur qu'ils avaient éprouvé à devenir homme et femme, enlacés dans l'ombre de ce vallon perdu. Qu'était-elle devenue après qu'il l'eut humiliée ? Marie, si aimante, d'instinct avait toujours su où se trouvait son bonheur et se faisait fort de le partager. Une telle force se dégageait de cette femme victorieuse sur sa condition dès l'enfance. Le mieux n'était-il pas de retourner à Champagnac et de s'abandonner à son jugement ? De retrouver son territoire et de ne plus jamais chercher à en sortir ?

Mai fleurissait les montagnes, ombrait les chemins dans la fraîcheur des feuillages, tiédissait le lit des rivières apaisées où se formaient les calmes dans l'arc des anses sablonneuses, où les hommes, tenus au cul de leurs bêtes, s'interpellaient d'une pâture à une autre et où des javelles de foin alignées dans les champs indiquaient la fin des moissons. Dans le vent flottaient alors des chants de liberté, et le sang de chacun bouillonnait pour le seul plaisir de vivre. Théodore était de ce monde dans lequel il suffisait d'emboîter la pas au soleil pour être heureux, et où Constance, éduquée à cultiver l'impertinence, se moquait bien de prendre place.

Rentrer, oui, faire amende honorable, ouvrir ses bras et embrasser tout : hommes, femmes et nature. Retrouver la paix de l'âme, du cœur par conséquent. Mais oser rentrer signifiait s'avouer son erreur, transformer la passion encore brûlante pour Constance en un merveilleux souvenir et s'assurer que, plus tard, l'on sera capable d'en rire. Mais c'était aussi être en mesure d'affronter Quentin, auréolé de sa paternité, au détour d'une rue, Constance et son regard compatissant, Marie et sa « joie envolée », comme l'avait écrit Francette dans une de ses premières lettres, enfin se persuader de pouvoir vivre sans conséquence cette vie qui lui revenait.

Oui, rentrer signifiait tout cela, mais tout cela voulait dire également vivre avec la vision obsédante de l'enfant de Constance, dont il doutait à peine qu'il fût le père !

Sa décision s'était imposée d'elle-même. Théodore avait retrouvé un semblant de paix. Dans le miroir au tain piqueté de rouille de la chambre 12, il surprit son regard lavé de l'anxiété qui le rongeait depuis de longues semaines. Les choses, apparemment, reprenaient leur place, ainsi que le destin le décidait le moment venu d'attribuer un rôle à chacun. Maintenant ses pensées sortaient des mots, s'évadaient, légères, libres au-delà des regrets. Débarrassé de toute fatuité, Théodore voyait le jour se faire devant ses yeux et en ressentait une joie immense.

Il partirait, dès demain. Peu lui importait de devoir braver les rieurs ; ceux-là pourraient se moquer, ils n'avaient de leur vie jamais rien osé tenter. Il raconterait à qui voudrait l'entendre combien sa terre manquait à son bien-être, combien il était impossible de vivre sans amour, ni espoir, où que l'on soit, dès lors que l'on sait où se trouve sa place. C'est à Marie qu'il se confierait en premier, la seule à qui il devait des explications, la seule à qui il avait réellement manqué de respect. Théodore se préparait à devoir en découdre et à faire montre de patience, face à une femme écartée au profit de chimères dont, espérait-il, elle ne connaissait pas l'existence.

Théodore dîna rapidement au Restaurant Français, établissement remarquable de vétusté qu'une clientèle modeste, attirée par l'enseigne fixée au balcon du premier étage précisant HABITATIONS À BON MARCHÉ, sans souci du manque de confort, remplissait et où se louaient des chambres que fréquentaient en journée des femmes sans soleil dans le cœur, comme Mathilde le deviendrait un jour.

Une aube opaque se levait derrière les toits, des brumes venant par l'ouest suintaient sur les Dômes, annonciatrices d'un temps passable. Théodore quitta l'hôtel de bonne heure. Jaude, déserte, s'allongeait du nord au sud, grise, terne. Il jeta un dernier coup d'œil à Vercingétorix lancé au grand galop, à la perspective fuyante de la rue Blatin, à l'avenue des Etats-Unis, s'attarda une seconde sur la façade du café Le Glacier, puis gagna le haut de la butte par la place Sugny. A ses pieds, Clermont, noire comme de l'encre de sureau, baignait dans sa cuvette. Il se retourna, un petit crachin commençait à faire briller trottoirs et toitures ; les arbres portaient de jeunes feuilles vernissées.

Le train l'emporta. Sans autre possibilité que de passer par Aurillac, où il devrait prendre la correspondance pour L'Hôpital-Hydes, il calcula qu'il ne ferait pas tout à fait nuit lorsqu'il arriverait ; il ne sut s'il devait le regretter ou en être satisfait.

9

Le soleil se levait enfin et roulait sur les flancs des montagnes. D'un coup, la végétation flambait dans la lumière de mai. La machine à l'effort crachait sa colère lancée à l'assaut des pentes ; des odeurs de charbon brûlé, de suie, embaumaient les compartiments, des volutes de fumée grasse fouettaient la carrosserie du convoi, dont la dernière voiture serpentait encore dans la courbe précédente. En contrebas de la voie, des paysans s'adonnaient à l'ouvrage revêtus de tricots malgré la clémence printanière. Au-delà des haies d'aubépines, bordant des chemins creux, les luzernes, les foins et les blés, au gré d'une bise caressante, dansaient en mesure, entraînant les minuscules folioles des trèfles et les fragiles corolles rouges du sainfoin. Plus haut, sur les prairies, où s'étendaient des espaces grandioses réservés aux troupeaux, folâtraient de grandes gigues de gentianes jaunes. Son pays s'annonçait.

Mais Théodore ne vit rien de la diaprure du paysage, déjà ses pensées le devançaient. Il n'apprécia guère non plus quand, enfin parvenu à Aurillac, il dut patienter une heure au moins sur le quai avant que n'arrive sa correspondance. Finalement, il ferait nuit lorsqu'il arriverait, les nombreuses minutes perdues à chaque arrêt en étaient cause ; cela l'arrangeait, il remonterait les rues sans être vu.

Hydes plongée dans l'ombre, Théodore dévisagea les silhouettes massives des installations du port sec de la mine : les bâtiments de la direction, les cheminées, les hangars du triage, le lavoir à la suite, puis les trémies, les briques entassées. « Je m'étonne de tout retrouver à la même place, se dit-il, mais comment en serait-il autrement ? Après tout, mon absence n'a duré que deux mois et demi ! J'ai l'air fin, tiens, je ressemble à ce chien qui s'en retourne à la maison de son maître tête basse, la queue entre les jambes, après avoir volé dans les plumes d'une poule de passage... » Il se détourna et gagna la route. Là-haut, un bouquet de lumière en provenance des cités et des casernes fouillait le fond des ténèbres. A la verticale de Champagnac, un train de nuages noirs, plats et morcelés, glissait inexorablement à couvert d'une trouée bleutée. L'habituel décor des nuits claires à l'approche de juin fit naître en lui une violente émotion, qu'il réprima en accélérant la cadence.

Francette était occupée à la vaisselle lorsqu'elle sursauta et laissa échapper une assiette qui faillit se briser sur le bord de l'évier. Jean releva la tête.

— C'est pourtant pas un temps à attraper l'onglée !

Francette leva la main. A son air, Jean comprit qu'elle tendait l'oreille.

— Quoi ? fit-il, agacé par tant de mystère.

— On marche sous la fenêtre, chuchota-t-elle.

— Et alors ? Quelqu'un vient nous rendre visite ! C'est arrivé d'autres fois ! Marie, peut-être, on ne l'a pas vue depuis dimanche, ou bien !...

— Chut !... Ce n'est pas sa façon de marcher, c'est un pas plus lourd...

Son visage s'illumina d'un large sourire :

— ... que je connais ! ajouta-t-elle.

Elle s'essuya les mains à son tablier, trottina jusqu'à la porte, l'entrouvrit. On montait l'escalier. A son tour, Jean identifia le pas sur les marches de bois. Délaissant la ceinture de cuir qu'il s'apprêtait à percer d'un coup de poinçon, il se porta à la hauteur de Francette. Théodore paraissait sur le palier.

— Si on s'attendait ! clama Francette, se giflant les joues. Entre !

Elle recula. Théodore embrassa ses parents et se défit de son manteau.

— Tu ne dois pas avoir froid, avec ça sur le dos !

— Non, mais au moment de mon départ, en février, il faisait un autre temps.

Déjà Francette installait son fils à table, approchait un bol, une cuiller, un verre, versait la soupe.

— Tu me dis toujours que j'en fais pour dix, et bien, ce soir, il y en a à peine pour trois ! se lamenta-t-elle.

— Pour une fois, tu as vu juste !

— Mon pauvre grand, vas-y, ne te gêne pas, racle la soupière, je vais te casser trois œufs sur des patates, j'en ai un reste de cuites.

Puis, se tournant vers Jean, elle dit en élevant la voix :

— Allons, approche la bouteille de vin, toi, il doit avoir soif !

— Il est vrai que j'ai la gorge sèche comme du buvard, je n'ai rien bu ni mangé depuis hier au soir.

— C'est pas Dieu possible ! se récria Francette. Va t'esquinter la santé avec tous tes allers et retours !

Jean leva les yeux au ciel et, oubliant les facéties de sa femme, s'adressa à son garçon :

— Alors, te voilà revenu ?

— Tu le vois bien, qu'il est revenu !

— Dis donc, tu vas me laisser en placer une, oui !

Théodore partit d'un grand éclat de rire.

— Je vois que vous n'avez pas perdu l'habitude de vous chamailler pour un rien !

Il avala la soupe et l'omelette, sous le regard réjoui de sa mère.

— La ville ne te convient pas, dit-elle au bout d'un moment, tu as plus maigri à Clermont en presque trois mois qu'à Verdun en trois ans de guerre ; ce n'est pas le cas de ton frère, lui il est devenu gros comme un chagrin d'enfant !

Théodore voulut prendre des nouvelles de sa sœur Yvette. Elle allait bien, enfin, de mieux en mieux. Paul Toulosa lui tournait autour, depuis un bon petit moment déjà, précisa Francette.

— Avec son affaire de transport, ma foi, elle et les petits ne seraient pas malheureux ! Mais voudra-t-elle de ce garçon ? Le souvenir de Marius, encore, la tourmente.

La conversation dériva sur les différents membres de la famille éparpillée, puis, inévitablement, on en vint aux véritables motivations de son retour. Evidemment, Théodore déguisa habilement la vérité. Pour cela, il inventa – passa Constance sous silence –, avec le fol espoir que le père et la mère, enfin rassasiés, manifestent l'envie de se coucher sans évoquer Marie. Sujet qu'il redoutait d'aborder.

C'était mal connaître Francette. Malgré l'amour qu'elle portait à son fils, elle n'oubliait pas les tourments endurés au fil des années par la petite fille, puis, alors que le bonheur semblait enfin lui sourire, la scandaleuse trahison de Théodore. Francette débordait d'admiration pour Marie : abandonnée comme on abandonne un linge sale, surmontant sa souffrance, elle accordait toujours, au-delà de tout jugement rationnel, une formidable confiance à la vie, considérant, dans son extrême bonté, le départ de Théodore comme une expérience nécessaire à son épanouissement. « Il faut parfois plusieurs gifles pour réveiller un dormeur acharné », disait-elle. Marie, femme amoureuse, savait ce que Francette ignorait des véritables raisons du départ de Théodore. Et ce n'était pas sans plaisir qu'elle avait appris récemment le retour de Constance à Champagnac, par Quentin Bellon lui-même, la naissance d'Anaïs et leur prochain départ. Le cœur plein d'espoir, maintenant, elle attendait.

— Et la petite ? demanda Francette sans prévenir.

« Oh, bon Dieu ! On n'est pas couchés ! se dit Jean. Je la connais, si elle embraye là-dessus, ce sera sans répit. »

— Quoi, la petite ?

— Ne fais pas l'idiot ! Je te parle de Marie ! Tu n'as pas hâte de savoir ce qu'elle devient ?

Embarrassé, Théodore marmonna qu'il lui avait écrit sitôt arrivé en ville, mais très vite se fit rabrouer.

— Je le sais, elle m'a tenue au courant. Ce que je voudrais t'entendre dire, c'est ce que tu comptes faire à présent, parce qu'elle t'attend, figure-toi !

— Qu'est-ce que tu en sais, toi, si elle l'attend ? souffla Jean.

— Comment ça, ce que j'en sais ! Mais il suffit de la regarder ! Evidemment, tu ne risques pas de le remarquer, les hommes sont tellement égoïstes !

— Donne-moi le temps, avança Théodore.

— Tu ne l'as pas eu, le temps, durant toutes ces semaines ?

— Mais ce n'est pas aussi simple ! (Théodore avait haussé le ton.) Je suis de retour, c'est un fait, mais…

— Ecoute-moi, Théodore, je suis ta mère, et pour cette raison, quoi qu'il arrive, je prendrai toujours ta défense. Si tu venais à manquer je me pèlerais la peau pour te nourrir, mais pour ce qui est de cette petite, ne compte pas sur moi ! Tu dois aller la trouver et lui dire un peu ce que tu penses faire ! Tu m'entends ?

Francette s'arrêta, essoufflée.

— Là-dessus, je ne peux pas donner tort à ta mère, reprit Jean calmement, tu dois te comporter en homme, quoi !

Francette remarqua qu'une petite pointe d'ironie passait dans le regard de Théodore.

— Tu sais, ce n'est pas très beau de faire souffrir les gens inutilement, surtout elle, qui en a bavé plus qu'il n'est possible, ajouta-t-elle d'une voix éteinte.

— Rassure-toi, mon intention est bien d'aller la voir.

— A la bonne heure ! se réjouit Jean.

— Alors, tu es revenu pour reprendre avec elle ?

— Je suis revenu parce que je ne savais plus très bien où j'en étais, et peut-être que Marie m'aidera à y voir un peu mieux !

— Y a des chances, cette gamine a la tête sur les épaules, elle !

Jean s'était levé, le sourire aux lèvres.

— Bon, maintenant qu'on sait où on va, on pourrait peut-être passer au lit ! Je me lève, moi, demain matin.

Il abandonna sa chaise et vint poser sa main sur l'épaule de Théodore.

— Te tracasse pas, va, souvent, ce genre d'histoire s'arrange plus facilement qu'on ne croit. Ah, si c'était pas des femmes, qui compliquent tout !

Il s'éloigna en riant de bon cœur, certain d'avoir réussi son effet sur Francette. Mais, plutôt que de relever l'allusion et donner de la voix, celle-ci se contenta de soulever les épaules.

10

La pendule du couloir indiquait neuf heures lorsque Théodore se leva. Il trouva la cuisine vide. Le carrelage avait été lavé, chaque objet, chaque ustensile rangé, et encore chaque chaise glissée sous la table. « C'est bien de la mère, ça, de s'absenter en laissant une maison en ordre ! » pensa-t-il. Comme toujours à cette heure, l'arôme du café embaumait la pièce. Une flèche de soleil piquait la toile cirée par les volets entrebâillés. Et le silence matinal se trouvait à peine troublé par le chant de la bouilloire posée à l'angle du fourneau. Un mince filet de vapeur s'effilochait du col de cygne, interrompu de temps à autre par un courant d'air venu de la fenêtre grande ouverte. Ne voyant pas sa mère revenir, il se servit un bol de café et sortit. Théodore se souvint que mercredi était jour de marché ; des femmes et la plupart des hommes n'ayant pas à travailler se tenaient rassemblés sur la place de la mairie.

Heureux de ne croiser personne de connaissance, il dirigea ses pas vers l'école. Une certitude l'habitait depuis le matin, sans qu'il pût se l'expliquer, ni de quelle façon cela se produirait, mais Théodore remonta la rue, baignée d'une lumière crue, persuadé qu'aujourd'hui livrerait l'explication définitive de son errance amoureuse. « Qu'elle ose, Constance, les yeux dans les yeux, me soutenir que Bellon est le père de son enfant ! » se répétait-il pas après pas. La phrase lui brûlait les lèvres et le cœur, enflammait son corps tout entier. Et il sentait que rien ne pourrait l'en soulager, sinon Constance elle-même, dont il ne mettait pas en doute une seconde la sincérité.

Quand au loin il vit se dresser le bâtiment de l'école, l'image de son ami Echart s'imposa aussitôt, comme chaque fois que ses itinéraires l'amenaient de ce côté de Champagnac, mêlée à d'inévitables souvenirs d'enfance. Il regretta que le vieil homme ne fût plus de ce monde, ses conseils l'eussent certainement préservé de cette accumulation d'erreurs l'amenant aujourd'hui à rentrer de nuit, ou encore à se réjouir d'emprunter des rues vides. Il distingua les marronniers, hauts et forts, qu'animait un imperceptible remuement dans les branches. Les gamins jouaient dans l'ombre des arbres majestueux, apparemment sans surveillance, à une heure qui n'était pas celle de la récréation. Théodore balaya la cour du regard, s'étonnant de constater l'absence du maître.

Son attention fut attirée par le boghei du docteur Esémart, stationné devant la maison des Bellon. Le cheval patientait sagement à l'attache. Théodore s'approcha, caressa la croupe mouchetée de l'animal ; une certaine effervescence régnait au-delà des murs de la modeste bâtisse. Il reconnut la lourde silhouette de madame Valmon se pressant à plusieurs reprises devant les fenêtres, celle filiforme et déhanchée de Quentin.

Théodore recula, craignant d'être surpris en train d'épier la maison. Trouvant refuge de l'autre côté du chemin, derrière les murs d'une baraque de cantonniers, il attendit. Constance était-elle souffrante ? A moins que ce ne fût l'enfant lui-même ? Dans les deux cas il se sentait concerné au premier chef, et rageait de ne pas se sentir le droit de se présenter à la porte pour réclamer des explications.

Dix heures sonnèrent, puis onze. Midi vit du monde descendre la rue de l'école ; chacun se pressait vers les tables dressées. Théodore songea à sa mère. Rentree du marché, ne le voyant pas, sans doute s'imaginerait-elle qu'il s'en était allé guetter Marie sur la route de la Grand-Combe.

Le soleil à son zénith pesait de tout son poids sur Champagnac, quand enfin la porte s'ouvrit sur Esémart. L'homme semblait épuisé. Sa trousse à la main, sa veste jetée sur l'épaule, il avançait dans l'allée en se tamponnant le front de son mouchoir. Théodore sortit de sa cachette et se porta à sa rencontre. Le vieux bonhomme ne fut pas autrement surpris de voir venir ce jeune homme qu'il connaissait depuis sa naissance et avait ausculté sous toutes les coutures.

— Tu me cherchais ? demanda le médecin d'une petite voix sifflante, indiquant son degré d'épuisement.

— Non, je passais. Quelqu'un de malade, chez le maître d'école ?

— De malade !... Oui.

Esémart sembla hésiter, puis il ajouta :

— Tout ça n'est plus pour moi, oh que non ! On croit s'endurcir l'âge venu, et puis c'est tout le contraire. Pourtant, Dieu sait si j'en ai vu dans ma chienne de vie, des hommes et des femmes passer suite à d'atroces souffrances, mais sacré bonsoir, les enfants... plus ça va, moins je peux supporter de les voir grimacer de douleur.

— La petite est malade ? hurla presque Théodore. Est-ce que... Est-ce que c'est grave ?

— Je le crains. C'est le croup.

— Le croup ! répéta Théodore d'une voix éteinte.

— Eh oui, belle saloperie !

— Mais vous avez bon espoir de la sauver !

Théodore s'était précipité sous le nez du médecin. Celui-ci, adossé à la carriole, finit par dire :

— Ma foi, j'ai fait tout ce qu'il m'était possible de faire, maintenant, si elle passe la nuit, alors, peut-être...

Esémart se détourna. Les pieds pleins de fatigue, il détacha le cheval et se hissa sur la banquette de la carriole. « Je repasserai tantôt, nous verrons bien ! » dit-il en se saisissant des rênes. Sans qu'elle en ait reçu l'ordre, la jument se mit au pas. Théodore regarda l'attelage s'éloigner, hébété, les yeux rivés aux sillons que creusaient les bandages d'acier des deux roues du boghei sur la terre meuble du chemin.

« Le croup, le croup », répéta-t-il à mi-voix. Il savait, qu'à moins d'un miracle, on n'en réchappait pas.

Théodore retourna s'adosser au mur de la baraque. « Et si cette petite n'était pas de moi ! dit-il encore. Si Mathilde avait raison ! Malgré son handicap, Quentin est peut-être en mesure d'avoir des enfants ! A moins... A moins que Constance n'ait eu d'autres amants ! Et que... Non, ça ne se peut pas ! Tout de même, elle n'est pas de ces femmes qui couchent avec le premier venu !... »

Comme toujours au printemps, un vent frais glissait depuis les lointaines Monédières, arrosait Egletons,

Neuvic-d'Ussel et caressait Champagnac avant de s'éparpiller au-delà de Montboudif, jusqu'en Cézalier. Théodore aspira plusieurs goulées de bon air et se laissa aller contre le mur. Il n'était plus le lutteur qui avait autrefois juré de quitter la mine, tenu tête aux Allemands au temps de la guerre, déclenché une grève et plus tard s'était lancé dans une course désespérée après une femme de laquelle il se croyait aimé.

Aujourd'hui il n'était plus qu'un homme vaincu, qui ne pouvait rien pour un enfant malade, pas même se porter à son chevet. « Un enfant que je n'ai jamais vu, ricanait-il, que je ne verrai jamais, dont je ne sais même pas si je suis le père. » Une grosse pelote de chagrin obstrua sa gorge, lui tira les larmes et l'obligea à s'asseoir, vidé de toute volonté, le nez dans le mur de pierres sèches, refuge des lézards, sans personne à qui se confier.

Il demeura là des heures, à l'abri des regards, guettant le retour d'Esémart.

Il était près de dix-sept heures lorsque le boghei surgit à la cime de la côte. Personne n'était venu de la journée chez les Bellon, personne non plus n'en était sorti. Théodore se souvint que les cris des enfants dans la cour avaient cessé courant de la matinée, sans doute Quentin s'était-il faufilé, empruntant la porte de derrière pour rejoindre l'école, et avait-il obligé ses élèves à se disperser dans le plus grand silence. Une rumeur sourde montant du bourg l'avait bercé durant tout ce temps. A l'écoute des grincements, des sifflements, des roulements, ou encore des frottements, ou heurts de la machinerie, cherchant à tromper son ennui, il avait identifié chaque geste, chaque respiration de la mine.

Il regarda Esémart entrer dans la maison sans attendre que madame Valmon lui ouvre la porte. Puis il regagna l'arrière de la baraque.

L'attente se poursuivit. Le jour déclina enfin, faisant apparaître une voûte sombre mouchetée de petits éclats brillants comme de l'acier. Théodore quitta sa cachette, personne ne passerait plus. Près de la jument il attendit encore, les yeux fixés à une lumière qu'il devinait danser derrière les volets tirés.

Esémart ressortit, longtemps après, à nuit noire, titubant. Les stigmates d'une immense fatigue accentuaient ses rides déjà profondes. Ses joues semblaient s'être creusées en une seule nuit, ses yeux retranchés au fond de leurs orbites s'ornaient de cernes sombres.

Une cascade d'air frais coula sur le vieil homme. Il se redressa, cherchant à chasser un peu de fatigue et à repousser une douleur aux reins qu'il comprima de son poing.

— Tu es encore là ? demanda-t-il à Théodore d'une voix rayée par l'épuisement.

Ses lèvres expulsèrent une longue bouffée d'air, puis il ajouta :

— Je ne me souviens pas avoir autant bataillé pour rien.

— Vous voulez dire…

— La petite n'a pas survécu. Non.

Théodore baissa la tête, essayant de contenir un trouble violent que le vieux médecin n'aurait pas compris.

— Je n'ai jamais vu la mort s'acharner de la sorte pour prendre une vie. Vingt fois, bordel, j'ai cru que la garce battait en retraite. Mais je t'en fous ! Pauvre gamine.

Plus aucune lumière ne dansait derrière les volets. Une aube claire montait lentement, dans un matin sans vent. Un ciel lacunaire se remplissait peu à peu du chant joyeux des oiseaux lancés dans leur ronde quotidienne. Allant et venant, éparpillés aux quatre coins du bourg, ils donnaient l'impression de tisser les fils d'un dais blanc, surmonté de son lambrequin de deuil.

Ce fut un jour de pluie, fine et persistante, de ces journées que mai réserve de loin en loin, lorsque les nuées crèvent au-dessus des toits pour le plaisir des jardins et des champs, en attendant de ramener le soleil. Théodore quitta doucement sa place, ankylosé par une trop longue immobilité. Au bout de la route pointaient les chaumes du hameau de Chassagne. Il s'y engagea, sans autre but que de résorber l'ignoble douleur, emportant avec lui l'image d'un nouveau-né terrassé dans son berceau, poussant des râles d'agonie, le visage congestionné, étouffant peu à peu sous la pression d'une invisible tenaille. De lourdes larmes se fondirent aux gouttes de pluie.

Il avançait d'un pas hésitant, la gorge nouée, les poings enfouis au fond des poches, prisonnier de sa nébuleuse incertitude, se demandant encore si cette enfant était sienne ou non.

De bosse en bosse, les champs emblavés s'étiraient, larges et gras comme l'échine d'un bœuf. Plus haut, sur un chemin de montade, une cahute de glaise et de branchages se tassait à mi-pente d'un pacage. Théodore parcourut les quelques centaines de mètres qui l'en séparaient. L'endroit, ouvert au vent, était sombre et répandait des odeurs de chèvres. Des genêts secs, étalés sur le sol, indiquaient la couche du berger. Il s'y allongea. Le sommeil l'emporta aussitôt, le corps fouaillé par le chagrin.

11

Madame Valmon rajouta une bûche dans l'âtre ; aussitôt le bois sec souleva une flamme claire. Puis elle alla dans l'armoire chercher une couverture qu'elle déplia sur les genoux de Constance. Esémart parti, elle s'était endormie, à bout de forces, dans le fauteuil installé près du feu. Maintenant un silence profond écrasait la maison tout entière. Quentin, appuyé au chambranle de la fenêtre, regardait, sans le voir, le jour se lever. Il lui paraissait impossible que sa fille fût emportée par une maladie dont pas un cas n'avait été signalé dans la région depuis des années. Le destin le frappait une nouvelle fois. Et Quentin se disait que toute autre forme de bonheur à venir ne parviendrait pas à égaler celui ressenti lorsqu'il portait Anaïs dans ses bras, et que l'enfant lui souriait. Pleurer ne le soulagea pas.

Madame Valmon, le visage bouffi de tristesse, s'était assise sur une chaise du salon, les coudes sur la table, ne sachant plus que faire de son gros corps.

— Voulez-vous un peu de café ? chuchota-t-elle.

Quentin secoua négativement la tête, songeant que l'amertume du breuvage suffirait à lui donner la nausée.

A huit heures il demanda à madame Valmon d'attendre la demie et de renvoyer les élèves, lui s'en allait « bousculer un peu », selon ses propres termes, le receveur du bureau de poste afin de télégraphier au plus vite à ses beaux-parents.

Quentin remonta la rue sous la pluie, contrarié à l'idée que son malheur se lisait dans ses yeux. Anaïs, ce petit être merveilleux, en qui il avait mis tant d'espoir, s'en était allé rejoindre le ciel et à cette heure il ne donnait pas cher de la survie de son couple. Que déciderait Constance, qui comme toujours n'écouterait que son instinct ? Il offrit son visage à la pluie, sa tête semblait devoir éclater d'un instant à l'autre. Il eut l'impression que l'eau pure lui retirait un peu de sa fatigue. Avec ou sans Constance, comme prévu, il quitterait Clermont, la France, et s'en irait recommencer sa vie, loin des terrains qui virent ses luttes tourner à son désavantage. Ailleurs, personne n'émettrait de doute sur la fidélité de sa femme, si elle l'accompagnait. « Ailleurs… » Mais, seul, chercherait-il à être celui qu'il aurait dû devenir : cet homme brillant, reconnu, se gobergeant d'arguties, pontifiant, que Constance avait deviné et aimé dès leur première rencontre et pour lequel, afin de l'imposer à une coterie juchée sur des pinacles, drapée dans les faux-semblants, elle s'était battue. « Au fond, c'est moi le premier qui l'ai trompée ! pensa-t-il. La guerre a fait de moi un spectateur oisif de la vie, mais ça n'explique pas tout. J'aime une femme que je devrais m'employer à mériter, au lieu de quoi je m'éloigne d'elle en ne lui donnant aucune preuve de mon ambition. C'est mon tort. Constance, plus que toute autre femme, a besoin d'admirer pour aimer. »

Constance repoussa la couverture. Elle se leva. Dans la chambre voisine rien n'indiquait la présence de la mort. Les volets tirés l'étaient comme chaque matin à l'heure du lever et elle pouvait, dans cette demi-pénombre, respirer l'éternel parfum de son enfant abandonnée au repos. Anaïs dormait, le drap de satin blanc affleurant son menton. Constance passa la pointe d'un doigt sur les petites lèvres blessées par les instruments qu'avait utilisés Esémart. Tendres, souples encore, elles conservaient une fraîcheur de rose ainsi que ses joues un léger carmin. Ses paupières, deux frêles membranes de nacre, closes, laissaient apparaître des vaisseaux bleutés où quelques heures plus tôt courait la vie. Plus aucune trace de crispation due à la souffrance n'abîmait le joli visage plein. Et la pureté des traits était un émerveillement. Constance pinça le drap et le retira délicatement – comme à son habitude –, de peur de l'éveiller. Anaïs reposait, vêtue d'une longue robe de soie immaculée, destinée à son baptême. Le gracieux papillon aux ailes trop tôt rognées retournait à son état de chrysalide. Puis elle dénoua le lien du bonnet, qu'elle enleva d'une main tremblante, et caressa les fins cheveux bruns bouclés, posés au sommet du petit crâne à peine refermé.

« Mon bébé, mon petit amour... murmura-t-elle, étouffée de sanglots. Pardon... Pardon... »

Constance conservait présente à sa mémoire la vision traumatisante du vieux médecin plongeant ses outils d'acier, plats, courbes ou tranchants dans le fond de la gorge de sa fille, et en gardait une rancœur contre elle-même d'avoir permis qu'il la « charcutât » de la sorte.

Appuyée au berceau, elle glissa à genoux. Prostrée, elle donna libre cours à sa douleur.

Des hurlements passèrent les murs de la maison. On s'arrêta sur le chemin. « La femme de l'instituteur serait-elle devenue folle ? » pensait-on.

De retour du bureau de poste, Quentin trouva madame Valmon occupée à consoler Constance. La brave femme l'avait ramenée dans le fauteuil et lui faisait ingurgiter une tisane par petites gorgées.

— Elle a beaucoup crié, déclara la grosse dame. J'ai eu très peur. La tisane ne tardera pas à faire son effet, je me suis permis de mettre un peu des drogues qu'Esémart a laissées, d'ici peu elle va somnoler.

— Merci... Vous devriez rentrer vous reposer. Je suis passé chez Besse, l'aînée des filles viendra vous remplacer.

Constance dormit jusqu'à plus de midi. Durant son sommeil, Quentin avait reçu le menuisier, le prêtre ; un jeune garçon avait apporté un télégramme des Dupré-Lignon. Ils envoyaient un corbillard le lendemain : il chargerait la dépouille d'Anaïs qui avait droit, disait le texte, au caveau familial. Une messe serait célébrée à Notre-Dame-du-Port, avant qu'elle ne rejoigne le cimetière des Carmes. « Si cela vous convient. Stop. Pensons très fort à vous. Stop. Ton père. Stop. », précisait la dernière ligne.

— Si cela te convient, répéta Quentin à Constance.

Elle se tenait debout près du manteau de la cheminée. Le feu mourait avec la fin de l'averse. Le monde s'était arrêté de tourner, plus rien n'avait de sens. Constance imaginait Anaïs courant dans les herbes hautes, filant pleine de vie dans les chemins, son rire mêlé aux chants de la nature.

Elle se retourna.

— Nous partirons demain !

— Sauf si tu désires qu'Anaïs repose à...

— Non, c'est mieux ainsi. Pour une fois, ma famille devance mes pensées.

— Madame Valmon va revenir, je l'aiderai à préparer nos malles. Ce soir j'irai voir le maire, il trouvera bien quelqu'un qui me remplacera pour les dix derniers jours d'école avant les vacances.

Constance vint se blottir contre Quentin.

— Je te suivrai au Canada, partout où tu iras.

Il referma ses bras.

— Partout où j'irai, je t'emmènerai.

— Quentin, je t'ai toujours aimé, il suffira que tu me retiennes, je resterai.

12

La pluie cessa en fin de matinée. Théodore, que l'humidité du sol venait de réveiller, se disait que désormais toute tristesse s'avérait bien inutile. Plus tard, peut-être, lorsque, son chagrin atténué, Constance retrouvant du goût pour les choses de ce monde, tenterait-il de la visiter afin d'obtenir la vérité. Le souvenir de cette femme qu'il avait aimée avec passion ne le hantait plus comme il le craignait en revenant ici, où tout avait commencé et où il avait cru possible de détourner le cours de sa vie.

Malgré la faim qui lui tirait le ventre, il ne prit pas le risque de rentrer. Francette, haussant la voix, ne manquerait pas de lui demander ce qu'il fabriquait sur les chemins depuis la veille. Avait-il vu Marie ? Où avait-il dormi ? demanderait-elle, incapable de se contenir. Il ne se sentait pas l'énergie suffisante pour expliquer comment s'étaient déroulées ses dernières vingt-quatre heures. Aussi songea-t-il à son père. En effet, depuis longtemps, Jean ne lui posait plus la moindre question sur ses allées et venues. Il calcula qu'en pressant le pas, il serait à la porte du puits Madeleine lorsque sortirait l'équipe du matin.

« Une manière comme une autre d'affronter Champagnac d'un seul coup ! Pour quelqu'un qui souhaitait rencontrer le moins de monde possible, c'est réussi ! » se dit-il, résigné.

Il dévala la pente, se détournant de la rue de l'école coupa à travers champs, les membres gourds, le dos rendu douloureux par le froid. Parvenu au bas du vallon, il apprécia l'état du terrain : plat, celui-ci permettait de repartir d'un bon pas.

Jean sortit dans les premiers, Lech et Raymond Vergne également. Théodore chercha à apercevoir les silhouettes de Jeanjean et de Mario Lazari grimpé sur sa carriole, en vain. Il embrassa son père, serra la main aux amis. S'ils se montrèrent étonnés de le revoir là, ils s'abstinrent de le questionner.

On se dirigea vers l'estaminet.

— Tiens, tu le vois le Mario ! Le malheureux, il est obligé de servir d'étai au comptoir ! Monteil lui doit une fière chandelle, tu sais, sans lui il serait par terre depuis un moment !

— Tou es revenou pour redouscendre ? questionna Mario, heureux de retrouver Théodore.

— N'y compte pas ! Simplement, tu me manquais !

— Mounteil, verse oune tournée, j'ou paye !

Jean Monteil déposa une bouteille sur le comptoir et ajouta un verre pour lui.

— Eh, c'est que, c'est pas tous les jours que le Rital rince la compagnie !

On but dans la plus grande pagaille, jusqu'à presser la chopine.

« A la suivante ! » gueulait-on.

— Oh nom de Dieu ! Le gamin est de retour ! hurla Jean-foutre d'une voix de bugle.

Le mineur entra, passa devant ses compagnons . « Vous auriez pu m'attendre ! » cria-t-il encore avant d'aller chaleureusement saluer Théodore.

— Pour une fois que quelque chose me fait plaisir, je vais pas me priver de le faire savoir ! A boire, mastroquet !

Entrèrent à leur tour Vladimir et Dagobert.

Théodore se sentit revivre au milieu des siens. Quelle différence avec la ville ! Ici, hors de la mine, plus rien ne pressait ; ne comptait que la fraternité, ce lien invisible que les hommes les plus insensibles se refusaient à rompre.

Puis il fallut rentrer. Francette, contrairement à ce que Théodore craignait, ne lui posa pas la moindre question. Elle se contenta d'évoquer avec tristesse la mort de la petite de l'instituteur. Elle tenait la nouvelle de la Louise, femme de Cyprien Martomé, le menuisier. « On ne parlait que de ça, ce matin, sous le travail du père Marchat. »

— Les malheureux n'avaient pas besoin de ça ! Il paraît qu'ils sont pour partir.

Théodore ne leva pas les yeux de son assiette. Son déjeuner terminé, il demanda à sa mère de le réveiller avant quatre heures et passa au lit. Avant que le sommeil ne le prenne, il songea à Constance. Tout près d'ici elle endurait l'impossible, mais un autre que lui la consolait. Constance, sur le départ, s'apprêtait à sortir de sa vie comme elle y était entrée : sans explications. Constance qu'il ne reverrait jamais plus. Constance…

L'eau du matin se retrouvait dans certaines rases peu profondes, courant les champs. Théodore piétina avec bonheur les mousses humides et les faines des sous-bois ; à couvert de lisière, il vit les communaux, tels qu'ils étaient restés dans ses souvenirs : bossus, verts et gras, avec, en bordure, l'habituelle prolifération de séneçons. L'été, quand tout se trouvait plombé par le soleil, ils conservaient l'eau de la rosée et les insectes venaient s'y abreuver. Puis il vit les vaches, que gardait un gamin, assis là où autrefois Marie se tenait.

— Comment vas-tu, Prosper ?

— Tu me connais ?

— Et toi aussi, tu me connais ! Il n'y a pas si longtemps que je venais à la Grand-Combe. Palou n'est pas avec toi ?

— Ah non, je veux plus de lui, il ne m'obéit pas. Tu vas voir mon père ?

— Non, je vais voir Marie.

— Alors, tu es son amoureux ?

— Ma foi. Mais je saluerai aussi le Guy.

— Il m'a dit que quand j'aurai quinze ans, il me ferait engager à la mine.

— Il a dit ça pour te faire peur... Je vois que tu as rafistolé la cabane !

— Oui, elle était mal faite.

— Tiens !

— Elle tenait plus debout, surtout.

Théodore salua l'enfant et poursuivit sa route. La Grand-Combe lui apparut au détour du chemin : tassée dans son trou rempli de soleil. De loin, il repéra Damien Colignon assis sur le banc près de la porte ; Emilienne lui faisait face, sur un fauteuil d'osier.

« Ces deux-là ont fini par se réconcilier, on dirait ! » pensa-t-il.

Portant son regard sur sa droite, il vit Edmond, Irène et Marie retourner le foin au-delà d'une haie de baliveaux. Guy retenait le cheval. Le pré offrait une forte pente et était exposé plein sud ; tous avaient coiffé un large chapeau de paille.

Théodore avança jusqu'à la crête, là où le terrain finissait de grimper, juste avant qu'il ne bascule de l'autre côté, ne sachant trop s'il devait descendre ou attendre d'être repéré. C'est Guy, le premier, qui le vit et le montra du doigt.

— Tiens, tiens, Théodore ! Il est donc de retour !

Irène releva la tête, croisa le regard de Marie. Un petit air satisfait flottait dans ses yeux.

— M'est avis qu'on va manquer de bras, d'ici un moment ! lança joyeusement Edmond.

— Ouais, une chance qu'il ne soit pas venu plus tôt ! renchérit Guy.

Marie lâcha le râteau et descendit la pente, calmement. Sur le versant opposé Théodore en fit autant. Ils se rejoignirent au fond du pli, à l'ombre de grands arbres, sur ce chemin conduisant au pigeonnier de leur enfance. Machinalement, ils en prirent la direction, côte à côte, sans un mot. Théodore ressassait des formules dans sa tête, jamais la bonne. Il se sentait maladroit, idiot, ne sachant comment aborder Marie. Sa présence l'impressionnait. Puis il se décida, songeant à aller au plus simple.

— Bonjour, Marie.

— Bonjour. Tu en as mis du temps pour venir jusqu'ici.

— Tu savais que... Ah ! je vois, tu as rencontré ma mère !

Marie hocha la tête.

— Et maintenant ? demanda-t-elle, perfide.

Théodore, gêné, souffla, puis balbutia quelques onomatopées.

Marie éclata de rire.

— Mon pauvre Théodore, je t'ai connu plus sûr de toi.

Le pigeonnier était en vue.

— Marie, je suis parti parce que...

— Oui, oui, je sais, pour « connaître les grands espaces de l'esprit », et afin d'« aller à la rencontre de l'impossible » !

— Tu as raison, moque-toi, tu en as le droit.

Devant le pigeonnier, Marie s'installa sur l'une des marches.

— Je me moque parce que j'ai eu mal. Mais maintenant je vais mieux. Je sais que tu es parti avec l'idée de rejoindre Constance Bellon, son mari me l'a dit. Je sais aussi que tu n'y as pas réussi.

— Tout ça est vrai, mais il y a autre chose que je me dois de te dire, de plus important.

— Peut-être pas, tout dépend pourquoi tu es revenu !

— Parce que je me suis trompé, pour te demander pardon, et aussi pour te dire que je tiens à toi plus qu'à n'importe qui d'autre.

— Si je veux toujours de toi, tu es prêt à te marier ?

— Oui. Mais auparavant laisse-moi te parler de mes projets, ils sont simples : mon intention n'est pas de rester à Champagnac, mais de repartir, de m'acheter un manège, oui, tu as bien entendu, un manège de chevaux de bois, et d'aller de ville en ville, en toute liberté, sans patron sur le dos. Pour cela, il faut de l'argent, et je sais à qui emprunter. Et puis, surtout, cette autre chose, ce doute que j'ai et qui me pince le cœur...

— Je t'écoute, Théodore Gandon.

Le vent d'est portait le beau temps. Le souffle de l'été se balançait dans les branches les plus hautes. Théodore s'arrêta à l'entrée de Champagnac. La nuit s'annonçait, bientôt elle écraserait cette terre où s'entêtait l'odeur du charbon. Ce soir Marie avait cédé, en confiance ; il ne pouvait plus la décevoir. Au loin il écouta le ululement d'une effraie, les stridulations d'un grillon. Maintenant, tout autour, régnait un silence béant comme l'univers. Toutes choses arrivées à terme s'étaient tues, les cris et les pleurs avaient cessé : la trêve semblait devoir tenir. Et puisqu'il aimait, il était de retour pour se marier.

Epilogue

Marie et Théodore se marièrent mi-août, en présence de Camille et de Florette Saulieux. Louis, en grand uniforme de sous-lieutenant des dragons, joua de l'accordéon en tête du cortège. Mario Lazari, chargé de récupérer la promise à la Grand-Combe, avait tenu à décorer sa carriole de festons de fleurs et de guirlandes. Suivait Irène, en tant que témoin de Marie ; Prosper portait fièrement son col marin, Guy son habit du dimanche. Les amis du puits Madeleine étaient de la fête. Jeanjean, bien qu'il déclarât n'avoir « rien à foutre » de la noce, dansa, malgré sa patte folle, et but à son aise. Vladimir et Tête Molle, les seuls à être ivres avant même que ne débutent les agapes, furent interdits d'église. Agénor, témoin de Théodore, s'étant rendu à la cérémonie, puis ayant gagné le banquet sur ses deux jambes appareillées, en s'aidant de béquilles, força l'admiration de chacun. Hélène et Victor racontèrent partout qu'ils auraient bientôt un nouveau papa, mais qu'il le serait

« pour de faux », puisque leur « papa vrai » les attendait au ciel !

En septembre, Marie et Théodore s'en étaient allés vivre du côté de Tours, avec la ferme intention d'acquérir un manège chez Adrien Georges, inventeur de grande renommée d'attractions de la vie festive, grâce à un prêt que leur avait consenti Agénor Baudon.

Dans sa première lettre à ses parents, Théodore expliquait que l'affaire se présentait bien, que ce n'était plus qu'une question d'une ou deux semaines. Le manège serait flambant neuf, avec, incorporée au mécanisme, une colonne musicale. Marie concluait : « Il est comme un grand enfant devant son jouet ! Et il est heureux. »

Un dimanche que Victor se trouvait en promenade avec ses grands-parents, il réclama le coffret que son oncle Théodore lui avait promis le jour de son mariage.

— Tu l'auras, avait répondu Jean, ta grand-mère te l'amènera dans la semaine, il est trop tard aujourd'hui, nous n'avons pas le temps de retourner.

Dès le lundi, Francette avait crocheté le coffret et vidé le contenu : des dizaines de feuilles soigneusement pliées, éparpillées sur la table, qu'elle lut ou parcourut sans comprendre l'intérêt d'une telle collection. Pour elle cela ressemblait fort à des bouts de phrases, parfois des paragraphes entiers, piochés çà et là dans des livres dont les auteurs – Pline l'Ancien, Platon, Pascal, Chamfort, Marx, Lénine, d'autres encore – lui étaient totalement inconnus. A part, peut-être, le dernier, dont les journaux avaient beaucoup parlé en 17, un bolchevik, un fouteur de pagaille ! C'étaient bien des lubies de vieux bonhomme, ça ! Théodore avait eu rudement raison de lui recommander de jeter au feu tout ce qui lui paraîtrait farfelu.

Et puis, mêlée à ce magma de paperasses, une enveloppe, cachetée, sur laquelle le nom de Théodore Gandon figurait, écrit à l'encre bleue, que Francette, intriguée, ouvrit pour en retirer une feuille où couraient une vingtaine de lignes d'une écriture délicate, qu'elle lut et relut, seule dans sa cuisine, les larmes aux yeux. Une lettre dont elle se jura de ne jamais révéler l'existence à quiconque, sous peine de se haïr jusqu'à la tombe. Une lettre qu'elle garda en mémoire et qu'enfin elle se décida, un matin, à jeter au feu.

Champagnac, 22 août 1919
A Théodore Gandon

Constance Bellon
4, place Michel-de-L'Hospital
Clermont-Ferrand

L'honnêteté de votre visage m'a trompée. Alors que vous prétendiez m'aimer, vous prépariez votre mariage avec une autre. Si je suis à blâmer, Marie Saulieux est à plaindre.

Mais il y a pire. Je suis enceinte. Le médecin Fabert, consulté à Aurillac, ne me laisse que peu d'espoir du contraire. Votre paternité ne fait aucun doute, Quentin, hélas, depuis son retour de guerre, ne pouvant plus espérer cette joie. Je pars, évitant ainsi l'opprobre à un mari qui ne le mérite pas.

A Clermont, je déciderai de l'avenir de cet enfant. Je ne vous cache pas ne pas le désirer. Mais, oserais-je dire que cela vous regarde aussi ! Je resterai à vous attendre quelque temps, souhaitant sans doute vous revoir malgré celui que vous êtes ;

ma vie est ainsi, parsemée de paradoxes tantôt plaisants, tantôt déplaisants.

Constance Bellon

Post-scriptum : Je vous fais passer ce mot par l'intermédiaire de votre ami monsieur Echart, par conséquent avec l'assurance de la plus grande discrétion.

DANS LA MÊME COLLECTION

Jean Anglade
Un parrain de cendre
Le Jardin de Mercure
Y a pas d'bon Dieu
La Soupe à la fourchette
Un lit d'aubépine
La Bête et le Bon Dieu (essai)
La Maîtresse au piquet
Le Saintier
Le Grillon vert
La Fille aux orages
Un souper de neige
Sylvie Anne
Mélie de Sept-Vents
Le Secret des chênes
La Couze
Jean-Jacques Antier
Autant en apporte la mer
La Croisade des Innocents
Le Rendez-Vous de Marie-Galante
Marie-Paul Armand
La Poussière des corons
La Courée
tome I *La Courée*
tome II *Louise*
tome III *Benoît*
La Maîtresse d'école
La Cense aux alouettes
Nouvelles du Nord
L'Enfance perdue
Edouard Axelrad
Au fil du fleuve
Erwan Bergot
Les Marches vers la gloire
Sud lointain
tome I *Le Courrier de Saigon*
tome II *La Rivière des parfums*
tome III *Le Maître de Bao-Tan*
Rendez-vous à Vera-Cruz
Mourir au Laos
Françoise Bourdon
La Forge au Loup
Annie Bruel
La Colline des contrebandiers
Le Mas des oliviers
Les Géants de pierre
Marie-Marseille
Michel Caffier
Le Hameau des mirabelliers
La Péniche Saint-Nicolas
Jean-Pierre Chabrol
La Banquise
Didier Cornaille
Les Labours d'hiver
Les Terres abandonnées
La Croix de Fourche
Etrangers à la terre
L'Héritage de Ludovic Grollier
L'Alambic
Georges Coulonges
Les Terres gelées
La Fête des écoles
La Madelon de l'an 40
L'Enfant sous les étoiles
Les Flammes de la Liberté
Ma communale avait raison
Les blés deviennent paille
L'Eté du grand bonheur
Yves Courrière
Les Aubarède
Anne Courtillé
Les Dames de Clermont
Florine
Dieu le veult
Les Messieurs de Clermont
L'Arbre des dames
Annie Degroote
La Kermesse du diable
Le Cœur en Flandre
L'Oubliée de Salperwick
Les Filles du Houtland
Alain Dubos
Les Seigneurs de la haute lande
La Palombe noire
La Sève et la Cendre
Le Secret du docteur Lescat

Alain Gandy
Adieu capitaine
Quand la Légion écrivait sa légende
Un sombre été à Chaluzac
L'Enigme de Ravejouls
Les Frères Delgayroux
Les Corneilles de Toulonjac
L'Affaire Combes
Michel Hérubel
La Maison Gelder
La Falaise bleue
Tempête sur Ouessant
Hubert Huertas
Nous jouerons quand même ensemble
Denis Humbert
La Malvialle
Un si joli village
La Rouvraie
La Dent du loup
L'Arbre à poules
Les Demi-Frères
Michel Jeury
Au cabaret des oiseaux
Louis-Jacques Liandier
Les Gens de Bois-sur-Lyre
Jean-Paul Malaval
Le Domaine de Rocheveyre
Les Vignerons de Chantegrêle
Jean Markale
Notre-Dame de la nuit
Dominique Marny
A l'ombre des amandiers
Du côté de Pondichéry
La Rose des Vents
Henry Noullet
Sur la piste de Samrang
La Falourde
La Destalounade
Bonencontre
Michel Peyramaure
Les Tambours sauvages
Pacifique Sud
Louisiana
Frédéric Pons
Les Troupeaux du diable
Claude Riffaud
Mékong Palace
La Crique de l'or
Rêve de Siam
Jean Rosset
Vir'vent
Les Derniers Porteurs de terre
Jean Siccardi
Le Bois des Malines
Les Roses rouges de décembre
Jean-Claude Sordelli
La Dernière Saison
Jean-Michel Thibaux
La Bastide blanche
Le Secret de Magali
L'Appel de la garrigue
Le Roman de Cléopâtre
La Colère du mistral
L'Homme qui habillait les mariées
La Gasparine
Violaine Vanoyeke
Les Schuller
Le Serment des 4 rivières
Brigitte Varel
Un village pourtant si tranquille
Les Yeux de Manon
Emma
L'Enfant traqué
Colette Vlérick
La Fille du goémonier
Le Brodeur de Pont-l'Abbé
La Marée du soir

GROUPE CPI

Achevé d'imprimer en avril 2001 par
BUSSIÈRE CAMEDAN IMPRIMERIES
à Saint-Amand-Montrond (Cher)
N° d'édition : 6870. — N° d'impression : 011763/1.
Dépôt légal : janvier 2001.
Imprimé en France